Buch
Landschaftsgärtnerin Caroline kauft mit ihrem Freund ein historisches Fachwerkhaus in Langendorf an der Elbe. Aus beruflichen Gründen können die beiden zunächst nicht im Wendland zusammenziehen und treffen sich deshalb dort an den Wochenenden, um die groß angelegten Umbaupläne für Haus und Garten zu verwirklichen. Während ihrer Aufenthalte in Langendorf kommt es immer wieder zu mysteriösen Bränden, die nicht aufgeklärt werden können. Caroline wird von Ängsten heimgesucht, nicht nur wegen der Brände, von denen sie und ihr Freund wiederholt direkt betroffen sind, sondern auch wegen der grausam getöteten Tiere, deren Kadaver sie immer wieder auf ihrem Grundstück abgelegt finden. Eine Warnung? Die Vorstufe zu einem schlimmeren Verbrechen?
Zudem wird Caroline von Sorgen um ihre jüngere Schwester gequält, die unaufhaltsam auf den Abgrund zudriftet. Sie fühlt sich für sie verantwortlich, es gelingt ihr aber nicht, ihren Einfluss geltend zu machen.

Die Personen in diesem Krimi sind erfunden, und Ähnlichkeiten mit lebenden oder verstorbenen Personen sind zufällig.
Die im Buch vorkommenden Örtlichkeiten dagegen sind real.

Autorin
Elke Viergutz studierte Anglistik und Romanistik und arbeitete am Gymnasium. Sie hat vier Kinder und lebt seit ihrer Pensionierung mit ihrem Mann im Sommerhalbjahr im Landkreis Lüchow-Dannenberg und im Winterhalbjahr im Nordschwarzwald.

Danksagung
Ich danke meiner Tochter Signe für das gründliche Korrekturlesen. Meinem Sohn Malte gilt mein besonderer Dank, da er mich mit seinen Kenntnissen im Layout sehr unterstützt hat.

Elke Viergutz

Feuerengel
Wendlandkrimi

Herstellung und Verlag:
BoD - Books on Demand, Norderstedt

ISBN: 9783743197473
Copyright: © 2017 by Elke Viergutz

1. Kapitel

Der Tag, an dem wir Luc kennenlernten, war für Vera fatal, und ich konnte mich dem nicht entziehen. Wir waren mehr oder weniger inoffiziell zu der Party eines Studenten eingeladen, den wir gar nicht kannten. Jemand, der ihm schon mal über den Weg gelaufen war, wusste von jemandem, der ihn auch nur flüchtig kannte, aber von der Party gehört hatte, und so kam die Einladung zustande.

Wegen des vorweihnachtlichen Matschwetters hatten wir keine Lust, irgendwo hinzugehen. Wir hingen in meiner Wohnung herum, tranken Caipirinha, zogen uns einen Joint rein (Vera nicht nur einen) und hörten Musik, die eigentlich keine war, sondern nur aus unangenehmen Tönen bestand. Vera stand auf so was, und ich ertrug es.

Es war schon nach elf, als Vera plötzlich sagte: „Ich glaube, ich gehe doch noch. Bei Jan geht bestimmt was ab, und die meisten kommen sowieso spät. Kommst du?"

Ich stand auf und langte vom Garderobehaken meine schäbige Lammfelljacke, die vor zehn Jahren mein ganzer Stolz gewesen war. Wir fanden beide nicht, dass man sich aufbrezeln musste und gingen in unseren abgetragenen Jeans und Rollkragenpullovern los. Vera kämmte nicht mal ihre knallrot gefärbten, langen Locken durch, und ich brauchte wegen meines extrem kurz geschorenen Kopfes sowieso weder Kamm noch Bürste.

Wir gingen zu Fuß, und darüber gab es keine Diskussionen, da wir beide außer Fahrrädern kein Fahrzeug besaßen. Es war nicht durchdringend kalt, aber durch den Nieselschnee, der in wässrigen Flocken herabfiel, empfanden wir den Fußmarsch doch als sehr unangenehm. Da wir nicht an feste Schuhe gedacht hatten, wurden unsere Füße bald kalt und nass.

Wir hörten schon laute Musik, als wir in die Straße einbogen, in der Jan wohnte. Das Haus, in dem Jan in einer WG ein Zimmer hatte, lag im alten Stadtkern von Lüneburg. Es wirkte gepflegt und gut bürgerlich, bis auf die aufdringliche Musik.

Vera fühlte sich sofort in Stimmung gebracht, aber ich hatte Bedenken wegen des Lärms zu nächtlicher Stunde. Als ich diesbezüglich etwas verlauten ließ, lachte Vera mich aus. „Caro, du bist unverbesserlich. Warum soll man nicht seinen Spaß haben? Ich finde es nicht so schlimm, wenn die Spießer mal nicht schlafen können. Außerdem könnten sie ja mitfeiern."

Ich schwieg, bis wir an der Haustür ankamen und Sturm läuteten. Es machte niemand auf, weil man wegen der dröhnenden Musik vermutlich die Klingel nicht hörte.

Wir waren zunächst ratlos, aber dann sah Vera, dass die Haustür mit einem eingeklemmten Stück Holz einen Spalt offen gehalten wurde.

Wir gingen nach oben, und die Musik wurde unerträglich. Vor der Wohnungstür stand ein zorniger Nachbar im Bademantel, traute sich aber offenbar nicht, ohne Verstärkung in die Wohnung zu dringen, um seiner Wut Luft zu machen. Uns hielt er wohl für Verbündete, denn er marschierte mit uns zusammen entschlossen durch die halboffene Wohnungstür.

Wir blieben alle drei im Flur stehen. Rauchwolken waberten durch die Luft, die nach Zigaretten und Hasch rochen, und ein paar junge Leute drängelten sich durch den Flur, um in die Küche zu gelangen, wo es vermutlich Nachschub an Alkoholika gab. Der Mann im Bademantel arbeitete sich durch bis zu dem Zimmer, aus dem die Musik dröhnte, und versuchte sich brüllend Gehör zu verschaffen. Einige lachten, aber irgend jemand ging an die Anlage und stellte sie ab. Es wurde nichts mehr geredet, und die plötzliche Stille wirkte fast unheimlich.

Eine frech aussehende junge Frau sagte unvermittelt in die Stille hinein: „Guckt mal, wir haben neue Gäste, erfreulicherweise ein Uhu dabei." Sie ging auf den Mann im Bademantel zu, zerrte an seinem Ärmel und fing an, mit ordinären Bewegungen vor ihm zu tanzen.

Er atmete tief ein und schrie: „Ihr seid ein Sauhaufen und habt noch nie was von Rücksichtnahme gehört. Ihr seid nicht allein auf der Welt. Ich werde jetzt die Polizei anrufen."

„Nur zu", rief jemand, und der Nachbar stürzte eilig zurück ins Treppenhaus.

Kaum war er außer Sichtweite, wurde die Musik wieder angestellt in gleicher Lautstärke. Ich war irritiert und besorgt, aber Vera, die wohl ziemlich zugekifft war, fand den Auftritt des Meckerers lustig.

„Hey", schrie ein Typ über die tanzenden Paare hinweg, „habt ihr was mitgebracht?"

Zu meiner Überraschung zog Vera eine Flasche Jack Daniels aus ihrer riesigen Umhängetasche, grinste und schwenkte sie über ihrem Kopf. Ich wusste, wo der Whiskey herstammte, denn eine Flasche Jack Daniels leistete ich mir hin und wieder.

Ich hatte überhaupt keine Lust mehr zu bleiben, aber ich fühlte mich für Vera in ihrem Zustand verantwortlich, und das war keine Ausnahmesituation.

Vera hatte gerade angefangen, allein vor sich hinzutanzen, als sie plötzlich abrupt stehen blieb und mit offenem Mund zum Fenster schaute. Ich folgte ihrem Blick und sah einen Mann am Fensterbrett lehnen, der älter war als die meisten und eine äußerst auffällige Aufmachung hatte: Typ Wikinger mit blonder Rastafrisur, die bereits in unordentlicher Auflösung begriffen war, und einen Dreitagebart, der ihn auch nicht gerade gepflegt erscheinen ließ. Außer seinen schmutzigen und zerlöcherten Jeans hatte er nur eine abgegriffene Lederweste über seinen ansonsten nackten Oberkörper gestreift.

Ich beobachtete, wie er Vera ebenfalls ins Visier nahm, sich langsam vom Fensterbrett löste und auf sie zuging. Mir war überhaupt nicht wohl, denn ich kannte Veras ungezügelte Emotionen. Sie fühlte sich offenbar hemmungslos von dem Rastatypen angezogen, und das konnte jeder im Raum erkennen, der noch einigermaßen nüchtern war.

Ich lehnte immer noch neben Vera an der Wand, als er vor ihr stehen blieb. Ich konnte förmlich das Knistern in der Luft spüren, bis er sie ansprach: „Ich bin Luc. Wollen wir tanzen?"

Vera schmiegte sich bereitwillig in seine Arme, ohne ein Wort zu sagen. Ich verlor sie aus den Augen, weil ein wirklich nett aussehender Junge - Mann kam mir verkehrt vor wegen seines jugendlichen Aussehens - mich zu sich heranzog und anfing, mit mir zu tanzen. Ich ließ mich fallen und folgte einfach dem Rhythmus der Musik.

Es gab ein böses Erwachen, als plötzlich zwei Uniformierte in der Tür standen und lauthals forderten, die Musik auszumachen. Irgend jemand ging zur Anlage, ließ ein paar Sekunden verstreichen, um wie ein ungezogener kleiner Junge zu signalisieren, dass man nicht gleich folgsam sein wollte, und schaltete ab.

„Wer ist hier der Hauptmieter?" fragte einer der Polizisten. Ein lässiger junger Mann drängte sich durch zur Tür. „Ich habe die Wohnung gemietet, und die anderen beiden sind meine Untermieter."

„Falls Sie noch einmal so ein Fest abziehen sollten, wird die Anlage konfisziert. Außerdem wird der Vermieter von den Hausbewohnern, von denen keiner schlafen konnte, informiert, und wir werden ebenfalls der Anzeige wegen massiver Ruhestörung nachgehen. Das wird empfindliche Konsequenzen haben."

Als die beiden Uniformierten gegangen waren, wurde gelacht, aber der Vorschlag, die Musik wieder anzustellen, stieß doch auf Ablehnung.

Man stand noch ein bisschen herum, trank die Reste aus und fing an, den Abflug zu machen.

Ich wollte auch gehen, konnte aber Vera nicht gleich entdecken. Ich fand sie schließlich in der Küche, wo sie und Luc sich heftig küssten. Ich bin nicht prüde, aber ihre Zügellosigkeit gefiel mir überhaupt nicht.

Ich zog an Veras Pullover und sagte ihr energisch, dass wir gehen sollten. Vera drehte sich zu mir um, warf mir einen verächtlichen Blick zu und sagte: „Okay, aber nicht du und ich zusammen." Ich war zutiefst erschrocken und machte mich allein auf den Heimweg.

2. Kapitel

Am Sonntag meldete sich Vera nicht bei mir. Ich wartete den ganzen Tag in Telefonnähe, kein Anruf. Ich machte mir heftige Sorgen, denn Vera konnte unberechenbar sein und spontan die sonderbarsten Ideen verwirklichen.

Sie hatte mir beispielsweise vor einigen Wochen erzählt, wie knapp sie davongekommen war, als sie von Lüneburg nach Büsum zu einem Freund trampen wollte. Ein freundlicher, älterer Herr nahm sie mit, entpuppte sich aber während der Fahrt als geil und hemmungslos. Während Vera auf dem Beifahrersitz fröhlich und unbesorgt mit ihm plauderte, wurde er übergriffig. Bei Wilster bog er unangekündigt von der Autobahn ab, und Vera ahnte endlich, dass ihr Vertrauen missbraucht werden sollte. Als der alte Knabe in einen Feldweg einbog und ernsthaft zudringlich wurde, setzte Vera bedenkenlos den Schlagring ein, den sie immer bei sich trug. Den Schlagring hatte ich ihr übrigens ein paar Jahre zuvor zum Geburtstag geschenkt, was Vera für einen makabren Scherz gehalten hatte.

Um ihren Angreifer außer Gefecht zu setzen, verpasste sie ihm einen Schlag auf die Nase, wohlweislich nicht auf die Schläfe, um kein Risiko einzugehen. Sie wollte nur die Möglichkeit haben abzuhauen.

Er blutete stark und jammerte, ihm sei das Nasenbein gebrochen. Vera reichte ihm noch im Aussteigen ein Taschentuch und sagte schnippisch: „Viel Spaß bei der Auseinandersetzung mit Ihrer Frau, wegen der Nase. Grüßen Sie sie herzlich von mir."

Bedenken kamen bei Vera einfach nicht vor, und da ich mich für sie verantwortlich fühlte, ließ mich das oft nicht ruhig schlafen.

Am Montag Morgen fuhr ich mit dem Fahrrad zur Gärtnerei unserer Eltern, obwohl das Wetter nach wie vor miserabel war, und ich ständig Gefahr lief, im Schneematsch abzurutschen und auf den Asphalt zu knallen. Dass ich Handschuhe nicht mochte, machte die Fahrt nicht besser.

Als ich in der Gärtnerei ankam, musste ich erstmal meine blau gefrorenen Hände unter warmes Wasser halten, um sie aufzutauen und damit arbeitstauglich zu machen.

Mama kam ins Bad, während ich die Hände unter den heißen Wasserstrahl im Waschbecken hielt. Sie gab mir ein Küsschen, fragte nach dem Wochenende und erklärte mir dann, welche Arbeiten anstanden: Geräte säubern und einfetten, (was ich hasste), Weihnachtsdekorationen zusammenstellen sowie Grabschmuck, den man den lieben Verblichenen entweder aus echter Trauer zu Weihnachten auf's Grab legte, oder aus Pflichtgefühl, um den Nachbarn keinen Anlass zu Kritik zu geben.

Als ich in den Laden kam, der zur Gärtnerei gehört, waren schon zwei Kundinnen da. Mein Vater nickte mir kurz zu. Er war konzentriert damit beschäftigt, Tannenzweige mit Weihnachtskugeln und Schleifchen zu dekorieren.

Ich bediente die zweite Kundin, und da den ganzen Vormittag über Betrieb herrschte, musste die Arbeit an den Geräten erst einmal warten, was mir allerdings kein Kopfzerbrechen bereitete.

Als ich zwischendurch nach draußen ging, um beim Weihnachtsbaumverkauf zu helfen, flüsterte ich Mama im Vorbeigehen zu: „Vera ist wieder mit ihrer neuesten Liebe unterwegs, meldet sich aber nicht bei mir. Bei dir vielleicht?" Meine Mutter zuckte mit den Achseln, und ihr Ausdruck wurde besorgt. „Wir reden in der Mittagspause darüber."

Ich versuchte mehrfach erfolglos, Vera anzurufen. Normalerweise teilte sie mir sofort schamlos ihre Erfahrungen mit dem neuen Liebhaber mit. Das geschah diesmal nicht. Ich konnte mir vorstellen, dass sie mich öfter mal mit ihren wechselnden Freunden ärgern und neidisch machen wollte, weil mein Freund Matthias gerade für längere Zeit in Kanada war, um vor seinem Studienabschluss ein Praktikum in Biologie zu absolvieren.

Ich vermisste ihn sehr und wartete ungeduldig auf seine Rückkehr, aber das war weiß Gott kein Grund, auf Vera mit ihrem Luc neidisch zu sein. Boshaft, wie Vera meistens war, nannte sie meinen Freund verächtlich „der Haferkamp", als wäre Haferkamp ein unzumutbarer Familienname, oder betont Matze, eine landläufige Koseform von Matthias, die ich nicht ausstehen kann. Ich hatte mich für Matti entschieden, und Matthias fand, dass das gut passte und freute sich, weil allmählich auch Freunde diese Kurzform der Anrede benutzten.

Beim Mittagessen jedenfalls hakte Mama wegen Vera nach, und ich erzählte vorsichtig von der Party und von Veras Weigerung, mit mir nach Hause zu kommen.

Mama dachte immer sehr praktisch und schlug deshalb vor, den Gastgeber Jan anzurufen und ein paar Erkundigungen über Luc einzuholen.

Leider kannte ich weder Jans Familiennamen noch seine Telefonnummer. Es kostete mich die ganze Mittagspause, bis ich ihn nach einigen vergeblichen Versuchen bei jemandem, den ich kannte, der jemanden kannte, der Jan kannte, endlich erreichte.

Er war tatsächlich zu Hause, meldete sich aber äußerst muffig. Ich stellte mich vor, aber er konnte sich nicht an mich erinnern, weil die Hälfte der Gäste bei seiner Party weder zu seinem Bekanntenkreis gehörten noch eingeladen gewesen waren. Er erzählte mir gleich, dass er beim Packen sei und wenig Zeit habe. Noch am frühen Montag Morgen war sein Vermieter erschienen und hatte ihn rausgeschmissen samt seinen Untermietern. Jan wollte es nicht darauf ankommen lassen, sich durch Hinauszögern seines Auszugs weitere Scherereien einzuhandeln. Er hatte schon Verwandte, die in Lüneburg wohnten, angerufen, um ihnen mitzuteilen, dass er für ein paar Tage ihre Gastfreundschaft in Anspruch nehmen würde.

Ich unterbrach ihn unwirsch, weil er mir überhaupt nicht leid tat, und ich den Rausschmiss nicht im Detail hören wollte. Ich fragte einfach nach Luc. Er wusste nicht viel über ihn, aber das Wenige erzählte er bereitwillig: Student im 19. Semester, im Augenblick angeblich Chemie als Studienfach. Ewiger Schuldenmacher, der versuchte, alle anzupumpen, was ihm aber selten gelang, weil es sich herumgesprochen hatte, dass er geliehenes Geld als Geschenk ansah.

Als ich fragte, ob er gewalttätig sei, lachte Jan. „Ich glaube, er hat schon mal kleinere Schlägereien, aber ein Mörder ist er bestimmt nicht, wenn du das meinst. Ich habe gesehen, dass er mit einer geilen Tussi bei meiner Party etwas angefangen hat. Der tut Frauen nichts Böses an, solange er sie attraktiv findet. Kennst du sie?"

Er pfiff leise, als ich ihm sagte, dass es sich um meine Schwester handelte. Leider kannte Jan weder Lucs Anschrift noch Telefonnummer, allerdings meinte er, sein Familienname sei Heinrich oder Hinrich. Da war er sich nicht sicher. Ich bedankte mich und legte frustriert auf.

Der Nachmittag im Laden wurde ziemlich hektisch, und ich vergaß darüber, weiter über die problematische Vera nachzudenken.

Mama lud mich nach Geschäftsschluss noch zum Abendessen ein, aber ich zog es vor, in meine Wohnung zurückzukehren. Mama war wirklich bemüht und lieb, aber durch die Ausführlichkeit, mit der sie die für sie spannenden Themen ausbreitete, ohne zu bemerken, dass sie einen langweilte, konnte sie sehr nervig sein. Mein Vater war ein Künstler darin, einen aufmerksamen Gesichtsausdruck beizubehalten. Ich bewunderte ihn ob seiner Geduld.

Mamas Hauptinteresse galt Königshäusern, Models, Schauspielern, Sängern und am Himmel aufgehenden Sternchen. Ihrem Wissen aus Gala, Frau im Spiegel und ähnlichen „Schundblättern", wie mein Vater solche Zeitschriften betitelte, verdankten wir auch unsere Namen: Ich hieß Caroline nach

Caroline von Monaco (Mama sprach den Namen französisch aus) und Veras Vorbild war Vera Gräfin Lehndorff, Topmodel in den Sechzigern und Siebzigern, genannt Veruschka. Mama wagte es manchmal, Vera mit dem Kosenamen Veruschka anzusprechen, und das kam überhaupt nicht gut an.

Als Kinder setzten wir uns mit unseren berühmten Vorbildern auseinander, sahen uns Fotos an und spielten ihre Rollen. Als Vera ungefähr zehn Jahre alt war, fand sie an einem Bachrand eine tote Schlange. Sie zog sich nackt aus und drapierte sich die Schlange vor der Brust, die natürlich noch nicht im Ansatz weibliche Rundungen zeigte. Veras Ähnlichkeit mit Veruschka im hautengen Anzug mit einer Riesenschlange dekoriert, hielt sich in Grenzen. Das Foto von Veruschka ging um die Welt, das Foto, das ich von Vera machte, bekamen nicht mal unsere Eltern zu sehen.

Meine Wohnung war leider kalt, als ich nach Hause kam. Aus Ersparnisgründen stelle ich die Heizung ab, sobald ich das Haus verlasse, es sei denn, es friert Stein und Bein.

Die Wohnung hatte ich von unserer Großtante Gertrud geerbt, die kinderlos geblieben war. Es war Vera ein ständiges Ärgernis, dass sie leer ausgegangen war und deshalb bei meinen Eltern wohnen musste, wenn sie überhaupt in Lüneburg war.

Ich weigerte mich, sie bei mir einziehen zu lassen, weil sie ziemlich anstrengend war. Sie beteiligte sich nicht an der Hausarbeit, ließ ihre Sachen überall herumliegen und konnte stundenlang das Bad blockieren, wenn sie mal wieder das Bedürfnis hatte, ihre Haare umzufärben oder sich am ganzen Körper sorgfältig zu rasieren. Einmal führte sie mir sogar vor, wie sexy sie ohne Schamhaare aussah. Auf derlei Intimitäten konnte ich gern verzichten.

Ich hörte die ganze Woche nichts von Vera und machte mir die größten Sorgen. War sie verunglückt, hatte Luc sie in einen Keller gesperrt oder gar zum Messer gegriffen, weil er seine Perversitäten ausleben musste?

Am Wochenende rief sie endlich fröhlich zwitschernd an. Sie war mit Luc die ganze Woche in einem Ferienhaus in Dänemark gewesen und hatte herrliche Tage verbracht, weniger am Strand als im Bett.

Ich versuchte ihr klarzumachen, was für Sorgen sie mir und unseren Eltern gemacht hatte. Sie sagte, sie sei erwachsen und brauche keinen Babysitter. Auf die Frage, ob sie gedenke, mal wieder nach Hause zu kommen und sich nach einem Job umzusehen, antwortete sie lachend: „Ich brauche momentan keinen Job, ich brauche Luc."

Meiner Frage nach dem Ferienhaus wich sie aus, und ich erfuhr erst sehr viel später, dass sie in ein reizendes, in der kalten Jahreszeit leerstehendes Häuschen eingebrochen waren und sich an allem bedient hatten, was es dort zu finden gab. Sie wollte mir auch nicht sagen, wo Luc wohnte, und ob sie bei ihm untergekommen war, wie ich vermutete.

Vera kam zwei Tage vor Weihnachten im Laden vorbei, zum Glück ohne ihren Freund, über den ich mir immer öfter hässliche Gedanken machte. Sie wollte mit mir einen Kaffee trinken, aber das war absolut nicht möglich wegen der Kunden, die sich im Laden drängten. Sie ließen sich schnell noch Gestecke und Sträuße machen, um sie zu Weihnachten zu verschenken.

Wir wechselten nur ein paar Worte. Immerhin verkündete Vera, dass sie Weihnachten nicht mit der Familie verbringen würde und tat ein bisschen geheimnisvoll, was ihre Pläne für die Festtage betraf. Auf meine naive Bitte, im Laden auszuhelfen, erklärte sie, sie habe etwas Dringendes vor, und weg war sie.

Nach Weihnachten wurde es ruhiger, und in der zweiten Januarhälfte blieb der Laden geschlossen. Leider ersparte es mir niemand, die Geräte zu reinigen und einzufetten, aber ich genoss trotzdem ein paar erholsame Tage mit Lesen, Schwimmbadbesuchen und Krimis im Fernsehen. Unsere Eltern hatten nach dem Weihnachtsstress dringend eine Ruhepause nötig und flogen auf die Kanaren, um wenigstens für kurze Zeit dem norddeutschen Winter zu entfliehen.

Mit meiner Ruhe war es vorbei, als ich eines Abends nach Hause kam, und Vera gemütlich auf meiner Couch saß. Sie rauchte und hatte sich an meinem Wein bedient.

Ich setzte mich zu ihr, und wir plauderten ganz gemütlich, bis ich ihren Koffer entdeckte, der hinter einem Sessel stand.

Mir stieg die Röte ins Gesicht, und ich fragte unwirsch: „Was hast du schon wieder vor?" Sie antwortete lakonisch: „Ich mache ein paar Tage Zwischenstation bei dir."

Ich sagte ihr deutlich, dass ich nicht begeistert war, aber das rührte sie überhaupt nicht. „Ich verspreche dir, dass ich diesmal brav sein werde, angenehm und hilfreich."

„Na ja, das klingt ja ganz fremd aus deinem Mund. Ist es mit Luc vorbei?"

Vergebliche Hoffnung. Vera lächelte frech und sagte: „Überhaupt nicht."

Sie brachte ihren Koffer einfach in mein Schlafzimmer, das ich auch als Arbeitszimmer mit Schreibtisch und Laptop benutze, und bedeutete mir, dass ich auf dem Sofa schlafen könne. Ich war sprachlos. Vera war schon immer impertinent und egoistisch gewesen, aber so unverschämt hatte ich sie noch nie erlebt. Was für einen üblen Einfluss übte dieser Luc auf sie aus!

Der Abend war natürlich nicht zu retten. Ich machte in der Küche ein paar Brote, schenkte mir selbst ein Gläschen Wein ein und setzte mich in den Sessel, der am weitesten entfernt von der Couch stand, um meinem inneren Abstand zu Vera auch äußerlich Ausdruck zu verleihen.

Wir schwiegen uns an, bis ich schließlich sagte, ich wolle jetzt schlafen gehen, und deshalb müsse sie sich verziehen. Das Bad könne sie nach mir benutzen.

Als ich gerade aus der Dusche stieg, hörte ich es klingeln. Das konnte nur meine Freundin Svenja sein, die um die Ecke wohnte und manchmal noch spät auf einen Plausch herüberkam. Ich fühlte mich sofort viel besser bei dem Gedanken, dass der Abend durch ihren Besuch sich doch noch nett gestalten würde. Ich zog mich in aller Eile wieder an, öffnete die Badezimmertür und glaubte, vom Schlag getroffen zu werden. Im Flur stand Vera eng umschlungen mit Luc. Luc hatte zwei schmuddelige Taschen neben sich abgestellt, nickte mir kurz zu und beschäftigte sich weiter mit Vera.

Ich zählte langsam bis zehn in der Hoffnung, mich etwas zu beruhigen, und als ich ansetzte, etwas zu sagen, kam Vera mir zuvor. „Du siehst, warum ich das Schlafzimmer haben wollte. Wir bleiben ja auch nur ganz kurz."

Ich ging wortlos ins Wohnzimmer und schlug die Tür zu. Ich hatte nicht mal mehr Lust, mir Bettwäsche aus dem Schlafzimmer zu holen. Ich nahm eine Wolldecke und verkroch mich darunter. Trotzdem hörte ich aus dem Schlafzimmer Gelächter und später Veras Stimme, die immer lauter „ja, ja, ja," schrie.

Ich wusste nicht, wie ich das aushalten sollte, war aber nicht imstande, mir eine Abwehrstrategie zu überlegen.

Morgens machte ich mir in der stillen Wohnung in aller Eile einen Kaffee und steckte das restliche Kaffeepulver in meine Umhängetasche. Das Toastbrot nahm ich auch mit, sie sollten sich wenigstens selbst versorgen oder darben.

Ich frühstückte mit Mama in der Küche und beklagte mich.

„Irgendwie bist du selbst Schuld," sagte Mama. „Du hast Vera immer unterstützt und dir alles gefallen lassen".

Ich wusste, dass sie Recht hatte. Ich musste einen Weg finden, mein Verhalten zu ändern ohne einen kompletten Schlussstrich unter unsere Beziehung zu setzen. Schließlich war sie meine kleine Schwester, und wir hatten auch schöne und lustige Zeiten miteinander gehabt.

Ich blieb noch lange nach Geschäftsschluss und vertrieb mir die Zeit mit nicht wirklich dringend notwendigen Arbeiten. Schließlich machte ich mich schweren Herzens auf den Weg nach Hause. Vera und Luc waren nicht da, aber die Wohnung sah aus, als sei eine Herde Büffel durchgetrampelt. Überall lagen Kleidungsstücke verstreut, der Fernseher lief, und die Musikanlage war nicht ausgeschaltet. Ins Schlafzimmer warf ich lieber keinen Blick, die Küche, der Flur, das Wohnzimmer und das Bad reichten mir.

Ich räumte zunächst wutentbrannt das Bad auf, scheuerte das Waschbecken und die Dusche, um mich in einigermaßen ordentlicher Umgebung frischmachen zu können. Die Küche ließ ich, wie sie war. Die Lust auf Abendessen war mir gründlich vergangen.

In den nächsten Tagen änderte sich nichts. Ich redete ein paarmal auf Vera ein, wenn sie gerade da war, aber sie hörte nicht zu und verschloss sich gänzlich, wenn ich ihr signalisierte, dass sie mit ihrem Lover ausziehen müsse.

Nach ungefähr zehn Tagen hielt ich es nicht mehr aus. Mein einziger Lichtblick war Matthias, dem ich am Telefon mein Leid klagte. Matthias bedauerte mich zutiefst. Ich wusste, dass er Vera nie hatte leiden können, aber jetzt sagte er mir deutlich, was er von meiner Schwester hielt: Er habe nie einen rücksichtsloseren und unverschämteren Menschen kennengelernt. Er riet mir dringend, die verfahrene Situation zu beenden, notfalls durch Auswechseln des Türschlosses.

Zu so einem krassen Schritt konnte ich mich nicht entschließen. Ich war schon drauf und dran, die Wohnung zu verlassen und bei meinen Eltern Unterschlupf zu suchen, bis Vera und Luc abgezogen waren. Aber das war mir doch eine zu große Schlappe, und so bereitete ich mich seelisch auf die entscheidende Aussprache vor.

Ich wartete abends auf die beiden, las sehr unkonzentriert eine Abhandlung über Orchideen und zuckte bei jedem Geräusch von der Straße zusammen.

Als sie schließlich kamen, war ich über meiner Fachzeitschrift eingeschlafen. Ich brauchte nur ein paar Sekunden um festzustellen, dass sie mit Sicherheit alkoholisiert, bekifft oder beides waren, denn sie alberten herum, ohne von mir Notiz zu nehmen.

Ich erhob mich langsam aus meinem Sessel und baute mich vor ihnen auf. Mir war innerlich ganz kalt, aber ich spürte, dass sich so viel Wut aufgestaut hatte, dass mir der Rauswurf jetzt gelingen würde.

„Hört gut zu," sagte ich eisig. „Ich bin weder euer Geldautomat noch eure Putzfrau. Ihr verlasst jetzt sofort meine Wohnung, sonst gibt es Rausschmiss durch die Polizei. Schlaft auf einer Parkbank oder unter einer Brücke, das ist mir egal."

Als Vera Anstalten machte zu antworten, fügte ich scharf hinzu: „Ich brauche keine Diskussionen. Klare Ansage."

Vera bedeutete Luc, dass sie verstanden hatte. Sie fingen tatsächlich an, ihre Sachen zusammenzupacken. Ich stand mit zusammengebissenen Zähnen vorm Wohnzimmerfenster und wartete ab. Es wurde nichts mehr geredet bis auf Veras harte Abschiedsworte, die sie mir an der Wohnungstür entgegenschleuderte: „Du bist ein richtiges Arschloch. Ich will nichts mehr mit dir zu tun haben."

Die Tür wurde zugeknallt, und sie waren weg. Ich weinte gleichzeitig Tränen der Erleichterung und Frustration, bezog mein Bett neu und nahm das Schlafzimmer wieder in Besitz. Leider stank es nach Rauch und nach Sex, und so behielt ich trotz der winterlichen Temperatur das Fenster offen.

Ich kann dazu nur noch bitter sagen, dass das bisschen Bargeld, das ich normalerweise in meinem Schreibtisch aufbewahre, fehlte, ebenso wie ein paar Klamotten und einige Pflegemittel aus dem Bad.

3. Kapitel

Im März kam Matthias aus Kanada zurück. Ich fuhr mit dem Auto meiner Eltern nach Hamburg, um ihn in Fuhlsbüttel abzuholen. Sein Flug hatte über zwei Stunden Verspätung, und vor lauter Nervosität verließ ich mehrfach die Ankunftshalle, um mich draußen mit einer Zigarette zu beruhigen. Endlich erschien auf der Anzeigentafel der grün blinkende Punkt, der signalisierte, dass das Flugzeug gelandet war.

Ich empfand die neuerliche Wartezeit als Ewigkeit, bis Matthias endlich mit seinem Gepäck aus dem Terminal kam. Ich flog ihm aufschluchzend in die Arme und hatte den Eindruck, dass auch Matthias sich ein paar Freudentränen männlich verkniff.

Nach einer innigen Umarmung und einem hungrigen Kuss schob Matthias mich von sich weg, um mich zu betrachten. „Du siehst umwerfend aus, und deine längeren Haare stehen dir blendend. Geht es dir auch richtig gut? Ich sehe eine kleine Sorgenfalte auf deiner Stirn. Erzähl!"

Ich wollte eigentlich nicht sofort zu jammern anfangen, weil Vera sich seit dem Rausschmiss tatsächlich nicht mehr gemeldet hatte, weder bei mir, noch bei unseren Eltern. Ich sagte Matthias nur, dass Vera mir schrecklich fehle, trotz ihres widerwärtigen Verhaltens, und dass ich nicht aufhören könne, mir die schlimmsten Gräuel auszumalen.

Wir fuhren erstmal zu mir, weil Matthias seine kleine Studentenwohnung vor seiner Abreise untervermietet hatte, und sein Mieter noch nicht ausgezogen war. Ich hatte ein aufwändiges Willkommensessen vorbereitet, und bei Kerzenlicht und Sekt ließ ich Matthias erzählen.

Wir hielten es schließlich nicht mehr aus, uns einfach gegenüber zu sitzen und Händchen zu halten. Wir waren völlig ausgehungert nacheinander, und unsere Liebesnacht im Bett endete erst im Morgengrauen, als wir beide erschöpft und wund waren.

Nach ein paar Tagen wurde die Wohnung von Matthias wieder frei, und er zog um. Er bedauerte zutiefst, mich zu verlassen, aber er musste seine Diplomarbeit über die Flora von British Columbia, die er weitgehend während seines Aufenthalts in Kanada geschrieben hatte, überarbeiten. Außerdem standen die letzten Prüfungen an. Er war in meiner Gegenwart unkonzentriert und brauchte seinen Freiraum. Während der nächsten zwei Monate trafen wir uns sporadisch bei ihm oder bei mir. Ich war ja außerhalb meiner Arbeitszeit völlig frei, mit ihm zusammen zu sein. Bedauerlicherweise waren mir unsere Treffen viel zu kurz, aber ich erkannte, dass Matthias ein richtiger Workaholic sein konnte, jetzt, wo es um den Endspurt ging.

Im Mai reichte er seine Diplomarbeit ein, und anschließend büffelte er besessen auf seine Abschlussprüfung.

Während des Sommers verbrachte ich ein paar Tage mit Svenja auf Sylt bei schönstem Wetter. Wir lagen am Strand herum, schwammen häufig, obwohl das Wasser nicht gerade mollig warm war, und gingen viel spazieren. Svenja hatte den Hund einer Tante mitgebracht, den sie für ein paar Wochen hütete. Sie erzählte mir, dass die Tante sich im Ersatzteillager einer Klinik eine neue Hüfte geleistet hatte. Trotz der gut verlaufenen Operation und einer anschließenden Kur in einer Rehaklinik hatte sie sich noch nicht so weit stabilisiert, dass sie mit ihrem lebhaften Briard zurecht kommen konnte.

Ich machte mir nicht viel aus Hunden, aber Svenjas Exemplar war so gelehrig und freundlich, dass ich meine Meinung revidierte. Der Hund war schon als Welpe fachgerecht erzogen worden, und es machte einfach Spaß, ihn bei Spaziergängen, Radfahrten oder Strandaufenthalten dabei zu haben. Ich hatte das Thema Hund nie angesprochen, aber ich dachte mir, dass Matthias vielleicht auch geneigt sein könnte, einen so umgänglichen Gefährten anzuschaffen.

Im übrigen bedauerte ich zutiefst, dass Matthias bei dem schönen Wetter nicht dabei sein konnte. Er saß in seiner Wohnung oder in der Unibibliothek und verpasste den Sommer. Aber es war ja ein Ende abzusehen.

Im September schloss er sein Studium mit gutem Ergebnis ab, und für uns fing eine spannende Zeit an mit großen Veränderungen. Matthias machte sich auf die Suche nach einer geeigneten Arbeitsstelle. Ein Forschungslabor kam für ihn nicht in Frage, ebenso wenig wie die gut dotierte Stelle in einer Chemiefabrik, die ihm nach einem Vorstellungsgespräch angeboten wurde. Auch die pharmazeutische Industrie schloss er aus ethischen Gründen aus. Und für die Landwirtschaft, die heutzutage in den meisten Fällen zu einem industriellen Agrarunternehmen mutiert ist, konnte er sich überhaupt nicht erwärmen, obwohl eine umweltfreundliche Form von Landwirtschaft ihm sehr gelegen hätte.

Matthias hatte betuchte Eltern, die nicht knausrig waren und ihm mehrere Monate intensiver Suche ohne eigene Einkünfte ermöglichten. Nach einer Reihe von Enttäuschungen stieß er auf ein Stellenangebot, das für ihn den absoluten Glücksfall bedeutete. Bei der Landesanstalt für Großschutzgebiete in Brandenburg war eine Teilzeitstelle ausgeschrieben. Matthias, der ein großer Bewunderer des leider früh verstorbenen Initiators des Elbtalaue war, reiste nach Eberswalde um sich vorzustellen. Er hatte sich gründlich eingelesen in die präzise dokumentierten Vorgänge, die zur Entstehung der Elbtalaue geführt hatten, und konnte selber einige Ideen vortragen zur Weiterführung der Großschutzgebiete.

Matthias kam richtig euphorisch zurück, denn er glaubte, einen guten Eindruck gemacht zu haben und sah sich schon in die Fußstapfen seines großen Vorgängers treten.

Die Wartezeit, bis der Bescheid kam, war für ihn zermürbend, aber letztendlich wurde er belohnt. Er erhielt die Stelle und sollte zu Beginn des neuen Jahres anfangen.

Natürlich konnte er nicht in Lüneburg wohnen bleiben wegen der langen Anfahrt zur Arbeitsstelle. Er würde zwar nicht täglich im Büro in Eberswalde sitzen, aber die wechselnden Orte seiner künftigen Aktivitäten in Brandenburg und bei der Unteren Naturschutzbehörde im Landkreis Lüchow-Dannenberg erforderten einen Umzug.

Für Matthias war das eigentlich kein Problem, denn er war im Wendland aufgewachsen und hatte das Gymnasium in Lüchow besucht. Sein Vater hatte eine gutgehende Zahnarztpraxis in Groß Gusborn, einige Freunde aus der Schulzeit waren in der näheren Umgebung hängen geblieben, und eine ganze Menge mehr oder weniger enge Verwandte wohnten über den ganzen Landkreis verstreut. Es lag für ihn nah, mit viel Enthusiasmus in die alte Heimat zurückzukehren.

Ich war schon mehrfach bei seinen Eltern zu Besuch gewesen und hatte vielen Aspekten des Wendlands einiges abgewonnen. Als Matthias vorschlug, dass wir endlich zusammenziehen sollten, konnte ich mich für den Gedanken, im Wendland zu leben, sehr begeistern. Der einzige Wermutstropfen waren meine Eltern. Sie würden mich nicht nur als Tochter vermissen – zumal von Vera immer noch nichts zu hören war -, sondern auch wegen der Arbeit in der Gärtnerei Schwierigkeiten bekommen. Sie mussten einen vollwertigen Ersatz für mich finden, und als das Thema anstand, gab sogar mein Vater zu, dass er meine Fachkenntnisse und meinen engagierten Einsatz sehr schätzte und meinte, es würde schwierig werden, ohne mich auszukommen.

Die Eltern von Matthias boten uns eine Wohnung in ihrem Haus in Groß Gusborn an, aber wir hatten beide keine Lust, so eng aufeinander zu hocken. Unsere Glücksserie riss nicht ab: Von einem entfernten Cousin wurde Matthias ein Haus in Langendorf angeboten, das seit einiger Zeit leer stand und eigentlich für die Schwester des Cousins reserviert gewesen war. Deren Beziehung ging aber kurz vor der Hochzeit in die Brüche, und sie nahm eine Stelle in England an, um die schmerzliche

Niederlage schnell zu vergessen, und damit kam das Haus auf den Markt.

Ich nahm mir sofort frei, und wir fuhren nach Langendorf, um uns das Haus anzusehen. Es gibt ja im Wendland reichlich Auswahl an Objekten, die im Vergleich mit anderen Gegenden traumhaft günstig sind, aber so einen Glücksfall konnten wir kaum fassen. Das Haus war ein Dreiständer, eine Bauweise, die wir beide besonders schätzten. Es war glücklicherweise seit Jahrzehnten unverändert geblieben. Es gab keine Plastikböden, die man herausreißen musste, keine Plastikfenster und keine als Garage mit automatischem Tor genutzte Tenne. Das Rückgängigmachen von Umbausünden blieb uns erspart.

Das Grundstück samt ehemaliger Hauskoppel war riesig und bot alle Möglichkeiten der Nutzung. Es gab einen separaten Kuhstall aus der Nachkriegszeit, der aber so verfallen war, dass man ihn ohne zu weinen abreißen konnte. Natürlich stellten sich bei näherem Hinsehen einige Nachteile heraus. Das Haus lag ein Stück von der Dorfstraße zurückgesetzt mit dem Scheunenteil zur Straße. Leider war das die Sonnenseite. Der Wohnteil ging nach Norden und Osten, und im Osten verstellte ein kleiner Eichenwald die Sonne. Nach Norden grenzte das Grundstück an Felder, und in der Ferne lagen Kuhweiden, die man vermutlich vom Erdgeschoss im Sommer nicht sehen würde, falls wie üblich Mais angebaut wurde.

Erfreulicherweise gab es eine Treppe nach oben mit einem kleinen Flur. Die Treppe war zwar baufällig und wurmstichig, aber das hielt uns nicht ab, hinauf zu steigen. Nach vorsichtigem Tasten Stufe für Stufe erreichten wir den Flur, und ich ging durch eine schief in den Angeln hängende Tür in eines der beiden nach Norden ausgerichteten Zimmer. Durch die erblindeten Scheiben von einem der Fenster konnte man erkennen, dass es tatsächlich einen Elbblick gab. Ich versuchte natürlich gleich, eins der Fenster zu öffnen, aber die Rahmen waren so verquollen, dass ich schnell von meinem Unterfangen abließ aus Angst, ich könnte im nächsten Moment das ganze Fenster aus dem Fachwerk hebeln und in der Hand halten.

Wir waren uns aber sofort einig, dass dieser alte Dreiständer unser Zuhause werden würde. Die Schwierigkeiten schoben wir beiseite und sprudelten während der Rückfahrt nach Lüneburg über vor Umbauideen.

Da ich mich schon lange für Fachwerkhäuser begeisterte, besaß ich eine ganze Sammlung von Bauzeitschriften, die ich nach den verschiedensten Gesichtspunkten in einem gesonderten Regal geordnet hatte: Schöne Eingänge, tolle Bäder, moderne Küchen, Wohnzimmer mit Kaminen, ausgefallene Treppen und wunderschöne Gärten. Wir kuschelten uns in meinem Wohnzimmer auf der Couch aneinander und nahmen uns die Zeitschriften vor. Ich fing natürlich mit den Gärten an, was Matti sehr lustig fand, aber zum derzeitigen Zeitpunkt der Planungen ziemlich daneben. Er meinte, ich würde schon die Gardinen aufhängen, bevor ich überhaupt von einem Objekt Kenntnis hatte. Er dagegen konzentrierte sich vernünftigerweise auf das Haus.

Nach einigen verworfenen Plänen und mehreren Gläsern Rotwein fiel mir plötzlich ein Punkt ein, den wir bisher völlig vernachlässigt hatten: die Finanzierung. Ich war wohl schon so angeheitert, dass ich unser Versäumnis komisch fand, aber Matti konnte dem Problem keine heitere Seite abgewinnen. Er legte die Zeitschrift, die er gerade studierte, weg, nahm mich in den Arm und sagte: „Du bist wirklich realistisch. Ich dagegen habe den Gedanken an die Kosten bisher bewusst unterdrückt. Es ist so trübselig, an etwas so Prosaisches wie die Finanzierung zu denken, wenn man seinen Platz im Himmel gefunden hat. Lass uns jetzt schlafen gehen und morgen an Geld denken."

Über die Finanzierung des Hauskaufs gerieten wir uns fast in die Haare. Meine Eltern hatten für Vera und mich vor etlichen Jahren Bausparverträge abgeschlossen, als man vor den drastischen Zinssenkungen so etwas noch tat, und sie wollten mir sofort das angesparte Geld zur Verfügung stellen. Die Rückzahlung des Darlehens sollte ich allerdings selbst leisten. Matti bekam von seinen Eltern ebenfalls einen stattliche Summe geschenkt als Voraberbe, damit er seinen Traum vom Wohnen im Wendland in der Nähe seiner Eltern verwirklichen konnte. Matti kam mit einem ganz altmodischen Gedanken, der mich richtig in Rage brachte. Er wollte nämlich allein das Haus auf seinen Namen erwerben und die gesamte Finanzierung übernehmen.

„Du bist dann so gnädig, mich da auch wohnen zu lassen? Und wenn du dich nach einer jüngeren Frau umsiehst so in zehn, fünfzehn Jahren kann ich meine Koffer packen? Das läuft überhaupt nicht. Das Haus wird halbe-halbe erworben, sonst lassen wir's". Ich wollte weiter giften, aber Matti bremste mich. Er war total entsetzt, weil er solche Ausbrüche nicht von mir kannte, jedenfalls nicht ihm gegenüber.

Mit Matti konnte man sich nicht wirklich streiten, zumindest nicht mit Anschreien und dem Werfen von Gegenständen. Wir besprachen also das Problem in Ruhe, und schließlich waren wir uns völlig einig, dass die Finanzierung je zur Hälfte von uns getragen werden sollte.

Ich sagte Matti, dass ich es richtig toll fände, in welch friedlicher Zeit wir aufgewachsen waren mit großzügigen Eltern, die es sich durchaus leisten konnten, uns zu unterstützen. Ich dachte an meine Großeltern, die nach dem Krieg alle Hände voll zu tun hatten, überhaupt wieder Boden unter die Füße zu bekommen und sich kaum in der Lage sahen, für ihre Kinder viel zu tun, so wie es in Millionen Familien der Fall gewesen war.

Der Kauf des Hauses zog sich ein paar Wochen hin bis zum Notartermin, aber da Matti verwandt mit dem Verkäufer war, bekamen wir den Schlüssel ausgehändigt ohne offizielle Ermächtigung, nachdem die üblichen Details geklärt waren.

Am liebsten wären wir gleich eingezogen, was natürlich ein Ding der Unmöglichkeit war. Nicht nur, dass es einen einzigen Kaltwasserhahn in der düsteren Küche gab, und draußen ein Plumpsklo, von dem wir nicht mal wussten, ob die Grube darunter noch richtig funktionierte, sondern auch außer dem alten Kohleherd nur einen hässlichen Kachelofen im Wohnraum, der von der Tenne aus beheizt werden konnte. Der Kachelofen und das fließende Wasser in der Küche waren immerhin eine Konzession an die Neuzeit, die man nach dem Krieg gemacht hatte.

Am Sonnabend nach Übergabe des Schlüssels fuhr ich mit dem VW Pritschenwagen meiner Eltern, den sie in der Woche für die Gärtnerei benutzten, nach Langendorf, um trotz aller Widrigkeiten das Haus einzuweihen. Wir holten bei Mattis' Eltern alte Matratzen, dicke Decken und einen Tisch mit ein paar ausgemusterten Plastiksesseln für den Garten.

Leider war es nicht nur ziemlich kalt, sondern auch extrem windig, und der Wind pfiff durch die undichten Fenster und Türen, so dass man fast glauben konnte, im Freien zu sein. Wir heizten zunächst den Kachelofen an, der nicht ziehen wollte, und dann den Küchenherd, bei dem der Qualm aus allen Ritzen drang, bis wir die Hand nicht mehr vor Augen sahen und hustend die Küche verlassen mussten.

Matti mutmaßte, dass es am kalten Schornstein liegen müsste, der seit Jahren nicht benutzt worden war. Er schlug vor, einen Spaziergang an der Elbe zu machen und anschließend zu sehen, ob unsere Heizquellen sich in der Zwischenzeit besonnen hatten.

Es klappte tatsächlich. Als wir von unserem Spaziergang zurückkamen, hatte sich der Rauch einigermaßen verzogen, und es fing sogar an, ein bisschen warm zu werden. Ich hatte einen Eintopf mitgebracht und fand es höchst vergnüglich, ihn auf dem Kohleherd warmzumachen.

Leider hatten wir keine Teller, aber immerhin hatten wir altes Besteck in einer Schublade gefunden, dass zwar nicht gerade appetitlich aussah, aber nach einigem Schrubben benutzbar war.

Wir saßen also leise frierend an unserem Campingtisch und löffelten die Suppe aus dem Topf.

Uns kam es vor, als seien wir bei einem Überlebenstraining, und die Vorstellung, dass früher fast alle Menschen ein so hartes Leben gehabt hatten, machte mich schaudern.

Am Nachmittag wurde es besser mit der Wärme. Ich hatte ein Thermometer im Auto und nahm es mit ins Haus um festzustellen, welch tropische Temperatur wir erreicht hatten. Immerhin zwölf Grad!

Es wurde sehr schnell dunkel, und da wir in der Küche nur eine nackte Birne hatten und im Wohnzimmer eine alte Stehlampe, fingen wir nicht mehr viel an. Lesen konnte man bei der miserablen Beleuchtung nicht, und ohne sich in eine Daunendecke zu wickeln auch nicht kuschelig herumsitzen. Wir beschlossen also, früh ins Bett zu gehen. Ich machte noch einen Glühwein heiß, nach dessen Genuss uns etwas wärmer wurde, und dann schlüpften wir unter die dicken Daunendecken. Ich warf Matti seine Pudelmütze zu, damit er am Kopf nicht so frieren musste, und lachte ihn dann aus, weil er mit der Mütze aussah wie der Deutsche Michel.

Wir kuschelten uns aneinander, und Matti trug mir seine neueste Umbauidee vor. Er stellte sich vor, dass wir die Tenne, die ja auf der Sonnenseite lag, als Wohnzimmer nutzen würden. Da der Raum sehr viel Tiefe hatte, würde ein verglastes Scheunentor als Lichtquelle nicht ausreichen. Deshalb könnte man die Tenne bis ins Dach offenlassen und im First einen gläsernen Dachreiter einsetzen.

Ich war begeistert von der Idee, aber mir kamen gleich Bedenken wegen des Denkmalschutzes. Es war kaum vorstellbar, dass das Denkmalamt einen gläsernen Dachreiter bei einem Dreiständer genehmigen würde.

Wir hingen eine Weile unseren Gedanken nach und hatten unsere Hände unter der Decke liebevoll verschränkt. Irgendwann kuschelte ich mich an ihn und sagte: „Es ist unglaublich schön, so könnte es immer bleiben." „O.k.," antwortete Matti. „Wenn du es so schön findest, lassen wir alle Umbaumaßnahmen weg. Wird billiger und ist auch weniger Arbeit."

Ich trat ihn kräftig in die Seite, und wir fingen zu kabbeln an. Unsere kleinen Handgreiflichkeiten endeten damit, dass ich von der Matratze fiel und die Daunendecke mitriss. Matti hievte mich sofort mitsamt der Decke zurück auf meine Matratze, und dann wurde er sehr zärtlich.

Ich wachte irgendwann in der Nacht davon auf, dass Matti sich von seiner Matratze hoch stemmte und barfuß durch den kalten Raum lief, um offenbar den Lichtschalter zu suchen. „Was machst du denn?" fragte ich schlaftrunken.

Matti hatte den Lichtschalter gefunden und stand ganz still, als würde er auf etwas lauschen. Dann hörte ich ihn laut einatmen und schnüffeln wie ein Hund. „Es riecht nach Rauch," sagte er. „Ich muss mal checken, ob unsere beiden Heizquellen in Ordnung sind."

Damit verschwand er in der Küche, kam aber gleich darauf zurück. „Es muss woanders herkommen, hier kann ich nichts entdecken."

Jetzt bemerkte ich auch einen schwachen Rauchgeruch und wurde unruhig. Das fehlte noch, dass uns die Bude abbrannte, bevor wir sie richtig in Besitz genommen hatten!

Wir zogen uns beide notdürftig etwas Warmes über und gingen durch eine der beiden Stalltüren neben dem Scheunentor ins Freie, um einen Blick auf die Straße zu werfen. Zunächst konnten wir nichts Ungewöhnliches sehen, aber als wir uns der Dorfstraße näherten, nahm der Rauchgeruch zu, und wir entdeckten auf der gegenüberliegenden Seite eine kleine Rauchwolke, die aus einem unbewohnten Haus quoll.

Matti reagierte blitzschnell. Er rannte zurück ins Haus, griff sein Handy, das neben der Matratze in seiner ledernen Umhängetasche steckte, und wählte die 112. Wie nicht anders zu erwarten, hatte er im Haus keinen Empfang und stürzte fluchend in den Garten, mit dem Handy in der Luft herumfuchtelnd. Irgendwann zeigte sein Handy Empfang an, und er erreichte die Feuerwehr.

Es dauerte nur ein paar Minuten, bis die erste Sirene ertönte, und schon gingen in ein paar Häusern an der Dorfstraße Lichter an. Die ersten Autos fuhren nach erstaunlich kurzer Zeit Richtung Feuerwehrmagazin, so dass es mir vorkam, als würde es sich um eine vorangemeldete Übung handeln. Nach einigen weiteren Minuten wurden auch die Feuerwehren der umliegenden Orte alarmiert, und der erste Löschzug aus Langendorf traf ein.

Gerade als sie vor dem schwelenden Haus hielten, gab es ein merkwürdiges Zischen, und eine gewaltige Flamme schlug aus einem der oberen Fenster. Im Nu stand das ganze Gebäude in Flammen, und man konnte schnell erkennen, dass es keine Rettung mehr geben würde. Mit geübter Schnelligkeit wurden die Schläuche ausgerollt, und der Wasserstrahl zischte in die Flammen. So würde wenigstens ein Ausbreiten des Feuers in den Garten und die umliegenden Bäume verhindert werden.

Matti wollte zurück ins Haus gehen, aber ich konnte mich von dem Anblick nicht lösen. Ich fand das Flammenmeer zugleich schauerlich und schön. Ich umklammerte Mattis' Taille, und er legte beschützend seinen Arm über meine Schultern.

Wir blieben auf der Straße stehen, bis die Balken nachgaben, und das Gebäude funkenstiebend zusammenfiel. Die Gaffer – zu denen ich uns ja auch zählen musste - zerstreuten sich langsam, und wir gingen zurück ins Haus.

Ich konnte lange nicht einschlafen. Mich beschäftigte die Frage, aus welchem Grund dieses unbewohnte Haus mitten in der Nacht in Flammen aufgegangen war. Natürlich kam mir zuallererst der Gedanke an Versicherungsbetrug, aber dazu musste ich wissen, ob das Haus überhaupt versichert war, und ob der Eigentümer vielleicht versucht hatte, es zu verkaufen und es nicht losgeworden war.

Während Matti am nächsten Morgen unsere beiden Feuerstellen versorgte, zog ich meinen Anorak über und lief auf die Straße um zu sehen, was aus dem Brand geworden war. Ein kleines Feuerwehrauto stand noch da mit zwei Mann Besatzung. Vermutlich waren sie eingeteilt, um Brandwache zu halten. Sonst war alles still, und die Brandstelle schwelte noch mit kleinen weißlichgrauen Wölkchen. In der Luft stand noch durchdringend der überaus unangenehme Brandgeruch.

Wir verbrachten den Sonntag weitgehend mit Planen für den Umbau. Mittags wären wir gern essen gegangen, aber in Langendorf und den nächsten Orten bot sich kein einschlägiges Restaurant an, und auf eine längere Autofahrt hatten wir keine Lust. Ich hatte ein paar Lebensmittel mitgebracht, und so briet ich Rührei mit Pilzen auf dem Kohleherd in der gammeligen Küche.

Am Nachmittag machten wir einen Spaziergang an der Elbe. Das Wasser stand ziemlich hoch, und man hatte bereits Warnungen ausgegeben, dass es ein Hochwasser geben könnte, wenn weiter Regen oder Schnee fiel.

An der Elbe wehte ein unangenehmer Ostwind, und wir fingen schnell zu frieren an. Ich mag unter meiner langen Hose nur Söckchen tragen, aber ausnahmsweise sehnte ich mich in der jetzigen Situation nach einer langen Unterhose. Wir kürzten also unseren Spaziergang ab, kehrten in „unser" Haus, wie wir es bereits bezeichneten, zurück, und stellten erfreut fest, dass es mittlerweile einigermaßen warm geworden war.

4. Kapitel

Am Montag nach dem Wochenende in Langendorf überraschte mich Matti durch einen Anruf in der Gärtnerei. Eigentlich wollte ich während der Geschäftszeiten nicht privat telefonieren, aber diesmal war es dringend. Wie Matti berichtete, hatte er, als er die Feuerwehr über den Brand informierte, seinen Namen und seine Adresse angeben müssen. Am Montag in aller Frühe stand die Kriminalpolizei vor der Tür seines Elternhauses, wo er wieder eingezogen war, um von dort aus so bald wie möglich die Arbeiten in Langendorf in Angriff nehmen zu können.

Ein Herr Bartoschak stellte sich als Hauptkommissar vor.

Er sagte, sein Besuch sei reine Routine, aber die Polizei müsse überprüfen, wie das Feuer von Matti mitten in der Nacht entdeckt worden war, und unterschwellig konnte Matti heraushören, dass man ihn verdächtigte, es selbst gelegt zu haben. Matti amüsierte sich darüber, dass alle Vorurteile bedient worden waren: Der Pyromane verständigt selbst die Feuerwehr, aber so spät, dass nicht mehr viel zu machen ist, und dann genießt er als Zuschauer oder häufig als Helfer den Brand.

Es war notwendig, dass auch ich eine Aussage machte, um die Situation, die Matti geschildert hatte, zu bestätigen. Herr Bartoschak erklärte, dass man zuerst einmal von Brandstiftung ausgehe und dann überprüfen müsse, ob es sich um einen Versicherungsbetrug handelt. Matti und ich hatten natürlich über das Thema gesprochen, und es war uns ein Rätsel, wie das unbewohnte Haus einfach so in Flammen aufgehen konnte.

Herr Bartoschak deutete an, dass unter Umständen mit dem veralteten Stromnetz etwas nicht in Ordnung gewesen sein könnte, wobei er es erstaunlich fand, dass der Strom nicht längst abgeklemmt worden war. Matti sagte ihm, dass auch bei unserem Objekt der Strom weiter vorhanden war, weil man ihn gelegentlich benötigte, um kleinere Reparaturen auszuführen.

Außerdem war es natürlich eine Frage des Geldes, ob man bei einem unbewohnten Haus für etwas zahlen wollte, das man eigentlich nicht brauchte. Wer genug Geld hatte, um sich diesen Luxus zu leisten, dachte oft nicht einmal über so kleinliche Sparmöglichkeiten wie das Abstellen von Strom und Wasser nach.

Die Kriminalpolizei rief noch am gleichen Tag bei mir an. Am Telefon konnte ich natürlich nichts klären, und ich machte deutlich, dass ich nicht willens war, wegen meiner lächerlichen Aussage nach Lüchow zu fahren. Also kündigten die Beamten einen Besuch bei mir zu Hause für den Abend an.

Ich war ein bisschen entrüstet, dass die Kripo mit so einem aufwändigen Unternehmen unsere Steuergelder verschleuderte: Zwei Beamte, die sich auf den Weg nach Lüneburg machten. Ich vermutete zudem, dass ihnen die kleine Ausfahrt besser gefiel, als vor dem Computer zu sitzen. Na ja, es sei ihnen gegönnt. Sie hatten doch sicherlich bedacht, dass ich einen ganzen Tag Zeit gehabt hatte, um mich mit Matti abzusprechen, falls wir eine krumme Tour gedreht haben sollten.

Ich war kaum aus der Gärtnerei zurück, als es schon klingelte. Besagter Herr Bartoschak stellte sich und seinen Begleiter vor. Herr Bartoschak gefiel mir überhaupt nicht. Er hatte einen leicht überheblichen Zug um den Mund, und seine Kleidung war nicht gerade vorteilhaft. Er trug eine Jeans, die über dem Bauch spannte, und ein dunkelblaues, enges Kurzmäntelchen, wie es gerade bei jungen Bankern modern war.

Ich war gespannt auf seine Fragen. Zunächst musste ich den Verlauf des Tages schildern, und dann kamen wir auf die Nacht zu sprechen. „Was haben Sie gemacht, als Sie im Bett waren?" Die Frage forderte mich geradezu zu einer frechen Antwort heraus: „Was man im Bett eben so macht. Erst ficken und dann schlafen."

Herr Bartoschak zuckte nur ganz kurz mit den Augenbrauen und hatte sich sofort wieder gefangen. „Wovon Sind Sie aufgewacht?" „Davon, dass mein Freund im Dunkeln herumtapste und den Lichtschalter suchte. Dann hat er mir erklärt, dass er dem Rauchgeruch nachgehen wolle, den ich dann auch bemerkte."

„Sie waren also nicht noch einmal im Garten? Oder Ihr Freund hat sich unbemerkt herausgeschlichen?"

Jetzt musste ich wirklich lachen. „Ich schlafe so leicht, dass ich eine Maus husten höre. Ungehört rausschleichen ist bei mir nicht. Was unterstellen Sie uns eigentlich?"

Herr Bartoschak und sein Begleiter bedankten sich ziemlich unvermittelt für meine Aussage und verabschiedeten sich. Als ich meine Wohnungstür schloss, kam mir die ganze Situation überaus merkwürdig vor. War es wirklich üblich, denjenigen, der einen Unfall, einen Mord oder ein Feuer meldete, zuerst einmal zu verdächtigen?

Zu meiner Genugtuung wurden die Bewohner der umliegenden Häuser von der Brandstätte auch befragt. Wer war nachts unterwegs gewesen? Hatte man ein Auto bemerkt, dass auffällig parkte? Niemand konnte irgendwelche sachdienlichen Hinweise geben, dafür wurde um so mehr spekuliert. Außer einer Schlägerei beim letzten Schützenfest und einer Scheidung war schon lange nichts so Aufregendes mehr passiert. Man erzählte sich, dass die Feuerversicherung Experten geschickt hatte, um ein eventuelles Fremdeinwirken festzustellen, aber es kam nichts dabei heraus. Natürlich hatte die Versicherung großes Interesse daran, dem Hausbesitzer warmes Abbauen nachzuweisen, um die Versicherungssumme nicht zahlen zu müssen.

Der Besitzer, ein junger Mann aus Uelzen, der das Haus überraschend geerbt hatte und keinerlei Verwendung dafür fand, war zur Zeit des Brandes überhaupt nicht in erreichbarer Nähe gewesen. Er war dem kühlen, unangenehmen Wetter ausgewichen und hatte mit seiner Familie die Vorweihnachtszeit beim Schnorcheln und Schwimmen in Sharm-el-Sheik auf der Halbinsel Sinai in Ägypten verbracht. Ein besseres Alibi konnte man kaum haben.

Ich fand es allerdings etwas unangebracht, sich bei der derzeitigen Situation in Ägypten sorglos in die Sonne zu legen und die massiven Probleme, die es im arabischen Raum gibt, auszublenden. Na ja, es sind eben nicht alle Leute so vernünftig wie ich.

Das Haus war bereits seit zwei Jahren beim Maklerbüro der Sparkasse ausgeschrieben gewesen, aber das Interesse hielt sich in Grenzen. Die Zeiten, wo die Städter auf's Land drängen und schwärmerisch die alten Bauernhäuser wieder herstellen, sind vorbei.

Allmählich beruhigten sich die Gemüter, und wir hörten kaum noch etwas über den Brand.

5. Kapitel

Zu Weihnachten hatten wir immer noch kein Lebenszeichen von Vera erhalten. Unsere Mutter war ganz verzweifelt und weinte oft. Ich fand es an der Zeit, die Polizei einzuschalten, aber unser Vater wollte davon nichts wissen. „Das Aas hat sich einfach versteckt und will uns eins auswischen. Warum, weiß ich nicht, ich habe ihr jedenfalls nichts getan."

Wir saßen um den Esstisch am ersten Weihnachtstag. Matti und seine Eltern waren eingeladen, und es gab eine Gans, die garantiert biologisch und ökologisch einwandfrei aufgewachsen war. Sie stammte von Nachbarn, die vor Weihnachten ihr Geflügel auf pfiffige Weise versteigerten. Beim Versteigerungstermin gab es zum Aufwärmen Sekt, Häppchen und Musik, und wenn alle ein bisschen angeheitert waren, ging die Versteigerung los. Der Erlös, den unsere Nachbarn für jede einzelne Gans erzielten, konnte sich sehen lassen, und alle hatten ihren Spaß.

Jedenfalls beleuchteten wir den Fall Vera von allen Seiten. Mir war es ein bisschen peinlich, Einzelheiten über Veras Verhalten in den vergangenen Jahren vor Mattis Eltern auszubreiten, aber sie würden sowieso früher oder später von Veras unmöglichem Benehmen erfahren.

Natürlich kamen wir zu keinem Ergebnis und beendeten die Überlegungen. Mama weinte noch ein bisschen, aber dann fing sie sich, und der Abend wurde noch ganz lustig, zumal die Gans hervorragend gelungen war.

Matti trat zum Jahreswechsel seine neue Stelle an und wurde in Eberswalde in sein Arbeitsgebiet eingewiesen. Er konnte nur kurz ins Wendland kommen, als der Kaufvertrag für das Haus in Langendorf fertig war, und ein Notartermin vereinbart wurde

Es klappte alles hervorragend, und wir beide waren stolzgeschwellte Hausbesitzer. Unsere Ideen und Pläne ließen wir von einem Architekten umsetzen, der bekannt dafür war, dass er alte Häuser sachgerecht sanierte, indem er Altes und Modernes gekonnt kombinierte. Unser Dachreiter fiel natürlich weg, weil nicht genehmigungsfähig, aber das Scheunentor konnten wir durch ein Glastor ersetzen. Die ehemaligen Stalltüren links und rechts von der Tenneneinfahrt erhielten fest verglaste Fenster, die bis zum Boden heruntergezogen waren. Es sah toll aus und brachte sehr viel Licht, zumal wir die Nachmittagssonne auf Tor und Stalltüren hatten.

Es ging natürlich nicht so schnell, wie ich es jetzt hier sage. Es mussten Balken ausgewechselt, zwei Schwellen erneuert und Wände in den Fachwerkfächern neu ausgemauert werden.

Ich versuchte, so oft wie möglich vor Ort zu sein, um den Bau zu beaufsichtigen. Ich konnte wirklich über den Architekten nicht klagen. Er war ständig da, ging geschickt mit den Handwerkern um und packte auch mal selber mit an.

Ich war ganz schön ausgelastet mit der Arbeit in der Gärtnerei, der Fahrerei von Lüneburg ins Wendland und all den Besorgungen, die ich fast täglich für die Renovierung des Hauses machen musste. Ich freute mich einerseits auf den Zeitpunkt, wenn wir anfangen würden, Materialien für den Innenausbau auszusuchen: Fliesen fürs Bad, Fußböden, eine Küche. Andererseits würde das ungeheuer viel Zeit kosten, und durch Mattis derzeitige Abwesenheit, würden wir unsere Suche auf das Wochenende beschränken müssen.

An einem warmen Märztag beschloss ich, auf meinem Weg nach Langendorf in Dannenberg Station zu machen, um bei dem Italiener am Marktplatz einen Kaffee zu trinken. Es saßen bereits einige Leute im Freien, was ein bisschen heldenhaft war, aber Spaß machte.

Ich ließ mich einfach hängen und beobachtete träge, was lief. Plötzlich war ich hellwach. Eine große, sehr dünne Frau mit langen schwarzen Haaren ging mit abwesendem Blick vorbei, und mir versagte vor Aufregung fast die Stimme, als ich „Vera" schrie. Ich sprang so heftig auf, dass meine Tasse herunterfiel und stürzte auf den Platz zu Vera.

Ich hatte sie schon umarmt, ehe sie recht wusste, wie ihr geschah. Es dauerte einen Moment, bis sie mich richtig wahrnahm und reagieren konnte. Ich glaubte zunächst, sie würde mich zurückstoßen, aber stattdessen umarmte sie mich auch und gab einen kleinen Schluchzer von sich.

„Vera, Vera," sagte ich, „du bist es wirklich! Ich kann es gar nicht glauben! Komm, setz dich zu mir, und wir trinken einen Kaffee zusammen wie in besseren Zeiten."

Vera folgte mir zu meinem Tisch. Ich bestellte für mich einen zweiten Kaffee und für Vera einen Cappuccino. Ich betrachtete sie genauer und gab mir Mühe, mir meine Schockiertheit nicht anmerken zu lassen. Vera hatte ungesund dunkel umrandete Augen, was sie noch mit einem Kajalstift betont hatte. Ihr Blick war unstet, die schwarz gefärbten Haare standen ihr überhaupt nicht und gaben ihr einen düsteren Touch. Zudem war sie sehr dünn, und ihre Kleidung war schmuddelig und hing viel zu weit an ihr herum. Was war aus meiner gut aussehenden und überaus eitlen Schwester geworden?

Eigentlich hätte ich Vera mit Vorhaltungen überschütten müssen, aber ich verkniff mir jede Art von Vorwurf und fing das Gespräch mit unverfänglichen Fragen an: „Wo bist du die ganze Zeit gewesen? Wohnst du in der Nähe?"

Zuerst glaubte ich, sie würde gar nicht antworten, aber nach einer Weile sagte sie mit einer vagen Handbewegung: „Ich war hier und da. Ich wohne jetzt in einem Dorf auf der anderen Seite der Elbe hinter Dömitz. Um deiner nächsten Frage zuvorzukommen: Ich fühle mich gut und bin glücklich mit Luc."

Das schien mir eine platte Lüge zu sein. Ich vermutete, dass sie inzwischen auf harten Drogen war, möglicherweise sogar heroinabhängig, aber ich verkniff mir wiederum das Nachfragen. Ich kannte sie gut genug um zu wissen, dass sie weiter lügen würde oder einfach aufstehen und mich sitzen lassen. Das wollte ich auf keinen Fall riskieren.

Vera fragte mit keinem Wort nach meinem Werdegang. Sie wunderte sich auch nicht, mich in Dannenberg anzutreffen, es interessierte sie wohl nicht. Ich erzählte ein bisschen von der Gärtnerei, erwähnte unsere Mutter mit ihrer Sorge um sie, eine Bemerkung, die schon zu weit ging und ihr Unbehagen verursachte.

Sie trank ihren Cappuccino und stand auf. Ich konnte gerade noch fragen, wovon sie mit Luc lebte, aber auch darauf erhielt ich keine klare Antwort. „Wir kommen zurecht, denn Luc verdient sporadisch ganz gut."

Ich wollte gern noch Näheres über Lucs Tätigkeiten und ihren Wohnort erfahren, aber sie tat meine Fragen mit einer ungeduldigen Handbewegung ab. „Ich weiß, dass du als Nächstes vorschlagen wirst, mich mal zu besuchen. Dafür habe ich im Augenblick keine Zeit, und wir treffen uns bestimmt bald mal wieder."

Damit war sie weg, und ich saß versteinert da. Einerseits war ich natürlich froh, dass es sie noch gab, woran ich die größten Zweifel gehabt hatte. Andererseits war sie mir völlig fremd, schockierend desinteressiert an ihrer Familie und offenbar psychisch und physisch krank.

Ich fühlte mich so schlecht, dass ich keine Lust mehr auf unser schönes Haus hatte und nur noch mit jemandem reden wollte. Matti war nicht greifbar, und so fuhr ich zurück nach Lüneburg, um bei Mama die Neuigkeit von meinem Zusammentreffen mit Vera loszuwerden und mit meinen Eltern das Problem Vera durchzusprechen.

Vor Göhrde gab es einen Verkehrsstau, und da sich nach minutenlangem Warten nichts bewegte, stieg ich aus, um bei einem der anderen wartenden Autofahrer etwas über den Grund der Stockung zu erfahren. In Göhrde gäbe es einen Großbrand mit massenhaftem Feuerwehreinsatz, und an ein Weiterkommen sei in nächster Zeit nicht zu denken.

Mir wurde ganz mulmig, als ich von dem neuerlichen Feuer hörte. Irgendwie fühlte ich mich betroffen nach meinen Erfahrungen mit dem Hausbrand in Langendorf vor einigen Wochen. Ich verspürte überhaupt kein Verlangen, an der Brandstelle vorbeizukommen und hoffte auf ein Wunder, das mir den neuerlichen Anblick eines Großfeuers ersparen würde.

Das Wunder geschah: Nach etwa einer Stunde setzte sich die Autokolonne in Bewegung. Wir wurden von der Polizei über eine Nebenstraße umgeleitet, fuhren durch mehrere kleine Orte in der Göhrde und landeten schließlich wieder auf der Bundesstraße nach Lüneburg. Außer dem Brandgeruch, der überall in der Luft hing, hatte ich nichts mitbekommen.

Da meine Eltern am Nachmittag mit Sicherheit in der Gärtnerei beschäftigt waren, fuhr ich zu mir nach Hause und googelte eine Landkarte von Dömitz und Umgebung. Ich schrieb mir eine ganze Reihe von Orten im Umkreis von 20 Kilometern auf, um möglicherweise im Telefonverzeichnis Lucs oder Veras Namen zu finden. Ziemlich unwahrscheinlich, dass sie ihre Telefonnummer veröffentlicht hatten, selbst wenn sie einen Festnetzanschluss besaßen.

Rüterberg: Fehlanzeige, Heiddorf: Fehlanzeige: Kalliß, Malliß, Eldenburg: Fehlanzeige. Ich machte eine ganze Weile geduldig weiter mit meiner aussichtslosen Beschäftigung, bis ich einsehen musste, dass meine kriminalistische Suche nicht nur vergeblich, sondern ziemlich idiotisch war. Wenn ich meine Schwester nicht wieder zufällig traf, oder sie beschloss, sich bei ihrer Familie zu melden, konnte ich sie erneut vergessen.

Gegen Abend fuhr ich in die Gärtnerei, um Bericht zu erstatten. Mama weinte zunächst Freudentränen, als sie erfuhr, dass ich Vera leibhaftig getroffen hatte, aber die Freude verwandelte sich schnell in tiefen Schmerz, als sie die Details von Veras Zustand erfuhr.

Mein Vater war noch unterwegs, und als er nach Hause kam und sich zu uns an den Tisch setzte, musste ich mit meinem Bericht noch einmal von vorn anfangen

Mama hatte sich etwas beruhigt und dachte wie immer ganz praktisch. „Wie wäre es, wenn wir einen Privatdetektiv beauftragen würden, Veras Wohnort ausfindig zu machen?"

„Tolle Idee", sagte mein Vater. „Wenn wir sie gefunden haben, bitten wir sie inständig, nach Hause zu kommen und Luc den Laufpass zu geben. Das wird sie bestimmt mit Freuden tun."

Mama und ich waren sehr kleinlaut, und auch nach längerem Überlegen fiel uns keine zufriedenstellende Lösung des Problems Vera ein. Zum ersten Mal drückte meine Mutter ein gewisses Bedauern aus, dass sie Vera den Namen des berühmten Vorbildes Veruschka gegeben hatte. „Vera Gräfin Lehndorff war leider nicht nur schön und berühmt", sagte sie, „sondern sie hatte ja auch psychische Probleme nach allem, was sie durch den Krieg durchgemacht hat. Der Vater von den Nazis ermordet, die Flucht aus Ostpreußen..." Ich unterbrach sie schnell, um mir nicht die ganze Vita von Veruschka anhören zu müssen, die ich hinlänglich kannte.

6. Kapitel

Am nächsten Morgen blätterte ich schnell die Elbe-Jeetzel-Zeitung durch um nachzusehen, ob es schon einen Bericht zu dem Feuer in Göhrde gab. Ich hatte die Zeitung seit unserem Hauskauf in Langendorf abonniert, um mich mit meiner neuen Heimat vertraut zu machen.

Ich fand einen großen Aufmacher mit Fotos und einem etwas reißerischen Text. Der Verdacht läge nahe, dass der Brand in Langendorf und der neuerliche Brand in Göhrde zusammenhingen, obwohl die Orte weit auseinander liegen. Beide Häuser waren unbewohnt, wobei das Haus in Göhrde neueren Datums und in zwei Wohnungen aufgeteilt war. Beide Häuser waren versichert, und es stellte sich die Frage, ob der Eigentümer in Göhrde ein Nachahmer war. Die Untersuchungen in Langendorf waren zwar noch nicht abgeschlossen, aber es sah ganz so aus, als könne die Versicherung keinen Grund mehr finden, die Versicherungssumme einzubehalten. Die Idee, warm abzubauen, um das Problem mit einem unverkäuflichen Objekt zu lösen, ist ja nun wirklich nicht neu. Die Kunst besteht darin, sich nicht erwischen zu lassen.

Der Gedanke, dass es sich um einen Pyromanen oder mehrere handeln könnte, erschreckte mich viel mehr. Unser Haus war auch versichert und stand leer. Allerdings wurde heftig daran gearbeitet, und zum Verkauf war es nicht angeboten. Aber für ein schönes Feuer würde es sich durchaus eignen, und Menschen würden vermutlich wie bei den anderen Bränden nicht zu Schaden kommen, weil wir im Augenblick nicht in unserem Haus übernachteten. Die Wände waren noch teilweise offen, die Fenster fehlten, die Böden waren abgebaut, und wir mussten auf blankem Sand herumlaufen. Auch der Strom war abgeklemmt, weil die neuen Leitungen verlegt wurden, die Küche war komplett weg, und die Grube vom Plumpsklo war geleert worden und zugeschüttet. Also kein Ort, um sich dort gemütlich aufzuhalten.

Ich weiß nicht, warum mich die beiden Feuer so persönlich trafen. Vielleicht, weil ich als kleines Kind bei einem Gewitter ein Haus hatte brennen sehen, vielleicht weil die Urangst vor unkontrollierbaren Feuern, die wohl in jedem Menschen steckt, bei mir besonders stark ausgeprägt war. Ich mochte Lagerfeuer, Grillfeste, Kaminöfen mit Holzfeuern, aber für das, was wohl echte Pyromanen in einem Großfeuer sahen, konnte ich mich nicht erwärmen.

Im Lauf meines Arbeitstages hatte ich eine kleine Atempause, in der mich das „Problem Vera" wieder mit voller Wucht traf. Ich grübelte darüber nach, wie ich einen Ansatz finden könnte, um ihr Verhalten zu verstehen. Plötzlich kam mir ein Gedanke, der mir sehr plausibel schien. Veras Verstand war offenbar außer Kraft gesetzt, und das konnte ich mir nur mit Hörigkeit erklären. Es musste doch einen Grund geben, warum Vera immer noch mit dem unsäglichen Luc zusammen war und dabei immer tiefer in den Abgrund geriet.

Ich wusste natürlich, dass Hörigkeit einen Zustand der Bindung an einen anderen Menschen bedeutet, der über das normale Maß hinausgeht. Ich fand bei meinen Recherchen im Internet heraus, dass es dafür vielerlei Gründe gibt, aber bei Vera fiel mir nur einer ein: Sex. Vera war schon immer freizügig damit umgegangen und fast besessen davon gewesen. Einen Grund dafür konnte ich mir nicht vorstellen. Für Recherchen über Anstoß gebende Vorkommnisse in der Vergangenheit waren Psychologen zuständig, aber niemand in unserer Familie war je auf die Idee gekommen, Konflikte oder Probleme mit einer Psychotherapie zu lösen, wie es heute durchaus üblich ist. Falls ich Vera wiedersehen sollte, bevor sie vollends über den Abgrund gestürzt war, an dem sie sich offenbar entlang hangelte, würde es mir jedenfalls nicht gelingen, sie zu einer Therapie zu überreden.

Am Abend telefonierte ich lange mit Matti. Er hatte eine Aufgabe zugeteilt bekommen, die ihm besondere Freude machte: Er sollte sich um verschwundene oder vom Aussterben bedrohte Pflanzenarten in der Elbtalaue kümmern, die Gründe dafür sondieren und Möglichkeiten aufzeigen, wie man weitere Ausfälle vermeiden könnte.

Wir diskutierten lange über das Thema, da ich bei Fragen, die die Flora betrafen, ebenfalls vom Fach bin. Mir kam blitzartig eine - wie ich fand – grandiose Idee: Ich würde auf unserem Grundstück in Langendorf ein Gewächshaus errichten, um verschwundene Orchideenarten, die es früher häufig in der Landschaft gegeben hatte, neu zu züchten. Im Freiland würde ich Feuerlilien, einheimische Mohnsorten und einige Moor - und Sumpfpflanzen wieder aufleben lassen, die ebenfalls dank der industriellen Landwirtschaft, Trockenlegung und Vermaisung der Landschaft fast im ganzen Landkreis Lüchow-Dannenberg verschwunden waren – ökologische Sünden, die man natürlich offiziell nicht nachweisen konnte. Ich plante, meine Produkte dem Naturschutz zur Verfügung zu stellen und sie auch anderweitig zu vermarkten.

Matti war von meiner Idee sehr angetan. Einerseits hätte er Unterstützung bei seinen Vorhaben, andererseits könnte ich mich in meinem Beruf verwirklichen und die Möglichkeiten, die das großzügige Grundstück in Langendorf bot, hervorragend nutzen.

Schließlich fiel Matti ein, weshalb er eigentlich angerufen hatte, außer natürlich, um meine Stimme zu hören. Fiete, ein Freund aus Schulzeiten, hatte ihm angeboten, ihm sein kürzlich saniertes Haus in Gedelitz zu zeigen. Fiete war sehr stolz auf seine eigenwilligen Ideen und betonte, dass er streng nach ökologischen Gesichtspunkten saniert hatte. Leider handelte es sich nicht um ein altes Bauernhaus im Stil der Gegend, sondern um ein ursprünglich bescheidenes Nachkriegshäuschen, das sich eine Flüchtlingsfamilie nach dem Krieg vom Lastenausgleich gebaut hatte.

Egal, ich war sofort begeistert. Jede Art von Hausbesichtigung machte mir Spaß, und so beschlossen wir, uns am Wochenende mit Fiete zu treffen.

Fietes Haus war leicht zu finden, da Gedelitz praktisch nur aus einer einzigen Straße besteht mit alten Bäumen zu beiden Seiten. Herausragend an Fietes Haus war der Glasanbau auf der Südseite, der das ehemals kleine Wohnzimmer wunderbar und lichtdurchflutet erweiterte. Fiete hatte mit Schilf isoliert, die Wände innen mit verschiedenen Lehmfarben verputzt, nur Holzböden verlegt (Mondholz aus den heimischen Wäldern, wie er betonte) und einen Glasreiter über den gesamten Dachfirst einbauen lassen, der die Räume im oberen Stockwerk hell und modern wirken ließ. Um den Dachreiter beneideten wir ihn, aber das sollte nun mal bei unserem Haus nicht sein.

Nach der ausgiebigen Hausbesichtigung saßen wir im Glasanbau auf Campingstühlen, da die richtige Einrichtung noch fehlte. Fiete signalisierte, dass ihm im Augenblick die nötigen Finanzen fehlten, um eine schöne Einrichtung zu erstehen, aber da das Haus selber so viel Atmosphäre ausstrahlte, störte sich niemand an der improvisierten und etwas dürftigen Möblierung.

Sina, Fietes Freundin, hatte einen Kuchen gebacken, der allerdings innen etwas klitschig geblieben war. Sina warnte uns deshalb vor, und mir war es sehr sympathisch, wie locker sie über ihre mangelnden hausfraulichen Qualitäten sprach. Sie konnte offenbar sehr selbstironisch sein, und wir lachten über die Schilderungen von ihren verzweifelten Versuchen, einen perfekten Braten auf den Tisch zu bringen, Viersterne Suppen zu fabrizieren und ein Soufflé hinzulegen, das alle geladenen Gäste berauschte.

Ich war auch keine Meisterköchin, aber ich vertröstete Sina auf spätere Zeiten, wenn man alt und weise wird und vieles im Leben gelernt hat. Hatte ich wirklich so etwas eben gesagt? Matti musste lachen, gab mir ein Küsschen und meinte, auf die

Zeiten, wenn ich alt und weise sein würde, könnte man sich ja freuen.

Der Kaffee war jedenfalls gut gelungen (den hatte Fiete gemacht), und wir beschlossen, den Ort mit einem kleinen Rundgang zu besichtigen.

Gedelitz hat nur noch wenige Höfe mit herkömmlicher Landwirtschaft und einer Hauskoppel. Seit neuestem gibt es außerhalb des Ortes einen hochmodernen Laufstall für mehrere hundert Kühe, den Matti und ich zur Einweihung besichtigt hatten.

Während wir die Dorfstraße in angeregter Unterhaltung entlang schlenderten, fiel mir ein Anwesen auf, das krass abstach von den sonst nett angelegten Gärten und gut erhaltenen Häusern. Das Wohnhaus war in miserablem bis baufälligem Zustand, die angebaute Scheune schon teilweise eingesunken, der ehemalige Schweinestall hatte keine Türen und kein Dach mehr. Ich war mir sicher, dass niemand mehr in dem verwahrlosten Haus wohnen konnte, aber während ich stehen geblieben war und wirklich ungläubig gaffte, ging die Haustür auf, und eine ältere Frau, die gar nicht so uneben aussah, kam heraus. Sie sah mich herausfordernd an, weil sie wohl mein Entsetzen über den Zustand des Hauses bemerkt hatte, und ich wandte schnell den Blick ab. Trotzdem rief sie: „Gibt's da was zum Glotzen?"

Was sollte man darauf sagen? Sie kannte vermutlich schon die Reaktion von Passanten und hatte ihren Satz parat.

Wir gingen weiter, aber mir verschlug es erneut die Sprache, als ich durch eine Lücke in den blauen Plastikplanen, die das Grundstück abschirmen sollten, die restliche Müllhalde sah: Mehrere Schrottautos in allen möglichen Farben, rostige Fahrräder, eine alte Badewanne mitsamt Dusche, irgendwelche kaputten, halb schief stehenden und halb liegenden Draht-und Holzzäune, ein Durcheinander von Holzteilen, Haufen von zerbrochenen Dachziegeln und hier und da Bioabfälle, in denen mit Sicherheit die Ratten herumtobten. Dazwischen räkelten sich einige räudige Katzen, ein Hund bellte im Hintergrund,

und vor dem defekten Zaun am Straßenrand pickten ein paar Hühner herum, die offenbar durch die Lücken nach draußen entwischt waren.

Ganz hinten im Grundstück entdeckte ich unter einer abgestorbenen Fichte und einem ungepflegten Obstbaum einen Bauwagen, der zwar etwas schief stand, aber ansonsten noch ganz in Ordnung aussah.

Ich wandte mich an Fiete: „So ein verwahrlostes Grundstück und Haus habe ich noch nie gesehen. Kennst du die Leute, die da wohnen?"

Fiete konnte dazu einiges sagen, obwohl er erst kürzlich in sein Haus eingezogen war. „Ich glaube, die Frau heißt Heinrich. Hinten im Garten wohnt ihr Sohn, mit irgendeiner süchtigen Schlampe. Sie werden andauernd angezeigt von Nachbarn wegen der Ratten, der Schrotthaufen, der verwahrlosten Tiere. Die Katzen sind nicht kastriert, was hier seit neuestem Vorschrift ist, und das Bauamt sollte sich mal das Haus ansehen, das einem jeden Augenblick auf den Kopf fallen könnte. Da aber niemand von der Straße her gefährdet ist, wenn es einstürzt, können die Bewohner machen, was sie wollen. Wenn sie selber zu Schaden kommen, zahlt die Versicherung nichts, aber das ist ihr Problem. Auch der Schrott muss nicht geräumt werden, da auf ihrem Privatgrundstück gelagert. Man kann ihnen also nicht beikommen und muss den Schandfleck akzeptieren."

Ich fühlte mich plötzlich ganz schlecht. Matti bemerkte es sofort und legte mir den Arm um die Taille. „Ist was mit dir?" fragte er besorgt.

Ich würgte ein bisschen und brachte dann heraus, was mich so entsetzt hatte. „Luc heißt Heinrich mit Familiennamen, und ich fürchte, die Schlampe ist meine Schwester Vera."

Ich konnte es gar nicht fassen, wie weit Vera verkommen war in relativ kurzer Zeit. Wir überlegten gemeinsam, was wir machen könnten, aber der Vorschlag, jetzt gleich auf das Grundstück zu gehen und nach Vera zu rufen, kam bei mir nicht gut an.

„Vielleicht ist sie es doch nicht, und wenn, dann schmeißt sie uns achtkantig vom Grundstück. Ich möchte erst Sicherheit haben und behutsam vorgehen."

Das sah Matti ein, und wir setzten unseren kleinen Rundgang fort. Fiete entschuldigte sich wortreich für den Ausdruck „Schlampe". Er hätte es nicht so gemeint, er hätte nur nachgeplappert, was man so im Dorf sagte. Ich unterbrach seine Versuche, seine Ausdrucksweise wieder gut zu machen, indem ich ihm mit seiner Wortwahl absolut Recht gab.

Fiete erklärte sich bereit, der Sache nachzugehen. Es müsste doch Leute geben, die zu den Heinrichs Kontakt hatten, und wenn auch nur in Form von Auseinandersetzungen.

Schon am nächsten Vormittag rief er auf meinem Handy an, und ich hatte jetzt die Information, auf die ich gewartet hatte. Die „Schlampe" hieß tatsächlich Vera, und Fiete hatte sie sogar gesehen, als sie mit ihrem Rastatypen in eins der alten Autos stieg, die auf dem verwahrlosten Grundstück herumstanden. Offenbar gab es tatsächlich ein Schrottauto, das noch lief.

Fiete berichtete gleich, dass die Nachbarn größte Zweifel hatten, ob das Auto angemeldet war. Trotz aller Versuche, das herauszufinden, war es bisher nicht gelungen, das Nummernschild aus der Nähe in Augenschein zu nehmen, um die TÜV-Plakette zu überprüfen.

Das war mir im Moment egal. Ich wollte lieber wissen, wie Vera, die „Schlampe", jetzt aussah. Fiete konnte eine gute Beschreibung abgeben: Sehr groß, sehr dünn, schwarzhaarig und düster in der gesamten Erscheinung. Kein Zweifel, es war meine Vera.

Offenbar hatte sie mich angelogen, als sie behauptete, bei Dömitz zu wohnen. Das konnte nur einen Grund haben: Sie wollte von ihrer Familie nicht gefunden werden, endgültig jeden Kontakt abbrechen. Die Frage war nach dem Warum. Wir hatten sie eigentlich immer machen lassen, unser Vater mischte sich in unser Privatleben schon lange nicht mehr ein, und Mama war eher langmütig, wenn auch besorgt und liebevoll.

Ich hatte ja immer mal einen Versuch gemacht, Vera zu mäßigen, aber ohne Erfolg und ohne mich ernsthaft in Auseinandersetzungen zu verstricken.

Ich hatte sogar mit Vera gekifft, zu viel getrunken, so viel geraucht, dass ich am nächsten Tag vor Kopfschmerzen nicht aus den Augen gucken konnte, und damit signalisieren wollen, dass ich auf ihrer Linie war.

Das alles hatte ich im letzten Jahr aufgegeben. Nicht, dass ich auf der ganzen Linie Abstinenzlerin geworden wäre, aber sowohl mein Alkoholkonsum als auch das Rauchen hielten sich für meine Begriffe (und auch für Matti) durchaus in Grenzen.

7. Kapitel

Ich versuchte verzweifelt, eine Lösung zu finden, wie ich mit Vera wieder in Kontakt kommen könnte. Ich ging jedes Mal, wenn ich nach Langendorf fuhr, unterwegs zum Italiener in Dannenberg einen Kaffee trinken in der Hoffnung, sie wieder vorbei laufen zu sehen. Vergeblich. Matti meinte, ich solle ihr schreiben. Das sei unverfänglich und würde sie nicht nötigen zu reagieren, wenn sie keine Lust dazu hatte.

Unser Haus machte gute Fortschritte, und allmählich näherte sich der Zeitpunkt, an dem wir ernsthaft anfangen wollten, selber weiterzubauen. Die groben Arbeiten, die wir als Nichtfachleute kaum selbst erledigen konnten, waren weitgehend beendet. Der Zimmermann aus Mödlich, einem kleinen Ort am anderen Elbufer zwischen Lenzen und Dömitz, hatte neue Schwellen eingezogen, einige Balken ersetzt und Unterzüge angebracht, die es ermöglichten, die Deckenhöhe der ehemaligen Stallungen zu beiden Seiten der Tenne den heutigen Bedürfnissen anzupassen. Wir hatten für die Zimmerarbeiten einige Angebote eingeholt und uns für den Zimmerbetrieb aus Mecklenburg-Vorpommern entschieden, weil er in seinen Preisvorstellungen weit unter den Angeboten der hiesigen Betriebe lag. Außerdem hatte er einen guten Ruf, und das war uns wichtig. Es tat uns ein bisschen leid, dass wir sozusagen ins Ausland gegangen waren mit unserem Arbeitsauftrag, aber schließlich mussten wir bei unseren doch recht umfangreichen Umbauarbeiten darauf achten, die Ausgaben nicht ausufern zu lassen.

Die Gaszentralheizung war installiert, der Tank im Boden vergraben. In der Tenne wollten wir einen Kaminofen mit Wassermantel aufstellen, um in der Übergangszeit nur mit Holz heizen zu können und im Winter die Gasheizung unterstützen, eine Maßnahme, die hoffentlich wie versprochen den Gasverbrauch drosseln würde.

Sobald die Fenster, die Terrassentüren und die Verglasung des ehemaligen Scheunentors eingebaut waren, konnten wir selber mit dem Innenausbau loslegen.

Ich war natürlich auch mit viel Engagement dabei, den Garten und den Standort des Gewächshauses zu planen. Matti schlug vor, das englische Gewächshaus, wie ich es mir vorstellte, direkt in England auszusuchen und so den Kauf mit einer kleinen Reise zu verbinden. Das war natürlich eine spannende Idee, und ich fing sofort an, nach einem Termin für den Ausflug nach England zu suchen. Für mich gab es eigentlich keine Schwierigkeiten, ein paar Tage freizukommen. Für Matti war das schwieriger, weil er ja gerade erst mit seiner Arbeitsstelle angefangen hatte.

An einem Freitag Nachmittag Anfang Juni war ich mal wieder nach Langendorf unterwegs, um mich mit Matti zu treffen. Ich machte meinen üblichen Zwischenstopp in Dannenberg, um nach Vera Ausschau zu halten, leider wieder vergebens. Ich fuhr zunächst nach Groß Gusborn zu Mattis Eltern. Matti war noch nicht da. Ich half in der Küche, ein köstliches Abendessen vorzubereiten, und wir freuten uns darauf, an dem warmen Vorsommerabend auf der Terrasse zu sitzen und die milde Abendsonne zu genießen.

Mattis Vater war in seiner kleinen Werkstatt zugange. Er reparierte einen kaputten Gartenstuhl, da er gern und äußerst geschickt mit Holz arbeitete. Unter anderem besaß er eine Drehbank und fertigte Türklinken, Messergriffe und Holzschalen, die er meistens verschenkte.

Mattis Mutter und ich arbeiteten ganz versunken in der Küche und unterhielten uns angeregt dabei. Deswegen hatten wir das Telefon nicht gehört und waren ganz überrascht, als Mattis Vater in die Küche gestürzt kam und sagte: „Es ist etwas Schreckliches passiert." Ich bemerkte, wie mir das Blut aus dem Gesicht wich, denn ich hatte sofort entsetzliche Bilder von Unfällen vor Augen, in die Matti verwickelt war.

Wir wurden Gott sei Dank schnell aufgeklärt. Matti war nichts passiert, aber es hatte neuerlich ein Großfeuer gegeben, und diesmal war die Boizumer Wassermühle in der Nähe von Bergen/Dumme abgebrannt. Das Erschreckende daran war nicht eigentlich das Feuer - schlimm genug, dass schon wieder ein oder der Pyromane zugeschlagen hatte – sondern die Tatsache, dass die Mühle dem Bruder von Mattis Vater gehörte. Die Schwägerin Gesine hatte schluchzend angerufen und sehr knapp berichtet. Das Feuer sei noch nicht ganz gelöscht, und Gesine sagte, dass ihr Mann über Nacht mit der Brandwache am Unglücksort bleiben wollte, um sich selbst zu überzeugen, dass es keine schwelenden Brandherde mehr gab.

Als wir gerade versuchten, über den ersten Schreck hinwegzukommen und zu planen, in welcher Weise man helfen könnte, hörten wir den Kies vor der Garage knirschen, und Matti kam gut gelaunt hereingestürmt.

Er umarmte mich enthusiastisch, sah aber sofort, dass etwas nicht in Ordnung war. Seine Mutter klärte ihn umgehend auf, und Matti meinte, wir sollten sofort nach Bergen fahren und unserer Familie beistehen, in welcher Form auch immer.

Mattis Mutter und ich packten in aller Eile das vorbereitete Essen zusammen. Wir konnten uns vorstellen, dass niemand Zeit gehabt hatte, die Familie oder die Feuerwehrleute zu versorgen. Matti holte aus dem Vorratsschrank zwei Flaschen Schnaps. Er selbst kippte auch schnell einen Korn, um die Nachricht erst einmal zu verdauen.

Wir fuhren alle zusammen in dem Van von Mattis Eltern. Unterwegs schwiegen wir. Wir wussten nicht recht, was wir sagen sollten, bevor wir die Brandstelle erreicht und mit den Betroffenen gesprochen hatten. Matti und ich saßen eng aneinander gekuschelt auf der Rückbank, und ich streichelte Matti immer wieder tröstend über den Kopf.

Ich wusste aus Erzählungen, dass Onkel Helmuth, der acht Jahre jüngere Bruder von Mattis Vater für Matti mehr ein Kumpel als ein Onkel war. Matti hatte oft ein paar Tage in der ehrwürdigen Mühle verbracht und war mit seinem Onkel durch die Felder gestreift und hatte sich vieles erklären lassen, was die Natur und die Landwirtschaft betraf.

Er war auch ein paarmal mit auf die Jagd gegangen, allerdings ohne Gewehr und nur zum Beobachten. Onkel Helmuth hoffte immer noch, er könnte Matthias für die Jagd gewinnen, da seine beiden Töchter keinerlei Interesse an der Jagd oder überhaupt an der Natur zeigten. Matti war einmal dabei gewesen, wie ein Wildschwein angeschossen wurde und hinkend versuchte, sich davonzumachen. Es blieb schließlich röchelnd liegen, bis man ihm den Gnadenschuss verpassen konnte. Es war für den kleinen Matti ein schauerliches Erlebnis, und das war's dann gewesen mit der Jagd für ihn.

Natürlich war der Betrieb der Mühle seit Jahrzehnten schon eingestellt, weil er sich nicht mehr lohnte. Onkel Helmuth hatte nicht im Traum daran gedacht, Müller zu werden, als er Gesine kennenlernte. Er hatte stattdessen ein Studium als Gymnasiallehrer absolviert, und die Mühle wurde als Familienbesitz seiner Frau hochgehalten, und das Wohnhaus für die junge Familie genutzt.

Da im Lauf der Zeit einiges reparaturbedürftig geworden war, die Heizmöglichkeiten und sanitären Anlagen nicht mehr den modernen Ansprüchen genügten, hatten er und Tante Gesine beschlossen, in einen Neubau umzuziehen und die Mühle zum Verkauf anzubieten. Onkel Helmuth hatte im Gegensatz zu seinem älteren Bruder keinen handwerklichen Ehrgeiz, und es fehlte ihnen an Geld, alles von Fachleuten machen zu lassen, ein Umstand, den sie sehr bedauerten.

Es stellte sich heraus, dass die Mühle kein heiß begehrtes Objekt mehr war wie vielleicht einige Jahre zuvor. Die potenziellen Käufer fanden sie romantisch, exotisch als Wohnhaus, aber unrealistisch als Kaufobjekt, wenn man alle anfallenden Kosten einbezog und zudem noch die Vorgaben des Denkmalschutzes berücksichtigen musste. Also stand die Mühle seit mehreren Jahren leer und wurde dadurch nicht besser im Zustand.

Schon von Weitem nahm ich wieder den ekligen Brandgeruch wahr. Die ganze Gegend um den Brandherd an der Dumme war verqualmt, die Zufahrtsstraße abgesperrt, und im Nebel sah man die Lichter der Feuerwehrautos blinken.

Wir stellten unser Auto ab und gingen zu Fuß weiter. Kaum hatten wir uns der Brandstelle etwas genähert, wurden wir scharf angepfiffen von einem Feuerwehrmann, der extra abgestellt war, um Schaulustige zurückzuhalten. Mattis Vater wies sich als Angehöriger aus, und wir wurden durchgelassen.

Die abgebrannte Mühle war ein Trauerspiel. Soweit man überhaupt etwas erkennen konnte, standen nur noch die Grundmauern. Über den gestauten Mühlenbach hingen ein paar verkohlte Balken, das Dach war vollständig eingestürzt, nur der Schornstein ragte aus den schwelenden Trümmern.

Wir fanden Tante Gesine etwas im Abseits mit zwei Frauen, die wohl Nachbarinnen waren. Tante Gesine schluchzte, und als Mattis Vater sie in den Arm nahm, wurde sie geradezu hysterisch. „Dass so etwas passieren muss! Wir wollten uns ja von der Mühle trennen, aber doch nicht so! Haben wir etwas falsch gemacht? Werden wir bestraft, weil wir die alten Gebäude nicht genügend geehrt haben?"

Sie lamentierte weiter. Die Religion kam ins Spiel, der Teufel, die Nachbarn, die eigene Familie. Matti rief den Arzt, der für alle Fälle vor Ort war, zu Hilfe und bat ihn, seiner Tante ein Beruhigungsmittel zu geben. Der Arzt stellte fest, dass Tante Gesine völlig unter Schock stand, verabreichte ihr eine Spritze, und man legte sie auf eine Decke und wickelte sie in eine Folie, um sie warm zu halten.

Mattis Vater konnte seinen Bruder nicht finden, aber man sagte ihm, er sei auf der anderen Seite des Mühlenbachs und versorge seinen Jagdhund, der sich an der Pfote verletzt hatte.

Jedenfalls war niemand zu Schaden gekommen, und das war immerhin Glück im Unglück.

Als nach einer weiteren Stunde das Feuer gelöscht war, sammelten wir Tante Gesine und Onkel Helmuth, der inzwischen zu uns gestoßen war, ein und fuhren die kurze Strecke zu ihnen nach Hause.

Wir packten unsere Vorräte aus, genehmigten uns einen Schnaps und saßen um den schönen alten Eichentisch, der aus der Mühle übernommen worden war, im neuen Wohnhaus.

Tante Gesine war sehr ruhig geworden, vermutlich durch die Spritze. Onkel Helmuth schlug ihr vor sich hinzulegen, aber sie weigerte sich. Sie wollte unbedingt hören, was wir vermuteten, und trug auch selber ganz vernünftig zu den Mutmaßungen bei.

Onkel Helmuth konnte sich eigentlich nur irgendeinen elektrischen Defekt vorstellen, der den Brand verursacht hatte. Er überlegte allerdings immer wieder, ob er selbst vielleicht etwas Brennbares hatte liegen lassen bei einer seiner letzten Inspektionstouren durch die Mühle. Ein Feuerzeug? Eine Lampe? Irgendwelche Glasscherben, die sich durch die Sonneneinstrahlung wie ein Brennglas entzündet hatten?

Tante Gesine hatte eine völlig andere Theorie. Sie war in der letzten Zeit besessen von der Idee gewesen, irgendwelche Mitglieder der Grünen könnten ihnen Böses wollen. Onkel Helmuth und sie waren überzeugte Parteimitglieder gewesen, bis die Grünen die Windkraft im Wendland ohne Rücksicht auf Landschaft und Anwohner durchsetzen wollten nach dem Motto „Wer gegen Atom ist, muss für Windkraft sein."

Die beiden Haferkamps waren auch für Windkraft, aber mit eingeschränkten Vorstellungen: Windkraft in Gewerbegebieten, wo der Strom direkt gebraucht wird, und Windkraft an Autobahnen, wo die Landschaft sowieso nicht mehr natürlich ist. Außerdem wussten sie, dass die Windhöffigkeit im Wendland an der unteren Grenze liegt, und all das bewog das Ehepaar Haferkamp sich mit der Partei zu überwerfen und folglich auszutreten. Nun bildete Tante Gesine sich fast krankhaft ein, einige - ihrer Meinung nach militante - Grüne wollten sich rächen und hatten das jetzt durch das Abfackeln der Mühle erfolgreich getan.

Matthias versuchte mit sachlichen Argumenten Tante Gesine zu überzeugen, dass ihre Ansichten über die ehemaligen Parteigenossen völlig abstrus seien, aber er konnte ihr nicht beikommen. Schließlich gab er es auf und murmelte, sie stünde wohl doch noch unter Schock.

Wir merkten, dass wir alle überreizt waren, und Mattis Eltern meinten, wir sollten den Rückweg antreten und lieber am nächsten Tag wiederkommen, wenn man ein bisschen klarer sah. Onkel Helmuth verabschiedete sich und ging zu Fuß zur Brandstelle zurück, um über Nacht dort zu bleiben mit den zwei Feuerwehrmännern, die Brandwache schieben mussten.

Matti war sehr traurig über die Ereignisse, aber auch besorgt wegen seiner Tante. Gesine hatte schon immer ein wenig zur Hysterie geneigt, was mögliche Unglücksfälle und vor allem Krankheiten betraf. Die beiden Töchter von Helmuth und Gesine, Lea und Amy, wurden von einem Arzt zum andern geschleift, wenn sie nur einen Pickel oder eine Hautrötung hatten, und Tante Gesine vermied es peinlichst, sie etwas allein machen zu lassen. Sie durften auch nicht nach Lüchow mit dem Schulbus fahren. Der tägliche Transport der Mädchen zum Gymnasium mit dem Auto nahm einen großen Teil des Tagesablaufs ihrer Mutter in Anspruch und war vielleicht auch ein Vorwand, um möglichst wenig Zeit für den Haushalt zu haben. Manchmal konnte Onkel Helmuth seine Töchter mitnehmen, weil sein Unterricht zur gleichen Zeit anfing, aber den Heimweg besorgte Tante Gesine. Oft fuhr sie sogar zweimal, damit jede Tochter sofort nach Unterrichtsschluss abgeholt wurde. Dann gab es kein Mittagessen.

Onkel Helmuth war damit überhaupt nicht einverstanden, aber er fürchtete die Auseinandersetzungen, wenn er versuchte, seine Frau zu beeinflussen. Also musste Matti sich nicht wundern, dass seine Kusinen nichts für die Natur übrig hatten. Die Gelegenheit, sie kennenzulernen, fehlte ihnen.

Wir tranken noch alle zusammen einen Tee zum besseren Einschlafen, und Matti und ich verzogen uns in Mattis altes

Kinderzimmer. Wir redeten im Bett noch eine ganze Weile über den Brand. Ich hatte leider die Mühle nie besucht, und jetzt war es zu spät. Matti sprach oft von seinen Aufenthalten dort, und ich hatte mir immer vorgestellt, dass wir häufig dorthin fahren würden, um mit Onkel Helmuth eine gemütliche Zeit zu verbringen.

Vor dem Einschlafen hatte Matti noch eine gute Idee. Er wollte seine Eltern bitten, die Kusinen übers Wochenende einzuladen um sie abzulenken und von ihrer Mutter fernzuhalten, bis sich die Lage beruhigt hatte. Aber er war skeptisch, ob Tante Gesine das zulassen würde.

Am nächsten Morgen fuhren wir beide nach Langendorf und überließen es Mattis Eltern, sich um Bruder und Schwägerin zu kümmern. Ich war richtig froh, in unserem Haus und auf dem Grundstück alles so vorzufinden, wie wir es in der Woche zuvor verlassen hatten. Allmählich überkam mich immer mehr das Gefühl, dass auch für uns von irgend jemandem oder irgend etwas eine Bedrohung ausging.

Da es seit einigen Tagen schon recht warm war, schlug Matti vor, an die Elbe zu radeln und zu probieren, ob das Wasser schon warm genug zum Baden war. Ich schwimme zwar sehr gern und gut, aber ein bisschen Wärme konnte ich dabei auch vertragen. Matti warf sich mutig ins Wasser, mir war es entschieden noch zu kalt.

Wir trödelten noch ein bisschen am Elbufer entlang, und ich fühlte mich viel besser. Die düsteren Gedanken wegen der Brände hatten sich im hellen Sonnenschein verflüchtigt, und als wir in unser Haus zurückkamen, hatten wir beide Lust, am Innenausbau zu arbeiten. Matti fing an, die Wände in der Tenne mit Lehm zu verputzen, ich hatte mir das Verlegen der Fliesen im Gäste-WC vorgenommen.

Mein Vater hat mir das Fliesenlegen beigebracht, und es macht mir großen Spaß, vor allem, weil man nach einem Arbeitstag richtig gut sieht, dass etwas geschehen ist. Da unser Haus weit ab von den Nachbarn liegt, macht es auch nichts aus, wenn wir am Sonntag mal eine Maschine laufen lassen. Wir nahmen uns aber fest vor, die Sonntage zu respektieren, wenn wir eingezogen waren. Nicht, weil wir fürchteten, Gott könnte uns missfällig zusehen, sondern weil wir es uns gut vorstellten, an einem Tag in der Woche nichts zu machen. Davon waren wir aber im Augenblick weit entfernt. Durch unsere Berufstätigkeit während der Woche blieben nur die Wochenenden, und der Sonnabend reichte einfach nicht aus um voranzukommen.

Gegen Abend hatte ich eine Wand fertig gefliest in hellem Grau, und ich fand unser Gästeklo wunderschön. Matti war nicht sehr weit gekommen, denn es stellte sich heraus, dass der Lehmputz sehr mühsam aufzubringen war.

Nach getaner Arbeit setzten wir uns auf unsere Campingstühle in den noch nicht angelegten Garten, aßen Käse und Schinken mit Baguette und tranken ein Gläschen französischen Rotwein. Ich war schon wieder am Planen für die Anlage des Gartens, aber Matti bremste ein bisschen. „Ich weiß nicht, ob das dieses Jahr noch etwas wird. Du kannst dich doch auch nicht zerreißen. Machen wir erst das Haus fertig, zumindest bewohnbar, und über den Winter kannst du planen und zeichnen. Sobald wir beide ein paar Tage freimachen können, fahren wir nach England und bestellen dein Gewächshaus. Das wird auch mir riesigen Spaß machen."

8. Kapitel

Am Montag erlebte ich eine Überraschung, die ich kaum glauben konnte. Von Vera war eine SMS auf meinem Handy: Komm mich besuchen.

Ich las die SMS immer wieder, rieb mir die Augen, dachte, ich wache jeden Moment auf, und es ist nicht wahr.

Ich zeigte Mama die Nachricht, und sie meinte, ich solle mir den nächsten Morgen freinehmen und nach Gedelitz fahren. Sie war den ganzen Tag angespannt und unkonzentriert, genau wie ich.

Ich konnte mir nicht vorstellen, was das zu bedeuten hatte. War es eine gute Nachricht? War es eine Katastrophenmeldung? Nach all der Zeit freiwillig von Vera zu hören, war wirklich unglaublich.

Da ich natürlich nicht schlafen konnte, klingelte ich abends bei Svenja, um mich abzulenken. Sie war erfreulicherweise zu Hause, und wir setzten uns mit einem Glas Wein auf ihren kleinen Balkon. Ich versuchte zunächst ein paarmal, Matti anzurufen, um ihm zu berichten, aber ich konnte ihn weder auf dem Festnetz noch auf seinem Handy erreichen. Also gab ich es auf, und wir begannen, uns zu unterhalten.

Ich berichtete natürlich zuerst von Veras Lebenszeichen. Svenja freute sich einerseits mit mir, andererseits war sie skeptisch, ob das etwas Gutes zu bedeuten hatte. Jedenfalls tat es mir gut, jemanden zu haben, der Anteil nahm, Fragen stellte und mitfühlte. Svenja war eine geduldige Zuhörerin und hörte sich meine Spekulationen ohne Unterbrechung an.

Nachdem das Thema Vera abgehakt war, kamen wir auf die Brände zu sprechen. Svenja wusste ziemlich genau Bescheid. Die aufeinanderfolgenden Feuer im Wendland machten allmählich auch in anderen Tageszeitungen Schlagzeilen, und vor allem Boulevardblätter überschlugen sich mit Spekulationen.

Man bekam den Eindruck, es fehlten nur ein paar verkohlte Leichen, um die Sensation perfekt zu machen.

Svenja wollte natürlich auch genau über den Stand der Umbauten Bescheid wissen. Ich hatte in weiser Voraussicht mein Laptop mitgebracht und konnte ihr jede Menge Bilder vom Fortschritt der Arbeiten zeigen. Svenja war begeistert und signalisierte, dass sie gern ins Wendland mitkommen wollte, um vor Ort alles original zu begutachten.

„Wenn nichts dazwischen kommt, nehme ich dich nächstes Wochenende sehr gerne mit. Ich weiß allerdings noch nicht, ob ich ein Auto kriege, und auf die Zugfahrt nach Dannenberg kann ich gern verzichten," sagte ich. „Das ist kein Problem," meinte Svenja, „Ich borge mir nötigenfalls das Auto von meinem Freund."

Wir saßen lange zusammen, und schließlich ging ich leicht angeheitert nach Hause. Ich war froh, dass ich nebenan wohnte, denn ich fühlte mich außerstande, noch längere Nachtwanderungen zu machen.

Leider konnte ich trotzdem nicht einschlafen. Der Gedanke an Vera ging mir im Kopf herum, und morgens hatte ich den Eindruck, überhaupt nicht geschlafen zu haben. Das Karussell mit Vera im Mittelpunkt hatte nicht aufhört, sich zu drehen.

Ich duschte morgens lange abwechselnd warm und kalt, um munter zu werden, und machte mich nach einem kargen Frühstück auf den Weg, das heißt, ich trank eine Tasse Kaffee und knabberte ein altes, schon angebissenes Stück Croissant. Ich packte allerdings einiges Essbare in einen Korb, denn ich konnte mir vorstellen, dass es bei Vera nichts gab, so dürr wie sie bei unserem zufälligen Zusammentreffen vor einiger Zeit ausgesehen hatte.

Ich fuhr etwas unkonzentriert, und beim Kreisel in Streetz hätte ich fast ein Auto gerammt, das Vorfahrt hatte. Danach passte ich besser auf. Ich war wirklich nicht scharf darauf, in Mamas schönes Sonntagsauto, das sie mir geliehen hatte, eine Beule zu fahren.

Ich hielt in Gedelitz am Straßenrand vor dem kaputten Gartenzaun der Heinrichs und überlegte etwas ratlos, wie ich es anstellen sollte, zu dem Bauwagen hinten im Garten zu gelangen, ohne dass Frau Heinrich herauskam und mich beschimpfte. Leider kläffte ein Hund in nicht allzu großer Entfernung, und als ich mich durch eine Zaunlücke auf das Grundstück quetschte, kam er wütend knurrend angerannt. Ich hoffte sehr, er würde nicht bemerken, dass ich vor Schreck eine Gänsehaut hatte. Also schrie ich so resolut wie ich konnte „aus, aus", was immer das heißen soll, und siehe da, der Hund beruhigte sich einigermaßen und wirkte plötzlich nicht mehr bedrohlich. Ich streckte vorsichtig eine Hand aus, aber der Hund interessierte sich mehr für meinen Essenskorb, in dem unter anderem zwei kalte Hühnerschlegel lagen.

Die Situation entspannte sich vollends, als Vera in der Tür des Bauwagens erschien und dem Hund sehr scharf befahl, sich hinzulegen. Der Hund gehorchte sofort, und ich schloss daraus, dass Vera oder Luc sich entweder intensiv um seine Erziehung gekümmert hatten oder ihn so hart bestraften, wenn er nicht sofort gehorchte, dass er es nicht mehr wagte, auf ein Kommando hin zu zögern.

Vera kam auf mich zu und umarmte mich. Ich sah dabei über ihre Schulter, immer gewärtig, dass Luc in der Tür erscheinen würde. Vera entging das nicht, und sie sagte lachend: „Keine Angst, mein Engel ist ausgeflogen."

Mein Engel? Was war das denn? Noch unpassender ging es wirklich nicht. Na ja, man weiß ja, dass die Liebe blind macht, und Koseworte bei frisch Verliebten gibt es schließlich in jeder erdenklichen, oft albernen Form.

Als Vera mich losgelassen hatte, sah ich sie genauer an. Sie wirkte nicht ganz so hohläugig und dürr wie beim letzten Mal, aber immer noch nicht gerade gesund und blühend. Ihre langen Haare waren ungepflegt, vor allem dadurch, dass sie ihren Mittelscheitel nicht schwarz nachgefärbt hatte. Ungefähr zwei

Zentimeter stachen in dunkelblond vom Tiefschwarz der übrigen Haare ab.

Vor allem fiel mir auf, dass ihr ein Schneidezahn abgebrochen war, und das entstellte sie ein bisschen, wenn sie lachte. Vera hatte als Kind lange Zeit eine Zahnspange getragen, und ihr Gebiss war eigentlich tadellos.

„Wie ist das mit dem Zahn passiert?" fragte ich. „Ich bin vom Fahrrad gerutscht und mit dem Mund auf dem Lenker aufgeschlagen. Das ist kein Problem, das werde ich richten lassen."

Ich hatte stark den Eindruck, dass sie log, aber ich wollte sie nicht gleich verschrecken, indem ich weiter nachfragte. Mir fiel sofort der Vater von Matti ein, der angeschlagene Zähne hervorragend wieder instand setzen konnte, aber ich verkniff es mir, Vera darauf hinzuweisen. Ich bemerkte, dass ich regelrecht verklemmt war, um ja nichts falsch zu machen.

Ich wurde etwas lockerer, als Vera zwei alte Stühle nach draußen stellte, und ich mein Picknick und den Kaffee in der Thermoskanne auspackte. Das kam bei Vera gut an, sie bediente sich reichlich und bedankte sich lächelnd.

„Wie geht es Mama und Papa?" fragte sie, an einem Stück Hühnerfleisch kauend. „Ich habe neulich gelesen, dass ihr einen Preis bekommen habt für eine neu gezüchtete Rosensorte. Warst du das?"

Ich schüttelte den Kopf. „Ich befasse mich im Augenblick mit Orchideen, die hier einmal heimisch waren. Du weißt vermutlich, dass Matti und ich einen Dreiständer in Langendorf erworben haben. Ich werde dort eine kleine Gärtnerei aufziehen mit Schwerpunkt Orchideen."

Vera pfiff bewundernd, es war wie in alten Zeiten. Jetzt konnte ich es wagen, sie nach der Schlamperei auf dem Grundstück zu fragen (den Bauwagen zeigte sie mir lieber nicht, vermutlich aus gutem Grund).

„Was für eine Schlamperei?" fragte Vera. „Das sehe ich überhaupt nicht. Einiges stammt noch von Lucs Vater, zum Beispiel die Schrottautos. Soll ich vielleicht dafür sorgen, dass sie verschwinden? Du weißt außerdem, dass ich Gartenarbeit hasse. Ist wohl eine Reaktion auf unser Elternhaus. Wir haben weiß Gott anderes zu tun, als aufzuräumen."

„Was tut ihr denn?" fragte ich. Vera war überhaupt nicht verlegen um eine Antwort. „Luc besorgt Geld, von irgendetwas müssen wir ja leben. Ich jobbe gelegentlich in einem Café, aber dazu komme ich auch nicht allzu oft."

Ich fand ihre Ausführung, wie beschäftigt sie waren, nicht gerade erschöpfend, aber meine weiteren Fragen wurden mit einem Achselzucken abgetan.

Ich wollte mir gern die Hühner näher ansehen, aber dazu hatte Vera keine Lust. Im Augenblick konnte ich auch nicht ein einziges Huhn entdecken, vermutlich waren sie noch nicht aus dem Gehege hinter dem Wohnhaus gelassen worden. Vera erklärte, dass die Hühner Frau Heinrich gehörten, und da Frau Heinrich gern lange schlief, mussten sie eben in ihrem Übernachtungsstall warten.

Bei einem Thema wurde Vera richtig gesprächig: Lucs Mutter. Die alte Vettel, wie Vera sie bezeichnete, wollte sie und Luc nicht im Haus haben und warf ihnen ständig vor, dass man ihre Großzügigkeit ausnutze, um auf ihrem Grundstück zu campieren. Außerdem fühlte sie sich total ausgenommen, was die Finanzen betraf. Vera hatte noch keinen Cent von ihr gesehen, aber Frau Heinrich schrie ständig, sie würde ihnen den Geldhahn zudrehen, wenn sie weiter auf ihrem Grundstück bleiben würden usw. usf.

Ich war entsetzt über die hasserfüllte Ausdrucksweise, die Vera bei ihren Tiraden benutzte, und ich konnte daraus schließen, dass Veras augenblickliche Freundlichkeit und ihr Interesse an unseren Eltern nur Tünche waren. Irgendetwas Unangenehmes würde noch kommen, ich wusste bloß nicht in welcher Richtung.

Ich bohrte noch ein wenig, um herauszubekommen, womit Luc Geld verdiente, aber Vera blieb auch hier vage. „Ich kann es dir nicht sagen, und so eng sind wir auch wieder nicht, dass ich mich einmische und frage. Luc ist manchmal ein paar Tage weg, so wie jetzt, und dann hat er einen Haufen Kohle, von der ich aber praktisch nichts abbekomme. Und jetzt sind wir beim Thema: Ich wollte dich bitten, mich ein bisschen finanziell zu unterstützen, weil ich wirklich gerade einen Engpass habe. Du bekommst auch alles zurück, und wenn du willst, sogar mit ordentlichen Zinsen."

Jetzt war die Katze aus dem Sack. Ich wand mich ein bisschen, aber es war mir sofort klar, dass Vera keinen Cent von mir sehen würde. Ich fragte mich nur, ob ich es ihr behutsam oder brutal beibringen sollte und entschloss mich für letztere Version

„Weißt du, Vera, ich habe keine Lust mehr, dich zu unterstützen. Ich habe noch nie etwas von dem, was ich die angeblich nur geliehen habe, zurückbekommen. Ich bin nicht knickrig, aber ich kann deine Situation nicht richtig einschätzen, weil ich sie nur aus deiner Sichtweise kenne. Kennen ist zu viel gesagt, du bist ja nie ehrlich. Wenn du im Krankenhaus liegen würdest oder trotz aller Bemühungen arbeitslos wärst, würde ich mir überlegen, was ich für dich tun kann. Und jetzt will ich im Gegensatz zu dir ganz offen sein: Es gibt nur einen Schluss zu deinem Aussehen. Du bist heroinsüchtig."

Vera funkelte mich böse an und stritt die vermeintliche Unterstellung heftig ab. „Ich bin nicht drogensüchtig! Ich rauche ab und zu Marihuana, das hast du auch zusammen mit mir gemacht. Du sagst mir praktisch, ich soll unters Auto kommen oder Krebs kriegen, damit ich dein Mitleid errege? Oder mir die Hacken ablaufen und mich einschleimen, um irgendeinen blöden Job zu finden, bei dem ich sowieso gleich wieder rausfliege?"

„Das ja nun nicht gerade," sagte ich aufgebracht. „Du hast ein völlig verschobenes Weltbild. Lass dich mal untersuchen, ob du noch richtig tickst!"

Bevor Vera anfangen konnte, mich zu beschimpfen, kam mir der rettende Gedanke.

„Du hast doch von Mama und Papa einen Bausparvertrag, über den du nach all den Jahren frei verfügen kannst. Lass ihn dir auszahlen, es ist ein nettes Sümmchen. Mit dem Geld kannst du – wenn du sparsam lebst – eine Weile auskommen."

„Du bist richtig schlau. Auf die Idee bin ich auch schon gekommen, aber das hat keinen Sinn."

„Lass mich vermuten," sagte ich. „Dein gefallener Engel würde es dir wegnehmen. Du brauchst mich jetzt nicht wieder anzulügen und alles schönreden. Dein Luc ist ganz offenbar ein ganz mieser Kerl, der dich total unter Kontrolle hat. Das hätte ich dir nicht zugetraut, du kannst doch sonst immer widerborstig sein und dich durchsetzen. Geh zu einem Psychiater, der soll dich von deiner Hörigkeit heilen."

Vera war zunächst sprachlos, aber ich merkte, dass sie verstanden hatte. Sie schlug plötzlich die Hände vor's Gesicht und fing zu weinen an. „Hau bloß ab," sagte sie schmerzlich, „bevor ich ausfällig werde."

Sofort tat sie mir leid, und ich wollte sie in den Arm nehmen, aber sie wehrte mich heftig ab. Ich sammelte das restliche Essen und mein Geschirr ein und sagte im Weggehen: „Wenn du Geld für einen Arzt brauchst oder einen Entzug, reden wir wieder."

Der Hund trottete mit mir zum Zaun, inzwischen freundlich gestimmt. Ich gab ihm zum Abschied noch ein Stückchen übrig gebliebenen Käse, und damit hatte ich ihn endgültig für mich gewonnen. Eigentlich war er ja ganz hübsch, aber ich hätte nicht mit seinem Zuhause tauschen wollen.

Ich war auf dem Rückweg nach Lüneburg traurig und nachdenklich. Ich sah aber keine Möglichkeit, an Vera heranzukommen, auch nicht über Geld. Das kannte ich schon, ihre Dankbarkeit für kleine milde Gaben, wie sie es nannte, hielt sich in Grenzen. Ich musste unbedingt mit Mama und Papa darüber beraten, was man machen könnte. Papa hatte eigentlich resigniert, obwohl er durchaus bereit gewesen wäre, Vera wieder wohlwollend aufzunehmen, falls sie sich eines Tages wieder vernünftig zeigen sollte.

Mit Mama konnte ich das Problem praktischer durchdiskutieren, aber leider hatte sie ziemlich nah am Wasser gebaut und konnte manchmal ihre Emotionen nicht kontrollieren, was mir sehr unangenehm war. Sie hatte jedoch schon oft sehr brauchbare Überlegungen angestellt, und ich hoffte, ihr würde nach meinem Bericht von Veras Lage auch wieder etwas einfallen.

Beim Abendessen nach Geschäftsschluss berichtete ich wahrheitsgetreu, wie ich die Situation einschätzte. Mamas spontaner Lösungsvorschlag, der darin bestand, Vera am nächsten Vormittag selbst aufzusuchen, gefiel mir nicht besonders, weil ich mir keinen Erfolg davon versprach. Mama meinte dagegen, ihre mütterliche Liebe und Fürsorge müssten doch etwas bewirken. Aber sie täuschte sich.

Sie kam am nächsten Tag völlig niedergeschlagen aus Gedelitz zurück. Vera war zwar nicht ausfällig geworden, hatte sich aber deutlich weitere Annäherungsversuche und Besserungsvorschläge seitens der Familie verbeten. Die hundert Euro, die Mama ihr zugesteckt hatte, waren natürlich wortlos angenommen worden. Ich schimpfte mit Mama, weil sie Veras Drogensucht unterstützte. Mama sagte ein wenig geknickt, dass sie an die Drogenabhängigkeit nicht recht glauben könne, aber sie musste zugeben, das Vera wirklich wie ein Junkie aussah, soweit sie das in ihrer Unerfahrenheit in derlei Dingen beurteilen konnte.

9. Kapitel

Am nächsten Wochenende kamen die beiden Kusinen von Matthias tatsächlich nach Groß Gusborn. Onkel Helmuth brachte sie, weil Tante Gesine sich immer noch außerstande fühlte, so eine lange Strecke zu fahren. Ich fand das ziemlich überspannt, denn was waren ungefähr dreißig Kilometer?

Ich hatte die Kusinen bisher noch nicht kennengelernt, weil sie eigentlich immer unter der Obhut ihrer Mutter standen und nirgends hinkamen außer zum Ballett, zum Klavierunterricht oder zu einem klassischen Konzert, zu einer Theateraufführung in der Schule, zu einer Geburtstagsfeier von einer ihrer Mitschülerinnen. „Hubschraubermutter" hatte immer ein Auge auf sie und war sehr beflissen, was die Bildung ihrer Töchter anging. Freizeit und Spaßhaben gab es praktisch nicht.

Ich machte mir Gedanken, was aus solchen armen Mädchen werden sollte, aber ich stellte während des Wochenendes, das Matti und ich zum Teil in Groß Gusborn verbrachten, fest, dass sie sich ganz gut zu wehren wussten. Sie waren überhaupt nicht eingeschüchtert, und sie erzählten mir frei heraus, dass sie ihre Mutter häufig anlogen, um das tun zu können, was sie gern machen wollten. Manchmal behaupteten sie, nachmittags Förderunterricht zu haben und trödelten stattdessen in der Stadt herum. Einmal waren sie sogar nach Lüneburg gefahren, während ihre Mutter sie bei einer Vorbesprechung für einen Schullandheimaufenthalt wähnte.

Sie wünschten sich, einmal am Sonnabend in eine Disco gehen zu können. Das ist im Wendland nicht ganz leicht. Matthias als Jugendlicher hatte die Disco „Luzifer" in Langendorf besucht, aber die gab es nicht mehr. Blieb nur das Café „Grenzbereiche" in Platenlaase mit der „Tanznacht total". Matti und ich beschlossen, mit Lea und Amy dort hinzufahren, und wir hatten alle vier richtig Spaß. Wir tanzten bis zum Umfallen, spendierten den Kusinen ein Gläschen Sekt und versprachen, nichts zu verraten.

Am Sonntag nahmen wir die beiden Kusinen mit nach Langendorf, weil sie gern unser Haus sehen wollten. Sie brachen nicht in Begeisterungsstürme aus, wie ich mir gedacht hatte, sondern waren eher befremdet. Als ich sie darauf ansprach, mussten sie zugeben, dass sie sich etwas Moderneres vorgestellt hatten. Für die alten Kotten, wie sie sie die historischen Fachwerkhäuser respektlos nannten, konnten sie sich nicht erwärmen.

Bei der Gelegenheit kam auch heraus, dass es ihnen um die schöne Wassermühle ihrer Mutter nicht leidtat. Sie hatten als kleine Mädchen nicht gern dort gewohnt, viel gefroren und sich vor dem Mühlenbach gefürchtet. Sie meinten, es würde eine stattliche Versicherungssumme geben, und die könnte man besser nutzen, als Geld in ein nutzloses Objekt zu stecken, falls man auf der Mühle sitzen geblieben wäre.

Sie klagten außerdem über permanenten Geldmangel im Hause Haferkamp. Matti konnte das nicht ganz nachvollziehen, weil Tante Gesine einiges an Vermögen in die Ehe mitgebracht hatte.

Ich merkte, dass mir Mattis Kusinen nicht sehr lagen, und ich überließ es ihm, sich mit ihnen zu beschäftigen. Während er versuchte, ihnen den Umbau zu erklären, an dem sie offenbar nicht interessiert waren, stiefelte ich durch das Unkraut des Gartens in spe und sah vor meinem inneren Auge bereits den Bauerngarten, den ich anlegen wollte mit runden Beeten, die mit Buchsbaum eingefasst waren, mit Rosenbüschen und Kletterpflanzen an den Hauswänden.

„Caroline, komm mal schnell," hörte ich plötzlich Lea rufen. „Hier ist ein Igel."

Als ich zu der Stelle eilte, auf die Lea deutete, sah ich schon von weitem, dass mit dem Igel etwas nicht in Ordnung war. Er rollte sich nicht ein, sondern lief mit leisem Zittern im Kreis herum und schien uns überhaupt nicht wahrzunehmen.

Matti schlug schnell entschlossen vor, das arme Tierchen in einen Karton zu packen und mitzunehmen, um ihn unterwegs in der Igelstation in Klein Gusborn abzuliefern. Ich suchte meine festen Gartenhandschuhe und packte den Igel vorsichtig in einen Karton, in dem Fliesen geliefert worden waren. Lea und Amy nahmen den Karton auf dem Rücksitz in die Mitte und hielten ihn gut fest. Na immerhin, für Tiere hatten sie offenbar mehr übrig als für die Natur und alte Häuser.

Leider war die alte Dame, die die Igel betreute, nicht zu Hause. Also nahmen wir den Karton mit zu Mattis Eltern, deckten den Igel zu und stellten ihn in die Werkstatt, um später einen neuen Versuch zu machen, ihn abzuliefern. Ich stellte ihm eine kleine Schüssel mit Milch vor sein Schnäuzchen, aber er war nicht interessiert.

Da es bei Onkel Helmuth und Tante Gesine oft nichts Ordentliches zu essen gab außer Pizza oder Nudeln, hatte ich mir für das Mittagessen etwas Besonderes ausgedacht: Ich wollte ein Couscous machen mit viel Gemüse, scharfer Sauce, Hähnchenschlegeln und einem kleinen Stück Lammbraten. Mattis Mutter hatte schon das Fleisch vorbereitet, und ich machte mich an das Putzen und Schnipfeln des Gemüses. Matti bot seine Mitarbeit an, aber ich sah ihm an, dass er lieber nachher gut essen wollte, ohne sich vorher mit den Vorbereitungen abzumühen.

Unsere Kusinen waren durchaus willens mitzuhelfen, aber man merkte gleich, dass sie überhaupt keine Übung hatten. Lea schnitt sich gleich beim Zwiebelhacken in den Finger und fiel aus. Amy blieb zwar heil, aber sie brauchte furchtbar lange, um nur eine Karotte zu schälen und zu zerkleinern. Ich fand, die beiden Mädchen sollten sich öfter mal von zu Hause wegbewegen,, um etwas anderes zu lernen als die schwierige Technik, wie man eine Pizza in den Ofen schiebt. Nicht, dass es mir in den Sinn gekommen wäre, ein Mädchen müsste kochen können, um einen Mann abzubekommen. So altmodisch hatte noch meine Tante Hanning gedacht, und das fand ich doch ziemlich hinterwäldlerisch. Aber ich selber hatte Spaß, immer mal etwas

Ausgefallenes zu kochen, und Matti, der davon profitierte, fand das auch nicht schlecht, wie er sagte. Ein Beispiel dafür, dass er gern Understatements benutzte.

Den Namen Hanning muss ich wohl kurz erklären. Tante Hanna stammte aus Vorpommern, wo man praktisch ein „ing" an jeden Namen hängt. Also hatte ich eine Tante Tüting, (Trude, echt gut!), Onkel Karling, Mudding und Öping. Als ich klein war, musste ich immer lachen, wenn von der pommerschen Verwandtschaft die Rede war, jetzt habe ich mich daran gewöhnt.

Mattis Mutter hatte das Fleisch schon angebraten, und als das Gemüse fertig war, konnten wir essen. Ich war sehr gespannt auf Leas und Amys Freudenrufe, aber die blieben aus. Mir wurde klar, dass sie eine so ausgefallene Speise nicht kannten und ihr deshalb auch nichts abgewinnen konnten. Wir anderen genossen das Couscous sehr, und da die Mädchen nicht meckerten, blieb die Stimmung gut.

Wir waren gerade fertig mit dem Nachtisch, als Tante Gesine anrief. Mattis Mutter, die übrigens Astrid heißt, ging ans Telefon.

„Ist Helmuth schon bei euch eingetroffen? Er ist vorhin zur Mühle gegangen, nachdem er einen Anruf erhalten hat. Wie er sagte, wollte ein Nachbar ihm etwas zeigen auf dem Mühlengelände. Ich dachte, er kommt gleich wieder, aber jetzt habe ich den Eindruck, dass er gleich weiter gefahren ist, um unsere Mädchen abzuholen."

„Nein," sagte Astrid. „Wir haben ihn weder gesehen noch von ihm gehört. Er braucht sich auch nicht zu beeilen, unsere beiden Nichtchen fühlen sich sehr wohl und können ruhig bis heute Abend bleiben. Ihr braucht sie nicht zu holen, wir fahren sie nachher zurück."

Ich hätte sehr gern gewusst, ob es bezüglich des Brandes schon irgendwelche polizeilichen Erkenntnisse gab, aber als ich mit Zeichensprache ansetzte, Astrid zu sagen, dass sie nachfragen sollte, winkte sie ab. Sie redete noch ein paar Augenblicke mit ihrer Schwägerin und legte auf.

„Gesine wirkt ein bisschen ruhiger, und ich wollte nicht, das sie sich wieder aufregt. Ich habe wohl verstanden, was du wissen willst. Entschuldige bitte."

Da die Kusinen noch etwas Zeit hatten, beschlossen wir, nochmal einen Versuch zu starten, den kranken Igel abzuliefern. Matti wollte bei der alten Dame anrufen, und ich ging in die Werkstatt, um den Karton mit dem Tierchen zu holen. Ich brauchte nur eine Sekunde um zu sehen, dass der Igel tot war.

„Sollen wir ihn beim Tierarzt abliefern, damit er nachsehen kann, ob der Igel Tollwut hatte?" fragte Lea. Mattis Vater Reiner winkte ab. „Igel haben öfter Infektionen, und selbst wenn es Tollwut gewesen wäre, was sollte man dann machen? Caroline, du hast ihn doch nicht angefasst?" Ich schüttelte den Kopf.

Wir wickelten den Igel in ein Tuch und setzten ihn feierlich unter einer Birke am Rand des Grundstücks bei. Amy sprach einige fromme Worte und vergoss sogar ein paar Tränen dabei. Das rührte mich einerseits, andererseits fand ich es doch ziemlich sentimental. Na ja, Amy war ja nun gerade in dem Alter, in dem die Emotionen kaum zu kontrollieren sind, und ich fühlte mich vergleichsweise alt und abgeklärt mit meinen fünfundzwanzig Jahren.

Am späten Nachmittag verfrachteten Mattis Eltern die beiden Mädchen ins Auto und machten sich auf den Weg nach Bergen. Matti rief bei Tante Gesine an, um sie vorzuwarnen, aber er erreichte nur die Mailbox.

Eigentlich sollten wir uns auch auf den Weg machen, zumal Matti eine ganz schön lange Fahrt nach Eberswalde vor sich hatte. Aber es ging doch nicht so schnell, wie wir geplant hatten. Beim liebevollen Verabschieden kamen wir ins Schmusen und landeten schließlich im Bett. Wir duschten noch zusammen, alberten ein bisschen herum, und dann stieg jeder in sein Auto. Ein schönes Wochenende war vorbei. Ich würde Matti in der nächsten Woche gar nicht sehen, weil er zu einer Schulung nach

Luzern fahren musste. Ich beneidete ihn ein bisschen, denn die Schweiz kannte ich fast gar nicht, aber Matti beruhigte mich. Er würde bestimmt nicht dazu kommen, sich als Tourist in der Gegend umzusehen. Aber wir nahmen uns die Schweiz als eines der nächsten Reiseziele vor.

Sonntag Abend ist natürlich eine idiotische Zeit, um nach Hause zu fahren Ich hatte mal wieder den Eindruck, dass ganz Hamburg im Wendland gewesen war über's Wochenende, obwohl ich nicht behaupten konnte, dass mir in Langendorf, an der Elbe oder gar in Gusborn die Massen aufgefallen wären. Was machten bloß all die Menschen, die jetzt auf dem Rückweg waren?

Einige kamen natürlich von der Ostseeküste in Mecklenburg-Vorpommern, die vielleicht noch nicht ganz so überlaufen war wie Timmendorfer Strand oder die Lübecker Bucht. Andere hatten vielleicht immer noch ein Ferienhaus in einem der Rundlingsdörfer. Die meisten Wochenend- oder Ferienhäuser wurden allerdings nicht mehr so häufig genutzt wie in den Siebzigern und Achtzigern. Die damals schwungvollen Leute, die aufs Land wollten, waren alt geworden, und deren Kinder und Enkel hatten kein Interesse an alten Häusern und womöglich großen Grundstücken, die einfach nur Arbeit machten und nach ihrem Geschmack jeden Spaßfaktor vermissen ließen.

Während ich über diese – meiner Meinung nach traurige Entwicklung – nachdachte, klingelte mein Handy. Da meine Eltern in ihrem Sonntagsauto, das sie mir wieder mal geliehen hatten, keine Freisprechanlage hatten, fuhr ich bei der nächsten Gelegenheit etwas abrupt an den Rand. Mein Hintermann, der sehr dicht aufgefahren war, hupte empört.

Ich erwischte den Anruf nicht mehr, aber beim Anblick der Nummer lächelte ich erfreut. Matti versuchte mich schon wieder zu erreichen, obwohl wir kaum eine halbe Stunde getrennt waren.

Ich beschloss, ihn gleich zurückzurufen, weil ich ein paar zärtliche Worte hören wollte. Matti war sofort dran, und ohne sich zu melden, sagte er: „Onkel Helmuth ist tot."

Ich konnte nicht glauben, was ich eben erfuhr und hoffte, mich verhört zu haben. „Wie meinst du, Onkel Helmuth ist tot? Er war doch heute Morgen noch munter und gesund. Hat er wirklich einen tödlichen Unfall gehabt?"

„Es ist noch alles unklar," sagte Matti. „Jedenfalls haben Sensationsgaffer, die die Brandstelle ansehen wollten, ihn leblos neben dem Mühlenbach gefunden. Arzt und Kriminalpolizei sind vor Ort, mehr weiß ich auch nicht. Tante Gesine ist mit einem Nervenzusammenbruch im Krankenhaus, die Mädchen, die völlig unter Schock stehen, werden von meinen Eltern und einer Jugendpsychologin betreut. Ich rufe dich wieder an, wenn ich mehr weiß. Fahr vorsichtig und denke daran, dass ich dich sehr lieb habe."

Völlig betäubt legte ich auf. Ich konnte erstmal nicht weiterfahren. Ich stieg aus und zündete mir eine Zigarette an, um meine Nerven zu beruhigen. Mir war ganz schlecht vor Schreck, und nach den ersten Zügen an der Zigarette fühlte ich mich taumelig. Ich trat die angerauchte Kippe aus und warf sie in die Böschung. Was für ein fürchterliches Familiendrama! Erst die Mühle, dann der Onkel. Ob da wohl ein Zusammenhang bestand? Bisher hatte es bei keinem der Brände Verletzte gegeben, und der Brand lag ja schon einige Tage zurück. Die Untersuchungen waren längst nicht abgeschlossen, aber die Feuerwehr war nach einer Nacht Brandwache abgerückt, da das Feuer mit Sicherheit erloschen war. Sollte es doch noch einen Schwelbrand gegeben haben, den niemand entdeckt hatte? Hatte Onkel Helmuth beim Herumstochern in der Asche plötzlich in einer emporlodernden Stichflamme gestanden, die durch die Zufuhr von Sauerstoff entfacht worden war?

Unwahrscheinlich. Es musste eine andere Todesursache geben. Mir fiel Herzversagen ein, ein Aneurysma im Gehirn, ein Schlaganfall. Aber Onkel Helmuth war noch relativ jung und hatte sich fit gehalten durch seine Wanderungen durch die Natur, durch Radfahren und Schwimmen.

Mir taten vor allem die Mädchen leid. Onkel Helmuth hatte immer versucht, der mütterlichen Überbesorgtheit entgegenzuwirken, er war lustig und unkompliziert gewesen. Die Mädchen allein mit einer hysterischen oder gar depressiven Mutter konnte ich mir gar nicht vorstellen.

Nach einigen Minuten hatte ich mich so weit gefangen, dass ich meine Heimfahrt fortsetzen konnte. Ich lieferte zunächst das Auto bei meinen Eltern ab und war richtig froh, sie gesund und gut gelaunt nach einem schönen Wochenende vorzufinden. Ich erzählte natürlich, was vorgefallen war, und meine Mutter schlug die Hände über dem Kopf zusammen.

„Ich weiß gar nicht, Caroline, ob ich dich nach Langendorf lassen kann. Erst ein paar Brände, dann der Tod von Helmuth, und nicht zu vergessen, der traurige Zustand von Vera. Es hängt alles irgendwie mit uns zusammen, findest du nicht?"

„Na ja," sagte ich, „der erste Brand war zufällig in der Nähe von unserem Haus, an der zweiten Brandstelle bin ich bloß vorbeigekommen auf dem Heimweg wie Hunderte andere auch. Das Feuer in der Mühle und Onkel Helmuths Tod betreffen wohl eher die Familie Haferkamp."

„Da wirst du aber einheiraten, und ich mache mir die größten Sorgen."

„Ach, Mama, du bist wieder unrealistisch und emotional. Willst du mir jetzt Matti ausreden? Vielleicht kannst du zu einer Wahrsagerin gehen. Im Wendland gibt es Weise Frauen, die dir raten könnten."

Meine Mutter lächelte etwas säuerlich, denn sie las gern ihr Horoskop und beschäftigte sich hin und wieder mit Astrologie. Jedenfalls konnte sie Tarotkarten legen und interpretieren, aber sie hatte schon lange nicht mehr gewagt, uns damit zu belästigen. Vera hatte vor Jahren das Thema Wahrsagen mit einem Lachanfall beendet, und mir war es etwas diskreter gelungen, Mama davon zu überzeugen, dass ich alles für Quatsch hielt.

Ich fuhr mit dem Fahrrad nach Hause, mixte mir einen Gintonic und legte eine DVD ein, die Svenja mir geliehen hatte. Ich fand den Film blöde und bemerkte, dass er mich überhaupt nicht wie erhofft ablenkte.

Matti rief nicht mehr an, folglich wusste er auch nicht Genaueres. Ich sah auf die Uhr, er musste inzwischen in Eberswalde angekommen sein. Ich versuchte meinerseits ihn zu erreichen, ohne Erfolg. Nicht mal die Mailbox hatte er eingeschaltet.

Ich fühlte mich sehr allein und stellte düstere Überlegungen an. Alles mit dem Haus in Langendorf hatte sich so erfreulich angelassen, und Matti war absolut der Mann meiner Träume. Ich fragte mich in meiner düsteren Stimmung wieder mal, wie ich Matti verdiente. Ich war zwar nicht hässlich, wie ich selber fand, aber auch keine herausragende Schönheit. Manchmal konnte ich auch ganz schön zickig sein, während Matti fast immer ruhig und beherrscht blieb, auch wenn er sich ärgerte.

Ich stand auf und stellte mich vor den bodenlangen Spiegel im Bad: Die Beine gerade mal lang genug, der Busen eher unscheinbar, die Haare in ihrer Naturfarbe unauffällig dunkelblond. Mein Gesicht mochte hingehen, obwohl die Nase etwas spitz geraten war, und die Augen nicht groß genug. Ich war mit mir nicht so zufrieden, aber was konnte man machen? Jedenfalls hatte ich beschlossen, der Natur nicht mehr mit Makeup und Haarefärben nachzuhelfen, und Matti fand das sehr gut.

Matti war jedenfalls von mir begeistert, und der Gedanke an seine Beteuerungen, wie sehr er mich mochte, bauten mich wieder etwas auf.

Ich konnte nicht einschlafen, weil mir lauter düstere Gedanken im Kopf herumgingen. Hatte ich bei Vera als ihre ältere Schwester irgend etwas versäumt? Warum hatte es Onkel Helmuth getroffen, der noch so jung und nett war?

Schließlich zählte ich Schafe (wie man mir geraten hatte, die Beine zählen, durch vier teilen, die Schafe selbst waren zu unkompliziert), aber das war natürlich überhaupt nicht hilfreich. Auch der Versuch, mich durch Autogenes Training von der

Außenwelt abzuschotten und zu versenken, misslang. Ich ging in meinem Kopf immer wieder eine dunkle Treppe hinunter, ganz langsam und konzentriert, und kam schließlich an eine geschlossene Tür. Bei der Tür stockte meine Konzentration jedes Mal, und ich war wieder hellwach.

Ich fragte mich, warum man immer so unerfreuliche Gedanken hat, wenn man sich wach im Bett herum wälzt. Warum kriegte ich es nicht hin, mir eine Palmeninsel mit warmem Wasser und Sandstrand vorzustellen, wo ich einfach alles zurücklassen konnte? Von meiner Mutter wusste ich, dass es ihr genauso passierte. Wenn sie nicht schlafen konnte, fielen ihr Jugendsünden ein, die Jahre zurücklagen, und an denen sowieso nichts mehr zu ändern war. Ich musste Matti fragen, ob das Männern so ging, manchmal tickten sie ja ziemlich anders.

10. Kapitel

Da ich so spät eingeschlafen war und nachts zudem immer mal aufgewacht war, verschlief ich morgens. Ich sah entsetzt auf den Wecker. Ich hätte seit einer halben Stunde in der Gärtnerei sein sollen. Ich rief Mama auf dem Festnetz an, um mich zu entschuldigen und Bescheid zu sagen. Wie immer war sie verständnisvoll und forderte mich sogar auf, in Ruhe zu duschen und richtig zu frühstücken.

„Ich weiß doch gut, wie es ist, immer in Zugzwang zu sein gegen den eigenen Biorhythmus. Du bleibst ja oft abends länger und springst mal am Wochenende ein. Wir haben vereinbart, dass nicht jede Sekunde aufgerechnet wird. Schließlich bist du unsere Tochter, und du hast durchaus mal einen gemütlichen Vormittag verdient. Hast du schon etwas von Matti gehört?"

Mein Handy lag in der Küche, und ich ging schnell hinüber um zu kontrollieren, ob es irgendwelche Neuigkeiten gab. Das Handy hätte durchaus klingeln können, ich hätte es in meinem morgendlichen Tiefschlaf nicht gehört.

Tatsächlich gab es eine kurze Nachricht von Matti, die mich erschauern ließ.

„Onkel Helmuth ist eindeutig erschlagen worden. Ich melde mich nachher wieder in der Gärtnerei."

Ich gab Mama, die immer noch auf die Fortsetzung des Gesprächs wartete, sofort die Nachricht weiter, legte dann allerdings schnell auf, um mich für den Tag fertig zu machen. Ich konnte mir natürlich nicht vorstellen, den Vormittag in meiner Wohnung zu vertrödeln, lieber wollte ich so schnell wie möglich zur Gärtnerei fahren, um mich mit Arbeit abzulenken.

Ich duschte abwechselnd heiß und kalt, ließ inzwischen die Kaffeemaschine laufen und bereitete mir nach dem Duschen ein Müsli mit Joghurt. Da es bereits recht warm war, trug ich das Frühstück auf meinen kleinen Balkon. Die Aussicht von dort war eher bescheiden, ich sah nämlich auf den Hinterhof des Wohnblocks, in dem ich meine Wohnung im zweiten Stock hatte. Der Hof war nicht wie in manchen modernen Ökosiedlungen als Erholungsgärtchen mit gefälligen Büschen und einem Picknicktisch für die Anwohner angelegt, sondern völlig zuasphaltiert und zugestellt mit Dutzenden von Mülleimern: Für jede Partei ein Eimer für Hausmüll, ein Eimer für Papier, ein Eimer für Plastik. Musste man ja haben, aber schön war das nicht.

Der einzige Lichtblick war eine graue Katze, die jeden Morgen auf einem der blauen Mülleimer saß und das bisschen Morgensonne genoss, das nur ganz früh in den Hof fiel. Ich wusste nicht, wo die Katze hingehörte, sie war auch nicht zutraulich, aber wenigstens sah sie nicht verwahrlost aus.

Ich war bei den Eigentümerversammlungen verschiedentlich mit Vorschlägen vorgeprescht, wie man den Hof anders gestalten und nutzen könnte. Bisher hatte ich kaum Beifall von den anderen Wohnungseigentümern oder Mietern bekommen, die offenbar mit dem traurigen Zustand des Hinterhofs zufrieden waren.

Ich löffelte mein Müsli, trank zwei Tassen Kaffee und stand ziemlich schnell ohne Bedauern auf, denn ohne Sonne war es doch nicht so warm auf dem Balkon. Ich holte mein Fahrrad aus dem Hof, wo man immerhin Kinderwagen und Räder abstellen durfte unter einem schmalen Vordach, und machte mich auf den Weg zur Gärtnerei.

Ich ging direkt in eines der Gewächshäuser, um nach den Sommerblumen zu sehen. Die Beregnung war automatisch, und auch das Glasdach öffnete und schloss sich je nach Einstrahlung elektronisch. Das Gewächshaus wirkte feuchtwarm, die Pflanzen sahen im großen und ganzen gut aus. Ich zupfte abgestorbene Blätter weg, schnitt kleine Triebe ab, die umgeknickt waren, weil jemand dran gestoßen war und begann, leere Pflanzbehälter in eine Schubkarre zu räumen, um sie auf den

Vorplatz der Gärtnerei zu fahren, wo sie später abgeholt werden würden.

Mama war im Verkaufsraum, aber von meinem Vater war nichts zu sehen. Da der Firmenbus mit Pritsche nicht auf dem Parkplatz stand, nahm ich an, dass er weggefahren war, um größere Pflanzen auszuliefern oder eine Sendung abzuholen.

Ich überlegte, ob ich Mattis Eltern anrufen sollte und mein Beileid ausdrücken. Vielleicht wussten sie auch Einzelheiten, Matti meldete sich jedenfalls nicht. Vor allem Mattis Vater tat mir leid, denn er hatte sehr an seinem jüngeren Bruder gehangen.

Ich konnte mir auch nicht vorstellen, dass Onkel Helmuth angefeindet worden war. Wer sollte so einen Zorn auf ihn gehabt haben, dass er meinte, ihn beseitigen zu müssen? Jemanden zu erschlagen war schon heftig und nicht nachvollziehbar.

Eigentlich war es müßig, alle möglichen Überlegungen anzustellen. Ich wusste nichts, und bevor ich nichts Neues erfuhr, würde ich mir den Totschlag oder Mord nicht erklären können.

Gegen Mittag rief Matthias endlich an. Er hatte sich beurlauben lassen und war schon wieder in Groß Gusborn. Die Tagung in der Schweiz musste er natürlich ausfallen lassen, aber die Familie ging vor.

Er berichtete, dass sein Vater äußerlich relativ gefasst wirkte, die beiden Kusinen aber verheult durch das Haus schlichen, nicht essen wollten und auf jede Art von Tröstung ablehnend reagierten. Matti fragte, ob ich am Abend noch nach Gusborn kommen könne, dann wäre er auch wahrscheinlich in der Lage, Genaueres zu berichten.

Ich musste schon wieder um das Auto meiner Eltern bitten, denn abends war nicht daran zu denken, mit öffentlichen Verkehrsmitteln nach Gusborn zu kommen. Ich nahm mir vor, mich demnächst um ein eigenes Auto zu kümmern, irgendwie würde ich das finanziell doch hinkriegen müssen!

Bevor ich losfuhr, sprach mein Vater genau dieses Thema an. „Du brauchst ein eigenes Fahrzeug, wenn du nach Langendorf ziehst. Es kann ja nicht angehen, dass Matthias mit seinem Auto bei den „Zonis" (oh Gott, das sagte er immer noch!) rumzieht, und du in Langendorf versauerst. Nicht, dass ich dir deinen Leihwagen von uns missgönne, aber so kann es nicht weitergehen. Ich mache dir einen Vorschlag, der vielleicht ein bisschen egoistisch oder sogar schäbig ist, aber trotzdem: Wie wäre es, wenn du unseren Pritschenwagen, der demnächst abgeschrieben ist, übernimmst? Du brauchst jedenfalls ein zweckdienliches Fahrzeug, wenn du wirklich eine eigene Gärtnerei betreiben willst, und unser Bus ist noch sehr zuverlässig."

Ich umarmte meinen Vater spontan, was selten vorkam, und sagte ihm, dass ich die Idee einfach richtig super fand. Über den Preis sprachen wir nicht gleich. Ich wusste, dass Mama eher überzogen großzügig war, Vater eher realistisch kalkulierend und manchmal fast ein bisschen knickrig. Das war mir im Augenblick egal. Ich kannte den Pritschenwagen in allen Details, fuhr ihn gern, auch wenn er nicht gerade ein Geschoss war, aber so etwas brauchte ich wirklich nicht.

Fast mit Besitzerstolz fuhr ich nach Geschäftsschluss los. Hinter Lüneburg Richtung Dannenberg war der Verkehr zunächst ziemlich dicht, weil alle anderen auch Arbeitsschluss hatten und nach Hause in ihre Dörfer fuhren, aber das brachte mich nicht aus dem Tritt. Richtige Wut überkam mich erst in der Göhrde, wo ich mal wieder geblitzt wurde. Es war das dritte Mal an der gleichen Stelle. Beim ersten Mal war ich überrascht gewesen, weil ich glaubte, schon aus dem Ort zu sein. Beim zweiten Mal hatte ich schon mit mir gehadert, aber jetzt fand ich mich richtig dämlich. Jeder wusste, dass im Wendland an allen Ecken und Enden Blitzer aufgestellt worden waren, nicht nur, um Unfälle zu vermeiden, sondern um die Kasse des Landes aufzufüllen, wie der Landkreis selbst in der Zeitung zugegeben hatte.

Ich fand es eigentlich skandalös, damit hausieren zu gehen, dass man die Autofahrer abzockt, um an Geld zu kommen. Andrerseits musste ich zugeben, dass man sich ja auch korrekt verhalten konnte, und das taten viele Autofahrer im Gegensatz zu mir. Die Einnahmen sind weit hinter den Erwartungen zurückgeblieben, und das ist doch ein Argument für die Vernunft der Einwohner. Jedenfalls war ich wild entschlossen, die Einkünfte des Landkreises nicht mehr zu erhöhen, auch wenn ich nicht immer einsehen konnte, warum ich an dieser oder jener Stelle fünfzig fahren sollte.

Kurz vor Dannenberg holte ich einen Schwertransport ein, an dem man nicht vorbei kam. Soweit ich erkennen konnte, wurde der Flügel für ein Windrad Richtung Dömitzer Brücke transportiert. „Hier wird wieder die Umwelt geschont," dachte ich ein wenig sauer. Ich hatte mich in letzter Zeit oft und heftig in Diskussionen über das Für und Wider von Windkraft eingelassen. Es ärgerte mich immer besonders, wenn von den „Grasgrünen" sofort gesagt wurde, man sei wohl für Atomstrom, wenn man Bedenken wegen eines Standorts äußerte. Nichts gegen alternative Energien, aber nicht überall und ohne Rücksicht auf negative Begleiterscheinungen, ein Thema, das wir ausführlich mit Onkel Helmutz diskutiert hatten.

Da ich von der Dannenberger Umgehung sowieso Richtung Gusborn abbiegen musste, war für mich der Schwertransport nicht besonders hinderlich. Ich konzentrierte mich wieder auf Mattis Familie und überlegte, wie ich mich verhalten sollte. Ich gehörte ja noch nicht richtig dazu und wollte mich deshalb nicht wirklich einmischen. Ich würde sehen.

Mattis Auto stand im Hof, als ich ankam. Ich war froh, dass er da war, denn ohne ihn hätte ich mich sehr verloren gefühlt. Ich klingelte, und Mattis Mutter kam an die Haustür. Sie umarmte mich und sagte herzlich: „Schön, dass du gekommen bist, Caroline. Matti ist ziemlich fertig, und mein Mann sowieso. Es ist eine so grausame Geschichte, dass wir es alle gar nicht fassen können. Vielleicht kannst du ein bisschen zur Aufmunterung beitragen, vor allem an die Mädchen ist schwer heranzukommen."

„Ich habe keinen sonderlichen Draht zu ihnen, ich glaube nicht, dass ich da etwas bewirken kann. Es tut mir von Herzen leid, dass ihr mit diesem scheußlichen Verbrechen fertig werden müsst. Hat sich denn schon etwas ergeben?"

Mattis Mutter schüttelte den Kopf. „Die Arbeiten laufen auf Hochtouren. Helmuths Leiche wird noch untersucht, und bis jetzt sieht es so aus, als sei er an einem Schädel-Hirn-Trauma gestorben. Man hat an der Stelle, wo er getroffen wurde, Metallteilchen gefunden, folglich wurde er mit einer Eisenstange erschlagen. Natürlich hat man das Mordwerkzeug bis jetzt noch nicht gefunden, aber die Gegend rund um die Boizenburger Mühle wird gründlich durchkämmt. Aber komm erst mal rein."

Matti und sein Vater waren im Wohnzimmer mit einem Glas Whiskey in der Hand. Matti stand sofort auf und umarmte mich, und sein Vater Reiner schloss sich an. Ich sah, dass Matti geweint hatte, und auch sein Vater wirkte so, als könne er sich kaum beherrschen.

Ich bekam auch ein Glas Whiskey und setzte mich in einen Sessel. „Wo sind die Mädchen?" fragte ich.

„Sie sind oben in ihrem Zimmer und reagieren nicht auf Ansprache. Willst du vielleicht hochgehen und einen Versuch machen, sie herunter zu locken? Es wäre bestimmt besser, wenn sie ein bisschen Ablenkung hätten," sagte Mattis Vater.

Ich stand sofort auf und ging die Treppe hoch. Ich hörte aus dem Zimmer von Mattis Kusinen leise Musik. „Good bye my friend, it's hard to die, when the birds are singing in the sky," in der Fassung von John Gilbert Mozo. Ich liebte das Lied sehr und kannte den Text auswendig. Ich öffnete vorsichtig die Tür. Lea und Amy saßen dicht nebeneinander auf dem Bett, starrten beide mit verweinten Augen auf die Wand gegenüber und hörten aufmerksam dem Lied zu. Lea schaukelte leicht mit dem Oberkörper vor und zurück, nicht als würde sie mit der Bewegung der Melodie folgen, sondern eher als litte sie an Hospitalismus.

Ich blieb in der offenen Tür stehen und fing leise an, in das Lied einzustimmen. Beide Mädchen sahen überrascht auf, und dann fiel Lea ganz zart mit ein, und schließlich sang auch Amy vorsichtig mit. Ich war sehr ergriffen, wie wir alle drei „Seasons in the Sun", dieses ausdrucksstarke und traurige Lied, kaum hörbar mitsangen. Für Onkel Helmuth würde es keine Jahreszeiten mit Sonne mehr geben.

Ich umarmte nach dem Ende des Lieds die beiden Mädchen und war sehr froh, festzustellen, dass sie zugänglicher geworden waren. „Warum habt ihr gerade dieses Lied gespielt?" fragte ich nach einer Weile. „Papa hat es sehr gemocht und oft vor sich hin gesungen. Erst vor kurzem hat er im Scherz gesagt, das fände er passend für seine Beerdigung, und das ist der einzige Wunsch, den wir kennen für den Fall seines Todes. Es ist ein bisschen, als hätte er etwas geahnt," sagte Lea.

„Und Onkel Reiner hat es auch gern gehabt, manchmal haben sie das Lied miteinander gesungen und sich dabei wie zwei Verbündete angesehen," fügte Amy hinzu.

Das mit der Vorahnung konnte ich nicht akzeptieren. Mama hätte das natürlich sofort aufgegriffen und nach allen Seiten beleuchtet. Ich würde ihr lieber nichts davon erzählen, denn auf überirdische Ausführungen, die ich nicht begreifen konnte, hatte ich keine Lust.

Lea und Amy waren damit einverstanden, mit mir ins Wohnzimmer zu gehen. Die Atmosphäre hatte sich ein bisschen gelockert, und Mattis Mutter schlug vor, etwas zum essen zu machen. Alle behaupteten, keinen Hunger zu haben, aber in der Küche flüsterte meine künftige Schwiegermutter mir zu, dass gemeinsames Essen bei Trauerfällen ganz wichtig sei. Die Kaffeeeinladungen nach Beerdigungen hatten sich über Jahrhunderte als weise Einrichtung bewährt, und ich dachte mir, dass sie wohl Recht hatte.

Ich half ihr dabei, Wurst und Käse appetitlich auf Teller zu legen und schnitt das Brot, das sie übrigens immer selbst backte, wobei sie die Zutaten variierte. Während ich gerade damit beschäftigt war, das Besteck herauszuholen, beugte sie sich über die Theke zu mir herüber und sagte sehr herzlich: „Ich heiße übrigens Astrid. Es wird Zeit, dass wir den offiziellen Umgangston lassen."

Ich freute mich über das Angebot, meine künftigen Schwiegereltern zu duzen. Es war mir seit einer Weile schon schwergefallen, bei „Herr" und „Frau" zu bleiben, aber mir stand es natürlich nicht zu, daran etwas zu ändern.

Matti und sein Vater waren am Beratschlagen, wie man mit Gesine umgehen sollte. Die Mädchen wollten natürlich ihre Mutter gern sehen, aber Matti meinte, man solle sich erst von den behandelnden Ärzten beraten lassen. Wir kamen schließlich gemeinsam zu dem Schluss, dass es das beste sein würde, wenn Mattis Vater in die Klinik führe, um sie zu besuchen.

Natürlich kam auch die Frage der Beerdigung auf. Wir wussten nicht, ob Gesine in der Lage war, sich darum zu kümmern. Jedenfalls stand als erstes fest, dass Onkel Helmuth sich sicher kein christliches Begräbnis gewünscht hätte, denn von den Tröstungen der Kirche hatte er gar nichts gehalten.

Astrid machte den Vorschlag, statt der traditionellen Beisetzung auf dem Friedhof von Bergen eine Baumbestattung zu wählen. Im Gartower Forst gibt es die Möglichkeit, einen Baum auszusuchen und eine Trauerfeier ohne Pfarrer abzuhalten. Astrid war ein paar Wochen zuvor zum ersten Mal bei dieser neuen Form von Bestattung dabei gewesen und erzählte tief beeindruckt, wie ergreifend den Angehörigen Trost gespendet worden sei und wie ausführlich die Laienpredigerin über das Leben des Verstorbenen gesprochen habe. Man hätte den Eindruck bekommen, dass sie den alten Herrn persönlich gekannt hatte.

Wir beschlossen, dass Mattis Vater – den ich jetzt Reiner nenne, wie Astrid es vorgeschlagen hatte – das Anliegen am nächsten Tag bei seinem Besuch bei Gesine vortragen würde und sich mit ihr beraten, sofern das möglich war.

Lea und Amy gingen früh schlafen, und wir hörten wieder „Seasons in the Sun" aus ihrem Zimmer.

Matti kuschelte noch eine Weile mit mir. Endlich schlief er ein, und ich war froh, dass er durch den Schlaf seiner tiefen Trauer und seinem Entsetzen entkommen war.

Gleich am nächsten Morgen fuhr Reiner nach Uelzen in die psychiatrische Klinik. Er kam ziemlich schnell zurück und berichtete, dass Gesine kaum ansprechbar gewesen und an allen Formalitäten und Riten bezüglich der Beisetzung nicht interessiert war. „Macht ihr mal," sagte sie bei jedem Vorschlag. Schließlich schlief sie im Sessel neben ihrem Krankenbett ein, da sie offensichtlich sediert worden war, und Reiner schlich sich aus dem Zimmer.

Da Helmuth obduziert werden musste, dauerte es ein paar Tage, bis die Leiche frei gegeben werden konnte. Außer dem Schlag auf den Kopf, der mit solcher Wucht ausgeführt worden war, dass der Schädel seitlich zertrümmert war, hatte man keinerlei Verletzungen feststellen können. Die erste Vermutung, dass eine Eisenstange als Mordwaffe benutzt worden war, hatte sich bestätigt: An der zertrümmerten Seite des Schädels hatte der Pathologe tatsächlich auf der Haut und in den Haaren einige Rostpartikel gefunden.

Die Trauerfeier sollte in der Friedhofskapelle von Bergen stattfinden, aber da eine große Anzahl Trauergäste erschienen waren, verlegte man die Feier ins Freie, was ja auch angemessen für Onkel Helmuth war, der jede freie Minute in der Natur verbracht hatte.

Es waren sehr viele Kollegen gekommen, und die Klasse, die er zuletzt als Klassenlehrer unterrichtet hatte, war geschlossen angetreten. Natürlich waren fast alle Bewohner von Bergen anwesend, die Nachbarn waren gekommen, die Jagdgenossen, viele Freunde und die Verwandtschaft aus dem Landkreis und aus weiter entfernten Gegenden.

Bemerkenswerterweise war Mattis Schwester Larissa angereist aus Saskatchewan, wo sie mit ihrem kanadischen Mann eine Apfelfarm betrieb. Ich kannte Larissa nur von wenigen Erzählungen aus ihrer Kindheit und von Fotos älteren Datums. Irgendetwas war an ihr geheimnisvoll, und ich war sehr gespannt darauf, mit ihr ein paar Worte zu wechseln beim Kaffee nach der Trauerfeier.

Gesine war natürlich von Reiner zur Trauerfeier gefahren worden, aber sie wirkte unbeteiligt und abwesend. Lea und Amy standen links und rechts von ihr, streichelten ihr immer wieder über den Arm, konnten aber offensichtlich nicht zu ihr durchdringen.

„Seasons in the Sun" wurde gespielt, und es stellte sich heraus, dass fast alle das Lied kannten und mitsangen. Ich musste wie so viele andere auch weinen, es war so unendlich traurig.

Mir fiel auf, dass die Schüler aus Helmuths Klasse sehr andächtig und still wirkten. Sie standen mit gesenkten Köpfen da und sahen vor sich hin. Sie mussten ihren Lehrer sehr geschätzt haben, um ihm so diszipliniert die letzte Ehre zu erweisen. Leider entdeckte ich sehr bald, worin ihre Ehrerbietung bestand: Die meisten hatten diskret ein Smartphone in der Hand und daddelten, völlig versunken in eine andere Welt. Ähnliches hatte ich kürzlich bei einer Taufe festgestellt. Sogar Erwachsene vertrieben sich die Zeit während der langen Predigt mit Spielchen, Filmchen oder Kommunikation mit irgendwelchen Chatfreunden. Ich hätte vor Entrüstung schreien können, aber ich war natürlich vernünftig genug, mir nichts anmerken zu lassen. Nur meinem Nachbarn, einem Jungen, an dem alles weich und verzärtelt wirkte, nahm ich das Smartphone diskret aus der Hand und machte ihm mit einem Kopfnicken ein Zeichen, dass er nach vorn zu der Laienpredigerin sehen sollte und zuhören. Er wirkte regelrecht bestürzt, stand mit offenem Mund da, wehrte sich aber nicht.

Ich fand die Feier sehr ergreifend. Der Sarg wurde, begleitet von klassischer Musik, aus dem Friedhof gerollt und in einen Leichenwagen verladen, um ins Krematorium transportiert zu werden.

Die Schüler zerstreuten sich sehr schnell. Ich gab meinem Nachbarn wortlos das Handy zurück und ging zu den Angehörigen des Verstorbenen. Viele der Trauergäste nahmen die Einladung zu Kaffee, Kuchen oder einem Imbiss an. Die Tafel war im Saal des Deutschen Hauses gedeckt. Ich hatte mich um den Blumenschmuck gekümmert und fand das Ergebnis sehr würdevoll. Auf jedem Tisch stand ein Bukett mit zur Jahreszeit passenden sommerlichen Blumen. Vor die Bühne mit ihrem alten, dunkelroten Samtvorhang hatte ich einige Bäume in Töpfen stellen lassen, und diese Art der Dekoration täuschte ein bisschen über die tristen Eiche-antik Möbel aus den Sechzigern hinweg.

Gesine schluchzte hemmungslos und weigerte sich zu bleiben. Sie wurde mit einem Krankenwagen zur Klinik zurückgefahren, und die Familie war nach ihrer Abfahrt erleichtert.

Ich saß zwischen Matti und Lea, und mir gegenüber hatten Mattis Eltern mit ihrer Tochter Platz genommen. Mir war schon während der Trauerfeier aufgefallen, dass Larissa ein dunkles Häubchen trug und einen bodenlangen, grauen Rock. Ich hatte das für Trauerkleidung gehalten, bis Matti mir zuflüsterte, dass seine Schwester einen Hutterer geheiratet hatte und nach den strengen Regeln der Hutterer lebte.

Das sagte mir überhaupt nichts. Ich hatte von Mormonen gehört, von Mennoniten, von Amish, die es ja durchaus in Kanada auch gab, aber Hutterer?

„Ich erkläre es dir später. Meine Eltern sind sehr unglücklich darüber, dass sie einem religiösen Fanatiker aufgesessen ist, und wir haben eigentlich fast keinen Kontakt mehr, weil ihre religiösen Ansichten überhaupt nicht in die Familie passen, schon gar nicht zu Helmuth, der ein absoluter Negierer jeglicher höherer Mächte war. Aber du wirst sie kennenlernen, und dann mache dir selbst ein Bild."

Larissa sah sehr hübsch und freundlich aus, und ich konnte mir gar nicht vorstellen, dass sie offenbar in einer anderen Welt lebte als wir. Der Kaffee wurde eingeschenkt, die Platten mit

Schnittchen oder Kuchen wurden herumgereicht, und allmählich lockerte sich die Stimmung, und man fing an, miteinander zu reden. Vom Nebentisch hörte ich den Namen Helmuth, und es wurde gelacht. Wir waren also schon dabei, Anekdoten aus dem Leben des Verstorbenen zum besten zu geben. Ich erlebte nun wirklich, wie hilfreich die Kaffeeeinladung nach einer Trauerfeier war, wenn es auch nur im Augenblick über die düsteren Gedanken hinweghalf.

Ich hörte Mattis Eltern zu, die Vorschläge machten zur Zukunft ihrer Nichten. Die beiden Mädchen wollten am liebsten zu Hause bleiben und abwarten, bis es ihrer Mutter besser ging. Das kam natürlich überhaupt nicht in Frage. Mattis Eltern als nächste Anverwandte erwogen, sie zu sich zu nehmen, bis eine andere Lösung gefunden war, aber Astrid hatte Bedenken, ob sie es schaffen würde, mit zwei Teenagern fertig zu werden, die irgendwann ihre Munterkeit wiederfinden und sich als Belastung erweisen würden. Zudem war Astrid halbtags in einer Galerie in Dannenberg tätig und sah sich außerstande, in ihrem Alter noch einmal auf die Bedürfnisse von Halbwüchsigen einzugehen.

Larissa mischte sich plötzlich mit einem Vorschlag in die Überlegungen ein, der alle überraschte. „Ich könnte meine beiden Kusinen mitnehmen nach Kanada. Wir haben ein riesiges Haus, und jeder ist willkommen. Es gibt einige gleichaltrige Jungs und Mädchen in unserer Gemeinschaft, die ihnen über die Trauer hinweghelfen könnten. Wir haben mehrere Quadratkilometer Land, das wir bewirtschaften, eine Menge Tiere und Gottes Natur, die die Seele besänftigt."

Ich merkte, dass Astrid und Reiner einigermaßen schockiert waren und nach Worten suchten, die ihre Ablehnung klar ausdrückten und gleichzeitig ihre Tochter nicht brüskierten.

Matti sprang ein, als er das Dilemma seiner Eltern erkannte. „Du meinst es von Herzen gut, wie ich weiß, aber ich glaube trotzdem nicht, dass das eine machbare Idee ist. Wir würden sie ihrer Mutter entfremden, wenn wir sie ans andere Ende der

Welt schicken. Lea ist demnächst in der Oberstufe und geht aufs Abitur zu, Amy ist mitten in der Pubertät und muss versuchen, sich hier zu festigen. Ich habe einen anderen Vorschlag: Wir geben sie in ein Internat in der Nähe, so dass sie jederzeit ihre Mutter besuchen können und nicht ganz aus ihrem täglichen Rhythmus fallen."

Larissa lächelte weiterhin freundlich, aber ich merkte ihr an, dass sie enttäuscht war. Auch wenn ich nichts Näheres über ihre religiöse Einstellung wusste, konnte ich mir vorstellen, dass sie vielleicht bei ihrem Angebot einen missionarischen Gedanken im Hinterkopf gehabt hatte.

Um das Thema zu wechseln, fragte ich Larissa, ob sie auf ihrem Hof auch einen Garten hätten. Das interessierte mich natürlich besonders.

Larissa lächelte freundlich und antwortete bereitwillig: „Jeder Bruderhof unserer religiösen Gemeinschaft hat einen Garten, um den sich die Frauen weitgehend kümmern. Wir bauen Gemüse und Obst für den Eigenbedarf an, nur die Äpfel der Plantage werden vermarktet. Ich zum Beispiel habe mir den Anbau von Karotten, Kohlsorten und Zwiebeln ausgesucht. Da unser Bruderhof über dreißig Mitbewohner hat, habe ich damit genug zu tun. Ich bin froh, wenn ich draußen sein kann, die Vorbereitungen in der Küche liegen mir nicht so. Natürlich helfe ich dort auch, schließlich muss das Essen ja gemacht werden."

Larissa wandte sich ihrer Mutter zu und erzählte ihr eine freudige Neuigkeit: Sie sei endlich nach fast zehn Jahren Ehe schwanger, und ihre ganze Gemeinschaft hätte gefeiert, als sie die Nachricht verkündete. „Kinder sind unser kostbarstes Gut, und wir finden es unendlich traurig, wenn ein Paar keine Kinder bekommt."

„Da kann man doch heutzutage viel machen. Die Medizin ist so weit fortgeschritten, dass man in vielerlei Hinsicht derartige Probleme lösen kann," sagte Astrid.

Larissa lächelte weiterhin freundlich. „Du lebst in einer anderen Welt. Wir gehen nicht zum Arzt, wenn es Probleme gibt. Wenn kein Kind sich anmeldet, ist das gottgewollt, und da soll der Mensch sich nicht einmischen."

Ich hoffte, uns würde ein neutraleres Thema einfallen, denn Astrid war sichtlich unangenehm berührt beim Thema Religion. Ich fragte deshalb Larissa, ob es Bilder von ihrem Haus und dem Garten gäbe, aber Larissa winkte ab. „Wir fotografieren sehr selten und lehnen auch meistens ab, wenn Journalisten kommen, die einen Bericht mit Fotografien über unser Leben schreiben wollen. Das ist nur sensationslüstern, und wir möchten nicht als andersartige Spezies ausgestellt werden, sondern in Ruhe unser Leben leben."

Es war einfach nicht machbar, auf neutralen Boden zu kommen, und ich merkte, wie frustriert Astrid und Reiner waren. Ihre Tochter, die gut gelernt hatte und vielseitig begabt war, hatte die guten Zukunftsaussichten eingetauscht gegen ein von religiösen Ideen aus dem sechzehnten Jahrhundert geprägtes Leben auf dem Land, ohne die Möglichkeit der individuellen Entfaltung.

Am frühen Nachmittag löste sich die Kaffeegesellschaft auf. Astrid und Reiner nahmen die Mädchen und Larissa mit nach Groß Gusborn, Matti und ich fuhren zur Mühle, um uns die Brandstelle noch einmal anzusehen. Ich fand es gruselig, wie die Eisenteile des Mühlrades aus Schutt und Asche herausragten. Die Kriminalpolizei hatte eine Eisenstange zur Untersuchung mitgenommen, von der sie vermuteten, dass es die Tatwaffe war. Der Mörder hatte sich offenbar nicht mal die Mühe gemacht, Beweismittel zu verstecken, was darauf hinwies, dass die Tat spontan erfolgt war.

Ich blieb noch über das Wochenende. Larissa gegenüber gab ich mir Mühe, auf neutralem Boden zu bleiben, denn ich merkte, dass ich versucht war, mit ihr zu argumentieren, wenn die Sprache auf ihre Lebensweise kam. Matti war der Toleranteste von uns. „Lasst sie doch leben, wie sie will. Wenn sie es o.k. findet, sich den Männern im Bruderhaus unterzuordnen, sie beim Essen zu bedienen, nach Männlein und Weiblein getrennt am Tisch zu sitzen und den Mund zu halten, wenn ein Mann zugegen ist, ist das für mich in Ordnung. Sie wirkt fröhlich und ist mit sich im Reinen. Also?" sagte er.

Er hatte natürlich recht, aber ich glaubte trotzdem, auf Dauer sei eine solche Lebensweise nicht zu ertragen, und Larissa müsste im Grunde unglücklich sein.

Larissa kümmerte sich viel um ihre Kusinen. Sie unterhielt sich mit ihnen, ging mit ihnen spazieren und versuchte, sie zu trösten. Allerdings unternahm sie nichts mit ihnen, was mit sportlicher Betätigung zu tun hatte wie joggen oder schwimmen. Sie hatte immer bodenlange Kleider an und trug ein gehäkeltes Häubchen, um ihre aufgesteckten Haare zu bedecken. Jede Art von Eitelkeit war ihr völlig fremd, und sie fragte Lea verwundert, warum sie sich in ihrem Alter zurechtmachte, da sie doch jung und frisch aussah, auch ohne nachzuhelfen.

Larissa reiste nach einer Woche ab. Es war ihr erster Besuch bei ihren Eltern gewesen, seit sie ausgewandert war. Sie versprach aber, engeren Kontakt zu halten und forderte sogar ihre Familie auf, sie zu besuchen und sich den Hof und die Plantage anzusehen. Vor allem wollte sie ihren Eltern ihren Mann vorstellen, auf den sie sehr stolz war.

Beim Abschied auf dem Flugplatz versprachen ihre Eltern, nach Saskatchewan zu kommen, wenn ihr Enkelchen da war. Sie wollten noch gern wissen, ob es ein Mädchen oder ein Junge werden würde, aber diese Frage war natürlich in Anbetracht der Lebensweise von Larissa naiv. Larissa ließ keinerlei Untersuchungen zu, die die moderne Medizin anbot, sondern sie wartete zuversichtlich ab, was Gott für sie ausgewählt hatte.

11. Kapitel

Als die Kusinen wieder regelmäßig in die Schule gingen, pendelte sich ein einigermaßen normales Leben ein. Sie machten Astrid keine Schwierigkeiten, und die Übersiedlung in ein Internat erübrigte sich, weil Gesine sich besser fühlte und den Wunsch äußerte, nach Hause entlassen zu werden und selbst wieder die Verantwortung für ihre beiden Mädchen zu übernehmen.

Allerdings fühlte sie sich den Befragungen der Kriminalpolizei nicht gewachsen und bat Reiner, bei jedem Gespräch zugegen zu sein. Reiner konnte natürlich seine Praxis nicht beliebig verlassen, und so gab es einiges Hin und Her, bis Termine gefunden waren. Ich wollte alles wissen, und Reiner erzählte mir am Telefon bereitwillig, worum es ging. Mit wem hatte Helmuth Umgang gepflegt? War er in irgendwelche Schwierigkeiten geraten? Gab es Anzeichen, dass jemand ihn erpresste? Gab es Leute, die sich an ihm rächen wollten für irgendeine Beleidigung, ein Unrecht oder gar ein Verbrechen?

Gesine konnte nur beteuern, dass nichts davon ihr bekannt war. Helmuth mit seinem offenen, freundlichen Wesen war mit allen gut ausgekommen, hatte einen ausgesprochen großen Freundeskreis gehabt, kurzum, war sehr beliebt gewesen.

Nachbarn wurden befragt, ob ihnen irgendetwas aufgefallen war, vor allem an dem Tag, als der Mord passierte, die Mädchen wurden mit vorsichtigen Fragen dazu gebracht, über ihren Vater zu erzählen. Es kam einfach nichts dabei heraus für den Augenblick.

Etwas anders gestaltete sich die private Regelung aller Angelegenheiten, die nach einem Todesfall anstehen. Helmuth hatte natürlich kein Testament gemacht und in keinster Weise für einen solchen Fall vorgesorgt. Also würden Haus und Vermögen zur Hälfte an Gesine fallen, zur anderen Hälfte an die Kinder.

Reiner konnte es regeln, dass zunächst Gesine volles Zugriffsrecht auf das gesamte Vermögen hatte bis zur Volljährigkeit der Mädchen – was ja nicht mehr lange dauern würde. Reiner hoffte sehr, dass seine Nichten keine Scherereien machen würden, wenn sie Anrecht auf die Hälfte des Besitzes hatten. Er kannte genügend Fälle, wo die Familie sich vollkommen zerstritten hatte wegen des Erbes, wenn nicht rechtzeitig alles geregelt worden war.

Die große Überraschung kam, als Reiner die Papiere seines Bruders durchsah. Es stellte sich heraus, dass Helmuth hoch verschuldet gewesen war und kaum seinen Verpflichtungen bezüglich der Finanzierung des Hauses nachkommen konnte. Er war auch bei Versicherungsprämien in Verzug, und Mahnungen von Handwerkern, Lieferanten von Gas und den Elektrizitätswerken häuften sich in einem Schuhkarton, den er wohlweislich hinter einem Lexikon im Bücherbord versteckt hatte. Da die Familie eine Haushaltshilfe hatte, die es nicht sonderlich genau mit dem Saubermachen nahm, konnte er davon ausgehen, dass der Karton unentdeckt bleiben würde. Gesine selbst griff äußerst selten zu Putzlappen und Staubtuch.

Reiner war wegen seiner Entdeckung völlig schockiert. Er sprach zunächst nicht mit Gesine darüber, deren Zustand immer noch sehr labil war. Er erzählte uns am Wochenende davon, um sich zunächst zu beraten.

Er hatte keine Ahnung vom finanziellen Desaster seines Bruders gehabt und machte im Nachhinein seinem Bruder Vorwürfe, dass er sich nicht an ihn um Hilfe gewandt hatte.

Die Frage war natürlich, wo das Geld geblieben war, das eigentlich hätte vorhanden sein müssen. Helmuth hatte ja ganz gut verdient, und von Gesines Seite war auch ein bisschen Bargeld mit in die Ehe gekommen zusätzlich zur Mühle. Beim Gedanken an die Mühle fühlte ich mich plötzlich unwohl, und ich merkte Matti an, dass es ihm genauso ging. Wir sahen uns an, sagten aber nichts in Gegenwart der anderen, um niemanden zu schockieren.

Als wir beide einen kleinen Spaziergang durch den Ort machten, sprachen wir das Thema an. „Hast du auch so ein ungutes Gefühl beim Brand der Mühle? Ich wage es ja kaum laut zu sagen, aber es kommt mir so vor, als würde alles dafür sprechen, dass Onkel Helmuth beim warmen Abbau der Mühle nachgeholfen hat. In Anbetracht seines Geldmangels, der ihn in eine Notsituation gebracht hat, wäre das sogar nachvollziehbar," sagte ich.

Matti antwortete: „Ich kenne Onkel Helmuth zeit meines Lebens, und das traue ich ihm nicht zu. Aber irgendwie scheint mir der Mord mit dem Brand zusammenzuhängen. Vielleicht lichten sich die Geheimnisse, wenn wir herausgefunden haben, wodurch Onkel Helmuth sein Geld verzockt hat. Vielleicht ist er in schlechte Gesellschaft geraten und wurde erpresst? Aber auch das kann ich mir nicht vorstellen. Er war schließlich nicht dumm und auch nicht leichtfertig. Unerklärlich!"

Am Sonntag fuhren wir erneut zu Tante Gesine, um ihr schonend die finanzielle Schieflage mitzuteilen und sie zu bitten, ihrerseits nach möglichen Unterlagen zu suchen. Erstaunlicherweise blieb Gesine ruhig, wollte aber bei der Suche nach den Ursachen der Misere nicht mithelfen. Sie ließ uns völlig freie Hand, das ganze Haus umzudrehen. Wir konnten nicht recht erkennen, ob sie so großes Vertrauen in ihren Schwager hatte oder einfach gleichgültig war, weil sie psychisch trotz des äußeren Scheins nicht in Ordnung war.

Lea gab uns einen Tipp, der uns zum Ziel führte. Sie hatte vor längerer Zeit beobachtet, wie ihr Vater einige Akten aus seinem Arbeitszimmer in den Keller trug, und da fanden wir sie in einem vollgestopften Regal. Ziemlich schnell war alles klar: Helmuth hatte das Geld an der Börse verzockt mit unglücklichen Investitionen, die gründlich schief gegangen waren.

Reiner überlegte, ob man bei der Bank vorstellig werden sollte und eventuell den Berater verklagen, aber er wusste, dass das wenig Sinn machte. Letztendlich war man selbst verantwortlich für seine Geldanlagen und musste die Konsequenzen tragen.

Auch Reiner äußerte nun seine Vermutung, dass Helmuth auf dumme Gedanken gekommen war, weil der Familie das Wasser am Hals stand. Sofern er nicht von irgendwoher Geld beschaffen konnte, hätte er mit der Zwangsversteigerung seines Hauses rechnen müssen.

Allerdings war es rätselhaft, wie er es angestellt haben könnte, die Mühle abbrennen zu lassen, ohne dass Spuren eines Anzünders oder gar Brandbeschleunigers gefunden werden konnten. Wie bei jedem größeren Brand, bei dem es um hohe Entschädigungen ging, war nicht nur die Kriminalpolizei tätig, sondern die Versicherung setzte ihrerseits alle Hebel in Bewegung, um sich um die Zahlungen drücken zu können. Im Moment sah es immer noch so aus, als gäbe es eine natürliche Brandursache. Wenigstens würde Gesine aus ihrer Notlage gerettet sein, wenn die Versicherung zahlen musste.

Es bestätigte sich, dass die Eisenstange, die von der Kriminalpolizei mitgenommen worden war, mit Sicherheit die Mordwaffe gewesen war, wie man eindeutig an Haar-und Blutspuren erkennen konnte. Allerdings gab es keine Fingerabdrücke oder sonstige Hinweise, wer die Stange benutzt hatte.

Matti und ich verbrachten den Sonntag Nachmittag in Langendorf. Wir genossen es, uns vom Familiendrama zu erholen und ein bisschen allein zu sein. In den letzten Tagen waren wir ununterbrochen mit Helmuths Angelegenheiten befasst gewesen.

Wir waren bis jetzt noch nicht dazu gekommen, uns um Gartenmöbel zu kümmern. Außer einigen alten, weißen Plastikstühlen, die vor etlichen Jahren modern gewesen waren und immer noch häufig Terrassen, Gartenanlagen und Restaurants weltweit verunzierten, konnten wir noch nichts Gefälliges vorweisen.

Aus zwei Arbeitsböcken hatten wir einen Tisch gebaut, indem wir als Tischplatte eine Tür aus dem Haus gelegt hatten, die zwar einmal sehr schön gewesen war mit verzierten Leisten, aber leider so marode, dass man sie nicht aufarbeiten konnte.

Praktisch war das Türblatt durch die aufgesetzten Leisten natürlich nicht, aber eine schöne Tischdecke und ein Blumenstrauß machten dennoch die Sitzgarnitur ganz passabel.

Ich hatte mir schon den Platz für das Gewächshaus ausgesucht. Nicht zu nah am Haus, um den Charakter des Dreiständers nicht zu stören, aber so in Reichweite, dass ich bei schlechtem Wetter schnell hinüber huschen konnte. Im Internet hatte ich mich schon intensiv umgesehen. Es sollte ein alleinstehendes Glasgebäude sein, nach oben hin abgerundet mit Verzierungen entlang des Firsts, wie man sie früher überall in England bei Herrenhäusern und Landsitzen gehabt hatte, also ein echtes, antikes „Conservatory". Ich freute mich schon sehr auf die Reise nach England. Der Kauf des Gewächshauses war ein toller Anlass für die Reise, und wir würden wegen der Besichtigungen der Kaufobjekte vor Ort vermutlich in die verschiedensten Gegenden kommen, es sei denn, ich hätte mich schon vorab entschieden.

Wir planten auch ein Einweihungsfest im August. Ich wollte für die Einladungen von unserem Zimmermann eine Formulierung übernehmen, die er für Rechnungen verwendete: „Da nunmehr die Bauarbeiten weitgehend fortgeschritten sind, erlaube ich mir …" Ich fand diese Formulierung anrührend altmodisch und gleichzeitig komisch, aber Matti wollte nichts davon wissen, sie zu verwenden. Er meinte, der Zimmermann würde die Einladung lesen und womöglich beleidigt sein, und das wollten wir gar nicht.

Jedenfalls machten wir eine Gästeliste, die ganz schön lang wurde, aber wir wollten ja auch unseren Verwandten und Freunden vorführen, was wir Tolles geleistet hatten. Das Haus war wunderschön geworden, auch wenn viele Details fehlten. Aber bis zum August waren noch einige Wochen Zeit, und zwischenzeitlich würde hoffentlich einiges passieren.

Ich machte mir Gedanken über Vera. Ich wollte sie gern einladen, um eventuell wieder Kontakt zu haben, falls sie käme, aber Luc wollte ich keinesfalls sehen. Matti war wieder der

Menschenfreund wie so häufig. Er meinte, es sei beleidigend, Veras Freund auszuklammern, da sie nun mal mit ihm zusammenlebte. Ich würde mir also für sie eine Formulierung ausdenken, die ihn nicht ausschloss, aber auch nicht explizit einbezog. Schwieriges Unterfangen!

Am späten Nachmittag rafften wir uns auf, einen Spaziergang zu machen. Ich hatte keine Lust auf die ewig lange Durchgangsstraße, die dem Ort ihren Namen gegeben hat. Im Gegensatz zu den wendischen Rundlingsdörfern handelt es sich bei Langendorf um eine germanische Siedlung, und sicherlich war für die Bauern des frühen Mittelalters die Zufahrt auf die Höfe von der einzigen Straße aus sehr praktisch gewesen. Deshalb ist das Scheunentor immer der Straße zugewandt, der Wohnteil auf der Rückseite.

Obwohl der Verkehr zu vernachlässigen ist, und viele Häuser sich durchaus sehen lassen können, beschlossen wir, den Weg am östlichen Ortsrand zu nehmen, der sich zu den Elbwiesen öffnet und teilweise nicht einmal befestigt ist.

Wir hatten mit unserem Spaziergang Glück, denn wir konnten ein bezauberndes Schauspiel beobachten. Im Hausgarten von einem der wenigen Höfe, die noch in Betrieb sind, beschlossen ein paar Schweine, die bis dahin faul im Gras gelegen hatten, ihre Spielstunde abzuhalten. Sie rannten im Schweinsgalopp hintereinander her um die Obstbäume, die auf dem Grundstück stehen, verharrten immer wieder mit erhobenem Ringelschwanz sekundenlang, um plötzlich wieder loszulegen. Sie waren nicht einmal alle jung, aber sie verhielten sich wie ausgelassene Kinder, die einfach ihren Spaß haben wollten, und sie waren alle drahtig und wendig, wenn auch die älteren einiges an Gewicht vorzuzeigen hatten. Man merkte ihnen an, dass sie gut im Training waren.

Wir sahen einige Minuten lang fasziniert zu, bis sie ermüdeten und schließlich wieder zur Ruhe kamen. Ich konnte mich des Eindrucks nicht erwehren, dass sie sich irgendwie verständigt hatten, wie das Spiel gehen sollte und wie lange alle die wilde Jagd durchhalten würden.

Als wir weitergingen, unterhielten wir uns über die Schweinemast, wie sie heute üblich ist, ein Reizthema für mich. Die natürlichen Bedürfnisse der Schweine werden missachtet oder bestenfalls verkannt. Schweine ohne Frischluft, Sonne und Bewegung! Ohne die Möglichkeit, zu wühlen, den Rüssel einzusetzen, um Erde umzudrehen und Leckeres zu finden!

Ich erzählte Matti, dass bei einer Diskussion über moderne Landwirtschaft ein Vertreter des Bauernverbandes allen Ernstes behauptet hatte, ein Schwein könne sich nichts Schöneres wünschen als sich wohlig auf einem beheizten Rost zu suhlen. Ich hatte mir den Zwischenruf „wünschen Sie sich das auch?" nicht verkneifen können, aber leider erntete ich nur böse Blicke und verhaltenes Gelächter.

„Ich möchte auch zwei Schweinchen," sagte ich unvermittelt. „Wir haben den Platz und alle Möglichkeiten. Du weißt, dass ich für Hängebauchschweine schwärme. Sie sind so herrlich verbaut und haben so ein putziges gestauchtes Gesicht. Ich weiß, dass die Eber aggressiv sein können, deshalb muss es ein Mädchen sein. Falls ich kein Mädchen bekommen kann, denn Hängebauchschweine sind bekanntlich bei uns nicht so verbreitet, werde ich mich auch mit einem kastrierten Eber zufrieden geben. Als Gesellschaft wünsche ich mir ein Minischwein, dem man Kunststücke beibringen kann. Wenn meine kleine Gärtnerei läuft, werden Kinder wunderbar unterhalten, und schon wegen der Schweinchen werde ich gut im Geschäft sein."

Matti lachte mich aus. „Wir sind noch nicht einmal halb fertig mit allem. Das Grundstück ist eine Wildnis, dein Gewächshaus steht an, und so weiter, und so weiter. Du hängst mal wieder die Gardinen auf, bevor die Hütte gekauft ist."

„Machst du dich über mich lustig? Magst du etwa keine Schweine?"

„Doch," sagte Matti, „Aber die Tierhaltung sollte nicht vor allem anderen kommen, und ich muss eine Bedingung stellen:

Ich möchte durch Tiere nicht total angebunden sein, das heißt, wir müssen jemanden haben, der zuverlässig einspringt, wenn wie nicht da sind. Meine Anwesenheit ist sowieso nicht für jeden Tag garantiert, und wir wollen doch immer mal verreisen, oder?"

„Das wird sich schon finden. Für die Schweine habe ich noch keinen Namen, aber ich weiß schon, wo der Hühnerauslauf hinkommt."

Matti lachte amüsiert und nahm mich in den Arm. „Mein kleines Mädchen träumt," sagte er zärtlich. Ich war ein bisschen beleidigt, denn ich meinte es durchaus ernst mit den Tieren. Ich dachte an den tollen Hund, den wir im letzten Sommer auf Sylt mitgehabt hatten, aber von der Anschaffung eines Briard sagte ich lieber nichts.

Nach unserem schönen Spaziergang mussten wir leider zusammenpacken, weil das Wochenende zu Ende ging. Matthias fuhr vor mir ab, da er den weiteren Weg hatte und für den nächsten Vormittag eine Begehung in einem kleinen Moor bei Eberswalde machen würde mit ein paar wichtigen Leuten, die entscheiden konnten, was mit dem Moor geschehen sollte. Es gab nämlich einen Interessenten, der es teilweise trockenlegen lassen wollte und eine urige Herberge für Wanderer und Radfahrer bauen. Im Prinzip fand Matti die Idee nicht schlecht, aber er war entschieden gegen den gewählten Standort und musste die Herren vom Bauamt und vom Gemeinderat überzeugen, keine Genehmigung zu erteilen.

Ich machte noch einmal einen Rundgang durch das Grundstück, schnitt in Gedanken ein paar Büsche zurecht und fällte virtuell einige überflüssige Bäume, die ungepflegt aussahen und an der falschen Stelle standen. Beim Tasche packen im Schlafzimmer trödelte ich herum, weil ich eigentlich keine Lust hatte zu gehen.

Plötzlich sagte eine Männerstimme dicht hinter mir: „Long time, no see". Ich machte vor Schreck einen Satz und fuhr herum. Vor mir stand Luc, dünn, ungepflegt und mit stechendem Blick, der mir richtig Angst machte.

„Ist etwas mit Vera?" fragte ich. Luc antwortete nicht darauf. Er sah sich um, schlenderte durch die Räume, ohne etwas zu kommentieren. Ich war richtig wütend über die Unverschämtheit seines Eindringens und die Arroganz, mit der er das Haus in Augenschein nahm. Ich wagte es aber nicht ihn zurechtzuweisen, weil mir klar war, dass es weit und breit niemanden gab, der mir helfen konnte, falls Luc übergriffig würde, was ich ihm durchaus zutraute.

Nach einer Weile sagte er: „Ich habe gewartet, bis dein Matze abgefahren ist. Ich muss dich allein sprechen."

Er hatte also irgendwo gelauert, bis er sicher sein konnte, dass ich allein war. Der Gedanke war empörend, aber ich hatte dem im Augenblick nichts entgegenzusetzen. Ich ging mit meiner Tasche die Treppe hinunter, um wenigstens aus dem Haus zu gelangen, aber in der Tenne hielt er mich am Arm zurück. „Du haust jetzt nicht ab, sondern du hörst mir zu. Deine Schwester ist eine Schlampe, die nicht mal imstande ist, Geld zu verdienen. Das, was sie hat, wie ich weiß, teilt sie nicht mit mir. Ich will zum einen, dass du sie zur Raison bringst, zum anderen möchte ich von dir einen Vorschuss auf ihren Bausparvertrag. Sie wird dir die Leihgabe zurückzahlen, wenn sie sich das Geld geholt hat, dafür werde ich sorgen. Also?"

Mir hatte es die Sprache verschlagen. Unmöglich, auf die beiden Forderungen einzugehen, aber im Moment fiel mir nichts ein, was ich vorbringen konnte außer einem entschiedenen „Nein".

Natürlich gab sich Luc mit meinem „Nein" nicht zufrieden. Er argumentierte nicht weiter, sondern ging sofort zu der Drohung über, dass das, was er im Fall einer Weigerung zu machen gedachte, mir nicht gefallen würde.

Ich war zutiefst erschrocken, und um ihn loszuwerden, bat ich mir Zeit zum Überdenken aus. Ich erklärte ihm, dass ich selber kein Geld flüssig hätte wegen der Bauerei und erst mal meine Möglichkeiten durchchecken müsste.

„Das ist eine blöde Ausrede," sagte Luc. „Sieh zu, dass du eine höhere vierstellige Summe locker machst. Die gibst du mir in bar. Auf keinen Fall ziehst du Vera da mit rein, denn die wird das Geld für sich verplempern."

Er schloss die Hand so fest um meinen Arm, dass ich aufschrie und bestimmt blaue Flecken haben würde. Dann ging er. Ich hörte, wie er auf der Straße sein Auto anließ und wegfuhr.

Ich war so fertig, dass ich nicht gleich fahren wollte. Ich merkte, dass ich leicht zitterte und eine Gänsehaut hatte. Ich ging zurück in unsere provisorische Küche und goss mir einen Wodka ein. Ich nahm einen kräftigen Schluck, atmete tief durch und fing an, mich besser zu fühlen. Leider durfte ich nicht noch ein Glas trinken, weil ich ja noch nach Lüneburg fahren musste, aber Lust hatte ich schon.

Ich setzte mich erneut in einen der hässlichen Stühle vor die Tenne, wo in Zukunft die Terrasse angelegt werden sollte. Ich dachte über das Vorgefallene nach. Auf keinen Fall würde ich Luc auch nur einen Cent zukommen lassen. Ich verachtete seine Lebensweise zutiefst. Für jemanden, der ohne Not nicht arbeitete, sich womöglich auf illegale Weise Geld beschaffte, hatte ich nichts übrig. Ich hatte mein volles Arbeitspensum, zahlte brav meine Steuern, meine Krankenkasse, meine Altersvorsorge. Ich hatte weiß Gott keine Lust, diesen Schmarotzer von Luc zu unterstützen.

Anders sah es natürlich mit Vera aus. Wie konnten wir Vera dazu bringen, von ihm abzulassen und ihr Leben zu ändern? Ich würde Vera gern helfen, einen Beruf zu lernen, um sie in ein geordnetes Leben zu führen. Es war mir klar, dass nicht jeder mit unserem System zurecht kommen kann: Achtstundentag, ein paar Wochen Urlaub, eine teure Wohnung. Aber wenn nicht, dann mussten Mittel gefunden werden, ein alternatives Leben zu führen, das niemanden belastete oder anderen Schaden zufügte.

Was hatte Luc mit seiner Drohung gemeint? Würde er Vera etwas antun? Würde er mich verletzen? Würde er womöglich etwas anstellen mit unserem künftigen Zuhause? Der Gedanke war unerträglich. Das Haus stand während der Woche weitgehend leer, war von der Elbseite überhaupt nicht einzusehen.

Bei genauerem Nachdenken wurde mir klar, dass er mich erpresste. Sollte ich zur Polizei gehen? Das war sicher sinnlos, denn Luc würde alles abstreiten. Es gab ja keine Zeugen, und Vera würde mit Sicherheit auch nicht auf meiner Seite stehen.

Ich beschloss, als erstes Matti zu Rate zu ziehen. Allerdings wollte ich warten, bis er in Eberswalde angekommen war. Gemeinsam könnten wir eine Lösung finden. Ich würde auch meinen Eltern von dem Überraschungsbesuch erzählen. Meine praktisch denkende Mama hatte vielleicht eine brauchbare Idee.

Ich plante für das nächste Wochenende, an dem ich mich wieder mit Matthias in Langendorf treffen würde, einen Besuch bei Vera. Natürlich würde ich zuerst herausfinden müssen, ob sie allein war. Eine neuerliche Begegnung mit ihrem Freund konnte ich nicht riskieren.

Mir war schon etwas leichter zu Mute, und ich machte mich auf den Weg nach Hause.

Die Heimfahrt ging problemlos vonstatten. Es waren keine Lastwagen unterwegs, und deswegen war die Fahrt durch die Göhrde eher angenehm. Ich konnte sogar die abendliche Sommerstimmung genießen und erwischte mich dabei, dass ich vor mich hin sang.

Zu Hause angekommen, rief ich sofort Matti an, aber leider erreichte ich nur die Mailbox. Ich sprach ihm auf, dass ich eine dringende Angelegenheit zu besprechen hätte und bat ihn noch anzurufen, sofern er es vor ein Uhr nachts schaffte.

Er schaffte es nicht, und ich schlief schließlich nach einem weiteren Wodka etwas beunruhigt ein.

12. Kapitel

In der Gärtnerei war es am nächsten Morgen ziemlich ruhig. Der Frühjahrsansturm mit der Pflanzwut der Gartenbesitzer war vorbei. Es wurden Sträuße gekauft und gelegentlich Büsche oder Bäume mit Ballen, auch mal Übertöpfe und Zimmerpflanzen als Geschenk. Meine Eltern überlegten, ob sie im August schließen sollten und vier Wochen Erholung genießen. Mama wollte im Fall einer längeren Pause trotz der Hitze unbedingt nach Ägypten, aber ich zeigte ihr ganz respektlos den Vogel. „Das kann doch nicht dein Ernst sein," sagte ich. „Die Lage in Ägypten ist so unsicher, dass man tunlichst wegbleibt."

Mama hatte einige Argument vorzuweisen, die das Gegenteil aufzeigen sollten. „Erstens tun mir die kleinen Bauern leid, die davon leben, dass sie Hotels beliefern. Zweitens hat das Auswärtige Amt keine Reisewarnung herausgegeben, und die wissen, was sie tun. Drittens gibt es bis jetzt noch Pyramiden und Ausgrabungen zu sehen, die mit Sicherheit kaputtgeschlagen werden, wenn der IS erst mal das Land erobert hat und sein ganzes Banausentum entfaltet. Dann habe ich das verpasst, und das wird mir noch im Grab leidtun."

Ich deutete an, dass ich mit ihr weinte, aber als mein Vater sich einmischte, der bis dahin im Türrahmen gelehnt hatte, war das Thema mit einem Satz erledigt. „Kommt überhaupt nicht in Frage, und damit basta!"

Mama kam sofort auf den Boden der Tatsachen zurück, und da sie beide im Verkaufsraum waren und im Augenblick keine ganz dringende Arbeit anstand, fand ich es passend, von meiner Begegnung mit Luc zu erzählen.

Mama schlug die Hände über dem Kopf zusammen. „Alles, was du aus Langendorf berichtest, ist ja fürchterlich! Wir müssen unbedingt Vera schützen. Er wird ihr noch etwas antun, wenn sie das Geld nicht rausrückt. Am liebsten würde ich sie von der Polizei holen lassen und hier einsperren, bis sie sich den Kerl aus der Seele geheult hat. Und was stellst du dir an Grausamkeiten vor, wenn du ihm kein Geld gibst?"

„Ich weiß es nicht, Mama. Wir kennen ihn zu wenig, um eine Vorstellung davon zu haben, wie gemein er werden kann. Bisher ist er ja noch nicht straffällig geworden, und Vera bekommt zwar offenbar immer mal ordentlich eine geschmiert, aber ansonsten ist sie ja unversehrt. Was kann er machen? Mich zusammenschlagen? Das Haus in Langendorf abfackeln? Die Gärtnerei hier beschädigen, indem er die Gewächshäuser kaputt macht? Es gibt viele Möglichkeiten, uns zu schädigen, aber ich habe mich entschlossen, seinen Erpressungsversuch einstweilen als leere Drohung anzusehen. Warten wir mal ab, wann und in welcher Form er sich wieder meldet. Er wird ja nicht zu irgendwelchen Taten schreiten, wenn er noch hoffen kann, Geld locker zu machen."

Mein Vater mischte sich ein. „Mich würde interessieren, wie sie überhaupt bis jetzt zurechtgekommen sind. Immerhin hat er ein Auto, essen müssen sie auch und immer mal Kleidung kaufen, wenn sie nicht inzwischen bei der Heilsarmee gelandet sind."

„Und Heroin ist auch teuer," platzte ich heraus. Meine Eltern sahen mich ganz entsetzt an. „Das meinst du nicht im Ernst," sagte mein Vater. „Das kann ich mir von Vera nicht vorstellen. Dass ihr beide mal gekifft habt und viel getrunken weiß ich ja, aber Rauschgift ist ja nun ein anderes Kapitel."

„Mama, du hast Vera neulich gesehen. Sieht sie wie ein Junkie aus? Ja, ja, ja!"

Meine Eltern blieben stumm bei der Vorstellung, wie verkommen ihre Tochter inzwischen war. Nach einer Weile fragte Mama: „Kann man sie nicht wegholen lassen, wenn man beide anzeigt?" Ich schüttelte den Kopf. „Wie willst du denn etwas nachweisen? Wenn die Polizei eine Ahnung hätte, wie das Heroin vertrieben wird und wer alles abhängig ist, hätte sie längst eingegriffen. Jedenfalls ist Luc vermutlich kein Dealer, sonst bräuchte er kein Geld von anderer Seite."

Das Gespräch wurde durch einen Kunden unterbrochen, und gleichzeitig klingelte mein Handy. Es war Matti. „Entschuldige," sagte er. „Ich habe eben erst deine Nachricht abgehört. Mir ist kurz vor Eberswalde ein schon etwas tütteliger alter Herr hinten aufgefahren, als ich wegen eines Hirschs, der rasend schnell die Straße querte, bremsen musste. Meine Heckklappe ist hinüber, ebenso die Rücklichter und die Stoßstange. Du kannst dir vorstellen, was ich alles zu tun hatte, um die Polizei zu rufen und den Fall abzuklären. Der alte Griesgram wollte mir die Schuld in die Schuhe schieben, weil ich so unmotiviert gebremst hätte. Wie sich erwies, war er nicht nur zu dicht aufgefahren, sondern hat meine Bremsung verpennt. Er hat nicht mal den Versuch gemacht, zu bremsen oder auszuweichen. Na ja, jetzt ist alles geklärt. Die Versicherung wird zahlen, und dem alten Knaben wird man möglicherweise die Pappe wegnehmen, weil es offenbar nicht zum erstenmal passiert ist, dass er schuldhaft in einen Unfall verwickelt war. Blöde Scherereien, aber zu verschmerzen. Was ist mit dir? Gut nach Hause gekommen?"

Natürlich berichtete ich ihm genauestens von meinen Scherereien mit Luc, die er viel schlimmer fand als seine Karambolage. „Ich werde zunächst unseren Langendorfer Nachbarn Ralf anrufen und ihn bitten, ein Auge auf unser Anwesen zu haben," sagte Matti. „Ich kenne Ralf flüchtig von der Schule. Er ist ein bisschen älter als ich, aber ich glaube, er ist hilfsbereit und zuverlässig. Außerdem geht er auf die Jagd und hat folglich ein Gewehr zu unserer Beruhigung."

Mir blieb die nächste Frage fast im Hals stecken. „Das meinst du als überzeugter Pazifist doch nicht im Ernst?"

Matti lachte. „Natürlich nicht. Ich will dich nur aufmuntern. Ich habe noch eine Idee. Ich werde meine Eltern bitten, ihren alten Ford, der bei uns nur rumsteht, gut sichtbar auf das Grundstück zu stellen, so dass der Eindruck entsteht, es sei jemand da."

„Gute Idee," sagte ich. „Leider ist Luc nicht blöd, und er wird ziemlich schnell merken, dass er geleimt werden soll."

„Ein paar Tage werden uns das schon Luft verschaffen," sagte Matti. „Zum Glück habe ich morgen in Lütkenwisch auf der Ostseite der Elbe gegenüber von Schnackenburg am Bösen Ort zu tun. Schon mal davon gehört? Das ist ein Feuchtgebiet in den Elbwiesen, wo sich vielerlei Arten von Limikolen zeitweilig aufhalten, die möglichst genau erfasst werden sollen Ich denke, ich kann dann zwei Tage in Langendorf wohnen."

„Das ist wunderbar. Ruf mich morgen an, ob das klappt, dann komme ich abends auch, und wir können uns eine weitere Strategie überlegen. Ich werde versuchen, auf dem Weg bei Vera vorbeizugehen, vielleicht kann ich auch mit ihr alles abklären."

„Du bist und bleibst ein Optimist. Das liebe ich an dir."

Ich schickte ihm ein Küsschen, und wir legten auf.

Noch am Abend rief Matti wieder an um zu bestätigen, dass er für die nächsten beiden Tage nach Langendorf zum Übernachten kommen konnte. Ich erwischte den Anruf gerade noch in der Tür, denn ich war auf dem Weg zum traditionellen Alten Brauhaus, wo ich mich mit ein paar Freunden treffen wollte. Matti beneidete mich ein bisschen, denn er saß noch an seinem mit Plänen übersäten Schreibtisch und brütete über einem Problem.

Ich vertröstete ihn auf den nächsten Abend, nachdem wir abgemacht hatten, uns möglichst früh zu treffen und dann nach Jameln zum Essen zu fahren.

Es war am nächsten Tag wieder relativ wenig Betrieb in der Gärtnerei. Meine Mama saß in der Küche und blätterte in Reiseprospekten. Da sie nicht nach Ägypten durfte, wurden ihre Pläne immer kühner: Vielleicht vier Wochen Australien? Oder Südamerika? Sie blätterte einen Prospekt nach dem anderen durch und rief andauernd nach mir. „Was hältst du von Kanada? Oder vielleicht China?"

Ich hatte keine sonderliche Lust, ihren hochfliegenden Träumen zu folgen, da ja noch nicht einmal klar war, ob die Gärtnerei für längere Zeit geschlossen werden konnte. Ich meinte ganz realistisch, das müsste man von langer Hand vorbereiten, die Kunden informieren, Leute mit Know-how haben, die sich um alle Arbeiten kümmern würden, die anfielen, auch wenn der Betrieb fürs Publikum geschlossen blieb.

„Mama, was ist los mit dir? Du bist doch eigentlich diejenige, die immer praktisch und down-to-earth reagiert. Zweiter Frühling?" sagte ich.

Mama drohte mir mit der Faust. „Ich finde, du bist in letzter Zeit ziemlich frech. Du kannst ja zur Strafe hierbleiben und den Betrieb in Ordnung halten, während wir in der Weltgeschichte herumreisen."

Das Thema Urlaub erledigte sich überraschend schnell. Mein Vater hatte vor einiger Zeit einen Kostenvoranschlag für einen Schwimmteich in Dahlenburg gemacht und von den Grundstücksbesitzern nichts mehr gehört. Mitten in Mamas Reiseträume platzte der Anruf mit einer Zusage für den Auftrag. Kein Urlaub, keine Reise.

Mama war nicht richtig enttäuscht, sie hatte nur mal unvernünftig sein wollen und uns ein bisschen ärgern. Ich umarmte sie und gab meinem Vater ein Küsschen auf die Haare, um ihm meine Freude über den Auftrag auszudrücken, der einiges Geld einbringen würde.

Am späten Nachmittag konnte ich mich verabschieden und brauchte auch nicht am nächsten Tag zu arbeiten. Ich fuhr natürlich wieder den Pritschenwagen, der schon fast in mein Eigentum übergegangen war. Wir hatten schon ein neues Firmenfahrzeug bestellt, mussten aber noch warten bis zur Auslieferung, weil mein Vater einige Sonderwünsche angemeldet hatte. Vor allem brauchte er einen rückengerechten Fahrersitz, da er allmählich Probleme beim Heben, langen Sitzen und Bücken hatte. Das ist der Preis, den man meistens in Berufen wie Gärtner, Bauer oder Zimmermann zahlen muss.

Die Fahrt dauerte leider ewig lange. Auf der Umgehung von Dahlenburg hatte es einen Unfall gegeben, und die Polizei leitete mal die eine Seite, mal die andere an der Unfallstelle vorbei. Ich hatte einen riesigen Sattelschlepper vor mir und konnte deswegen nicht mal frei in die Landschaft gucken.

Als ich in Gedelitz ankam, sah ich gleich, dass kein Auto im Grundstück stand. Also konnte ich hoffen, dass Luc nicht da war. Ich schob mit dem Fuß das inzwischen umgefallene Gartentürchen beiseite und ging beherzten Schrittes auf den Bauwagen zu. Auf mein Rufen bekam ich keine Reaktion. Also stieg ich die zwei Stufen zur Tür hoch und klopfte. Wieder nichts. Ich drückte gegen die Tür und fand sie unverschlossen. Ich trat einen Schritt in den Bauwagen. „Vera, Vera, bist du da?" Nichts.

Vera musste mit ihm zusammen weggefahren sein. Ein paar Hühner pickten im Garten herum, und unter dem Bauwagen hatte sich eine Henne eine gemütliche Staubwanne gebaut. Sonst war keinerlei Leben auf dem Grundstück.

Zu Lucs Mutter mochte ich nicht gehen. Sie würde mich vermutlich nur angiften und auch nicht wissen, wo ihr Sohn mit Vera abgeblieben war.

Einigermaßen frustriert setzte ich meine Fahrt nach Langendorf fort. Mattis Auto stand auf dem Grasstreifen vor dem Zaun, und auf dem Grundstück war ein alter Ford geparkt. Ich freute mich, dass Matti schon da war, aber leider konnte ich ihn weder auf dem Grundstück noch im Haus finden. Erstaunlicherweise war das Haus abgeschlossen, das machten wir sonst nicht, wenn wir in der Nähe waren.

Ich lief über das Grundstück und rief nach Matti. Ganz am Ende, wo unsere Grenze durch einen kleinen Abbruch zu den Elbwiesen hin leicht zu erkennen war, fand ich Matti. Er stand vor einem verwilderten Busch und starrte so konzentriert auf eine bestimmte Stelle, dass er mich überhaupt nicht wahrnahm. Ich rief ihn an, um ihn nicht zu erschrecken und umarmte ihn von hinten. Er drehte sich zu mir um, und ich sah entsetzt, dass er bleich war und einen verkniffenen Ausdruck um den Mund hatte.

„So ein Idiot," sagte er. „Ich fasse es nicht!" Ich wusste immer noch nicht, wovon er sprach. „Kannst du mich bitte mal aufklären?" fragte ich. Er trat einen Schritt zur Seite, und ich sah, was er meinte: Im Busch hing ein blutiges Huhn an einem Strick.

Zunächst sagte ich gar nichts. Mir schossen alle möglichen Gedanken durch den Kopf, der Schlimmste war natürlich, dass es Luc gewesen sein könnte, der einen Warnschuss abgeben wollte.

„Traust du Luc das zu?" fragte Matti in meine Gedanken. „Das ist doch abscheulich und primitiv. Glaubt er wirklich, dich damit weich kriegen zu können?"

„Ich habe schon weiche Knie," sagte ich. „Lass uns das Huhn abhängen, der Anblick ist unerträglich. Wollen nachher einen Braten daraus machen?"

Matti musste lachen und nahm mich in den Arm „Wenn du schon wieder blöde Witze machen kannst, war der Schock ja nicht allzu tief. Meinst du, wir sollen der Polizei Bescheid sagen?"

„Ich möchte eigentlich keinen Wirbel machen. Luc könnte es erfahren und würde triumphieren. Denken wir doch mal an andere Möglichkeiten: Vielleicht waren es Kinder, die sich etwas beweisen wollten. Vielleicht war es ein Nachbar, der mit dem Huhn einen Fuchs anlocken wollte, um ihn zu erlegen. Vielleicht war es ein notorischer Tierquäler, der uns zeigen wollte, zu was für Heldentaten er imstande war. Fällt dir noch etwas ein?"

Matti musste passen. Er holte ein Schweizer Messer aus seiner Jeanstasche und schnitt den Unglücksvogel ab. Wir beschlossen, ihn tief zu verbuddeln und die Sache zu vergessen.

Verbuddeln war in dem sandigen Boden schnell gemacht, vergessen leider nicht. Wir gingen zum Haus zurück, und Matti schloss auf. Ich hatte ein ungutes Gefühl, als wir die Tenne betraten, aber nach gründlichem Nachsehen in allen Räumen stellten wir fest, dass alles unberührt war.

Ich hatte Baguette, Salami und Käse für das Abendessen mitgebracht, weil ich mir überlegt hatte, dass wir vermutlich doch keine Lust mehr haben würden, nach Jameln zu fahren, nachdem wir beide schon eine ganz schöne Anfahrt hinter uns hatten. Matti holte aus dem provisorischen Küchenregal einen Rotwein. Wir machten es uns wieder auf unseren Plastikstühlen vor der Tenne bequem und aßen zu Abend. Leider wollte keine lockere Stimmung aufkommen. Uns gingen zu viele unangenehme Gedanken durch den Kopf.

Matti deutete an, dass es vielleicht klug wäre, Luc ein bisschen Geld zukommen zu lassen, damit wir wieder unsere Ruhe hatten.

Ich ging hoch bei seinem Ansinnen. „Kommt überhaupt nicht in Frage," sagte ich. „Zum einen habe ich mein Geld nicht zum Verschleudern an Schmeißfliegen. Zum andern wäre ein erstes Nachgeben für Luc ein Signal weiter zu machen."

„Reg dich bitte nicht so auf," sagte Matti. „Ich spiele nur laut die Möglichkeiten durch. Ich bekomme immer einen Schreck, wenn du gleich so zickig wirst."

Ich musste lachen. „Ich werde mich bemühen, die Ziege in mir nicht so oft herauszulassen. A propos Ziege: Wäre das nicht auch ein putziges Haustier?"

Matti verdrehte die Augen: „Ich dachte, du willst eine Gärtnerei aufmachen und Orchideen züchten. Jetzt höre ich von Schweinen, Hühnern und Ziegen.

Hast du auf Zoo umgestellt?"

Bevor ich darauf eine passende Antwort geben konnte, wurden wir von unserem Nachbarn Ralf unterbrochen, der mit großen Schritten von der Straße her über das Grundstück kam.

„Hallo," sagte er. „Darf ich mich einen Augenblick dazusetzen, oder störe ich?"

Ich holte ein drittes Glas aus der Küche, und Matti besorgte einen weiteren Plastikstuhl, der allerdings einen Riss an einem Bein aufwies, der mich fürchten ließ, dass Ralf, der etwas schwergewichtiger war, vielleicht damit zusammen krachen könnte. Ich machte ihn darauf aufmerksam und bot an, mit meinem intakten Stuhl zu tauschen. Davon wollte er nichts wissen und plumpste absichtlich schwer in den angeschlagenen Stuhl, allerdings ohne auf dem Boden zu landen.

„Schön, dass ihr mir ein Glas Wein abgeben wollt, aber ein Bier wäre mir ehrlich gesagt lieber. Das könnte ich jetzt vertragen."

„Das Bier ist leider nicht richtig kalt, wir haben noch keinen Kühlschrank. Aber ich habe ein Sixpack im Brunnen verstaut, und der ist einigermaßen kühl. Ist dir das recht?"

Ralf lachte. „Wie in alten Zeiten, man muss sich nur zu helfen wissen. Hol mir eins, wenn es nicht zu mühsam ist."

Matti brauchte ein bisschen, bis er ganz vorsichtig das Bier aus dem Brunnen gehievt hatte. Er wollte natürlich nicht Gefahr laufen, den ganzen Sixpack aus Versehen in der Versenkung verschwinden zu sehen. Er konnte sich gut ausmalen, mit welcher Schadenfreude Ralf eine so komische Ungeschicklichkeit im ganzen Dorf herum erzählen würde. Es war ja nicht schlimm, mal ausgelacht zu werden, aber besser war es, das Missgeschick zu vermeiden. Jedenfalls war für den Moment genug Bier da, denn Matti wusste, dass Ralf einen guten Zug hatte.

„Ich habe während der letzten Tage natürlich ein Auge auf euer Anwesen gehabt, und außer deinen Eltern, Matthias, ist mir kein Besuch aufgefallen. Sie haben nur das Auto auf dem Grundstück abgestellt. Leider ist aber bei mir etwas Ungewöhnliches passiert. Als Anke heute Morgen aus dem Haus gegangen ist, um ihre Arbeit im Kindergarten anzufangen, ist sie vor der Haustür mit der Stirn auf etwas Weiches gestoßen, das in Kopfhöhe aufgehängt war. Ihr Schrei ließ mich herausstürzen, und ich sah sofort die Bescherung: In der Tür hing eine tote Katze an einem Strick. Finde ich überhaupt nicht lustig!"

„Ich auch nicht," sagte Matti. „Wir haben vorhin ein totes Huhn aufgehängt an einem Busch im Grundstück gefunden. Es ist bereits beerdigt, aber damit ist der Fall ja nicht gelöst. Hast du eine Vorstellung, wer so etwas macht? Haben wir Feinde?"

Ralf sagte nichts, aber ich sah ihm an, dass er vermutlich eine Ahnung hatte. Ich war jedenfalls erleichtert, weil mit dem zweiten Tierkadaver Luc mit großer Wahrscheinlichkeit als Täter ausschied. So verrückt konnte er doch nicht sein, dass er auch dem Nachbarn, mit dem er gar nichts zu tun hatte, übel mitspielte!

Ralf erzählte, dass er vielleicht seine Arbeit bei einer Elektronikfirma verlieren würde, weil die Aufträge fehlten, und Sparmaßnahmen in Form von Entlassungen angedacht waren. Das tat uns leid, denn es war natürlich nicht leicht, einen neuen Arbeitsplatz zu finden, wenn man auf den Wohnort Langendorf angewiesen war. Rolf wohnte im ausgebauten Dachgeschoss seines Elternhauses. Er hatte einiges Geld investiert und es sehr nett gemacht. Soweit ich gesehen hatte, schob seine Frau Anke einen stattlichen Bauch vor sich her, und umso schlimmer würde es sein, wenn auch noch ein Kind betroffen war von der Arbeitslosigkeit des Vaters.

Aber so weit war es ja noch nicht, und wir machten Ralf Hoffnung, dass er bestimmt bei der Firma bleiben könnte, weil er eine grundsolide Ausbildung als Elektriker und dazu ein Studium an einer Fachschule hatte.

Wir erzählten Ralf, dass wir demnächst nach England fahren würden, um unser Gewächshaus zu kaufen, und dass wir bereits eine Küche ausgesucht hatten, die in nächster Zeit geliefert werden würde. Ich holte aus einem Schränkchen in der Tenne eine Einladungskarte für unsere Einweihungsparty im August, und Rolf freute sich auf das Fest.

„Hoffentlich habt ihr bis dahin einen großen Kühlschrank für all das Bier, das bestimmt getrunken wird." Matti lachte, als er sah, dass Ralf bereits die dritte Flasche mit einem lauten Plopp öffnete.

Ich wünschte mir allmählich, dass er endlich gehen würde, aber mir fiel nichts ein, was ich geschickterweise vorbringen könnte. Ich wollte mit Matti allein sein, ich hatte Lust zu kuscheln und mit ihm im Bett zu landen, aber daran war im Moment nicht zu denken.

Ralf ging tatsächlich nach dem fünften Bier. Man merkte ihm nichts an, aber ich wusste jetzt, woher er seinen nicht zu übersehenden Bauch hatte. Als er sich schon verabschiedet hatte und aufgestanden war, drehte er sich noch einmal um. „Habt ihr von dem Großbrand in Pretzier bei Salzwedel gehört? Dort sind gestern die Gebäude einer Baufirma, die bereits seit ein paar Monaten pleite ist, vollständig abgebrannt. Ich bin zufällig vorbeigekommen, als die Feuerwehr versucht hat, noch etwas zu retten. Es sieht so aus, als sei mal wieder keine Brandursache zu finden. Bei mir im Betrieb überlegen wir uns, ob das unser Wendländer Pyromane sein kann, der seinen Aktionsradius ausweitet. Allerhand, was?"

Damit verschwand Ralf und überließ uns unseren Überlegungen. Eigentlich ging uns das ja gar nichts an, aber in Anbetracht von Helmuths Mühle kamen wir nicht umhin, uns mit dem neuerlichen Brand zu beschäftigen.

„Ich glaube, ich weiß, was das für eine Firma sein könnte, nämlich Glas – und Metallbauten. Mein Vater hat da mal wegen eines Gewächshauses angefragt, aber sie haben sich nie gemeldet und nicht mal einen Kostenvoranschlag geschickt. Wenn man so mit seinen Kunden umspringt, wundert es einen doch nicht, dass die Firma den Bach runtergeht."

„Mit so was haben wir auch einschlägig Erfahrung," sagte Matti. „Als meine Eltern einen Umbau am Haus vorgenommen haben, ist kein Elektriker zu kriegen gewesen, und der Klempner hat uns verlassen, bevor die Arbeiten richtig fertig waren, weil er offenbar keine Lust mehr hatte. Haben wir jedenfalls unterstellt. Das wundert einen doch in einer Gegend, in der die Arbeitsplätze nicht so dicht gesät sind, auch wenn es im Augenblick besser geworden ist als vor der Wende."

„Mit den Zulieferern von Pflanzen haben wir dagegen gute Erfahrungen gemacht. Wir haben ja im letzten Jahr alte Obstbaumsorten dazugenommen, und die jungen Bäume kamen pünktlich und sind praktisch alle angewachsen. Bei Reparaturen sieht es anders aus. Gott sei Dank ist mein Vater sehr geschickt und kann das meiste selber machen."

Der Gedanke an den neuerlichen Brand ließ mich nicht los. „Ich bin gespannt, was morgen in der Zeitung steht zu dem letzten Brand. Oder kommt Pretzier in der Elbe-Jeetzel nicht vor, weil es in der Altmark liegt? Die haben doch ihre eigene Zeitung?"

„Manches von der anderen Seite kommt tatsächlich nicht, aber über einen Großbrand werden sie schon berichten, zumal wir vermutlich nicht die Einzigen sind, die einen möglichen Zusammenhang herstellen. Mir kommt immer mehr der Gedanke, dass es sich um Versicherungsbetrug handelt und nicht einfach um Freude an einem schönen Feuer. Alle Objekte, die abgebrannt sind, standen zum Verkauf und waren unbewohnt. Mal sehen, ob die Kripo diesmal einen Brandbeschleuniger oder etwas Ähnliches findet. Die meisten Brandursachen werden doch gefunden, zumal es nicht um Peanuts bei der Versicherung geht."

Es fing an, dämmrig zu werden, und wir packten die Abendbrotreste zusammen und gingen ins Haus. Ich stellte das Geschirr in die Küche, und als Matti Licht anmachen wollte, flüsterte ich: „Das brauchen wir doch jetzt nicht."

Matti zog mich zärtlich aus und schob mich aufs Bett. Mir war aber eher nach einem wilden Gerangel zumute, und Matti ging auf mich ein. Ich schlief sehr schnell ein, nachdem wir uns zweimal bis zur Erschöpfung geliebt hatten, und wachte am frühen Morgen auf, ohne mich an einen unangenehmen Traum von Feuern oder sonstige Unterbrechungen zu erinnern. Ich fühlte mich richtig erholt.

Matti schlief noch. Ich betrachtete ihn zärtlich und wünschte mir, wir könnten bald einziehen und mehr Zeit miteinander verbringen.

Leider gab es in Langendorf keinen Bäcker mehr, und so konnte ich nicht einfach über die Straße gehen und Brötchen holen wie in Lüneburg. Wir hatten noch nicht mal einen Tiefkühlschrank für tiefgefrorene Brötchen oder Croissants, da die Küche noch nicht geliefert war. Ich kochte zwei Eier, bereitete den Kaffee und schnitt Vollkornbrot auf. Wir hatten selbstgemachte Marmelade, Honig vom Nachbarn und noch ein paar Scheiben Schinken vom Vorabend.

Ich merkte, wie abhängig wir von all dem Komfort waren, der in jeder Wohnung zum Normalzustand geworden war. Meine Oma erzählte manchmal von der Nachkriegszeit, und so konnte ich mir zumindest theoretisch ein Bild machen, wie man alles neu erfinden musste und sich behelfen mit ideenreichen Mitteln. Ich hatte mir mal mit Matti eine Ausstellung über die Nachkriegszeit angesehen und nur gestaunt, wie erfindungsreich die Leute in der Not waren.

Na ja, unser nicht ganz so schlimmer Notzustand würde sich ja demnächst ändern, und das war auch ganz schön.

Matti beeilte sich, da er pünktlich zu seinem sein Treffen mit Naturschützern und Vogelkundlern am Bösen Ort kommen wollte und machte sich auf den Weg.

Den Namen „Böser Ort" hatte er mir inzwischen erklärt: Es geht nicht um Mord, Raub oder üble Gespenster, die dort ihr Unwesen treiben und den Leuten Angst machen, wie so oft bei solchen dunklen Namen. An der Stelle des Bösen Ortes macht die Elbe eine starke Krümmung, so dass dort die Überschwemmungen sehr schnell kamen und besonders heftig waren. Durch die starke Strömung gerieten die Frachtschiffe, die früher viel häufiger die Elbe befuhren als heute, in Schwierigkeiten. Dank der Naturschutzbehörde Brandenburgs war 2008 der Deich zurückverlegt worden, und jetzt ist der Böse Ort eine ganz normale Elbwiese.

Ich ging mal wieder über das Grundstück, um mir zum hundertsten mal zu überlegen, wo ich welche Pflanzen hinsetzen würde, wo der Hühnerstall hinkommen sollte und wo der Schweinchenauslauf. Es war herrliches Wetter, und ich war richtig gut drauf nach meiner vergangenen Nacht.

Ich war gerade zum Haus zurückgegangen, um mir einen Espresso zu machen, als ich ein Auto auf dem kommunalen Grasstreifen vor unserem Grundstück anhalten sah. Ich war natürlich neugierig, ob jemand zu mir wollte und erkannte in der Person, die ausstieg, sofort Vera. Was für eine Überraschung!

Ich ging ihr entgegen, und wir umarmten uns, als sei nie etwas Böses zwischen uns vorgefallen. „Toll, dass du mich besuchen kommst," sagte ich. „Soll ich dir das Haus und das Grundstück zeigen? Du warst ja noch nie hier."

Vera winkte ab. „Mach mir zuerst mal einen Kaffee. Das kannst du doch schon, obwohl du noch nicht perfekt eingerichtet bist?"

Ich nahm sie mit in unsere provisorische Küche und setzte noch einen Espresso auf.

„Wir haben schon eine Küche ausgesucht, die demnächst geliefert und montiert wird," erklärte ich. Vera ließ mich nicht weiter reden. „Ich kann mir schon vorstellen, wie eure Küche aussehen wird. Ein Küchenblock in der Mitte, die Arbeitsflächen aus Marmor oder Terrazzo, der wunderbar in ein altes Haus passt und teurer ist als alles andere, ein Kühlschrank auf Arbeitshöhe oder ein gigantischer, amerikanischer Solitär mit Eismaschine und automatischer Anzeige, wenn etwas ausgeht und blablabla. Das nötige Geld habt ihr ja wohl."

„Du siehst heute besser aus als neulich und wirkst auf Anhieb ganz freundlich, Schwesterchen, aber eine gewisse Gehässigkeit kann ich dir doch nicht absprechen. Oder ist es Neid?"

Vera schüttelte den Kopf. „Uns geht es im Augenblick gut. Wir haben wieder Geld, und das ist toll."

„Wo kommt denn das Geld her? Luc arbeitet doch nicht etwa? Oder du?"

„Frag mich nicht. Luc macht ein großes Geheimnis aus seinen Geldquellen. Er ist manchmal weg, und ich weiß nicht wo, aber das ist mir auch egal. Hauptsache, er kommt wieder und gibt mir etwas ab von seinem Verdienst, damit wir anständig leben können."

Ich schüttelte innerlich den Kopf über ihre Unbefangenheit. Aber ich war richtig froh über die Nachricht, dass sich wohl im Augenblick das Geldproblem gelöst hatte. Damit war ich aus dem Schneider, und ich sah auch nicht die Notwendigkeit, Vera von Lucs bedrückendem Besuch zu erzählen.

Vera fragte sogar nach unseren Eltern. Ich berichtete ihr vom großen Auftrag unseres Vaters, und sie hörte ausnahmsweise zu.

Ich schlug vor, an die Elbe zu schlendern und eine Runde zu schwimmen. Veras Ausrede, sie hätte keinen Badeanzug dabei, ließ ich nicht gelten. Ich konnte ihr einen ausleihen, und außerdem würde niemand am Elbufer sein, und man konnte einfach nackt baden. Aber Vera wehrte weiterhin ab. Mir kam ein Verdacht: Sie hatte bei dem warmen Wetter eine langärmlige Bluse an, folglich wollte sie ihre zerstochenen Arme nicht zeigen. Ich überlegte, ob ich etwas dazu sagen sollte, aber ich machte es nicht. Die einigermaßen gute Stimmung wäre sofort verflogen, und ich war doch im Grunde froh, unverfänglich und freundlich mit meiner Schwester zusammen zu sitzen.

Vera erzählte mir, dass sie eine Reise machen würden, da sie ja im Moment ein bisschen Geld hatten. Vera wollte gern das Baltikum bereisen, Luc dagegen zog Skandinavien vor. Vera berichtete freimütig, dass sie darüber ziemlich aneinander geraten waren. Ich war sicher, dass sie letztendlich Skandinavien bereisen würden, Vera wollte sicher kein ernsthaftes Zerwürfnis riskieren, da Luc im Moment so nett war, sie an seinen Einnahmen zu beteiligen.

Wir plauderten noch ein bisschen unverfänglich über meine Pläne für die Gärtnerei, kamen auf Themen, die die Entwicklung des Wendlands betrafen und auf den Pyromanen. Vera war erstaunlich informiert. Sie erklärte mir, dass Lucs Mutter die Elbe-Jeetzel-Zeitung abonniert hatte, sie ihnen aber aus Bosheit nicht weitergeben wollte. Nachdem die Zeitung jeden Tag im Altpapier entsorgt war, holte Vera sie sich wieder heraus und las sie gründlich. Vera war dabei bisher noch nicht erwischt worden, weil Lucs Mutter kaum vor die Tür ging.

Ziemlich abrupt stand Vera auf, um zu gehen. Ich hatte den starken Verdacht, dass sie wieder einen Schuss brauchte, denn sie wirkte plötzlich mitgenommen und fahrig.

„Also, Caro," sagte sie, „das war mal schön. Grüße deinen Matze, und ich komme bald mal wieder vorbei."

Ich hielt sie noch einen Augenblick zurück, um ihr eine Einladungskarte für die Einweihungsparty mitzugeben. Wir gaben uns die obligatorischen Küsschen, und sie fuhr davon.

Bei den Küsschen bemerkte ich, dass sie eigenartig roch. Nicht richtig muffig, aber auch nicht frisch und gepflegt. Aber wie sollte sie auch ohne Bad und fließend Wasser in ihrem maroden Bauwagen immer frisch geduscht und sorgfältig zurecht gemacht sein?

Da ich frei hatte, musste ich überhaupt nichts tun, ein seltener Zustand. Ich setzte mich auf einen der blöden Plastikstühle, der nicht einmal unbequem war, in die Sonne und fing an, in meinem Dostojewski „Schuld und Sühne" weiter zu lesen. Ich hatte mir vorgenommen, die klassische russische Literatur kennen zu lernen, aber es war nicht leicht. Tolstoi war noch eher verständlich, obwohl ich den Schriftsteller als Menschen verabscheute. Ich hatte mir vor kurzem den Film über sein Alter angesehen und war entsetzt, wie er seine Familie, vor allem seine Frau, behandelt hatte.

Dostojewski dagegen war ein anderes Kapitel. „Die Brüder Karamasow" hatte ich nach dem ersten Band weggelegt. Ich konnte die Gedanken über Religion und die Philosophien über das düstere Leben nicht nachvollziehen. „Schuld und Sühne" dagegen schien mir eher verdaulich, aber ich bemerkte bald, dass ich bei dem schönen Sommerwetter nicht konzentriert bei der Lektüre bleiben konnte und legte das Buch weg.

Ich nahm meine Badetasche, stopfte Handtuch und Bikini hinein und machte mich auf den Weg zur Elbe. Durch Veras

Besuch war ich bezüglich Luc nicht mehr so verunsichert, aber trotzdem schloss ich die Haustür ab.

Es war wirklich sehr warm, und ich freute mich auf ein erfrischendes Bad. Eigentlich hätte ich gleich hinter dem Haus in den dort vorhandenen Teich steigen können, der zum Baden einlud, aber das hatte ich vor ein paar Tagen gemacht, und nur das eine mal. Ich war kaum ins Wasser eingetaucht, als ein dicker Mann angelaufen kam und fragte: „Was machen Sie denn da?"

Blöderweise antwortete ich frech, dass er wohl sehen könnte, dass ich badete. Das war gar nicht gut, denn er geriet richtig in Wut und schrie: „Können sie nicht lesen? Dies ist ein Teich, der dem Angelverein Langendorf gehört, und niemand, der nicht zum Verein gehört, hat das Recht, sich hier aufzuhalten."

Ich wollte ihm erklären, dass wir direkte Nachbarn waren, und ich notfalls dem Verein beitreten würde, wozu ich natürlich keinerlei Lust hatte, aber in Anbetracht seines Zorns verzichtete ich auf irgendwelche Erklärungen. Ich schwamm zwar noch ein paar Runden, wie Kinder weitermachen, wenn sie mit irgendetwas aufhören sollen und zeigen, dass sie nicht gehorchen wollen.

Aber dann stieg ich aus dem Wasser und zog in aller Ruhe in Gegenwart des schimpfenden Anglers meinen Bikini aus. Ich merkte, dass er total verunsichert war, als ich eine Weile nackt herumstand, bevor ich betont langsam meine Klamotten überzog.

Er sagte nichts mehr, als ich meine Tasche schulterte und den kleinen sandigen Abhang hinaufkletterte, der oben an unserem Grundstück endete.

Jedenfalls zog ich es im Moment vor, bis zur Elbe zu gehen zum Schwimmen, um nicht schon wieder Anstoß zu erregen. Eigentlich war es idiotisch, den Teich nicht nutzen zu können, denn meistens war weit und breit kein Angler zu sehen. Ich bin mir nicht sicher, wer die Fische mehr stört – der Schwimmer oder der Fischmörder.

Mir war richtig warm beim Spaziergang in der Sonne durch die ehemaligen Elbwiesen, die inzwischen fast ausnahmslos in hässliche Maisfelder verwandelt worden waren, um die Biogasanlagen zu füttern. Wer hatte sich vorgestellt, was für Ausmaße der Anbau von Mais und Raps annehmen würde, (auch Gerste und Roggen, die vor der Reife geerntet werden), um die Vielzahl der Biogasanlagen zu betreiben? Ich jedenfalls hatte mir ganz naiv vorgestellt, dass in den Anlagen für alternative Energie Abfälle wie Mist, verdorbene Rundballen, Grasabschnitte und Ähnliches verwendet würden. Wieso hatten die Politiker und Fachleute, die es besser wissen müssten, nicht gesehen, was mit der Landschaft geschehen würde?

Ich ärgerte mich mal wieder, aber die wunderschöne Elbe tröstete mich schnell. Ich ließ mich im Wasser auf dem Rücken treiben, die Füße voran, in Gedanken bis nach Hamburg. Da ich mich ganz versonnen von der Strömung tragen ließ, bemerkte ich nicht rechtzeitig, dass ich weiter zur Flussmitte abtrieb, und plötzlich war ich gezwungen, mit aller Kraft zu kämpfen, um wieder in Ufernähe zu gelangen. Ich musste einsehen, dass der Fluss ganz schön heimtückisch sein konnte, wenn man nicht aufpasste. Da ich eine gute Schwimmerin bin, schaffte ich es natürlich zurück, aber mir war gar nicht wohl, als ich abgekämpft ans Ufer torkelte und mich in mein Handtuch wickelte.

Ich blieb eine ganze Weile liegen und sah in den Himmel. Es war ganz still bis auf das gedämpfte Rauschen des Wassers und das gelegentliche Pling einer Boje, an der etwas hängen geblieben war.

Überall an den Uferböschungen sah ich die Spuren von Bibern: Abgenagte Stöcke, umgelegte Bäumchen, sogar größere Bäume, die wie von einer Axt mit kleinen Schlägen gefällt waren, und an deren Fuß ansehnliche Häufchen von Hobelspänen lagen wie in einer holzverarbeitenden Werkstatt. Schleifspuren vom breiten Schwanz zeigten deutlich, welche Wege der Biber vom Ufer ins Wasser nahm. Den Naturschützern war es vor einiger Zeit gelungen, den Biber wieder anzusiedeln, der schon an der Elbe als ausgerottet gegolten hatte.

Ich zog mein T-Shirt über und schlenderte zurück, ganz beseelt von den schönen Eindrücken. Als ich die kleine Böschung zu unserem Grundstück erklommen hatte, sah ich an der Straße einen Lastwagen stehen. Offenbar wollte jemand zu uns, es hatte sich aber niemand angemeldet.

Ich schloss die Haustür auf und rief laut über das Grundstück zum Lastwagen hin: „Wollen Sie zu uns?"

Ein älterer Mann schälte sich aus dem Fahrersitz und kam auf mich zu. „Klar, wollen wir zu Ihnen, Lady. Wir bringen Ihre Küche."

Ich freute mich sehr und strahlte ihn an: „Das ist ja toll, dass das so schnell geklappt hat Habe ich gar nicht erwartet. Schade, dass sie nicht angerufen haben, die Firma hat doch meine Handynummer. Auf dem Lastwagen steht allerdings das Logo einer Küchenfirma, die ich gar nicht kenne. Komisch!" Der Fahrer lachte: „Das wird sich gleich klären. Fangen wir einfach mal an, die Küche auszupacken."

„Sie haben hoffentlich nicht Anweisung, die Küche an der Grundstücksgrenze abzusetzen, wie es heute so üblich ist? Ich bin allein zu Haus und kann sie wirklich nicht reinschleppen. Fahren Sie doch übers Grundstück bis zum Haus, das macht es einfacher. Eine ordentliche Zufahrt kommt noch. Wir haben ja auch abgemacht, dass die Küche eingebaut wird. Machen Sie das auch jetzt gleich? Reicht denn da der halbe Tag?"

Er winkte ab. „Kein Problem," sagte er. „Wir haben keine Anweisung, die Küche einzubauen."

Allmählich kam mir die Sache komisch vor. Ein zweiter, jüngerer Mann kletterte vom Beifahrersitz und tippte an seine Baseballkappe zum Gruß. Ich war inzwischen hinten an den Lastwagen getreten und sah in das Wageninnere, als die hintere Tür aufgemacht wurde. Was ich sah, ließ mich vor Schreck die Hand vor den Mund schlagen. Eine giftgrüne Plastikküche prangte im Innern, die nicht entfernt mit unserer ausgewählten, wunderschönen Holzküche zu tun hatte.

„Machen Sie schnell wieder alles dicht," sagte ich. „Das ist eine Verwechslung. Diese Küche haben wir nicht bestellt." Verwirrt sah der Fahrer auf seinen Lieferschein und musste feststellen, dass er sich wohl in der Hausnummer geirrt hatte. Etwas bedripst stiegen die beiden wieder ein, entschuldigten sich für das Versehen und fuhren die Dorfstraße entlang davon.

„Den Nachbarn möchte ich kennen lernen, der diese Küche ausgesucht hat. Wenn der Rest des Hauses ähnlich eingerichtet ist, muss es wirklich sehenswert sein," dachte ich in aller Überheblichkeit.

Ich wartete ungeduldig auf Matti, um mit ihm die Abenteuer des Vormittags zu besprechen: Erst Vera, dann die Biberspuren, die ihn natürlich besonders interessieren würden, und schließlich die Küchenmonteure, die sich in der Adresse vertan hatten.

Matti kam am späten Nachmittag. Er war besonders liebevoll und betonte, wie toll er es fand, mich nach einem Arbeitstag vorzufinden. Ich machte ihm zuerst einen Kaffee und fragte ihn, ob er baden gehen wollte oder sich lieber mit kaltem Wasser aus dem Brunnen begießen. Ihm war der Weg zur Elbe zu weit, und ich war ganz froh, weil ich ja schon mein Bad genossen hatte.

Matti war richtig verschwitzt. Er zog sich aus, und ich goss ihm vergnügt kaltes Wasser aus dem Brunnen über den Kopf. Wir planschten alle beide in der Pfütze neben dem Brunnen, bespritzten uns mit dem eiskalten Wasser, kicherten und alberten wie Kinder und landeten schließlich im Unkraut unter den wild wuchernden Büschen. Leider kam ich auf Brennnesseln zu liegen, und nachdem unsere Leidenschaft gestillt war, musste ich entdecken, dass ich überall roten Ausschlag hatte, der entsetzlich brannte.

Matti cremte mich in unserem provisorischen Bad mit Melkfett ein, auf das wir beide schworen, um jede Art von Kratzern, Verbrennungen und kleinen Schnitten zu behandeln. Es wirkte, wenn auch vielleicht nur, weil wir daran als Allheilmittel glaubten.

Da immer noch phantastisches Sommerwetter herrschte, deckte ich wieder den Tisch draußen, und wir aßen genüsslich in der Abendsonne.

Matti berichtete von seinem Tag am Bösen Ort, den er leider sehr enttäuschend gefunden hatte, was die Limikolen anbelangte. Es war natürlich logisch, dass sie mit ihrer Brut beschäftigt waren und nicht an Teichen herumstanden, um sich sehen zu lassen. Einzelne waren erschienen, die aber schnell wieder verschwanden, als sie entdeckten, dass an ihren Gewässern ein paar bedrohliche Ungeheuer herumstanden. Dennoch waren Matti ein paar schöne Fotos mit Tele gelungen: Zunächst ein Austernfischer mit seinem auffällig schwarz-weißen Gefieder und dem langen, roten Schnabel. Worüber Matti aber ganz aufgeregt war, war sein Foto von einem Regenpfeifer. Der Regenpfeifer hat sich bei uns rar gemacht, es gibt ihn nur noch an wenigen Plätzen in Niedersachsen. Auf Mattis Fotos konnte man im Detail das wunderschön grau-weiß gefleckte Gefieder erkennen, und ich wollte das Bild gar nicht mehr weglegen.

„Wollen wir uns je ein Bild von einem Austernfischer und einem Regenpfeifer vergrößern und rahmen?" fragte ich. „Wir könnten doch eine Galerie mit Vögeln anlegen. Du hast ja schon eine Menge tolle Bilder, vor allem auch aus Kanada."

Matti fand die Idee nicht schlecht. „Mal sehen, wie die Bilder vergrößert rauskommen, das geht ja nicht immer so gut. Jetzt erzähle mir aber, was du heute für Heldentaten an deinem freien Tag vollbracht hast. Ich sehe, dass der Garten nicht umgegraben ist, das Gewächshaus steht nicht, die Büsche sind liederlich, und wenn wir uns liebend vereinen, liegen wir in Brennnesseln und auf Ameisenhaufen. Was machst du bloß den ganzen Tag?"

Ich lachte. „Das werde ich dir sagen. Zunächst hatte ich Besuch. Rate, wer?"

Matti tat so, als würde er scharf nachdenken. „Meine Mutter?" „Falsch." „Anke?" „Falsch." „Svenja?" „Falsch." „Die Polizei?" „Wieder falsch. Wie kommst du denn auf so was?" „Na ja, der Angler von neulich könnte dich doch angezeigt haben wegen Erregung öffentlichen Ärgernisses. Oder du bist an der Tankstelle weggefahren ohne zu bezahlen. Da ist die Polizei ganz schnell bei der Hand. Jetzt sag schon. Ich bin am Ende meiner schlauen Mutmaßungen."

„Es war Vera."

Jetzt war Matti wirklich sprachlos.

„Wollte Vera Geld? Will sie sich trennen und braucht Unterschlupf?"

„Keins von beidem. Anscheinend haben sie mal wieder Geld, und Luc gibt ihr sogar was ab. Sie sah auch ein bisschen besser aus, und wir haben uns ausnahmsweise halbwegs vertragen. Ich habe mich auch sehr zurückgehalten mit Vorwürfen und Schelte."

„Ich möchte wissen, mit welchen unredlichen Methoden Luc immer mal wieder zu Geld kommt. Räumt er Kassen von Tankstellen oder kleineren Geschäften aus, die sich gerade anbieten? Gewinnt er im Casino?"

„Ich habe zwei andere Theorien, denn von häufigen Einbrüchen und Raubüberfällen liest man eigentlich nichts in der Zeitung," sagte ich. „Wahrscheinlich dealt er doch, und damit kann man gut über die Runden kommen. Jedenfalls steht er dann mit einem Bein im Knast, und die Wahrscheinlichkeit, erwischt zu werden, ist ziemlich hoch. Allerdings könnte er auch ein Informant für die Polizei sein, der andere verpfeift, und dem sie deshalb Einiges nachsehen".

„Und deine zweite Idee?" fragte Matti.

„Die ist scheußlich, aber nicht weit hergeholt. Er könnte Vera als Objekt für pornografische Aufnahmen oder Filme benutzen. Das bringt auch was ein."

„Du hast wirklich grandiose Ideen! Traust du Vera zu, dass sie da mitmacht?"

„Vielleicht nicht ganz freiwillig. Sie ist ja immerhin oft zugedröhnt, und vielleicht macht er es dann heimlich?"

„Wir können das ja überprüfen. Ich bin zwar nicht abonniert auf Pornoseiten, aber ich könnte vielleicht jemanden finden, der ganz unverfänglich mal reinschaut. Hast du ein Foto von Vera? Ich werde es vorzeigen und fragen, ob er bei den Mädels irgend etwas erkennen kann, was ihn an Vera erinnert. Das Gesicht sieht man ja wohl normalerweise nicht, das spielt ja auch keine Rolle. Ich will aber nicht dabei sein, wenn hässliche Bilder im Netz angeschaut werden. Das widert mich nur an."

„Falls wir so etwas herauskriegen, hilft uns das aber überhaupt nicht. Vera ist volljährig, und es ist nicht strafbar, Pornografie ins Internet zu stellen, falls es nicht um Vergewaltigung, Brutalitäten und Kinder als Darsteller geht. Wie man damit allerdings Geld verdient, weiß ich auch nicht. Wir sind doch sehr brav und normal."

„Und das ist gut so," sagte Matti voller Überzeugung und zog mich in seine Arme.

Ich erzählte Matti von der grünen Küche, und er lachte herzlich über das Missverständnis mit der Adresse. Allerdings taten ihm die beiden Männer auch leid, die auf Vera gewartet hatten in der Annahme, bei ihr die Küche ausliefern zu können. Sie hatten viel Zeit vertan, die sie bestimmt nicht bezahlt bekamen.

Schließlich kamen wir wieder zu den Bränden und Onkel Helmuth. Wir hatten schon ein paar Tage nicht mit Mattis Eltern telefoniert und wussten deshalb nicht, wie es Tante Gesine ging, und ob sich ihre Finanzen etwas entwirrt hatten.

Matti hatte eine Elbe-Jeetzel-Zeitung mitgebracht, und ich suchte nach einem Artikel über den Brand in Pretzier. Eine halbe Seite war dem Unglück gewidmet. Ich hatte richtig gelegen mit meiner Vermutung, dass es sich um die ehemalige Glaserei handelte. Der genaue Ablauf des Brandes, und der Einsatz der Feuerwehr waren detailliert beschrieben. Vor allem wurde lobend hervorgehoben, dass es der Feuerwehr gelungen war, ein Ausbreiten des Feuers auf umliegende Gebäude zu verhindern. Zur Brandursache gab es nur eine kurze Spekulation. Offiziell hatte man keinen Anhaltspunkt, aber aus dem Artikel ging hervor, dass die Kriminalpolizei vermutlich einen Hinweis gefunden hatte, damit aber nicht an die Presse gehen wollte, um der Öffentlichkeit nichts zu präsentieren, was nicht hieb-und stichfest gesichert war. Wahrscheinlich auch, um zu verhindern, dass es Nachahmungstäter gab.

Ich hatte wieder ein ganz ungutes Gefühl bei den Bränden, nicht richtig Angst, aber eine Form von persönlicher Betroffenheit. Logisch, dass es mit der Boizumer Mühle und Onkel Helmuth zusammenhing, logisch auch, dass uns die Ruine schräg gegenüber jeden Tag ins Auge fiel und die Erinnerung an das Höllenfeuer wachhielt.

13. Kapitel

Am nächsten Tag war ich mit meiner Mama allein in der Gärtnerei. Mein Vater war nach Dahlenburg gefahren, um den Bau des Schwimmteichs vorzubereiten. Ich hatte die Pläne gesehen, als er sein Angebot abgab. Der Teich sollte in einem großzügigen Gartengrundstück, das wie eine gepflegte Wildnis anmutete, entstehen. Das Wohnhaus der jungen Leute, denen das Anwesen gehörte, hatte ich nicht gesehen, aber laut den Schilderungen meines Vaters war es ein sehr ansprechendes Ökohaus aus Holz und Glas. Ich beschloss, bei Gelegenheit mal mitzufahren und mir selbst das Grundstück mit dem Haus anzusehen. Klang gut!

Ich hatte ein Fachbuch über Orchideen vor und studierte Ansprüche an Boden und Lichtverhältnisse. Ich dachte auch darüber nach, welche Pflanzen ich zu Anfang anschaffen sollte. Es dauert normalerweise Jahre, bis eine kleine Pflanze zum Blühen kommt, und ich konnte es mir eigentlich nicht leisten, lange Zeit nichts zu verdienen.

Ich war so vertieft, dass ich hochschreckte, als Mama mir das Telefon brachte und flüsterte: „Da ist einer dran, der sich nicht mit Namen gemeldet hat. Er will mit dir sprechen, wollte mir auch nicht sagen, worum es geht."

Ich nahm ihr zögerlich das Telefon ab und überlegte, ob ich den Anrufer darauf aufmerksam machen sollte, wie unhöflich es war, sich nicht zu erkennen zu geben oder gleich aufzulegen. Ich entschied mich für Letzteres. Mama war ein bisschen enttäuscht, sie hätte gern gewusst, wer etwas von mir wollte, neugierig wie sie war.

Es klingelte aber gleich wieder, und diesmal nahm ich ab. Es könnte ja auch ein Kunde sein. Bevor ich nachfragen konnte, was der Teilnehmer wünschte, sagte eine Stimme, die ich sofort erkannte: „Na, Störung in der Leitung?"

Luc! Mir lief es kalt den Rücken hinunter. Was für einen Anlass konnte es geben, dass Luc in der Gärtnerei anrief?

„Wir wollen kein höfliches Blabla machen," sagte Luc. „Vera ist weg. Ist sie bei euch?"

„Nein, ist sie nicht, und ich habe auch keine Ahnung, wo sie sein könnte. Falls sie dir davon gelaufen sein sollte, was ich annehme, würde ich dir auch nichts sagen zu ihrem Aufenthaltsort."

Damit legte ich auf. Luc machte keinen neuerlichen Versuch, mehr zu erfahren. Das Telefon blieb still.

Höfliches Blabla! Seit wann wusste Luc überhaupt, dass man höflich sein konnte?

Mama hatte aus den paar Worten, die ich gesprochen hatte, geschlossen, was los war. „Ist sie ihm abgehauen? Das wäre ja ein Glücksfall! Ich bin so erleichtert, und ich denke, sie wird bald hier auftauchen. Wo soll sie denn hin ohne Geld?"

„Ich würde mich keinen Illusionen hingeben," erwiderte ich. „Vera ist unberechenbar. Außerdem weißt du nicht, was vorgefallen ist. Vielleicht ist sie gar nicht freiwillig gegangen? Oder Luc macht uns was vor, weil er selbst schuldig ist?"

„Du willst doch nicht sagen, dass ihr etwas zugestoßen ist?" fragte Mama.

Sie schlug die Hände vor den Mund und fing zu weinen an. Ich fühlte mich unwohl wegen meiner unbedachten Worte, nahm sie in den Arm und tröstete sie.

„Natürlich denke ich nicht, dass Luc ihr etwas angetan hat. Er liebt sie schließlich auf seine Weise, und bis jetzt hatte ich noch nicht den Eindruck, dass er sie los sein wollte."

Ich konnte mich nicht mehr auf die Orchideen konzentrieren. Ich machte uns erstmal einen Kaffee und dachte die ganze Zeit darüber nach, was los sein könnte. Eigentlich war es müßig, denn Vera konnte überall sein. Sie hatte ja neulich gesagt, dass Luc ihr Geld gegeben hatte, also war es möglich, dass sie in einem Hotel wohnte. Oder hatte sie Freunde, bei denen sie unterkommen konnte? Kaum. Seit sie nach Gedelitz gezogen war in ihren schlampigen Bauwagen, hatte sie wohl alle Kontakte abgebrochen. Sie konnte ja auch niemanden dorthin einladen, und sie selbst war in einem nicht vorzeigbaren Zustand.

Eine andere Möglichkeit war, dass sie in ihren Junkiekreisen einen Typen kennengelernt hatte, der ihr besser gefiel. Immerhin hatte sie es mit Luc schon eine geraume Zeit ausgehalten, und das war eigentlich nicht ihr Ding.

Ich ärgerte mich darüber, wie viel Zeit Vera mich in Gedanken kostete. Ich nahm mir zwar vor, Matti von der neuen Entwicklung zu erzählen, aber ich wollte mich nicht schon wieder mit ihm in Spekulationen verlieren.

Mama überfiel meinen Vater natürlich sofort mit der Neuigkeit, dass Vera vermutlich einem Verbrechen zum Opfer gefallen war, aber wie immer zeigte er sich relativ unbeeindruckt. „Sie wird schon wieder auftauchen. Du liest zu viel Zeitschriften und Krimis, so viele Verbrechen, wie du dir ausmalst, gibt es doch gar nicht."

„Doch," sagte Mama bockig, „und es wird immer schlimmer."

Ich machte noch einen Kaffee für meinen Vater und fragte nach dem Auftrag, um von Mamas leicht hysterischen Gedankengängen abzulenken. Es ließ sich alles wie geplant an. Ich würde in den nächsten Tagen mitgehen, um zu helfen. Ich sollte den kleinen Bagger bedienen, um das Loch auszuheben. Wenn die Plane verlegt war, eine Arbeit, die eine Spezialfirma ausführen würde, bestand meine Aufgabe darin, die Sumpfzone rund um den Schwimmteil zu bepflanzen. Sowohl baggern als auch pflanzen würde mir riesigen Spaß machen. Der Bagger war eine rein mechanische Angelegenheit, aber die Bepflanzung der Sumpfzone, die das Wasser ohne Zusätze sauber halten sollte, war ein größere Herausforderung. Ich hatte das bisher nur einmal gemacht und holte mir die einschlägigen Bücher aus dem Regal im hinteren Teil des Verkaufsraums, der für die Kunden nicht einsehbar war.

Klar, konnte man nicht alles im Kopf haben, und die Bücher zum Nachschlagen mussten griffbereit sein. Es war aber nicht unbedingt nötig, den Kunden zu zeigen, dass man nachschlagen musste. Bei besonderen Wünschen sagte ich liebenswürdig: „Einen Augenblick bitte, ich hole schnell etwas von hinten."

Dann kam ich wieder in den Verkaufsraum und wirkte überaus kompetent mit meinen Ratschlägen und Auskünften.

Mama kam mit einem Buch in der Hand in den Verkaufsraum. Ich ahnte Böses.

„Hör dir das mal an, das habe ich gerade in meinem Krimi gelesen: Die junge Frau wachte auf. Es war völlig dunkel, und es stank erbärmlich. Wie sie fühlte, lag sie auf einer harten nach Urin, Scheiße und Blut riechenden Matratze. Als sie versuchte, sich aufzurichten, bemerkte sie, dass sie weder die Beine noch die Hände bewegen konnte. Offenbar waren die Hände an das Bett gefesselt, und die Beine waren mit einer harten Schnur oder einem Ledergürtel zusammengeschnürt. Sie schrie qualvoll auf, aber natürlich würde niemand..."

„Mama, hör auf," sagte ich scharf. „Das steht doch heutzutage in jedem Krimi. Du willst doch nicht behaupten, dass das ein Bild von Vera ist in ihrer derzeitigen Situation? Es gibt eine Reihe von anderen Möglichkeiten, die wir in Betracht ziehen können. Vera ist nicht zum ersten Mal abgehauen, und du musst nicht gleich in Panik geraten. Was ist denn los mit dir? Du warst doch sonst immer so pragmatisch!"

„Ich bin jetzt eben panischer geworden. Das ist eine Frage des Alters," sagte Mama eingeschnappt. Diesmal hatte ich keine Lust, sie in den Arm zu nehmen und zu trösten. Mir kam es fast vor, als würde sie sich suhlen in den möglichen Schrecknissen.

Der nächste Tag war wunderbar für mich. Das junge Ehepaar, das den Teich in Auftrag gegeben hatte, war ganz reizend. Ich durfte als erstes das Ökohaus besichtigen, das mir in allen Details außerordentlich gut gefiel, und dann saßen wir noch auf der Terrasse und tranken Kaffee, während mein Vater die Linien absteckte, die den Außenrand des Teichs anzeigten. Ich musste jetzt noch die Markierungen für den Schwimmteil haben, dann konnte ich loslegen.

Die Mitte musste natürlich viel tiefer werden als die Sumpfzone, und ich fing an, mich mit dem kleinen Bagger in den Sand zu buddeln. Es ging wirklich leicht, weil der Boden keinerlei Tücken wie Steine oder Lehmstreifen aufwies, und ich häufte den Sand zu immer größeren Hügeln am Rand auf, mal auf der einen, mal auf der anderen Seite. Ein Teil des Sandes würde verzogen werden, ein anderer Teil würde als Hügel zur Gartengestaltung liegen bleiben.

Am Abend war schon gut zu erkennen, was es werden sollte, und die junge Frau sagte, sie würde am liebsten schon Wasser einfüllen um zu schwimmen. Sie wurde natürlich von ihrem Mann ausgelacht, aber er freute sich mit ihr über die Aussicht, im Lauf des Sommers die Erfrischung vor der Nase zu haben.

Ich war dann doch abends ganz schön müde und ging gleich nach Hause.

Eigentlich hatte ich beschlossen, mich ganz gemütlich mit einem Glas Rotwein auf die Couch zu legen und zu lesen. Mama hatte mir gerade den Geschmack an Krimis verdorben, und so machte ich mich wieder an meinen Dostojewski. Ich stellte allerdings fest, dass Dostojewski die volle Aufmerksamkeit forderte und nicht zur Bettlektüre geeignet war.

Mir fiel ein, dass ich Svenja in letzter Zeit vernachlässigt hatte, und ich rief bei ihr an. Sie war sichtlich begeistert, als ich vorschlug, noch auf ein paar Minuten rüber zu kommen.

„Ich muss dich aber vorwarnen," sagte sie. Bevor sie weiter reden konnte, unterbrach ich sie. „Hast du einen Jason, Didi, Mike oder Berti unterm Bett?"

Sie lachte. „Nein, aber einen lieben Briard. Meine Tante ist schon wieder nicht fit, und ich hüte ihn erneut. Macht Spaß, aber leider muss ich ihn tagsüber wegen der Arbeit allein lassen, und das ist nicht so gut. Anscheinend bellt er ohne Unterbrechung, wenn ich nicht da bin. Die Nachbarn haben sich beschwert, und das kann ich keinem auf Dauer zumuten."

„Nachtigall, ick hör dir trapsen," sagte ich „Wir reden gleich darüber. Soll ich Wein mitbringen, oder hast du?"

„Hab ich, und beeil dich. Keine halbe Stunde für Make-up und Abendkleidung, bitte!" Ich lachte. Ich musste nur meine Sandalen überziehen und eine Jacke über den Arm nehmen, falls das Wetter sich ändern würde, aber dann war ich in wenigen Minuten bei ihr.

Svenja hatte natürlich einen guten Rotwein da, und ich durfte auch in ihrer Wohnung rauchen. Ich erzählte ihr zuerst von der neuesten Entwicklung von Vera, und Svenja schlug die Hände über dem Kopf zusammen. „Was ist sie doch für ein Miststück," sagte sie. „Jetzt rennt sie auch noch ihrem tollen Liebhaber davon. Wo mag sie nur stecken?"

„Mama vermutet ein Verbrechen, Vater hält sich raus wie immer. Ich denke, sie ist mit einem neuen Typen abgehauen, der sie nicht so misshandelt. Bildet sie sich wenigstens ein."

Ich hatte keine Lust, mal wieder ausführlich über das Thema zu reden, und blockte ab. „Erzähl mir was von dir," forderte ich Svenja auf. „Du kommst immer zu kurz, also hast du offensichtlich keine Probleme."

„Das ist in den blauen Dunst geredet. Mein neuer Freund erweist sich als außerordentlich familienfeindlich, und ich habe das Gefühl, ich sollte mich langsam mal entscheiden. Schließlich bin ich Ende zwanzig, und mit dreißig fängt man doch an alt zu werden. Ansonsten klappt alles mit ihm super. Wir sind beide an Reisen interessiert, er liebt Hunde, und wie man den Haushalt führt, ist ihm egal. Sagt er jedenfalls. Was mir allerdings auffällt, ist die Tatsache, dass er sehr oft von seiner Mutter redet, die ihm offenbar ein Vorbild für alle Frauen ist. Ich werde sie demnächst kennen lernen, dann wird es ernst."

„Scheint mir nicht so das Wahre. Schmeiß dich nicht weg, weil du Torschlusspanik kriegst. Wir kennen genug Beispiele für unglückliche Frauen. Lieber allein bleiben und immer mal einen Freund haben, mit dem man nette Wochenenden verbringt und schöne Reisen macht."

„Und wie sieht es aus, wann man alt wird? Keine Kinder, kein Eigenheim, nicht mehr so viele Freunde? Du hast gut reden, denn du bist in festen Händen, und mir scheint, dass du einen Glückstreffer gelandet hast."

„Kein Glückstreffer, sondern wir passen einfach auf der ganzen Linie zusammen. Mama würde sagen, es gibt für jeden Menschen einen Partner auf der Welt, den man nur finden muss. Ich habe meinen unter den Milliarden rausgepickt. Ich lebe zwar noch nicht gemeinsam mit Matti im Alltag, aber ich kann mir nicht vorstellen, dass das richtig schief geht."

Svenja lachte. „Du bist immer noch total verliebt!" Das stimmte wahrlich.

Wir plauderten bis nach Mitternacht über unverfänglichere Themen, jedenfalls, was uns persönlich betraf. Die AfD nahm eine große Rolle ein, die Flüchtlinge, die anfingen, über uns hereinzubrechen, die Gesetze, was Kriminalität anbelangte, und schließlich die anstehenden Wahlen in den USA. Wir waren uns in allen Punkten einig, und irgendwann wünschte ich mir, wir würden auch mal aneinander geraten. Das war nur der Fall, wenn es um Ernährung ging. Svenja war glühende Veganerin, und da kam ich nicht mit. Vegetarier war leicht nachzuvollziehen, aber Veganer? Ich war der Ansicht, dass alle Haustierrassen aussterben würden, wenn man sie in keiner Weise mehr ausbeuten durfte. Keine Milch von der Kuh, keine Eier, keine Schafwolle. Wer würde denn eine Kuh nur zum Spaß halten?

Das war ein ewiges Thema zwischen uns, und wir konnten da natürlich nicht zusammenkommen. Ihr veganes Essen schmeckte scheußlich, und ich konnte ihr nicht recht etwas anbieten ohne Ei, Sahne oder Milch.

Svenja wollte den Hund noch über Nacht behalten, aber für den nächsten Morgen machten wir ab, dass ich ihn tagsüber übernehmen würde. Ich freute mich schon darauf, und in der Gärtnerei störte er niemanden. Im Gegenteil, die meisten Kunden würden sich freuen, ihm mal übers Fell zu streichen.

Ich ging gut gelaunt nach Hause, schloss die Haustür auf und stieg die Treppe hoch in den ersten Stock. Ich bemerkte sofort, dass mit meiner Wohnungstür etwas nicht stimmte. Sie war nur angelehnt, und es war mir noch nie passiert, dass ich vergessen hatte, die Tür abzuschließen. Ich zog sie vorsichtig ein Stück auf und stellte zu meinem Entsetzen fest, dass das Schloss aufgebrochen war. Auf der Stelle hatte mich Panik voll im Griff, mein ganzer Körper überzog sich mit einer Gänsehaut, und trotzdem traten mir Schweißperlen auf die Oberlippe . Ich konnte gerade noch einen Aufschrei unterdrücken und wusste nicht, ob das klug war.

Ich brauchte auf jeden Fall Hilfe, denn allein traute ich mich nicht, auch nur einen Fuß in die Wohnung zu setzen. Die Nachbarn wecken? Die Polizei anrufen? Meine Phantasie ging sofort mit mir durch: Ich sah einen Mörder mit einem Schlachtermesser hinter irgendeiner Tür auf mich lauern, oder einen Dieb, den ich auf frischer Tat ertappt hatte, der sich auf mich stürzte, mich k.o. schlug und entkam.

Ich atmete ein paarmal tief durch, und dann konnte ich wieder denken. Ich zog mein Handy aus der Tasche und rief Svenja an. „Bist du noch wach? Ich brauche dich sofort und bring den Hund mit."

„Was ist los?" fragte Svenja. „Du klingst ja ganz panisch."

„Ich habe auch Grund zur Panik. Bei mir ist eingebrochen worden, und ich traue mich nicht in die Wohnung. Glaubst du, du schaffst es, mit mir zusammen reinzugehen?"

„Klar, wenn noch ein Typ drin sein sollte, wird er jetzt versuchen, zu entkommen, denn er kann dich ja hören. Dann wirst du überrannt, geh also von der Tür weg. Vermutlich ist er sowieso schon abgehauen. Ich bin gleich da."

Mir kam es wie eine Ewigkeit vor, bis es unten an die Haustür klopfte. Mir blieb nichts übrig, als runterzugehen, um aufzumachen. Mir war überhaupt nicht wohl dabei, denn ich stellte mir schon wieder vor, es könnte ein Kumpel von meinem Einbrecher sein und nicht Svenja.

Sie war es aber, und beim Anblick des großen Hundes, der allerdings freudig mit dem Schwanz wedelte, war mir schon besser. Wir gingen leise nebeneinander die Treppe hoch und berieten flüsternd, wie wir vorgehen wollten. „Wir bleiben beide mit dem Hund zusammen," sagte ich. „Zuerst machen wir mit Schwung die Wohnungstür auf, falls jemand sich dahinter verbirgt. Dem können wir schon mal die Nase brechen. Dann sehen wir schon den Flur ein und machen das Licht an. Die Küchentür und die Wohnzimmertür müssten auf jeden Fall offen sein. Da gehen wir als nächstes rein und sichten die Lage. Wenn alles sauber ist, kommen das Bad und das Schlafzimmer dran. Glaubst du, Arko würde uns verteidigen?"

„Klar doch," sagte Svenja. „Er ist ein überaus umgänglicher Hund, aber er kann auch anders."

Als wir oben angekommen waren, trat ich mit aller Kraft die Wohnungstür auf und betätigte den Lichtschalter. Weit und breit nichts zu sehen. Schon etwas beherzter durchsuchten wir das Wohnzimmer und die Küche, danach das Bad und das Schlafzimmer. Das Schlafzimmer war natürlich das Schlimmste. Es könnte jemand unter dem Bett liegen oder sich im Schrank verkrochen haben. Mir würde es schon reichen, wenn jemand hinter der Schranktür saß und „buh" machte.

Niemand zeigte sich, und nach einem zweiten Durchgang waren wir sicher, dass sich wirklich kein Mörder oder Einbrecher in der Wohnung aufhielt. Als nächstes sah ich meine Sachen durch. Ich konnte auf die Schnelle nicht entdecken, dass irgend etwas fehlte. Es wurde immer rätselhafter.

Uns war klar, dass man mitten in der Nacht keinen Schlosser herbei bringen konnte. Also gaben wir die Idee auf, im Branchenverzeichnis nachzusehen und jemanden anzurufen. Auch die Polizei hatte wenig Sinn. Mitten in der Nacht gab es nur einen Notdienst, und ich war ja nicht direkt bedroht.

Mein nächster Gedanke war, bei Svenja zu übernachten. Aber wie sollte ich meine Tür zukriegen? Also beschloss Svenja, mit dem Hund bei mir zu bleiben, weil ich allein wirklich Angst hatte. Wir schoben meine Flurkommode vor die Tür und fühlten uns einigermaßen sicher. Arko würde auf jeden Fall bellen, falls sich jemand der Tür näherte, und ich stellte mein Pfefferspray auf den Nachttisch.

Die Nacht verlief gänzlich unspektakulär, wenn ich auch nicht allzu viel schlief. Wir frühstückten ausgiebig mit Müsli, auf das Svenja Orangensaft kippte, weil sie ja weder Joghurt noch Milch zu sich nehmen durfte, tranken Kaffee, und ich rief einen Schlosser an, der versprach, sofort zu kommen und sich die Sache anzusehen.

Auch mit der Polizei führte ich ein Gespräch. Da es inzwischen hell war, hatte ich keine so große Angst mehr, als Svenja sagte, dass sie zur Schule gehen müsse. Als Grundschullehrerin konnte sie es sich natürlich nicht erlauben, einfach zu spät zu erscheinen.

Arko war eine große Beruhigung für mich. Ich rief meine Eltern an und erzählte, warum ich nicht rechtzeitig zur Geschäftsöffnung kommen konnte. Ich war Gott sein Dank in der Lage, einfach mal verspätet zu sein, da hing meistens nicht so viel dran, und sofern ich persönlich einen wichtigen Termin hatte, konnten meine Eltern meistens einspringen.

Gegen Mittag kam ein Polizist vorbei, um sich die Sache anzusehen. Er fragte sehr höflich, ob er sich ein bisschen umtun dürfe, und das konnte er gern machen.

Nach ein paar Minuten kam er mit einem Zettel aus dem Wohnzimmer, den er in die Balkontür geklemmt gefunden hatte. Den hatte ich in der Nacht bei künstlichem Licht nicht gesehen.

„Ich habe ihn nicht gelesen, aber vielleicht ist er wichtig?"

Ich nahm ihm den Zettel aus der Hand und konnte kaum glauben, was ich las: Sie ist wirklich nicht hier. Luc

„Arschloch, Arschloch!" brach es aus mir heraus. Der Polizist sah mich verwundert an. „Kann ich das bitte erklärt bekommen?"

„Ja", sagte ich. „Es tut mir leid, das Sie umsonst hergekommen sind. Mein Schwager sucht meine Schwester und ist mangels eines Schlüssels in meine Wohnung eingebrochen. Sie ist ihm abgehauen, und er möchte sie offenbar gern wieder haben. Ich weiß jedenfalls nicht, wo sie ist, und den Einbruch mit allen Aufregungen wird er mir büßen. Jetzt warte ich erstmal auf den Schlosser, ich kann mich ja hier mit der offenen Tür nicht weg bewegen."

„Wollen Sie Anzeige erstatten?" fragte der Polizist. Das konnte ich nicht auf Anhieb beantworten. „Ich muss mir das erst durch den Kopf gehen lassen und mit meinem Freund besprechen," sagte ich.

Ich bot ihm noch einen Kaffee an, aber er lehnte ab. Wir gaben uns die Hand, und er verschwand im Treppenhaus.

Die Warterei auf den Schlosser wurde allmählich langweilig, und ich fing an zu fürchten, dass er mich versetzen würde. Ich überlegte, wie ich für die nächste Nacht die Wohnung verschließen könnte. Vielleicht sollte ich einen anderen Notdienst anrufen oder einen Freund, der handwerklich sehr geschickt war, bitten, provisorisch etwas zu machen.

Als fast Feierabendzeit war, kam der Schlosser tatsächlich. Er brachte eine große, schwarze Werkzeugtasche mit, die er an der Tür abstellte. „Erstmal will ich guten Tag sagen," meinte er gemütlich. Er streckte mir seine Pranke entgegen und schüttelte meine Hand so lange, bis es wehtat. Eigentlich war ich ja sauer, denn er hatte morgens zugesagt, gleich zu kommen, aber weil er so ein freundlicher und gutmütiger Typ war, schluckte ich alle bösen Worte herunter und bot ihm etwas zu trinken an.

„Bei einem Kaffee würde ich nicht nein sagen. Vielleicht haben Sie auch Milch und Zucker? Ich will ja nicht unverschämt sein, aber schwarzer Kaffee ist mir zu ungesund", sagte er.

Ich verschwand in der Küche, während er die Tür begutachtete und seinen Werkzeugkoffer nach den passenden Utensilien durchforstete. Leider stand Arko schwanzwedelnd erwartungsvoll neben ihm, und er konnte nicht umhin, den Hund zu loben, zu tätscheln und sich auszulassen über diesen schönen Hund im besonderen und Hunde im allgemeinen.

Er war ja jetzt da. Ich befürchtete jedoch, dass die Reparatur heute nichts mehr werden würde, wenn er so gemächlich weiter machte. Aber nachdem er seinen Kaffee getrunken hatte, wozu er in die Küche kam und sich gemütlich niederließ, legte er los. Nach einer halben Stunde war die Tür zurecht gebogen, ein neues Schloss eingesetzt und der Schlüssel ausprobiert. Es funktionierte perfekt und war so gut gemacht, dass man fast nichts sah außer einem Splitter im Holz. Er schlug vor, dass ich den leimen könnte, und das wollte ich auch versuchen.

Die Bezahlung wollte er bar auf die Hand, aber damit war ich nicht einverstanden. Ich hatte vor, Luc die Rechnung zu schicken und den Betrag einzufordern. Ich würde dann sehen, wie er sich verhielt, und sollte er die Rechnung nicht zahlen – was ich vermutete – würde ich doch Anzeige erstatten.

Meine Erklärung leuchtete meinem freundlichen Schlosser ein, und er schrieb eine Rechnung mit Mehrwertsteuer.

Wir verabschiedeten uns richtig herzlich, er wünschte meinem Schwager viel Erfolg bei der Suche nach seiner Frau und bot an, jeder Zeit wieder zu kommen, wenn meine Tür mal wieder repariert werden musste.

Das wünschte ich mir nicht, war aber nett von ihm. Ich probierte ein paar mal, ob das Schloss auch wirklich in Ordnung war, und da alles einwandfrei klappte mit abschließen und wieder öffnen, konnte ich einer ruhigen Nacht entgegensehen.

Es lohnte sich nicht mehr, in die Gärtnerei zu fahren, da der Laden gleich zumachen würde. Ich holte „Schuld und Sühne" vom Tischchen neben meinem Bett.

Ich hatte den Faden verloren wegen meiner häufigen Unterbrechungen der Lektüre und musste etwas zurückblättern. Aha: Raskolnikoff hatte ein Brett mit Metall beschwert, in Papier eingewickelt und verschnürt, um es der alten Pfandleiherin als silbernes Zigarettenetui anzubieten. Er hatte sich eine Axt verschafft und wollte zu seiner unheilvollen Tat schreiten, während sie mit dem Auswickeln des angeblichen Pfandes beschäftigt war. Ich wollte nicht glauben, dass jemand so gezielt einen Mord vorbereiten konnte, und hoffte die ganze Zeit, es würde es nicht tun, obwohl ich es natürlich besser wusste.

Leider waren mir nur ein paar Minuten vergönnt. Gerade als Raskolnikoff in das Zimmer der alten Pfandleiherin gegen deren Willen eingedrungen war, klingelte es, und Svenja kam, um Arko abzuholen.

Sie begutachtete die reparierte Tür und ließ sich natürlich zu einem Gläschen Wein einladen. Arko führte einen Freudentanz auf und bellte dabei rhythmisch, was wir vergeblich versuchten zu unterbinden.

Ich erzählte Svenja voller Entrüstung, wie die Lösung meines Einbruchs aussah: Immer wieder dieser verfluchte Kerl. Ich konnte ihm einfach nicht entrinnen.

Dabei fiel mir ein, dass ich meinen Eltern gar nicht Bescheid gegeben hatte. Ich wollte wenigstens kurz über den Stand der Dinge berichten, aber es sprang nur die Mailbox an. Ich sprach auf. Allerdings wunderte ich mich, denn normalerweise hielten sie sich nach Geschäftsschluss noch im Büro oder in der Gärtnerei auf, und anschließend verbrachten sie einen ruhigen Abend zu Hause, Mama vor dem Fernseher oder mit einer spannenden Frauenzeitschrift, und mein Vater in der Werkstatt oder einem Fachbuch über Gärtnerei.

Svenja hatte auch Neuigkeiten, die sie los werden wollte. Ihr Schulleiter hatte ihr am Morgen eröffnet, dass sie eine sogenannte Integrationsklasse übernehmen sollte, um Kindern von Flüchtlingen zunächst deutsch beizubringen und sie dann langsam in unser Schulsystem einzuführen, damit sie möglichst rasch in die normale Gesamtschule aufgenommen werden konnten.

Svenja fand das eine interessante Herausforderung in ihrem Schulalltag, gab allerdings zu bedenken, dass durch die Sonderklasse der normale Kontakt zu gleichaltrigen Kindern nicht gefördert würde. Sie schlug deshalb dem Schulleiter vor, am Nachmittag eine Stunde einzurichten, in der die deutschen Kinder und die Flüchtlingskinder gemeinsam Spiele machen konnten und unter Anleitung eines Lehrers Aufgaben lösen.

Der Schulleiter hatte versprochen, die Sache zu überdenken und bei der nächsten Konferenz vorzutragen. Es leuchtete ihm ein, dass es gut war, möglichst früh Kontakte herzustellen, denn Kinder lernen ja bekanntlich sehr schnell, wenn sie miteinander umgehen. Ihnen fehlt die Scheu der Erwachsenen, die sich beim ersten Gebrauch einer Fremdsprache jedes Wort zurecht legen und nur zögerlich ihre Kenntnisse anwenden, um möglichst nichts falsch zu machen.

Ich fand die Idee mit der Nachmittagsstunde ganz toll und hoffte für Svenja, dass sie sich realisieren lassen würde. Das war doch mal Inklusion in die Tat umgesetzt!

Wir waren so heftig im Gespräch, dass ich die Klingel überhörte. Erst als Arko zu bellen anfing, wurde ich aufmerksam. Ich bediente den Türdrücker mit schlimmen Erwartungen. Schon wieder Luc? Ich glaube, ich hätte handgreiflich werden können, wenn er mich schon wieder belästigen würde.

Zu meiner großen Erleichterung war es nicht Luc, sondern meine Eltern. Bevor sie herein kamen, begutachteten sie die Tür, und als sie feststellten, dass alles in Ordnung war, bekam ich tüchtig Schimpfe von Mama.

„Du meinst wohl, du brauchst uns überhaupt nichts mehr zu sagen? Wir machen uns die ganze Zeit die schlimmsten Sorgen, rätseln, wie wir die helfen können, und du hockst hier mit Svenja rum und trinkst Wein am frühen Abend?"

Mein Vater legte ihr die Hand auf den Arm „Jetzt hör dir doch erst mal an, was deine Tochter gemacht hat inzwischen. Sie ist doch nicht völlig hilflos! Die Tür ist jedenfalls in Ordnung. Vielleicht gibt es schon Hinweise auf den Täter?"

„Den brauchen wir nicht mehr zu suchen. Es war Luc, der hier eingebrochen ist um sich selbst zu überzeugen, ob ich Vera verstecke. Ist das nicht reizend? Ich bin aber froh, dass er keinen Schlüssel mehr hat, sonst hätte ich nichts bemerkt, und er hätte jeder Zeit plötzlich vor mir stehen können: in der Küche, im Wohnzimmer, oder noch besser, vor meinem Bett mitten in der Nacht."

Meine Eltern begrüßten jetzt erst Svenja, die früher bei uns sehr häufig zu Besuch gewesen war, mit uns gegessen hatte und mit mir und Vera Nachmittage lang auf dem Gelände der Gärtnerei gespielt. Noch in der Oberstufe war sie oft gekommen, und wir hatten zusammen gelernt. Auch Arko wurde gebührend beachtet. Ich lud sie ein, sich zu uns zu setzen und bot ein Gläschen Wein an. Meine Mama hatte gleich ihre gute Laune wieder gefunden und unterhielt sich angeregt mit Svenja.

Jetzt hatte mein Papa mal Gelegenheit, ein paar Worte mit mir über Vera zu wechseln, ohne dass Mama hysterisch dazwischen redete. Er wollte meine Einschätzung der Situation hören, und ich bemerkte, dass er sich ernstlich Sorgen machte, obwohl es oft so schien, als würden die Familienangelegenheiten an ihm vorbeigehen.

Ich erklärte ihm, wie ich die Lage einschätzte: Vermutlich schlug Luc Vera, und das hatte wohl dazu geführt, dass sie sich entschloss, einen Schlussstrich zu ziehen.

„Ich wäre sehr erleichtert, wenn du recht hättest," sagte mein Vater. „Mangels Geld wird sie bei dir oder bei uns irgendwann auftauchen, und dann so tun, als wäre nichts gewesen. Wo sie allerdings im Augenblick ist, kann ich mir nicht vorstellen. Noch verkommener kann sie wohl nicht werden, es sei denn, sie landet unter einer Brücke."

Meine Eltern brachen ziemlich bald wieder auf. Mein Vater wollte noch Büroarbeiten erledigen. Mama unterhielt sich gerade richtig gut und bedauerte, dass sie notgedrungen mit nach Hause fahren musste, weil meine Eltern natürlich zusammen in einem Auto gekommen waren.

Svenja blieb noch eine Weile, und aus meiner schwierigen Lektüre wurde wieder nichts. Wann würde ich endlich lesen, was Raskolnikoff mit der Axt anstellte?

Weil es spät geworden war, ließ Svenja den Hund da, um ihn nicht gleich am nächsten Morgen wieder bringen zu müssen. Für einen Anruf bei Matthias war es zu spät, wir hatten ausnahmsweise den ganzen Tag nicht kommuniziert.

Am nächsten Morgen fütterte ich zuerst Arko, frühstückte dann selbst gemütlich und zog mit dem Hund los zur Gärtnerei. Ich nahm mein Fahrrad, aber es stellte sich heraus, dass der Hund nicht gelernt hatte, am Fahrrad zu laufen. Er rannte mir gleich ins Vorderrad und bekam selbst einen Mordsschreck. Ich konnte gerade noch abspringen und sah ein, dass ich auf die Schnelle nichts erreichen würde. Briards waren ja außerordentlich gelehrig, aber ich kannte mich mit Hunden zu wenig aus um zu wissen, wie man dem Hund beibringt, brav und zuverlässig neben dem Fahrrad herzulaufen. Also musste ich zu Fuß gehen, und das war ein Spaziergang von einer guten halben Stunde. Arko war's zufrieden.

Mit meinem Vater und Arko fuhr ich nach Dahlenburg, um weiter an der Teichanlage zu arbeiten. Es bezog sich im Lauf des Vormittags, und ich musste meinen Friesennerz überziehen, um nicht völlig durchnässt zu werden, als es tüchtig anfing zu regnen. In Anbetracht unserer anstehenden Arbeit war das unangenehm, aber andererseits konnte man den Regen gut gebrauchen. Arko durfte frei auf dem Grundstück herumlaufen. Er war genügend beschäftigt mit Schnüffeln und Markieren, so dass ich keine Angst haben musste, er könnte etwas Dummes anstellen, z. B. Blumen ausbuddeln oder auf die Terrasse pinkeln.

Als die Teichgrube ausgehoben war, machte ich mir einen groben Plan für die Bepflanzung: Schilf, gelbe und blaue Lilien, Pfeilkraut, Sumpfdotterblumen, Hechtkraut, Blutweiderich, Wasserprimeln in Töpfchen und als Krönung Seerosen in verschiedenen Farben. Es sollte möglichst den ganzen Sommer über etwas blühen und farblich in Gruppen gut verteilt sein. Ich ging zum Haus, um der jungen Frau meinen Plan zu erklären, und sie zeigte sich sehr einverstanden.

Mittags bat sie uns ins Esszimmer und bot einen kleinen Imbiss an, was uns sehr gelegen kam. Es hatte aufgehört zu regnen, aber meine Arbeitsstiefel waren nicht mehr sehr präsentabel, und ich lief deshalb inzwischen barfuß herum. Mein Vater behielt seine Socken an, was sehr lustig aussah, weil sie bunt gestreift waren.

Der Regen hatte aufgehört, nachdem wir einen Espresso getrunken hatten, aber der Boden war natürlich völlig durchtränkt. Das würde schnell abtrocknen im reinen Sand, und im Augenblick war die Arbeit mühsam, und nach einer Weile waren die Hosenbeine und Jackenärmel völlig verdreckt.

Als wir gegen Abend zurück in Lüneburg waren, rief ich endlich Matti an. Er war leider nicht erreichbar, und so verschob ich den Bericht von dem Einbruch in meine Wohnung auf das Wochenende. Auf den Anrufbeantworter wollte ich ihm das nicht erzählen, das würde viel zu lange dauern.

Da Svenja am nächsten Morgen später mit dem Unterricht anfing, kam sie doch noch Arko holen, um mit ihm einen Spaziergang zu machen. Ich nutzte die Zeit bis zu ihrer Rückkehr, um ein bisschen aufzuräumen und schnell die Küche durchzufeudeln, was mir keinen sonderlichen Spaß macht.

Von Vera war nichts zu hören, aber ich stellte fest, dass ich im Lauf des Tages gar nicht an sie gedacht hatte. Wie gut war es doch, durch Arbeit, die man auch noch gern machte wie das Anlegen eines Teichs, abgelenkt zu sein!

Am Sonnabend fuhr ich zunächst nach Groß Gusborn, um mich dort mit Matti zu treffen, wie wir inzwischen verabredet hatten. Zu meiner Überraschung war Astrid nicht da. Matti hatte mir gar nicht erzählt, dass sie verreisen wollte. Auf meine Frage, wo sie denn hingefahren sei, erhielt ich eine erstaunliche Antwort. Reiner erklärte mir, dass sie in Keitum auf Sylt ein ehemaliges Kapitänshaus besaßen, das sie von Sylter Vorfahren geerbt hatten. Astrid bräuchte immer mal ein paar Tage für sich, weil ihr Mann sie nervte, wie Reiner lachend erklärte, und jetzt hatte sie mal wieder kurzerhand gepackt und war entschwunden. Ich hätte zu gern gewusst, was an Reiner so nervig war. Ich hatte jedenfalls bisher nichts davon bemerkt. Vermutlich gab es wie in jeder Ehe die kleinen Reibereien wegen Nichtigkeiten, etwas anderes konnte ich mir nicht vorstellen.

Ich seufzte und dachte mir, was für ein Glück manche Leute haben. Ein Haus auf Sylt zu erben und dann noch für meinen Geschmack in der schönsten Ecke, das war doch beneidenswert. Matti hatte mir nie von dem Haus erzählt, was eigentlich komisch war.

Im letzten Sommer war ich ja mit Svenja auf Sylt gewesen, und wir hatten für eine bescheidene Unterkunft viel Geld bezahlt. Matti hätte uns doch ruhig einladen können.

Als ich mich beklagte, erklärte er, warum er das nicht getan hatte: Helmuth war mit Familie dort gewesen, um die Sommerferien am Meer zu genießen. Er fragte sich, ob Gesine es hinkriegen würde, mit den Mädchen auch in diesem Sommer ein paar Tage nach Keitum zu fahren, um von der hässlichen Brandstelle und der traurigen Entwicklung loszukommen.

Gesine war immer noch völlig lethargisch und überließ Reiner allen Papierkrieg. Sie fuhr nach wie vor manchmal die Mädchen nach Lüchow zur Schule, aber nicht mehr so regelmäßig. Die Fahrt nach Lüchow war eigentlich alles an Aktivitäten, was sie aufbringen konnte. Da sie im Augenblick finanziell äußerst knapp dran war, hatte sie ihre Haushaltshilfe entlassen müssen, und das Haus fing an zu verludern. Lea und Amy nahmen sich immer wieder vor, sauber zu machen und aufzuräumen, aber welcher Teenager hat schon Lust, einen Haushalt zu führen?

Reiner hatte ein nettes kleines Essen vorbereitet, und ich war sehr beeindruckt, was er alles hinkriegte: Ein guter Zahnarzt, ein fürsorglicher Familienvater, und dazu auch noch ein selbstständiger Hausmann!

Wir wollten so bald wie möglich für uns sein und fuhren nach einem Espresso, den Reiner uns noch anbot, Richtung Langendorf ab.

Ich schilderte natürlich zuerst meine Einbruchgeschichte, und Matti war richtig entsetzt. Er schimpfte mit gröbsten Ausdrücken auf Luc und sagte, er hätte richtig Lust, ihn zu verdreschen. Darüber musste ich lachen, denn Matti war nun wirklich nicht der gewalttätige Typ, und vermutlich war Luc im Umgang mit Prügeleien viel geübter.

Matti fand es besonders niederträchtig, mir so einen Schrecken einzujagen. Ich hatte mich ja auch wirklich im ersten Moment fürchterlich geängstigt, und Matti konnte sich gut in mich hineinversetzen. Auch ihm wäre es unheimlich gewesen, nach Hause zu kommen und die Wohnungstür aufgebrochen vorzufinden.

Matti fand es nicht richtig, keine Anzeige gegen Luc zu erstatten, aber ich hatte wirklich keine Lust auf die Scherereien.

Als wir ankamen, erwartete uns neuerlich eine unangenehme Überraschung: auf dem Weg zum Haus lagen zwei tote Tauben, beide voller Blut und mit abgerissenem Kopf.

Ich kann Tauben überhaupt nicht leiden, finde sie in den Städten nur hässlich und eklig, wenn sie vollgefressen auf den Plätzen und in Fußgängerzonen einherstolzieren und nur im allerletzten Moment davontrippeln oder auffliegen, wenn man sich nähert. Ich hatte mich schon oft mit älteren Leuten angelegt, die mit einer Tüte voller altem Brot auf einer Bank saßen und hoch erfreut zusahen, wie die Tauben in Windeseile alles auffraßen. Na ja, vielleicht war ich da gemein, schließlich waren es vermutlich einsame Menschen, die auf diese Weise Kontakt suchten, und wenn es nur zu den Ratten der Lüfte war.

Ich ärgerte mich auch über Tauben, die auf unserem Grundstück in den Bäumen saßen, ihre Balzrufe ertönen ließen und versuchten, ein Nest zu bauen. Ich warf mit allen möglichen Gegenständen nach ihnen, hatte aber noch nie eine getroffen. Wenigstens flogen sie weg, wenn meine Wurfgeschoss einigermaßen in ihre Nähe gekommen waren.

Die beiden toten Tauben fand ich nur abstoßend. Matti erklärte sich bereit, sie wegzuräumen und auch das Blut vom Weg abzuspritzen, damit der Geruch nicht irgendwelche nächtlichen Räuber anlockte.

Ich kann nicht sagen, dass ich in gehobener Stimmung war, als ich die Haustür aufschloss. Ich erwartete schon wieder, irgendwelche Grässlichkeiten vorzufinden, aber alles war tadellos in Ordnung.

Wieso gab es in letzter Zeit so viele Probleme? Ein Teil hing natürlich mit Vera und Luc zusammen, aber die kopflosen Vögel auf unserem Grundstück hatten wohl nichts damit zu tun. Wer wollte uns in Langendorf nicht haben und signalisierte auf diese widerwärtige Art, dass wir das Haus nicht beziehen sollten? Würde der nächste Schritt Sachbeschädigung sein?

Nachdem Matti alles sauber gemacht hatte, beschlossen wir, zu Ralf zu gehen und uns zu beraten. Nachdem wir geklingelt hatten, blieb es zunächst still. Nach einer ganzen Weile rief es von hinten: „Kommt rein, die Tür ist offen." Wir gingen über den Flur zur Wohnzimmertür und klopften. Wir hörten jetzt den Fernseher laufen und hatten das Gefühl, dass wir störten. Als wir die Tür aufmachten, sahen wir Ralf und Anke einträchtig auf der Couch im abgedunkelten Wohnzimmer sitzen mit Knabbereien auf dem Couchtisch und einer Flasche Bier vor Ralf. Sie schauten beide fasziniert auf den gigantischen Flachbildschirm, auf dem irgendeine nachmittägliche Schmonzette lief.

Ich war einigermaßen geschockt darüber, dass man sich an einem schönen Sommernachmittag bei heruntergelassenen Jalousien einen Film reinzog, aber ich verkniff mir jeden Kommentar und fragte freundlich, ob wir störten und lieber wieder gehen sollten.

„Ihr stört überhaupt nicht," sagte Ralf. „Im Gegenteil, ich bin froh, wenn ich den Scheiß nicht mit Anke gucken muss. Ihr könnt Euch aber trotzdem gern dazusetzen und unseren neuen Kinoersatz bewundern. Ein Bierchen?"

Wir lehnten beide ab und verzichteten auch auf eine Kinovorstellung am hellen Nachmittag. Anke schaltete den Fernseher aus, entschuldigte sich damit, dass sie immer unförmiger wurde und deshalb behäbiger, und wir gingen auf die Terrasse, wo Ralf uns eine gekühlte Weißweinschorle anbot.

Weil Ralf sich sehr über den Besuch freute, wollten wir nicht gleich mit der Tür ins Haus fallen und offensichtlich machen, dass wir ein Anliegen hatten. Wir plauderten ganz unbefangen über das Wetter, das Baby, das demnächst zu erwarten war und kamen unvermeidlich auf die Flüchtlinge, die in großer Zahl im Wendland untergebracht werden mussten.

Ralf machte sich natürlich große Sorgen, wie das weitergehen sollte. Was konnte man von Flüchtlingen zum Thema Integration erwarten, die man auf einem unbewohnten Bauernhof in Nienwalde unterbrachte? Das Kreishaus, das für Papiere jeglicher Art zuständig war, lag in Lüchow, Sprachkurse gab es in Lüchow oder Dannenberg, beides kaum mit öffentlichen Verkehrsmitteln zu erreichen. „Könnte genau so gut in Sibirien sein ", meinte Ralf zum Thema Anbindung und Infrastruktur auf dem Land. Die Schule für die Kinder mühsam zu erreichen, Klassenkameraden auf die umliegenden Dörfer verteilt, endlose Probleme jeglicher Art.

Ralf redete sich regelrecht in Wut beim Thema Flüchtlinge, aber außer Kritik an der Handhabung der Problematik hatte er auch nichts anzubieten.

„Da du jetzt richtig in Rage gerätst," sagte Matti, „wollen wir dir auch sagen, was uns wütend macht. Hat zwar nichts mit der globalen Politik zu tun, aber uns betrifft es persönlich. Vielleicht hast du einen Tipp und kannst uns helfen."

Ralf sah uns neugierig an und wartete ab. Ich war wohl erregter als Matti und kam ihm mit dem Bericht von den gefledderten Tauben zuvor. Ich erinnerte ihn auch an das erhängte Huhn und seine tote Katze in der Haustür und sagte ihm, dass ich den Eindruck gehabt hätte, er wüsste irgend etwas, wollte es uns aber nicht sagen.

Ralf gab sofort zu, dass er einen Verdacht hatte, aber aus sehr triftigen Gründen nicht darüber reden wollte. „Wenn ich das verrate, bricht über gewisse Leute, die mir sehr am Herzen liegen, eine Katastrophe herein, und das möchte ich nicht, wenn es sich irgendwie vermeiden lässt. Ich verspreche euch, alles zu versuchen, um derartige Scheußlichkeiten abzustellen. Das brutale Umbringen der Tiere hat mit Sicherheit nichts mit euch persönlich zu tun, wie ihr auch daran seht, dass mir das auch passiert ist. Macht euch also keine Sorgen, dass jemand euch hier nicht haben will aus irgendwelchen obskuren Gründen. Wenn ihr befürchtet, die Drohgebärden könnten eskalieren, kann ich euch beruhigen. Das wird nicht passieren."

Ich war ein bisschen beruhigt, aber dafür schrecklich neugierig. Warum rückte Ralf nicht mit der Sprache heraus, wenn er wusste, wer so etwas machte und sogar Einfluss darauf hatte? Was konnte bloß dahinter stecken?

Ich dachte an Mama. Die Geschichte hätte einerseits einen tollen Unterhaltungswert für sie. Sie würde bestimmt versuchen, Karten zu legen und eine Lösung oder zumindest Hinweise herauszubekommen. Aber ich hatte nicht vor, es ihr nicht erzählen, denn sie würde andererseits wieder unken, wie gefährlich das Wendland für mich und Vera war und sich schreckliche Sorgen machen.

Wir saßen noch ein Weilchen mit Ralf und Anke zusammen, aber die Stimmung hatte sich verändert. Ralf war nachdenklich und redete nicht mehr so viel, Anke musste immer mal aufstehen, um ihren Rücken zu dehnen, und ich war sowieso am Rätselraten und deshalb unkonzentriert.

Als wir unsere Schorle getrunken hatten, entschuldigten wir uns mit dem Hinweis auf Arbeiten am Haus, bedankten uns bei Ralf für seine geplante Intervention und gingen. Matti hatte ich eigentlich nichts mehr angemerkt, nachdem Ralf seine Hilfe versprochen hatte, aber während wir die Straße zu unserem Haus überquerten, äußerte er sich doch.

„Ich finde Ralfs Verhalten äußerst seltsam," sagte er. „Ralf ist ja wirklich ein netter Nachbar, unkompliziert und hilfsbereit. Aber seine geheimnisvollen Andeutungen gefallen mir überhaupt nicht. Ich kann mir in keinster Weise vorstellen, was dahinter steckt, du etwa?"

„Sollen wir zu Hause ein Brainstorming machen?" schlug ich vor. Matti sah mich mit hochgezogenen Brauen von der Seite an. „Jetzt weiß ich wieder nicht, ob du einen dummen Scherz machst, oder es ernst meinst. Also?" „Natürlich ernst. Das ist doch immer bei Konferenzen und Seminaren so ergiebig! Ich habe öfter bei meiner Ausbildung erlebt, dass ich mir wahnsinnig Mühe gegeben habe, etwas Vernünftiges auf das Flipchart zu schreiben, und nachher wurde unser Brainstorming nicht einmal angeguckt. Was hältst du davon?"

Ich musste lachen, weil Matti offenbar immer noch nicht recht wusste, wie ich das meinte. Er fing öfter mal mit meiner Art von Humor nichts an, weil er mich nicht verstand. Ich gab ihm mitten auf der Straße einen Kuss, wuschelte ihm durch die Haare und versprach, meine dummen Gedanken für mich zu behalten. Das hatte ich schon öfter gesagt, aber immer wieder rutschten mir nicht ernst gemeinte Ideen raus, die wohl sehr persönlich waren und deshalb für Außenstehende unverständlich.

Statt irgendwelche Arbeiten anzufangen, beschlossen wir, erst mal in die Elbe zu steigen, um uns von dem Schock mit den Tauben zu erholen. Der Spaziergang bis zum Fluss war schön, ein paar Lerchen, die es erstaunlicherweise geschafft hatten, der Ausrottung durch die Landwirtschaft zu entgehen, trillerten hoch in den Lüften. Ein Storch stolzierte majestätisch über eine Wiese, allerdings etwas getarnt, weil er sich zwischen Schwarzbunten aufhielt.

Ich genoss wieder das Schwimmen in der Elbe, wir alberten noch ein bisschen im flachen Wasser herum und traten dann aber wild entschlossen den Heimweg an, als wir feststellen, dass es ganz schön spät geworden war. Einige Arbeiten wollten wir doch noch erledigen, bevor das Wochenende vorbei war.

Matti sägte Abschlussleisten für den Hirnholzboden in der Tenne zu, eine Arbeit, die er nicht besonders gern machte, aber wegen des Sägelärms nicht auf den Sonntag verschieben konnte. Ich wollte eigentlich Dehnfugen im Bad und in der Küche machen, stellte aber fest, dass die Idee völlig unsinnig war. Ich konnte doch keine Fugen machen, bevor die Einrichtung gesetzt war! Ich wartete allmählich ungeduldig auf Fortschritte durch den Klempner und die Schreiner des Küchenzentrums. Trotz häufigen Nachfragens zogen sich die Arbeiten an Bad und Küche in die Länge, und wir hatten keine Möglichkeit, selbst etwas auszurichten.

Der Termin für den Kücheneinbau war längst verstrichen. Na ja, eine grüne Plastikküche hätten wir ja schon haben können. Ich freute mich auch auf das Bad, das wir liebevoll mit großem Zeitaufwand ausgesucht hatten. Ich fand es schwierig, nicht vollkommen den Trends der Mode aufzusitzen. Was hatten all die Leute in den Siebzigern verbrochen, die die Bäder und Küchen braun gefliest hatten und nach ein paar Jahren die Farbe nicht mehr ertragen konnten? Meine Eltern waren auch voll abgefahren auf die Modefarbe braun, und inzwischen war alles renoviert und erneuert. Es ging ja noch mit Tapeten, Teppichböden, Möbeln, aber Fliesen waren nun wirklich nur unter großem Aufwand und hohen Kosten zu ersetzen.

Wir hatten für Bad und Küche Kompromisse gefunden, um nicht alles in reinem Weiß zu halten, wie man es jetzt gerade machte. Das fanden wir kalt und streng. Vor allem die weißen Hochglanzküchen erinnerten mich eher an ein Labor, in dem man wirklich nicht wohnen wollte. In unsere Küche war auch eine Essecke für den täglichen Gebrauch eingeplant, und lieber hätte ich in einer bayrischen Nische mit karierter Tischdecke gesessen als in einem sterilen Schlachthof.

Das Bad würde auch eher ein wohnlicher Raum werden. Da wir bei den Umbauplänen nicht mit Platz geizen mussten, war das Bad großzügig ausgelegt und konnte außer mit Badewanne, Dusche und Waschbecken noch mit einer Liege und einem Sessel möbliert werden. Natürlich würde es auch eine große Pflanze auf dem Boden geben und ein Tischchen für eine Blumenvase, denn Blumen mochte ich in jedem Raum des Hauses zu jeder Jahreszeit haben.

Ich hatte noch gar nichts Handfestes an Bauerei angefangen außer ein paar Zeichnungen von Pflanzen, die ich mir im Bad vorstellen konnte, als die Feuersirene ertönte. Ich weiß nicht, ob der Mensch von Natur aus den Ton kaum ertragen kann, oder ob es unbewusste Erinnerungen an Erzählungen der Eltern und Großeltern aus dem Krieg waren, die mich fürchterlich erschrecken ließen und mir eine Gänsehaut auf die Arme jagten. Vielleicht waren es auch die Erfahrungen mit dem Brand gegenüber, dem Brand in der Göhrde und dem Tod Onkel Helmuths, die mich zutiefst ängstigten. Ich sah auch einen Zusammenhang zu der abgebrannten Glaserei in Pretzier, mit der wir ja immerhin in Verhandlung gestanden hatten wegen eines Gewächshauses. Also nahm ich den Alarm sehr persönlich.

Matti kam sofort aus der Tenne und nahm mich in den Arm. „Ich habe schon auf die Straße geguckt, man sieht von hier aus nichts. Vermutlich geht uns das nichts an. Die Feuerwehr wird ja auch gerufen, wenn eine Katze nicht mehr vom Baum kommt, oder Oma versehentlich die Wasserleitung im Keller aufgedreht hat und den Hahn nicht mehr findet."

Wir gingen beide vor die Tür und sahen in dem Moment Ralf in wahnsinniger Geschwindigkeit aus dem Hof rasen und Richtung Feuerwehrhaus verschwinden. Ich wunderte mich immer wieder, wie schnell die Feuerwehrleute sich in ihre Autos warfen und zum Sammelpunkt jagten. Auch jetzt waren die Feuerwehrautos nach Minuten aus dem Magazin gefahren und verschwanden mit eingeschalteter Sirene Richtung Dannenberg.

„Muss eine Übung sein," sagte ich zu meiner eigenen Beruhigung. „So schnell kann es ohne Vorwarnung doch gar nicht gehen!"

Leider hatte Matti ein Argument, das dagegen sprach: „Wenn Ralf über die Übung informiert gewesen wäre, hätte er mit Sicherheit nachmittags keinen Alkohol getrunken. Wenn es dich beruhigt, rufen wir Anke an und fragen. Sie wird ja wissen, worum es geht."

Das hielt ich für eine gute Idee, obwohl ich mich ein bisschen schämte, weil man mir die Nachfrage als Neugier auslegen konnte – was es letztendlich ja auch war.

Anke wusste auch noch nichts Genaues, außer dass es sich um ein größeres Gebäude in Hitzacker handelte. Wenn die Feuerwehr sogar aus Langendorf gerufen wurde, das ja mehr als zwanzig Kilometer südlich von Hitzacker liegt, soweit ich wusste, musste das Feuer schon gewaltig sein.

Wir hörten von weiter weg noch mehr Sirenen, und ich gruselte mich fürchterlich. Matti versuchte mich zu trösten, indem er mir ein schönes Abendessen versprach, aber ich hatte im Augenblick gar keine Lust auf Essen. Allerdings ließ ich mir ein Glas Ouzo aufdrängen, um mich zu beruhigen.

Es half auch ein bisschen. Matti machte sich wieder an seine Leisten. Ich fragte, ob ich ihm helfen könnte, aber er lehnte lachend ab. „Ich weiß, dass du mit derlei Dingen auch super umgehen kannst, aber lass mich mal machen. Wenn es nichts zu tun gibt für dich, setz dich doch raus und lies oder schreibe ein paar Mails."

Leider hatte ich meinen Dostojewski vergessen, und auf eine andere Romanlektüre hatte ich keine Lust. Also holte ich ein Fachbuch über Orchideenzucht heraus und las zum hundertsten Mal alle Beschreibungen und Hinweise, die ich eigentlich schon auswendig konnte.

Als es schon ziemlich spät war, stellte Matti abrupt die Säge ab. Ich hörte ihn ordentlich fluchen und wusste gleich, was passiert war: Er war ermüdet und hatte Mist gebaut. Er kam auch prompt mit einer Leiste aus der Tenne.

„Die habe ich versägt, und das ist schon die zweite. Wenn ich jetzt weitermache, fehlt mir nachher auch ein Finger. Schluss für heute. Magst du jetzt einige Köstlichkeiten verspeisen?"

„Das hast du schön sagen dürfen. Die Antwort ist ja, wenn du mir die Köstlichkeiten aufzählst."

„Wir fangen mit Kaviar an, dann gibt es Lachsbrötchen, Parmaschinkenstreifen an Oliven, Käsehäppchen mit Weintrauben und dazu erst ein Gläschen Veuve Cliquot und anschließend eine Flasche kalifornischen Cabernet Sauvignon für nur knappe zwanzig Euro. Na, Appetit bekommen?"

„In Anbetracht dessen, dass wir gerade ein Haus umbauen und sparen müssen, will ich mich mit weniger zufrieden geben. Mir reicht ein Käsebrot und ein ordentlicher Schluck Rotwein. Aber vielen Dank für das Angebot."

Ich bemerkte, dass Essen und ein Schlückchen Wein mich ganz schön aufmuntern konnten. Ich lauerte allerdings auf das Auto von Ralf, das ich von unserer Terrasse eigentlich kaum erkennen konnte. Ich ging mehrfach vor zur Straße, um zu sehen, ob sein Auto schon auf ihrem Anwesen stand. Die Garage war offen, er hatte sie natürlich in der Eile nicht zugemacht, aber ein Auto konnte ich nirgends entdecken.

Matti wurde ein bisschen ungehalten. „Jetzt bleib doch mal sitzen und denke an etwas anderes. Bist du wirklich so sensationslüstern, dass du gleich alles erfahren musst?"

Ich war beleidigt und wurde schärfer, als ich es eigentlich wollte. „Was unterstellst du mir eigentlich? Ich fühle mich persönlich getroffen, und dafür kann ich nichts. Aber gut, ich bleibe sitzen, und wir unterhalten uns über das Sommerwetter oder die neuesten Fußballergebnisse."

Wir schwiegen uns eine Weile an. Eigentlich war Matti der Friedlichere von uns, aber diesmal lenkte er nicht ein. Ich hielt es irgendwann nicht mehr aus und machte einen Versöhnungsversuch.

„Ich glaube, du kannst das nicht nachvollziehen, aber mir machen die Brände, die hier hintereinanderweg passieren, schwer zu schaffen. Zum einen habe ich Angst um unser Haus, das doch immer noch während der Woche ziemlich unbeaufsichtigt ist, zum anderen kann ich mich von dem Gedanken an Helmuths Tod kaum lösen. Es muss doch eine Möglichkeit geben, einen so schwerwiegenden Mord aufzuklären. Mir kommt es so vor, als würden die Brände irgendwie zusammenhängen. Das müsste sich doch mit den heutigen Methoden herausfinden lassen."

„Du hättest zur Kripo gehen sollen, vielleicht würdest du es besser machen." Das saß. Mir tat es inzwischen entsetzlich leid, dass ich Matti verärgert hatte. Mir fielen Astrid und Reiner wieder ein. Vielleicht nervte ich jetzt schon Matthias, so dass er später immer mal nach Sylt abhauen würde, um mir für eine Zeitlang zu entgehen. Es war jetzt natürlich nicht der Moment, nach den Schwierigkeiten zwischen seinen Eltern zu fragen, aber später würde ich das mal tun.

Wir trugen schweigend das Geschirr und die Reste des Abendessens in die Küche und gingen sehr früh schlafen.

Ich konnte natürlich nicht einschlafen, und ich merkte, dass auch Matti kämpfte. Irgendwann rückte ich näher und fing an, vorsichtig seinen Rücken zu streicheln. Ich stieß nicht auf Ablehnung, und schließlich liebten wir uns sehr zärtlich. Ich musste danach weinen, aber ich schlief trotzdem schnell ein.

Am nächsten Morgen regnete es, aber wir waren beide guter Dinge. Unsere Auseinandersetzung schien vergessen, wir frühstückten gemütlich in der provisorischen Küche und machten uns dann mit unseren Ölmänteln zu einem Spaziergang auf. Es war nicht sehr abgekühlt, und ich vermutete, dass die Sonne sich am Nachmittag wieder zeigen würde.

Ich hütete mich wohlweislich, etwas wegen des Feuers verlauten zu lassen, obwohl ich ständig daran dachte. Matti merkte das natürlich und sagte irgendwann, wir könnten ja mal Ralf anrufen und nachfragen. Das fand ich richtig rührend.

Als wir von unserem Spaziergang zurückkamen, winkte Ralf von der anderen Straßenseite. „Ich wollte gerade zu euch rüberkommen und Bericht erstatten. Passt euch das?"

Wir saßen anschließend wieder in der Küche, da es immer noch leicht regnete. Wir boten Ralf einen Kaffee an, und nachdem er sich zum Regenwetter und zu unseren Fortschritten am Haus geäußert hatte, kam er endlich zum Punkt.

„In Hitzacker ist das zum Asylantenheim umgebaute Hotel Waldhorn abgebrannt. Kennt ihr das? Oben am Hochufer? Es ist ein altes Haus, das mit seinen Türmchen und Schnörkeln zwar etwas kitschig, aber doch recht ansprechend war. Der letzte Besitzer hatte nicht genügend Geld, um es auf den neuesten Stand zu bringen, was Bäder, Zimmer und Aufenthaltsräume anbetraf. So blieb die Kundschaft aus, denn wer will heute noch über den Flur aufs Klo gehen und sich mit einer Gemeinschaftsdusche abspeisen lassen? So hat er das Haus der Stadt angeboten, und der lief der Kauf des Waldhorns wegen des Flüchtlingsandrangs gut rein.

Es ist jetzt so weit umgebaut, dass die ersten Flüchtlinge vor ein paar Wochen einziehen konnten. Gestern ist es in Brand gesteckt worden, und zwei Syrer, die den Ausbruch des Feuers verschlafen haben, sind mit Rauchvergiftung ins Krankenhaus gekommen. Sonst ist niemand verletzt worden, aber das Haus ist hin. Es war von Anfang an klar, dass Brandbeschleuniger benutzt worden war, und zwar so dilettantisch, dass sogar ein Laie es gemerkt hätte. Die Polizei vermutet einen fremdenfeindlichen Hintergrund, denn auch bei uns im Landkreis gibt es genügend Leute, die die deutschen Tugenden hochhalten wollen."

„Heißt das, dass der Brand in Hitzacker in keinem Zusammenhang mit den anderen Bränden steht?" fragte ich.

„Das kann man noch nicht mit Sicherheit sagen. Fest steht jedenfalls, dass die Methode bei den anderen Bränden eine völlig andere war. Ich verrate euch jetzt mal was, das ihr nicht weiter sagen dürft: In der abgebrannten Mühle, die man wegen des Mordes besonders gründlich untersucht, hat man an einem Eisenträger Spuren von Phosphor gefunden, das heißt, die Mühle wurde nicht mit herkömmlichen Mitteln wie in Benzin getränktem Papier angezündet oder durch Brandbeschleuniger wie Molotowcocktails weiter angefacht."

„Wie habt ihr die Syrer gerettet? Es ist doch hochgefährlich und schwierig, jemanden aus einem brennenden Haus zu holen."

„Der eine Syrer kam uns entgegen getorkelt und bedeutete uns mit verzweifelten Gesten, dass noch jemand im Haus war, und zwar im ersten Stock. Gott sei Dank hatten wir bei Übungen den Ernstfall geprobt, denn die Rettungsaktion war lebensbedrohend, da die Flammen bereits aus dem Dach schlugen. Wir stellten in Rekordzeit die Drehleiter an, und einer von uns im Feuerschutzanzug kletterte durch ein Fenster in ein Zimmer. Er brachte den Ohnmächtigen bis zum Fenster, und mit meiner Hilfe konnten wir den Mann die Leiter hinunter bugsieren und in den Krankenwagen legen. Beide Syrer wurden vom Notarzt versorgt und werden auf jeden Fall überleben.

Wehe dem Brandstifter, wenn es Tote gegeben hätte! Es ist nicht einmal klar, ob die Bevölkerung wusste, dass das Haus bereits bezogen war. Wir haben ja genügend Beispiele von Asylantenheimen, die angesteckt wurden, bevor die ersten Bewohner eingezogen sind. Immerhin sind die Brandstifter keine Mörder. Aber was für grässliche Zustände!"

„Wo wird man jetzt die Flüchtlinge unterbringen, die nicht in Hitzacker einziehen können?" fragte ich. „Oder ist das Haus nur beschädigt und kann schnell wieder bezugsfähig gemacht werden?"

„Nein, das ist ausgeschlossen. Ich weiß aber nichts zum Verbleib der Flüchtlinge."

„Hoffentlich hört das mit den Bränden jetzt mal auf," sagte ich. „Ich fürchte mich jedes Mal zu Tode und fühle mich immer persönlich getroffen, obwohl mich das außer bei der Mühle nichts angeht."

„Ich glaube, deine Angst vor Feuern, wenn sie nicht kontrolliert werden können, ist ein Atavismus. Der Mensch hat ja im Lauf seiner Geschichte genügend böse Erfahrungen gemacht bei Waldbränden, Flächenbränden oder Wohnstätten wie Höhlen und primitive Holzhütten," sagte Matti. „Aber du solltest aufhören, dir um unser Haus Sorgen zu machen. Ich habe den Eindruck, dass du dir die ganze Freude an unserem künftigen Zuhause verdirbst."

"Ich gebe mir Mühe," sagte ich etwas kläglich. „Ob es mir gelingt, weiß ich nicht."

Ralf ging schnell wieder, nachdem er uns die nötigsten Informationen gegeben hatte. Er war sehr müde nach der anstrengenden Nacht und wollte nur noch schlafen.

Matti musste am Nachmittag relativ früh fahren, weil er am nächsten Tag eine wichtige Lagebesprechung hatte, bei der es um sehr viel Geld für den Naturschutz ging. Wir waren beide traurig, dass wir immer wieder getrennt die Woche verbringen mussten.

Während wir noch einen Kaffee zum Abschied tranken – inzwischen wieder draußen, denn der Regen hatte aufgehört – konnte ich meine Neugierde bezüglich Astrids Auszeit doch nicht verkneifen und fragte, was Astrid an ihrem Mann auszusetzen hatte. Matti lachte und sagte, er habe sich schon gedacht, dass mir das keine Ruhe lassen würde.

„Es ist nichts Ernstes," sagte er. „Sie hat manchmal keine Lust zum Kochen, und das kann ich nachvollziehen. Jeden Tag planen, einkaufen, zubereiten ist doch ätzend. Viele Männer glauben zwar, dass die Frauen das ihr Leben lang gerne jeden Tag machen, aber ich nicht. Dann sind ihre Geschmäcker, was das Essen anbelangt, ziemlich verschieden. Im allgemeinen finden sie schon einen Konsens, aber wenn Mama allein ist, hat sie doch sehr andere Essgewohnheiten. Mein Vater ist ja weiß Gott kein Haustyrann, aber Mama ist oft genervt, wenn sie immer sagen muss, wo sie hingeht und wann sie wiederkommt. Manchmal kann sie natürlich keine Zeiten nennen, und dann setzt er sie ein bisschen unter Druck. Außerdem ist er in manchen Dingen gleichgültig – oder sagen wir es ehrlich – schlampig, und Mama muss hinterher räumen. Dazu hat sie manchmal keine Lust mehr, und das finde ich nachvollziehbar nach fünfunddreißig Ehejahren. Wie hat ein philosophischer Mensch so schön gesagt? Die Ehe ist dazu da, dass man nicht mehr machen kann, was man möchte, aber machen muss, was man nicht möchte."

Ich war regelrecht schockiert. „Und du willst heiraten? Und eine Ziege wie mich?"

Matti zog mich an sich. „Ich habe ja nicht gesagt, dass ich dem Philosophen beistimme. Es gibt viele gute Beispiele für ein friedliches Zusammenleben, und das werden wir beide bestimmt haben."

Als ich abfuhr, war ich nicht ganz glücklich, denn mir schien doch, dass Matti nicht vor Liebe blind war. Wobei ich anmerken muss, dass es mir genauso ging. Wir waren schließlich keine sechzehn mehr, und im Lauf der Jahre wird man etwas realistischer.

Ich dachte an meine Eltern, die ja auch Techniken entwickelt hatten, um friedlich miteinander umzugehen, und das gelang ihnen wirklich gut.

14. Kapitel

In der nächsten Woche wurde der Schwimmteich in Dahlenburg fertig, nachdem eine Spezialfirma die Teichfolie verlegt hatte. Ich filmte die junge Frau, die kaum das Befüllen erwarten konnte, bei der Einweihung des Schwimmteils. Sie jubelte vor Freude und lud mich ein, mit ihr eine Runde zu schwimmen. Das war mir nicht ganz recht, denn ich fand es etwas merkwürdig ins Wasser der Herrschaften zu steigen, nachdem ich selber den Teich ausgehoben und die Pflanzen mit meinem Vater gesetzt hatte.

Aber dann dachte ich, das ist doch egal, wir sind ja nicht deren Dienerschaft, und stieg ins Wasser. Ich hatte nicht daran gedacht, dass das Wasser zwei Tage lang aus einem Brunnen eingelaufen war und folglich so kalt, wie es aus dem Boden kam. Ich stieß einen Schrei aus, aber nicht vor Freude, sondern vor Schreck. Ich kletterte blitzschnell wieder aus dem Wasser, und mein Vater lachte Tränen, während er meine Kamera in der Hand hielt und die Szene filmte.

Wir bekamen von der kühnen jungen Frau noch ein Gläschen Sekt kredenzt und verabschiedeten uns herzlich mit dem Versprechen, in ein paar Wochen nach den Pflanzen zu sehen und die Wasserqualität zu begutachten.

„Das war mal eine erfreuliche Arbeit," sagte mein Vater. „Die jungen Leute sind wirklich nett, und so ein Teich im Garten ist doch ein herrlicher Blickfang."

Ich gab ihm recht, aber in Gedanken war ich schon wieder bei der Gartenplanung in Langendorf. Ich trug meinem Vater meine Ideen vor, und er versprach, mich im Einzelnen zu beraten, wenn wir anfingen, den Garten richtig anzulegen. Er meinte, er könne ja für ein paar Tage kommen, wenn es so weit war. Ich habe wirklich großes Vertrauen in sein Können und freute mich über die Idee. Allerdings würde er im Herbst nicht so leicht weg können, wenn die Hauptarbeit in den Gärten anfiel. Na ja, man würde sehen.

Ich fuhr mit zur Gärtnerei, damit ich beim Abladen der Geräte helfen konnte, und als wir fertig waren, ging ich ins Haus, um zu duschen und mir einen Kaffee zu machen.

Ich hatte vor, zuerst die Kaffeemaschine einzuschalten, um den fertigen Kaffee vorzufinden, wenn ich aus der Dusche kam. Die Küche meiner Eltern ist ins Wohnzimmer integriert, und als ich die Tür zum Wohnraum aufmachte, stockte ich. Mir bot sich ein unglaublicher Anblick: Meine Mama saß auf dem Sofa und hatte eine schluchzende Vera im Arm. Ich wollte etwas sagen, aber Mama schüttelte unmerklich den Kopf. Es war wohl nicht der richtige Zeitpunkt, um Fragen zu stellen.

Ich ging leise zur Kaffeemaschine, füllte das Pulver ein und stellte die Maschine an. Ich plante gleich zwei Tassen mehr ein, weil ich mir vorstellen konnte, dass Vera auch einen Kaffee trinken wollte, wenn sie sich etwas beruhigt hatte.

Zwei Dinge waren rätselhaft: Warum war Vera nach Hause gekommen und nicht zu mir? Eigentlich hatte sie doch zu mir mehr Vertrauen, sofern überhaupt. Was war passiert, dass Vera von Schluchzen geschüttelt wurde?

Während ich unter der Dusche stand, wünschte ich mir gehässigerweise, dass Luc etwas zugestoßen war oder dass er sie endgültig rausgeschmissen hatte, nachdem sie wochenlang weg geblieben war, ohne sich abzumelden und ohne anschließend etwas von sich hören zu lassen.

Ich kürzte die Dusche ab, verzichtete auf Haarewaschen und zog mich nur flüchtig abgetrocknet in Windeseile an. Ich hoffte, Vera in einem ruhigeren Zustand vorzufinden, wenn ich aus dem Bad kam.

Ich ging zunächst in die Küche und goss mir und Vera einen Kaffee in einem großen Pott ein. „Mama, willst du auch einen?" fragte ich in ruhigem Ton.

Mama schüttelte den Kopf. „Ich habe vorhin schon eine Tasse getrunken," sagte sie. „Wenn ich jetzt noch einen nehme, kann ich nicht schlafen, und mein Magen rebelliert."

Vera löste sich aus Mamas Umarmung und sah mich mit rot geweinten Augen an, während sie die Tasse entgegennahm. Mir fiel auf, dass ihre Hand zitterte, und das konnte sie nicht verbergen. Sie sah noch schlechter aus als beim letzten Mal. Mir kam es vor, als sei sie noch dünner geworden, ihre Haare waren fettig und ungepflegt, und als sie aufstand, um auch mich zu umarmen, sah ich, dass ihre Hüftknochen hervorstanden und von Busen keine Spur mehr da war.

Ich kann nicht sagen, dass ich vor Liebe zerfloss. Irgend etwas war an meinem Verhältnis zu ihr kaputt gegangen, und mein Mitleid hielt sich deshalb in Grenzen.

„Ich war zuerst bei dir," sagte Vera und sah Mama entschuldigend an. „Du warst nicht da, also bin ich hierher gekommen."

Ich löste mich etwas abrupt aus ihrer Umarmung, die mir nicht besonders herzlich vorkam, sondern etwas theatralisch, und überlegte, was Vera jetzt wieder von uns wollte. Wahrscheinlich Geld, denn sie sah nicht so aus, als hätte sie das im Überfluss. Allmählich kannte ich sie doch so gut, dass ich mir keine Illusionen mehr machte. Sie kam, wenn sie uns brauchte, ansonsten waren wir ihr völlig egal.

„Falls du Geld brauchst, kannst du dir jede Hilfe von mir abschminken," sagte ich. „Du brauchst gar nicht mit Erklärungen anzufangen, ich falle nicht mehr auf dich herein. Lass dir deinen Bausparvertrag auszahlen, und du kannst dir für eine ganze Weile Drogen beschaffen."

Mama blieb der Mund offen. „Wie redest du mit deiner Schwester? Siehst du nicht, dass sie in Not ist?" Mama war richtig entrüstet. Ganz offenbar war das Muttertier in ihr stärker als alle Bedenken, und sie wollte die verlorene Tochter offenbar wieder aufnehmen wie der Vater den verlorenen Sohn in der Bibel, wobei ich die Rolle des braven Bruders innehatte, der immer zu Hause geblieben war und seine Eltern ehrte.

Na ja, ich neige nicht zur Eifersucht, und Mama konnte sich ja verhalten, wie sie wollte. Ich würde das auch tun, und Vera würde schon merken, dass meine Geduld und auch meine geschwisterliche Liebe am Ende waren.

„Jetzt sag schon, wo du warst, was du gemacht hast, und warum du so heruntergekommen aussiehst," sagte ich schärfer, als ich eigentlich gewollt hatte.

Vera sah mich mit ihren verweinten, schwarz umflorten Augen an und schluchzte wieder kurz auf.

„Die Situation mit Luc war ein bisschen verfahren," sagte sie. „Wir hatten uns gestritten, und ich war am Überlegen, was ich machen sollte. Ich war abends in der Disco in Hitzacker und lernte da einen Typen vom Film kennen, der junge Talente suchte, und der mich gerne groß rausbringen wollte. Also bin ich gleich mit ihm mitgefahren nach Hamburg."

Sie stockte, und ich hakte nach. „Und, bist du groß rausgekommen?"

Vera zögerte, aber dann sagte sie vermutlich die Wahrheit. „Da du so hinterhältig fragst, will ich dir ganz offen antworten. Er machte Pornofilme mit einem ekligen Typen, und nachdem er feststellte, dass ich nicht mitspiele, setzte er mich mit Drogenentzug unter Druck. Mir ging es richtig dreckig, aber er hat mich tagelang in seinem Studio eingeschlossen, und ich sah keine Möglichkeit zu entkommen. Mir ging es so hundsmiserabel, das kannst du dir nicht vorstellen!"

Mama weinte still vor sich hin. Sie war völlig fassungslos und sah wohl zum ersten Mal die volle Wahrheit.

„Wie bist du da rausgekommen?" fragte ich. Ich bekam zunächst keine Antwort.

Ich wartete kurz ab und fuhr dann fort: „Und da wir schon mal dabei sind, uns die Wahrheit zu sagen, frage ich dich, was der Filmfuzzi sich dabei gedacht hat, dich auszusuchen. Du hast keine anziehende sexy Figur mehr, weil du dünn bist wie ein Stecken, und im Gesicht siehst du richtig verkommen aus, um es brutal auszudrücken."

Vera schluckte. „Das Gesicht ist nicht wichtig," sagte Vera. „Es kommt auf andere Körperteile an."

Mama stand auf und ging zur Tür. „Das höre ich mir nicht mehr an," sagte sie gekränkt. „Caroline, wo ist dein Vater?"

Ich hörte unseren Vater gerade zur Haustür hereinkommen. Mama stürzte ihm entgegen und flüsterte mit ihm. Offenbar informierte sie ihn kurz und bat ihn, nicht ins Wohnzimmer zu gehen. Er kam jedenfalls nicht herein, und Vera wirkte erleichtert.

Von gelegentlichen Schluchzern unterbrochen erzählte mir Vera, dass der Bruder ihres Peinigers, der sie im Haus entdeckte und nicht gerade erbaut von den Praktiken im Studio war, dafür sorgte, dass sie rausgeschmissen wurde. Sie war erlöst, stand aber natürlich ohne Geld und ohne zu wissen wohin, auf der Straße irgendwo in Hamburg.

Der Rest der Geschichte war schnell erzählt: Ein Autofahrer hatte sie mitgenommen nach Lüneburg, ihr sogar ein Essen bezahlt und sie mit hochmoralischen Ermahnungen entlassen.

„Und wir haben gedacht, Luc verdient euer Geld im Internet mit dir als Sexobjekt," sagte ich. Vera war ehrlich entrüstet. „Das würde Luc nie machen! Er mag ja ein paar schwierige Seiten haben, aber so würde er nie mit mir umspringen."

„Was gedenkst du jetzt zu tun?" fragte ich. „Wirst du bei Mama und Papa bleiben und mal anständig in der Gärtnerei arbeiten?"

Vera sah mich entsetzt an. „Ich will natürlich zu Luc zurück! Es wird vielleicht ein bisschen schwierig, aber letztendlich weiß auch er, dass wir füreinander geschaffen sind."

Hehre Worte, an denen ich meine größten Zweifel hatte.

Endlich kam Vera zum Punkt. Sie wollte, dass ich als Vermittlerin auftrat und Luc irgendein Märchen erzählte, um zu erklären, was ihr passiert war. Sie meinte zum Beispiel, es hätte doch sein können, dass wir als Familie sie sozusagen entführt hatten und in eine Entziehungsklinik gesteckt, in der jede Form der Kommunikation nach außen untersagt war. Sie wollte fortfahren, mir Vorschläge zu machen, aber ich winkte ab.

„Das mache ich nicht, und ich helfe dir auch nicht, mit Luc klarzukommen. Du rufst am besten von hier aus an und lässt dich abholen, wenn du denn unbedingt meinst, zu ihm zurückkehren zu müssen. Wenn er dich nicht mehr will, wirst du das auch überleben, und es wäre allemal besser für dich."

Vera schmollte schon wieder, also war vermutlich ihr Geschluchze Theater gewesen, um uns weich zu kriegen. Ich empfand nur noch Verachtung und schämte mich für meine Schwester. Vor allem meine Eltern taten mir Leid, und es hätte mich nicht gewundert, wenn sie Vera auch aufgegeben hätten und sie rausgeworfen. Na ja, dazu war Mama natürlich nicht imstande. Sie würde nie die Hoffnung verlieren, aus ihrer Vera doch noch eine Veruschka zu machen.

Schließlich kam auch mein Vater ins Wohnzimmer. Er sah Vera nur mit einem düsteren Blick an, griff sich die Tageszeitung und ließ sich in einem Sessel nieder. Ich weiß nicht, ob es richtig war, Auseinandersetzungen aus dem Weg zu gehen, aber Streit und strikte Erziehungsmaßnahmen lagen ihm wirklich nicht. Vielleicht wäre es nicht so weit gekommen, wenn er mal Stärke gezeigt hätte, aber es war jetzt müßig, darüber nachzudenken, denn die Chance war verpasst.

Vera bat mich, mit ihr aus dem Zimmer zu gehen. Im Flur sagte sie leise: „Kannst du mir mal dein Handy leihen? Ich habe kein Guthaben mehr auf meiner Karte."

Ich gab ihr das Handy und verzog mich ins Gewächshaus. Dort fand ich auch Mama vor, die leise vor sich hin weinte. Ich legte ihr den Arm um die Schultern und versuchte wieder mal, sie zu trösten. „Wahrscheinlich will Luc sie ja nicht zurück, dann können wir sie vielleicht dazu bringen, sich von ihrer Sucht therapieren zu lassen. Jetzt warte doch erstmal ab, wie sich die Dinge entwickeln. Immerhin hat sie ja bei der Pornogeschichte nicht mitgemacht, und das ist doch ganz anständig, oder?"

Mama musste lächeln. „Na ja, bei Vera von anständig zu reden, finde ich schon ziemlich relativ. Aber schön, dass du mir einen Lichtblick zeigst."

Vera kam kurz darauf ebenfalls ins Gewächshaus. „Er holt mich gleich ab," sagte sie fast jubelnd.

Ich konnte mich nicht zurückhalten. „Dann wird er dir die Fresse polieren, und dir werden ein paar Zähne fehlen, und einen Kieferbruch und ein paar kaputte Rippen riskierst du auch."

Vera antwortete nicht, aber sie sah mich mit einem Blick an, der signalisierte, dass sie auch befürchtete, nicht ungeschoren davon zu kommen. Sie hatte es ja nie zugegeben, aber sie musste in der Richtung schon einschlägige Erfahrung gemacht haben.

Ich konnte sie nicht verstehen und wollte mir auch keine Mühe mehr geben. Da mein Vater mein künftiges Auto am nächsten Morgen brauchte, nahm ich wieder mein Fahrrad, um nach Hause zu fahren. Ich verabschiedete mich mit einem kurzen Winken von meiner Familie und radelte schnell davon. Ich wollte keinesfalls das Risiko eingehen, Luc noch einmal zu begegnen.

15. Kapitel

Endlich im Juli kam der Anruf vom Küchenstudio in Geesthacht mit der Nachricht, dass unsere Küche fertig sei und im Laufe der Woche eingebaut werden könnte. Gleichzeitig meldete sich die Sanitärfirma aus Salzwedel und fragte an, ob sie das Bad liefern sollten.

Ich nahm mir gleich am Dienstag für den Rest der Woche frei und fuhr freudig erregt nach Langendorf. Matti konnte sich leider nicht freimachen, um dabei zu sein, aber spätestens am Donnerstag Abend würde er es schaffen, in Langendorf einzutrudeln. Ich freute mich schon auf ein gemeinsames Bad in unserer tollen Badewanne und malte mir aus, was ich in der wunderschönen Küche zubereiten würde, um ihn standesgemäß zu empfangen.

Beide Betriebe trafen fast zeitgleich ein, und im Haus wurde eine Geschäftigkeit an den Tag gelegt, die mir fast Angst machte. Ich lief von der Küche ins Bad, und vom Bad in die Küche, und bewunderte die Fortschritte, ohne mich allerdings laut zu äußern, um die Handwerker nicht abzulenken.

Die Küche war am Abend eingebaut. Es fehlten allerdings noch Fliesen und Fugen rund um die Einbauten, aber das würden Matti und ich am kommenden Wochenende erledigen können. Die Küche war jedenfalls voll funktionsfähig und gefiel mir besser, als ich es mir erträumt hatte.

Ich rief gleich meine Eltern an und bedankte mich überschwänglich dafür, dass sie mir ein so angenehmes finanzielles Polster verschafft hatten. Matti und ich waren doch wirklich privilegiert! Ich hatte fast ein schlechtes Gewissen, wenn ich an Leute dachte, die sich mühsam abrackerten mussten, und es dennoch niemals schafften, einen höheren Standard zu erreichen. Uns fiel so manches in den Schoß dank unserer gut situierten Eltern, aber schließlich hatten Matti und ich uns durch die Ausbildung gekämpft und nach dem Abschluss sofort zu arbeiten angefangen. Faulheit war nicht unser Ding, da konnten wir uns nichts vorwerfen.

Das Bad wurde erst zwei Tage später fertig, und auch da gab es noch manche Endarbeiten zu erledigen. Aber man konnte die Dusche, die Badewanne und die Waschbecken benutzen. Es gab warmes Wasser, das Klo in einem separaten Räumchen war installiert, und mir schien alles perfekt. Wir mussten nicht mehr das Chemieklo benutzen, das wir in den Hof gestellt hatten, da das vorhandene Plumpsklo mit Grube nicht mehr benutzbar gewesen war, und ich musste nicht mehr auf eine warme Dusche verzichten, wenn ich verschwitzt und schmutzig aus dem Garten kam.

Ich fragte mich immer wieder, wie die Generationen vor uns es geschafft hatten, ohne unseren Komfort auszukommen. Meine Großmutter väterlicherseits erzählte oft von den Verhältnissen nach dem Krieg, und mich packte immer das Schaudern. Ich hörte allerdings gern zu, wenn sie den Alltag schilderte und Anekdoten erzählte, die mich zum Lachen brachten und die Leute damals wohl auch.

Vera hatte nie die Geduld besessen, ihrer Großmutter zuzuhören. Sie lief immer schnell weg und beschäftigte sich mit anderen Dingen, wenn unsere Oma erzählte. Mir fiel eigentlich jetzt erst auf, dass sie schon als kleines Kind kein Interesse an der Familie oder an anderen Menschen gezeigt hatte. Ihr Gehirn musste einen Defekt haben, da ihr jede Art von Empathie fehlte.

Das fiel mir gerade nur so ein, und ich verdrängte den Gedanken an Vera sofort wieder, von der wir übrigens nichts gehört hatten, seit Luc mit ihr nach Gedelitz zurück gefahren war.

Am Donnerstag Abend kam Matti wie verabredet, und ich führte ihm stolz die Küche und das Bad vor, als hätte ich sie selbst eingebaut. Matti war genauso begeistert wie ich, wie sich die Umsetzung unserer Planungen bewährte in der Realität.

Wir konnten mal wieder auf der Terrasse essen, weil es sommerlich warm war. Ich hatte ein mehrgängiges Menü gezaubert, das mir richtig gut gelungen war und von Matti gebührend gelobt wurde. Ich führte natürlich das Gelingen des Essens allein auf die Küche zurück, denn bei so einer tollen Küche musste man ja nichts mehr selbst machen.

Matti versprach, es am Wochenende auch mit der eigenständigen Küche zu versuchen und fragte nur nach, ob die Küche auch die Einkäufe erledigen würde. Wir alberten eine Weile herum, aber als uns die Idee kam, die Badewanne einzuweihen, stellten wir beide fest, dass es viel zu warm war, um in die Wanne zu steigen. Also stießen wir mit einem gekühlten Sekt auf die Wanne an, ohne sie mit einem gemeinsamen Bad zum ersten mal in Gebrauch zu nehmen, und waren's zufrieden.

Für die nächste Woche hatten wir unseren Gewächshauskauf in England geplant. Da wir eigentlich aus Umweltbewusstsein den Flug nach England vermeiden wollten, hatte ich mich über Fährverbindungen schlau gemacht. Die Fähre von Hamburg nach Harwich ist schon lange eingestellt, was niemand recht verstehen kann, da sie gut genutzt wurde. Die Cargofähre von Cuxhaven nach Inningham befördert keine Privatkunden, Dünkirchen mit Übersetzen nach Dover war uns eine viel zu lange Anfahrt. Auch die Bahn fiel aus, da wir nicht ewig Zeit hatten. Also wurde es doch ein Flug von Hamburg nach London.

In England würden wir einen Wagen mieten und dann nach Devon, Dorset und Cornwall fahren.

Ich war schon mehrfach in England gewesen, aber der Süden war sowohl für mich als auch für Matthias Neuland, und wir waren sehr gespannt.

Natürlich packten wir Regensachen ein und Wanderstiefel, da wir hofften, einen Teil des sogenannten Bridle Path entlang der Ostküste erwandern zu können. Im Hinterland gibt es immer wieder Herrensitze, die ihre zum Teil sehr romantischen Gewächshäuser anbieten, wie ich bei meinen Recherchen herausgefunden hatte. Für den Verkauf gibt es sicherlich verschiedene Gründe: Erbschaftsangelegenheiten oder schlicht und einfach Geldmangel. Man weiß ja, dass die vielen Landadligen in England finanziell nicht mehr so gut gestellt sind.

Wir hatten vorab einige Übernachtungen in schlossähnlichen Herrenhäusern gebucht, die eine Stange Geld kosten, aber sicher den Aufenthalt angenehm machen würden.

Wir konnten uns eine gute Woche Zeit nehmen, und ich hoffte sehr, dass wir ein Gewächshaus erwerben würden, das meinen Vorstellungen entsprach, und gleichzeitig einen gelungenen Urlaub verbringen.

Beides war uns vergönnt. Ich fand in der Nähe von Dorchester meinen Traum von Gewächshaus. Da einige Scheiben fehlten und andere erblindet waren, gelang es uns, es so weit herunterzuhandeln, dass es für uns erschwinglich war. Wir kamen auch gut mit allen Modalitäten wie Bezahlen und Verschicken klar, und zudem waren die älteren Herrschaften, die verkaufen mussten, sehr sympathisch, und wir verbrachten einen gemütlichen Abend mit ihnen bei einem Gläschen Wein nach dem Abendessen.

Ich glaube, ich habe während unserer Kurzferien in England ein paar Kilo zugenommen, denn es gab überall hervorragenden Cream Tea in schönen Landgasthäusern und Cafés. Matti lachte mich natürlich aus, als ich am letzten Abend im Hotel vor dem Spiegel stand, an mir herumkniff und meckerte über meine Speckkringel überall. Matti fing auch an, mich sanft zu kneifen, was mir sehr angenehm war, aber er fand nicht, dass sich etwas gravierend verändert hatte. Eigentlich weiß ich schon, dass ich in der glücklichen Lage bin, fast alles essen zu können, ohne gleich die nächste Kleidergröße kaufen zu müssen.

Wir kamen hochzufrieden wieder in Langendorf an, und ich freute mich schon auf die Ankunft meines traumhaften Gewächshauses. Natürlich fühlte ich mich verpflichtet, in so einem anspruchsvollen Gebäude auch herrliche Pflanzen zu züchten, und das würde mir mit Sicherheit gelingen.

In der folgenden Woche arbeitete ich wieder in der elterlichen Gärtnerei in Lüneburg. Schließlich hatten meine Eltern es mir ermöglicht, immer mal außer der Reihe frei zu nehmen, und das wollte ich jetzt wieder aufholen.

Am Mittwoch Abend, nachdem mich Mama genötigt hatte, zum Essen zu bleiben, besprachen wir auf Wunsch meines Vaters die Modalitäten für mein künftiges Leben. Mein Vater stellte sich vor, dass ich donnerstags, freitags und wenn nötig Sonnabend vormittags bei ihnen in der Gärtnerei mitarbeitete, solange ich noch nicht in Langendorf voll im Einsatz sein musste. Matthias und ich hatten sowieso besprochen, dass ich meine Wohnung in Lüneburg behalten würde. Wenn man im Wendland wohnt, ist es kein Fehler, eine zusätzliche Bleibe in der Stadt zu haben, um immer mal dem wahren Leben mit Kultur und Einkaufsmöglichkeiten näher zu sein. Was natürlich nicht heißt, dass es beides im Wendland nicht gibt.

Ich war mit dem Lösungsvorschlag meines Vaters sehr einverstanden, zumal Matti sowieso in allernächster Zeit mit mir nur die Wochenenden in Langendorf verbringen würde aus beruflichen Gründen. Es bestand die Aussicht, dass er in absehbarer Zeit nicht mehr so oft in der Zentrale in Eberswalde sein musste, und dann konnte er zu mir nach Langendorf ziehen.

16. Kapitel

Unser geplantes Einweihungsfest rückte näher, und ich begann ernsthaft mit den Vorbereitungen. Zuerst ersteigerte ich Mengen von einfachem Geschirr und Bestecken aus der Auflösung eines Restaurants, dann machte ich eine Liste mit Gerichten und Getränken, die wir anbieten wollten. Wir hatten überlegt, ob wir Familie, Freunde und Handwerker zusammen einladen sollten, hatten aber festgestellt, dass dann die Zahl der Gäste unübersehbar werden würde. Da ich nicht beabsichtigte, einen Partyservice einzuschalten, musste ich zusehen, dass ich allein zurecht kam.

In der Woche vor dem Fest hörte ich eine Frauenstimme „Caroline" rufen, als ich im Garten beschäftigt war. Zuerst dachte ich, es wäre Vera, aber stattdessen kam Astrid auf mich zu. Sie war braun gebrannt und sah sehr jugendlich aus durch ihre lebendigen Augen und die lässige Sommerkleidung. Offenbar hatten ihr die Erholungstage ohne Ehemann und Haushaltszwang sehr gut getan. Ich war froh, sie zu sehen, denn ich hatte ein bisschen gefürchtet, dass sie vielleicht gar nicht wiederkommen würde von Sylt. Als ich mich dahingehend vorsichtig äußerte, lachte Astrid.

„Du kannst ganz beruhigt sein. Ich gehe öfter mal allein nach Keitum und komme immer gern zurück. Jetzt bin ich zu dir gefahren – übrigens mit dem Fahrrad – um anzufragen, in welcher Weise ich dir helfen kann."

„Zunächst kannst du mir bei einem Kaffee Gesellschaft leisten, dann überlege ich mal, wie ich dich am effektivsten einsetzen kann."

Da es ein bisschen frisch war, rückten wir die Stühle in die Sonne. Ich habe schon erwähnt, dass die Sonnenseite unseres Dreiständers zur Straße hin liegt, aber im Lauf meiner Erfahrungen war ich zu dem Schluss gekommen, dass das eigentlich keine Rolle spielt. Unser Vorgarten vom verglasten Scheunentor bis zur Straße ist bestimmt zwanzig Meter lang, und der Verkehr auf der Dorfstraße hält sich in Grenzen. Ich bin auch nicht von dem Gedanken besessen, dass man mich nicht sehen darf. Es ist mir völlig egal, ob man mich werkeln sieht, in der Sonne liegen oder Kaffee trinken. Ich kann nicht nachvollziehen, warum man sich abschotten muss gegen alle Nachbarn, wie es gerade in Mode gekommen ist.

Wir werden also weder an der Straße eine drei Meter hohe Hecke anlegen, noch uns auf der Terrasse einmauern oder uns mit Hilfe von Baumarktstellwänden verstecken.

Also saßen Astrid und ich am hellen Vormittag mit einer Tasse Kaffee in der Hand völlig ungeniert in der Sonne, und jeder, der vorbeiging (es kam aber niemand vorbei) konnte das kommentieren und über unsere Faulheit lästern.

Astrid erzählte kurz von ihrem Aufenthalt in Keitum, der leider vom Touristenansturm im Sommer überschattet gewesen war. Die Verbindungsstraße von List nach Hörnum war ständig verstopft, weil die Gäste vom Norden der Insel zum Baden in den Süden fuhren und umgekehrt, was Astrid völlig unverständlich fand, weil beide Enden der Insel herrliche Sandstrände und Dünen vorzuweisen haben. Sie war auch nicht ein einziges Mal essen gewesen, weil die Lokale allesamt so überfüllt waren, dass man ohne Voranmeldung nirgends einen Platz bekam, vor allem in den angesagten Restaurants.

Astrid fragte mich, ob ich auf dem Laufenden sei bezüglich des Brandes in Hitzacker. Ich hatte noch nicht die Zeitung gelesen und holte sie deshalb aus der Küche. Im lokalen Teil war ein langer Artikel über den Brand. Die Brandstifter waren gefasst worden aufgrund einer Zeugenaussage. Zwei Skinheads waren kurz vor Ausbruch des Feuers in der Straße, in der das Asylantenheim lag, gesehen worden, wie sie aus ihrem Auto eine Tasche ausluden und damit Richtung Asylantenheim gingen. Dem Zeugen, ein alter Herr, der seinen noch älteren Hund ausführte, waren die beiden wegen ihrer bedrohlichen Aufmachung aufgefallen: Glatze, Springerstiefel, Tätowierungen.

Der alte Herr war zwar in eine Seitenstraße abgebogen, weil er jeder Auseinandersetzung mit den beiden aus dem Weg gehen wollte, die sich seiner Ansicht nach aus dem Nichts ergeben konnte, schon wegen seines Hundes. Aber er hatte sich die Autonummer gemerkt. Er hatte nicht gesehen, ob die beiden sich an irgend etwas zu schaffen machten, aber nachdem kurz nach der Beobachtung des alten Herrn das Feuer ausgebrochen war, hatte er sich einen Reim daraus gemacht und die Polizei benachrichtigt.

Natürlich waren die beiden der Kriminalpolizei auf dem Silberteller präsentiert worden durch das Autokennzeichen. Dem Älteren der beiden gehörte das Auto. Er war polizeibekannt wegen schwerer Körperverletzung. Der Jüngere war als Fünfzehnjähriger schon mal erwischt worden, als er den Schuppen eines Nachbarn angezündet hatte. Bei ihm konnte man davon ausgehen, dass er Spaß am Feuerlegen hatte. Was seinen älteren Kumpel anbetraf, so sah die Sache anders aus: Er war bekannt für seine fremdenfeindlichen Parolen, und es galt herauszufinden, ob er gewusst hatte, dass das Haus bereits bezogen war, und er damit den Tod von Menschen in Kauf genommen hatte oder vielleicht sogar begrüßt.

Ich las den Artikel und schüttelte den Kopf. „Das ist wirklich unglaublich. Die beiden Feuerleger sind nicht nur verbrecherisch vorgegangen, sondern sie müssen auch ziemlich doof sein. Sie sind offenbar überhaupt nicht auf die Idee gekommen, dass sie nicht allein auf der Welt sind und erwischt werden könnten. So dilettantisch gehen doch nur absolute Dummköpfe vor! Mit dem eigenen Auto anfahren, eine Tasche mit vermutlich Molotowcocktails oder sonstigen Brandbeschleunigern ausladen, und in aller Ruhe zum ausgewählten Objekt schlendern, das muss man sich erst mal ausdenken."

Astrid lachte amüsiert. „Du hörst dich an, als würdest du es besser machen. Warst du das mit den anderen Bränden, die noch nicht aufgeklärt sind?"

„Ganz bestimmt nicht," sagte ich. „Eins wundert mich immer wieder bei den Rechten. Sie sind oft unförmig, haben hässliche Glatzen oder unkleidsame Kurzhaarschnitte, schauen dämlich aus der Wäsche und sind tätowiert, was sie zusätzlich entstellt. Dann laufen sie rum und brüllen „Ich bin stolz, ein Deutscher zu sein." Ich bin nicht stolz, wenn wir uns so im Ausland präsentieren."

„Na ja, du hast völlig recht. Aber du musst ihnen zugestehen, dass sie nichts vorzuweisen haben und sich deshalb ein Selbstwertgefühl zurechtmachen. In Horden sind sie ja auch mächtig, und es ist doch ein gutes Gefühl, wenn man seine Mitmenschen das Fürchten lehren kann."

„Du scheinst ein richtiger Gutmensch zu sein. Offenbar kannst du sie gut verstehen und empfindest Empathie. Wie sind ein tolles Pärchen. Ich zünde Häuser an, und du bist rechtslastig."

Wir lachten beide, aber eigentlich war die Situation nicht lustig.

Ich war einerseits froh, dass endlich einer der Brände schnell aufgeklärt werden konnte, andererseits kam mir die ganze Brandserie immer obskurer vor. Die beiden Rechten hatten wahrscheinlich nichts mit den anderen Bränden zu tun, es sei denn, der Jüngere hatte sie gelegt aus Freude am Feuer. Das war aber gänzlich unwahrscheinlich, denn er hätte bestimmt nicht genug Verstand und Wissen besessen, um die Brandursache so zu verschleiern, dass die Kripo nichts herausfinden konnte.

Wir besprachen endlich die Vorbereitungen für unser Fest. Astrid meinte, ich solle Vera noch einmal auffordern zu kommen, es könnte eine versöhnliche Geste sein. Ich hatte keine Lust, aber ich wollte mich mit Matti beraten, wenn er eintraf.

Astrid hatte vor, uns Stühle zur Verfügung stellen, aber das erübrigte sich, weil wir mit der Feuerwehr abgesprochen hatten, dass sie uns Stühle aus dem Feuerwehrhaus bringen würden. Astrid machte noch andere Vorschläge, wo sie einspringen könnte, aber es war schon alles weitgehend organisiert. Ich bat sie allerdings, wenn nötig Sektflaschen bei der Feier aufzumachen, weil ich den Druck auf den Korken fürchtete und auch dem Knall nichts abgewinnen konnte. Aber das machen ja eigentlich die Männer liebend gern.

Wir sprachen noch kurz über Larissa, bei der der Geburtstermin anstand. Astrid hoffte sehr, dass alles gut gehen würde auch ohne Krankenhaus und ärztliche Betreuung. Aber Larissas Gottvertrauen war so groß, dass sie bestimmt alles wunderbar bewältigen würde.

Astrid freute sich sehr, bald Großmutter zu werden, und sie hatte vor, im Herbst ihrer Tochter in Kanada einen Besuch abzustatten. Ob Reiner mitgehen würde, war noch unklar. Ihm waren die Hutterer unheimlich. Er weigerte sich allerdings, sich näher mit den religiösen Ansichten der Hutterer zu beschäftigen, denn er wusste auch ohne weitere Kenntnisse mit Sicherheit, dass seine Tochter einem Phantasten aufgesessen war.

Als Astrid gegangen war, konnte ich mich wieder voll auf meinen Garten konzentrieren. Im vorderen Teil vor dem Scheunentor plante ich einen richtig altmodischen Bauerngarten mit runden und ovalen Blumenbeeten, die von Buchsbaum eingefasst waren. Die Wege dazwischen sollten mit hellem Kies aufgefüllt werden, so dass man gut dazwischen laufen konnte.

Bis jetzt war allerdings das Gelände vor der Tenne völlig unwegsam, weil ein Nachbar das Stück bereits umgepflügt hatte. Da es nicht viel regnete, ging es einigermaßen, ohne dass man im Sand stecken blieb, aber wenn das Wetter schlechter würde, müsste man Bretter auslegen, um trocken ins Haus zu kommen.

Den Gartenteil vorne an der Straße sollte mit ein paar pflegeleichten Büschen bepflanzt werden. Besonders Rhododendron, der im Wendland üppig gedeiht, hat es mir angetan. Dazwischen würden wir das Gras wachsen lassen, aber nur zwei bis dreimal im Jahr mähen, um keinen geschorenen Rasen aus der Fläche machen.

Hinter dem Gewächshaus planten wir die Gehege für die Tiere: Ein Auslauf für die Schweinchen mit kleinen Holzhäuschen zum Schutz gegen Regen und Sonne. Ich hatte bei Freunden, die ganz unbedarft mit Schweinezucht im kleinen Stil angefangen hatten, gesehen, dass die Schweine an einem sonnigen Frühsommertag sich einen fürchterlichen Sonnenbrand zuzogen. Ihre Haut auf dem Rücken war knallrosa, und das einzige, was wir dagegen tun konnten, war Wasser in den Auslauf kippen, so dass sie sich im Matsch wälzen konnten, um den Schmerz zu lindern, und ein provisorisches Dächlein bauen.

Für die Hühner würde Matti eine Art Voliere konstruieren. Das Gelände war so weitläufig, dass ich fürchten musste, Hühner auch tagsüber durch Raubvögel oder den Fuchs einzubüßen.

Bevor wir die Tierhaltung angehen wollten, hatten wir uns natürlich abgesichert hinsichtlich einer Vertretung, falls wir mal nicht zu Hause waren. Ein älterer Rentner aus dem Dorf, der früher mal eine kleine Landwirtschaft betrieben hatte, wollte sehr gern einspringen, zum einen, weil er Tiere liebte und mit ihnen umgehen konnte, zum anderen, weil seine minimale Rente eine kleine Aufstockung vertragen konnte.

17. Kapitel

Das Wochenende mit unserer Einweihungsfeier kam, und wir hatten alle Hände voll zu tun, um alles vorzubereiten. Matthias war bereits am Freitag Nachmittag eingetroffen, und wir luden erst mal ein paar Töpfe mit blühenden Büschen ab, die ich aus der Gärtnerei meiner Eltern ausgeliehen und in meinem inzwischen eigenen Auto nach Langendorf transportiert hatte. Die Büsche sahen sehr dekorativ aus neben der (immer noch nicht vorhandenen) Terrasse, und man konnte vergessen, dass das Grundstück noch gar nicht angelegt war. Es herrschte tolles Wetter, und ich war sehr froh, dass wir nicht im Matsch herumwaten mussten.

Das Gewächshaus war leider noch nicht angekommen. Also legte ich an die Stelle, wo es stehen würde, ein vergrößertes Foto, denn ich wollte natürlich mit meinem Prunkstück angeben.

Mittags trafen die ersten Gäste ein. Astrid und Reiner packten sofort einen Sekt aus einer Kühltasche aus, um aus einem sehr erfreulichen Grund anzustoßen: Larissas Mann hatte am Morgen ein Telegramm geschickt. Er teilte mit, dass Larissa ein gesundes Mädchen geboren hatte, und dass es Mutter und Kind gut ging.

Ich war ganz erstaunt, dass heutzutage noch jemand ein Telegramm verschickt. Es liegt vermutlich daran, dass die Hutterer eher nicht mit Computern umgehen, aber da kenne ich mich nicht aus. Ich wusste auch nicht, dass die Post bei uns noch Telegramme austrägt, weil Nachrichten längst auf andere Weise übermittelt werden.

Ich holte schnell ein paar Gläser aus der Küche, die auf der Theke bereits griffbereit aufgestellt waren, und wir stießen an. Wir umarmten Astrid und Reiner und beglückwünschten sie zu ihrer neuen Rolle als Großeltern. Astrid jammerte ein bisschen, weil sie vermeintlich plötzlich alt geworden war durch ihr Vorrücken in die nächste Generation. Sie wurde von uns ausgelacht, denn sie sah gerade an diesem glücklichen Tag jung und strahlend aus. Reiner und sie standen nebeneinander und hielten Händchen wie ein frisch verliebtes Paar, und ich beobachtete, wie Matthias sie zufrieden ansah.

Svenja war auch bereits am Abend zuvor eingetroffen, aber da ein Großteil der Arbeit bereits abgeleistet worden war, hatten wir einen schönen Spaziergang gemacht und waren eine Runde in der Elbe geschwommen. Ich vermisse den schönen Briard, den Svenja nicht mitgebracht hatte. Svenjas Tante war wieder so weit hergestellt, dass sie ihn selbst versorgen konnte. Svenja gestand, dass sie den liebenswerten Hund gern behalten hätte, und hatte das auch ihrer Tante gesagt. Daraufhin meinte die Tante, Svenja wünsche ihr wohl eine noch längere Krankheit an den Hals und könne deshalb damit rechnen, keinen Cent zu erben.

Ich wusste, dass die beiden oft plänkelten und glaubte nicht, dass Svenjas Tante das ernst meinte, aber Svenja war sich nicht ganz sicher. Ihre Tante konnte schnell beleidigt sein.

Zu Mittag baute der Partyservice, den ich in letzter Sekunde doch noch beauftragt hatte, weil mir trotz aller Hilfsangebote die Arbeit über den Kopf wuchs, ein Buffet auf. Ich habe vorher nie ein Fest mit so vielen Gästen organisiert, und ich musste einsehen, dass ich ohne professionelle Unterstützung nur von der Küche zum Tisch rennen würde und dabei das gemütliche Beisammensein verpassen. Abends wollten wir dann grillen und uns an diversen Beilagen gütlich tun.

Tante Gesine kam mit ihren beiden Mädchen am Nachmittag. Sie sah überhaupt nicht gut aus, und Lea erzählte, dass sie unter starken Depressionen litt, und ihr Arzt sie eigentlich wieder in eine Klinik einweisen wollte. Die Untersuchungen an der abgebrannten Mühle liefen immer noch, aber Gesine hielt sich raus.

Reiner meinte wieder, es wäre wohl das beste, die Mädchen in ein gutes Internat zu schicken und Gesine in eine Klinik, in der sie fachmännisch behandelt und vielleicht sogar geheilt würde. Allerdings fehlte ihr natürlich das Geld für ein Internat, und sie lehnte es immer wieder sehr schroff ab, sich von ihrem Schwager Reiner helfen zu lassen. Sie hatte sich auf die Versicherungssumme fixiert, und vermutlich wegen der Antidepressiva, die sie einnehmen musste, konnte sie nicht mehrschichtig denken.

Meine Eltern waren natürlich eingeladen, und sowohl von Matthias' Seite als auch von meiner Seite kamen Freunde und Freundinnen, die wir meist aus der Zeit des Studiums kannten. Einige Nachbarn hatten wir ebenfalls dazu gebeten, so dass wir eine ziemlich große Gesellschaft zu Gast hatten. Obwohl viele sich nicht kannten, wurden muntere Gespräche geführt, Sekt und Bier flossen schon am frühen Nachmittag in Strömen, und ich fragte mich, wie einige, die zu fahren hatten, nach Hause kommen wollten, wenn das so weiterging.

Wir hatten schon vorgesorgt und bei einigen Nachbarn, die Ferienwohnungen vermieteten, angefragt, ob wir ein paar Leute unterbringen könnten. Die Vermieter hatten sich allesamt erfreut gezeigt, denn der Tourismus im Wendland ist gerade nicht auf einem Höhepunkt, und außer zur Zeit der Kulturellen Landpartie zu Pfingsten gibt es meistens noch Quartiere zu mieten.

Unsere Nachbarn Rolf und Anke brachten zwei tolle Kuchen mit. Kuchenbacken war Ankes große Leidenschaft. Sie backte für's Schützenfest, für den Kindergarten, für die Jägerversammlungen und die Feuerwehr. Ich freute mich, wie gut sie sich mit ihrer Schwangerschaft hielt, denn das Kind konnte sich jeden Augenblick ankündigen. Sie wurde mehrfach mitleidig darauf angesprochen, und es kam der übliche Spruch „Kinderkriegen ist doch keine Krankheit!" Man merkte aber trotzdem, dass sie mit Mühe ihren schweren Bauch trug und sicher froh gewesen wäre, ihn bald los zu sein.

Einige unserer Gäste hatten das fast fertige Haus schon gesehen und die Pläne für den Garten gezeigt bekommen. Als ich nach dem Kaffee vorschlug, eine Begehung zu machen, wollten trotzdem alle den Rundgang mitmachen.

Wir ernteten viele bewundernde Ausrufe. Die Küche mit der Arbeitsfläche aus rötlich-schwarzem Terrazzo wurde gebührend bestaunt, ebenso die großzügige Badewanne, die dafür gedacht war, darin bequem zu zweit oder gleich mit der ganzen Familie zu baden. Svenja warf sich respektlos mitsamt ihren Klamotten in die Wanne um auszuprobieren, ob auch ihre langen Beine hineinpassten. Sie wurde beklatscht, was deutlich erkennen ließ, dass nicht mehr alle ganz nüchtern waren.

Auch das „conservatory", wie ich stolz mein Gewächshaus nannte, fand großen Beifall, obwohl wir ja nur ein Foto präsentieren konnten.

Während wir über das Grundstück liefen, und ich meine Erklärungen abgab zu jedem geplanten Detail, erlebte ich eine unverhoffte Überraschung. Vera schloss sich uns ganz still an, und ich hätte sie vielleicht gar nicht gleich gesehen, wenn Matti mich nicht auf sie aufmerksam gemacht hätte.

Vera winkte mir nur von Weitem zu. Sie sah ganz ordentlich aus, nicht so verschattet um die Augen, und auch nicht schlampig, was ihre Frisur und die Kleidung anbetraf. Sie hatte ihre nicht mehr so schwarzen Haare hochgesteckt, und die Jeans und das einfache T-Shirt standen ihr gut.

Es musste eine Veränderung mit ihr vorgegangen sein, und ich hörte sofort, welcher Art, als sie zu mir herüberschlenderte. „Luc war so glücklich, mich wieder zu haben nach meinem Verschwinden," flüsterte sie mir zu. „Es läuft richtig gut, und unsere Liebe ist nicht erkaltet."

Meine Gefühle für meine Schwester waren es immer noch, und ich konnte mich nicht wirklich freuen. „Warum ist er nicht mitgekommen?" fragte ich, natürlich im Innern froh, dass ich den Scheißkerl nicht um mich haben musste.

„Luc ist dieses Wochenende wieder auf Tour. Er muss ja Geld verdienen, und gestern Abend ist er zu einem geschäftlichen Treffen weggefahren."

„Habt ihr jetzt zwei Autos?" fragte ich überrascht. Vera lachte. „Nein, aber ich kann immer noch Fahrrad fahren. Weißt du noch, wo wir als Kinder überall mit dem Fahrrad hingekommen sind? Das war doch überhaupt kein Problem."

Vera schien mir so vernünftig, dass mir ein bisschen angst wurde.

„Willst du mir nicht mal sagen, was Luc eigentlich macht? Ihr habt ja offenbar sporadisch Geld, das heißt Luc hat Geld, und da muss ja irgendwas klappen."

Vera zückte gleichgültig die Achseln. „Das weiß ich nicht, und es ist mir auch egal. Hauptsache, es sind immer mal ein paar Kuyambels da, und Luc macht es offenbar richtig."

Als ich wagte, eher krumme Touren zu erwähnen, wurde Vera sofort fuchtig und verteidigte ihn heftig. Es fiel wieder das Kosewort „mein Engel", und das fand ich so absurd, dass ich lachte.

Vera ging sofort beleidigt von mir weg und gesellte sich zu unseren Eltern. Ich sah, wie Mama lächelte und alles zu vergessen schien, was Vera uns schon angetan hatte.

Inzwischen hatten sich die meisten Gäste miteinander bekannt gemacht, und die Unterhaltung nach der Besichtigungstour gestaltete sich äußerst lebhaft. Es wurde viel gelacht, und unsere Gäste schienen sich richtig wohlzufühlen. Kaffee und Kuchen sorgten dafür, dass der Alkoholpegel ein wenig sank, und das war gut so, weil es abends ja erst richtig zur Sache ging.

Matti setzte sich neben mich und legte den Arm um meine Schultern. „Vielen Dank, das hast du gut vorbereitet. Ich werde mich nachher beim Grillen auch betätigen, wenn es sein muss. Du weißt, dass ich mich nicht darum reiße, und vielleicht gibt es andere, die das gern machen. Zum Beispiel mein Vater und Ralf."

Als er Ralf erwähnte, sah ich zu ihm hinüber. Vera hatte sich neben ihn gesetzt und fing mit ihrem süßesten Lächeln an, mit ihm zu flirten. Das fand ich doch ziemlich unpassend und nahm mir vor einzuschreiten, falls der Flirt heftiger werden sollte. Aber ich brauchte mir keine Sorgen zu machen. Ralf war nüchtern geblieben, weil er damit rechnete, mit Anke ins Krankenhaus fahren zu müssen, und er ließ Vera ziemlich kalt abblitzen. Was hatte ich nur für eine unmögliche Schwester!

Unsere beiden Nichtchen Lea und Amy lachten die ganze Zeit. Sie hatten wohl ein bisschen viel Sekt getrunken in einem unbeobachteten Moment. Während ich überlegte, ob ich mich als Kindermädchen betätigen sollte und mit ihnen ein ernsthaftes Wort reden, sah ich, dass Reiner zu ihnen hinüber schlenderte. In freundlichem Ton ermahnte er sie, sich zurückzuhalten, was bei ihnen Gekicher auslöste.

Ihre Mutter saß in einem Gartensessel und sah lethargisch vor sich hin. Ich hatte den Eindruck, dass sie ein bisschen weggetreten war, vermutlich wegen der Medikamente. Wenigstens trank sie keinen Alkohol. Aber ich machte mir trotzdem Sorgen wegen der Heimfahrt.

Auch hier sprang Reiner ein. Er setzte sich zu seiner Schwägerin und lud sie ein, nach Ende des Festes mit den beiden Mädchen zu ihm und Astrid zu kommen und bei ihnen den Sonntag zu verbringen. Gesine nickte gleichgültig mit dem Kopf und sagte leise: „Ich wünschte, Helmuth wäre hier"

Alle, die es hörten, waren betreten, und für den Augenblick war die Stimmung getrübt. Lea, die auch mitbekommen hatte, was ihre Mutter gesagt hatte, fing zu weinen an. Wie es oft bei Teenagern passiert, die Alkohol nicht gewöhnt sind, schlug das überkandidelte Gekicher in Weltschmerz um.

Ich nahm Lea mit in die Küche und zwang ihr ein Glas Wasser auf. Sie wiederholte immer wieder, wie schrecklich es ohne ihren Papa war und wie unbrauchbar und abscheulich sie ihre Mutter fand. Ich redete auf sie ein mit Trostworten und versuchte, ihr zu erklären, warum Gesine in ihre depressive Situation abgerutscht war. Es hatte im Augenblick alles keinen Zweck. Sie wurde völlig unzugänglich, und schließlich drängte ich sie in eines der künftigen Gästezimmer neben der Tenne, das wenigstens schon mit einem Bett ausgestattet war. Es gelang mir schließlich sie zu überreden, sich hinzulegen. Ich hatte sie kaum zugedeckt, da war sie auch schon eingeschlafen.

Als ich zu den Gästen auf die Terrasse zurückkam, war die Unterhaltung wieder voll im Gang, und Leas Abgang wurde kaum bemerkt. Nur Matti fragte mich, wie ich es geschafft hatte, sie zu beruhigen, und auch Reiner erkundigte sich nach seiner Nichte.

Gegen Abend kühlte es etwas ab, aber nicht so stark, dass man die Veranstaltung nach innen verlegen musste. Die meisten hatten für alle Fälle Jacken oder Pullover dabei, und neben der Grillstelle machten wir ein gewaltiges Feuer zum Warmhalten.

Der Partyservice rückte erneut an mit diversen Beilagen und Salaten. Tatsächlich übernahmen Ralf und Reiner die Überwachung des Grills. Wir hatten nicht nur verschiedene Fleischsorten vorbereitet, sondern auch ausgewählte Gemüse für die Vegetarier unter uns, die wir in speziellen perforierten Metallschalen auf den Grill stellten. Die Leute vom Partyservice hatten das Gemüse vorher mariniert, und es roch richtig verführerisch.

Soweit ich wusste, war Svenja die einzige Veganerin unter den Gästen, aber auch für sie gab es einige Auswahl an Gegrilltem, so dass sie bestimmt auf ihre Kosten kam. Svenja unterhielt sich angeregt mit einem jungen Schweden, der bei der brandenburgischen Landesanstalt für Großschutzgebiete, also Matthias' Arbeitsstelle, ein Praktikum absolvierte. Wie ich im Vorbeigehen hörte, sprachen sie englisch miteinander, was Anlass zu viel Gelächter gab, weil manches unklar blieb oder missverständlich formuliert war, vor allem von Svenja. Der schwedische Besucher Thure sprach fließend, während Svenja öfter mal im Gedächtnis nach ihren alten Schulkenntnissen kramen musste.

Sie holten sich beide einen Teller mit Gegrilltem – Thure mit Fleisch, Svenja mit Gemüse – und setzten sich etwas abseits von den anderen an den Rand der provisorischen Terrasse. Ich war schrecklich neugierig und hätte gern eine Weile ihrem

Gespräch zugehört, aber natürlich verkniff ich es mir, näher zu gehen oder mich gar zu ihnen zu setzen. Das hätte nur gestört.

Svenja wirkte jedenfalls so angeregt, wie ich sie schon lange nicht erlebt hatte, und ich war gespannt, was sie mir am nächsten Tag erzählen würde. Thure würde auch über Nacht bleiben, weil er mit Matthias gekommen war.

Er hatte sich hinten im Garten ein kleines Zelt aufgeschlagen, obwohl wir ihn ins Haus eingeladen hatten. Er sagte, zelten würde ihm mehr Spaß machen, als ein Bett in einem geschlossenen Zimmer. Er würde vor dem Einschlafen immer mit dem Kopf draußen bleiben, um den Sternenhimmel zu genießen, und das sei ein schönes Erlebnis.

Als niemand mehr Lust auf Essen hatte, ließen wir den Grill ausgehen. Es war bereits nach Mitternacht, und da es allmählich doch kühler wurde, setzten wir uns alle um das große Feuer. Zwei junge Familien, die kleine Kinder mitgebracht hatten, waren schon gegangen, und mir kam es vor, als würden sich bei den verbliebenen Gästen gewisse Ermüdungserscheinungen einstellen. Die Unterhaltung wurde deutlich ernster und leiser.

Anke signalisierte, dass sie nach Hause wollte. Ralf stand auf und verabschiedete sich von uns. Als er mich gerade in den Arm genommen hatte und mir ein freundschaftliches Küsschen auf die Backe drückte, fing die Feuersirene an zu heulen. Mir ging es wieder durch Mark und Bein, und mein ganzer Körper bestand aus einer einzigen Gänsehaut.

Was mich völlig aus der Fassung brachte, war Veras Reaktion auf die Sirene: Sie fing hysterisch zu lachen an und konnte nicht mehr aufhören. Ich stand mit offenem Mund da und verstand die Welt nicht mehr. Endlich schrie ich sie an aufzuhören, aber sie lachte immer weiter.

Matti erwies sich wieder einmal als Retter. Er stürzte mit einem Eimer Wasser, der eigentlich für das Löschen von unserem Feuer gedacht war, zu Vera und goss ihr das kalte Wasser ohne Zögern über den Kopf. Vera schnappte nach Luft, schüttelte sich und sagte mehrfach hintereinander: „Ich habe es gewusst, ich habe es gewusst."

Was sie damit meinte, war nicht heraus zu bekommen. Wir wandten uns Ralf zu, der im Augenblick völlig ratlos war. Sollte er zum Einsatz fahren und Anke allein lassen, bei der jeden Augenblick die Wehen beginnen konnten, wie er panisch überlegte? Würde er seine Feuerwehrkameraden im Stich lassen, die womöglich wieder zu einem hochgefährlichen Einsatz fuhren?

Ralf wischte sich den Schweiß von der Stirn und fluchte über seine Idee, der Feuerwehr beizutreten. Anke blieb ganz besonnen und machte einen sehr konstruktiven Vorschlag: „Du gehst sofort zu deinem Einsatz, Ralf, und ich halte das Baby zurück. Können Tiere doch auch, wenn sie Gefahr wittern? Falls es doch losgehen sollte, gibt es hier Freunde genug, die mich fahren können. Matti? Caroline?

Ralf hatte immer noch Bedenken. „Und wenn es ganz schnell geht? Manche Frauen haben ja Sturzgeburten. Das Baby kommt im Flugzeug oder im Auto einfach herausgefallen. Wir wissen ja nicht, wie es dir gehen wird. Ich möchte auf jeden Fall dabei sein, sonst kann ich bestimmt kein richtiger Vater werden."

Matti beruhigte Ralf. „Wir fahren Anke nach Dannenberg, wenn sie das Gefühl hat, dass es dringend wird. Wir warten auf das erste Untersuchungsergebnis, und wenn festgestellt wird, dass man keine Zeit mehr verlieren kann, rufen wir dich an und du kommst so schnell wie möglich. Jetzt verschwende keine Zeit, sonst fahren die anderen ohne dich ab. Wo ist das Feuer überhaupt?"

Ralf hatte in seiner Panik sein Handy missachtet und wusste deshalb nichts über die Brandstelle. Er hörte auch die aufgesprochene Nachricht nicht ab, sondern rannte zu seinem Haus hinüber, nachdem er Anke einen schnellen Kuss gegeben hatte, und fuhr mit quietschenden Reifen aus der Garage Richtung Feuerwehrhaus.

Jetzt konnten wir uns wieder Vera zuwenden, die inzwischen weinend auf ihrem Gartenstuhl saß. Sie musste sich irgendwann heimlich einen Schuss gesetzt haben, denn sie wirkte abwesend und hatte einen völlig leeren Blick. Matti und ich verfrachteten sie gemeinsam in eines der halb eingerichteten Zimmer und hofften, dass sie wenigstens eine ruhige Nacht verbringen würde.

Inzwischen vermisste ich Thure und Svenja, aber ich wollte lieber nicht nachforschen, wo sie abgeblieben waren. Matti tendierte zu einem romantischen Spaziergang an der Elbe bei Nacht, ich stellte mir eher ein gemütliches Zelt mit einem übergroßen Schlafsack vor.

Als Mattis Eltern aufbrachen, wollten sie Lea wecken, aber ich meinte, wir sollten sie schlafen lassen und versprach, sie am Sonntag vorbei zu bringen. Gesine, die bereits auf ihrem Gartensessel eingeschlafen war, ließ sich willenlos mit Amy in Reiners Auto verfrachten.

Als die restlichen Gäste sich verabschiedet hatten, und ich glaubte, mich endlich Matti zuwenden zu können, hörten wir ein Auto an der Straße vor unserem Grundstück anhalten. Ich glaubte, es würde jemand zurückkommen, weil er etwas vergessen hatte, aber zu meinem Entsetzen kam Luc auf die Terrasse zu.

Ohne uns zu begrüßen, sagte er scharf: „Ich komme Vera abholen. Wo ist sie?"

Ich sagte ihm, dass sie bereits schlief, und er solle sie in Ruhe lassen. Davon wollte er nichts wissen. Er fing an, Türen aufzureißen, ohne Rücksicht auf andere Schlafende, bis Matthias ihn festhielt und zischte: „Unverschämter Idiot! Sie ist in dem Zimmer hinten rechts. Zerr sie aus dem Bett und verschwinde mit ihr!"

„Mit wem ist sie in dem Zimmer? Den bringe ich um." Luc stürmte los und nach einem kurzen, lauten Wortwechsel kam er mit der leichenblassen, leicht schwankenden Vera heraus. Er musste sie brutal geweckt haben, denn sie wirkte immer noch wie im Schlaf.

Er zerrte sie mehr oder weniger durch die Tenne und das Grundstück zum Auto und setzte sie grob auf den Beifahrersitz. Matthias nahm Veras Fahrrad, das neben dem Gartentor angelehnt stand, und schmiss es auf die Ladefläche.

Wir hatten zunächst keine Worte, als wir zum Haus zurückgingen. Dann fing ich ein bisschen hysterisch zu lachen an. „Das war eine richtig gelungene Einweihungsfeier! Lea betrinkt sich und kriegt das heulende Elend. Gesine sitzt stumpf da und hat keinen Spaß, sofern sie überhaupt etwas von ihrer Umwelt mitgekriegt hat. Vera schmeißt sich erst an Ralf, und dann hat sie einen totalen Aussetzer. Svenja hat einen One-Night-Stand mit Thure und wird morgen von ihrem schlechten Gewissen aufgefressen, und ein halbes Jahr lang trauert sie ihm nach, bis sie sich neu verlieben kann. Ich kenne sie doch. Letztendlich stört die Feuersirene mit ihrem furchterregenden Geheul die Festlichkeit, und Ralf, der einer der wenigen normalen Freunde ist, die wir eingeladen haben, muss zu einem Feuerwehreinsatz, obwohl er lieber bei seiner Frau geblieben wäre."

Matti nahm mich liebevoll in den Arm. „ Keine Sonne ohne Schatten, oder wie heißt der schlaue Spruch, wenn alles Gute auch eine negative Seite hat? Du hast mit allem recht, aber versuche auch die positiven Seiten zu sehen. Larissa hat ein kleines Mädchen, und das zu erfahren, war ein schöner Anfang. Das Essen war toll, wir saßen gemütlich am Feuer, allen hat das Haus gut gefallen, und die Pläne für das Grundstück wurden weidlich beachtet. Hast du nicht auch viel gelacht? Leas Ausfall ist überhaupt nicht schlimm. Viel ernster ist natürlich die Situation mit ihrer Mutter, die sich immer schon auf Onkel Helmuth verlassen hat und allein noch nie zurecht kam. Ich weiß eigentlich nicht, warum er sie geheiratet hat. Sie ist zweifelsohne hübsch, aber ich habe immer gefunden, dass ihr eine lebendige Seele fehlt. Und Onkel Helmuth war so unternehmungslustig und gesellig! Na ja, er hatte sich vertan, aber er hat nie geklagt und immer versucht, das beste daraus zu machen."

„Was sagst du zu Vera? Warum ist sie in hysterisches Gelächter ausgebrochen, als die Sirene anging? Warum hat sie gesagt, sie habe es gewusst? Was hat sie gewusst?"

„Das kann ich dir auch nicht sagen. Vielleicht gab es einen ganz anderen Zusammenhang, denn sie kann schließlich das Feuer nicht vorausgesehen haben. Aber Lucs Verhalten ist unentschuldbar. Erst kann er nicht mitkommen, weil er abends einen wichtigen Termin hat, dann kommt er weit nach Mitternacht angerüpelt und zerrt Vera unter schlimmen Verdächtigungen aus dem Bett. Was haben die bloß für eine grässliche Beziehung, und wie hält Vera das aus?"

„Ich möchte lieber nicht darüber nachdenken. Ich glaube, ich werde müde und will ins Bett."

„Wie müde bist du?" fragte Matti „Noch ein bisschen kuscheln?"

Mit Kuscheln war ich einverstanden, und mit allem, was darauf folgte, auch. Ich schlief getröstet ein und hoffte nur, dass Anke uns nicht herausklingeln würde. Eine Fahrt nach Dannenberg hätte ich ganz schön anstrengend gefunden – aber Anke sicher noch mehr.

18. Kapitel

Am nächsten Morgen rief ich bei Ralf und Anke an, um mich nach dem Feuer zu erkundigen. Anke kam ans Telefon und sagte, sie wisse auch nichts. Ralf war irgendwann in der Nacht nach Hause gekommen und hatte sich leise in das Bett des Gästezimmers gelegt, um sie nicht zu wecken. Jetzt schlief er immer noch.

Anke hatte auch von sich nichts Neues zu berichten. Sie war nun schon ein paar Tage überfällig, und ihr Arzt hatte ihr empfohlen, die Geburt einleiten zu lassen, wenn sich in den nächsten Tagen nichts tat. Anke hatte dazu keine Lust, weil sie den Vorgang für unnatürlich hielt, und wollte beraten werden. Da war sie bei mir natürlich an der völlig falschen Adresse. Ich hatte keine Ahnung, und ich empfahl ihr, in der Verwandtschaft herumzufragen, ob irgendeine Mutter damit Erfahrung hatte.

Matti kam sehr spät schlaftrunken in die Küche. Er wollte zunächst nichts essen, nur ein Kaffee könnte ihn wecken, wie er sagte. Ich glaube, Matti kriegt es nicht hin, sich ein ordentliches Frühstück zu machen, wenn er allein in seiner Wohnung in Eberswalde ist. Die Männer sind immer noch nicht emanzipiert, was den Haushalt anbelangt. Matti kann kochen und bügeln, wenn es sein muss, aber Lust, das jeden Tag zu machen, hat er nicht. (Ich auch nicht!) Ich dachte mir, dass auch im 21. Jahrhundert viele Ehen nur eingegangen werden, weil unterschwellig die Männer den Wunsch haben, versorgt zu sein, und die glücklichen Bräute merken das zu spät.

Zum Glück war Sonntag, und man konnte alles schleifen lassen. Wir fuhren zunächst mit dem Fahrrad an die Elbe zum Baden, um richtig wach zu werden. Als wir wirklich gut gelaunt und deutlich munterer als nach dem Aufstehen zurückkamen, saßen Svenja und Thure am Tisch und tranken Kaffee. Svenja entschuldigte sich sofort, dass sie sich einfach in unserer Küche bedient hatten, aber ich zeigte ihr den Vogel.

„Was werden denn das für neue Sitten, wenn man sich nicht mehr bei uns wie zu Hause bewegen kann? Ist euch die Küche zu vornehm?"

Svenja lachte, und ich sah, dass sie richtig glücklich war. Thure war aber auch wirklich sehr aufmerksam und höflich zu ihr, und wenn er sich unbeobachtet glaubte, sah er sie sehr verliebt an.

Mittags saßen wir alle vier friedlich im Schatten und aßen einige Salatreste mit Baguette vom vorigen Tag.

Nach dem Mittagessen brachen Svenja und Thure Hand in Hand Richtung Elbe auf. Matthias holte sich eine Fachzeitschrift, und ich wagte mich wieder an meinen Dostojewski. Ich hatte mit dem Helden Raskolnikow die größten Probleme, weil er so kaltblütig und durchgeplant die Pfandleiherin erschlagen hatte, fast auf die gleiche Weise, wie Onkel Helmuth zu Tode gebracht worden war. Wenigstens hatte der Mörder Onkel Helmuth den Kopf nicht mit einer Axt gespalten, das war einfach unvorstellbar brutal. Ich wusste, dass Raskolnikow schließlich zur Rechenschaft gezogen wird, aber nicht in welcher Weise, und deshalb war ich sehr gespannt und fand den Roman unglaublich authentisch geschrieben.

Matti las nicht so eifrig Bücher wie ich, aber er hatte sich vorgenommen, sich mit den großen Russen zu beschäftigen, weil er meinte, bei sich gewisse Bildungslücken entdeckt zu haben. Wie hatten uns kürzlich den Film über Tolstoi angesehen, in dem Tolstoi als Mensch ja nicht besonders gut wegkommt, und die Lektüre von Tolstoi und Dostojewski hatte mir Lust gemacht, Sankt Petersburg zu besuchen. Ich wollte mir die Orte der Handlung ansehen und versuchen, mich in die Rolle der Adligen aus den Romanen zu versetzen. Matti war von der Idee begeistert, und wir dachten über eine kurze Reise nach Russland im Herbst nach.

Am späten Nachmittag kamen Svenja und Thure zurück, immer noch Hand in Hand. Matti hatte bereits seine Tasche gepackt, um nach Eberswalde zurückzufahren und war schon etwas ungehalten, weil er auf Thure warten musste.

Ich hatte beschlossen, erst am nächsten Morgen nach Lüneburg aufzubrechen. Ich wollte ausprobieren, wie es um den Verkehr am Montagmorgen steht, da ich ja künftig an zwei Tagen in der Woche in die Gärtnerei fahren würde. Die Göhrde ist nach wie vor eine Schwachstelle, was das Vorankommen anbetrifft. Meistens hat man einen Lastwagen vor sich, den man nicht überholen kann wegen des Gegenverkehrs. Und noch schlimmer, einen gigantischen Traktor mit zwei Anhängern voller Kartoffeln, Mais oder Getreide. Die Traktoren können ja heutzutage auch immerhin fünfzig Stundenkilometer fahren, und damit sind sie kaum zu überholen.

Während ich abends an einem Stück Brot knabberte und dazu ein Glas Wein trank (das Weintrinken muss ich mir abgewöhnen, aber es ist so genussvoll!), kam Ralf.

„Ich wollte dir nur berichten, was heute Nacht los war, du willst es bestimmt hören."

„Klar," sagte ich. „Ich habe heute morgen schon bei euch angerufen, aber da hast du geschlafen. Wie geht es Anke?"

„Tut sich nichts, aber sie jammert ein bisschen, weil ihr Bauch so unbequem geworden ist. Sie weiß nicht, wie sie liegen soll, nach drei Treppenstufen keucht sie schon, und spazieren gehen ist auch nicht mehr ihr Ding. Sie hätte am liebsten so eine Art Bauchrollator, um das Gewicht nicht allein tragen zu müssen. Wäre vielleicht einen Versuch wert, so was zu konstruieren. Ich könnte ein Patent anmelden und viel Geld verdienen. Aber es scheint so, als würden die Frauen alle Mühen vergessen, wenn das Kind einmal da ist. Sonst gäbe es bestimmt nur Familien mit Einzelkindern.

Aber ich wollte von dem Brand erzählen. In Meetschow ist ein altes Bauernhaus abgebrannt, das zu einem Resthof gehört. Wie die Nachbarn sagten, war es so heruntergewirtschaftet, dass sich eine Sanierung nicht gelohnt hätte. Der Vater des jetzigen Eigentümers war offenbar knickrig und hat aus Geiz das Haus verkommen lassen. Es war ein schönes Fachwerkhaus mit Reetdach, um das es sehr schade ist. Die Erben, mittlerweile auch schon ein schon Ehepaar, haben einen Neubau neben das alte Haus gestellt, der allerdings mit seinem Flachdach und weiß verklinkerten Außenwänden nicht besonders ansehnlich ist.

Sie selber sind nicht zu Hause. Sie machen eine Kreuzfahrt und werden eine unangenehme Überraschung erleben, wenn sie von der Reise zurück kommen. Das neue Wohnhaus haben wir Gott sei Dank komplett retten können, und es ist auch niemand verletzt worden. Bisher ist die Sache ziemlich mysteriös. Auf Anhieb ist wieder nicht zu erkennen, was das Feuer ausgelöst hat. Der Besitzer fällt als Brandstifter aus, da er irgendwo in der Welt herumschippert, und es kommt mal wieder nur die Elektrizität in Frage. Ich würde jedem empfehlen, den Strom abschalten zu lassen, wenn ein Haus nicht bewohnt ist."

„Irgend etwas kommt mir sehr komisch vor bei den Bränden. Hat die Polizei schon mal überlegt, was es für Gemeinsamkeiten gibt?" fragte ich.

Ralf sah mich strafend an. „Für wie bescheuert hältst du die denn? Natürlich sind sie längst auf die Idee gekommen, nach Gemeinsamkeiten zu suchen. Zum einen ist das die Brandursache, die einfach trotz intensiver Untersuchungen nicht festzustellen ist. Du glaubst gar nicht, was die Techniker alles rauskriegen. Wenn ein normaler Brandstifter glaubt, er macht es so schlau, dass er alle überlisten kann, dann täuscht er sich. Fast immer wird etwas gefunden, was auf die Brandursache hindeutet.

Die zweite Gemeinsamkeit, der dir natürlich auch aufgefallen ist, sind die Objekte. Es sind immer unbewohnte Häuser, die sich nicht verkaufen lassen. Eigentlich sieht es nach Versicherungsbetrug aus. Obskure Geschichte!"

Ich bot Ralf noch ein Pflaumenschnäpschen an, das meine Mutter selbst gemacht hatte, und dann meinte Ralf, er müsse wieder seiner Anke beistehen.

Ich ging früh ins Bett und las noch ziemlich lange. Das Haus war sehr still, da es nicht windig war. Bei Wind knarzen die Balken, und man merkt förmlich, wie das Haus sich ein bisschen verzieht, um dem Wind standzuhalten.

Ich fuhr am Morgen ziemlich früh los, um zur Öffnung der Gärtnerei rechtzeitig da zu sein, und das war richtig schlau, weil alle anderen Pendler das auch taten. Ich brauchte sage und schreibe zwei Stunden für die Strecke, fast doppelt so lang wie sonst.

Es war eine Überlegung wert, im Sommer mit dem Fahrrad nach Dannenberg zu fahren, dort den Zug zu nehmen und vom Bahnhof in Lüneburg wieder mit dem Fahrrad zur Gärtnerei zu fahren. Das wäre gelebter Umweltschutz!

Ich sah auf dem PC im Büro gleich nach Verbindungen, und die Idee mit der Bahn war sofort gestorben. Ich würde viel länger brauchen als mit dem Auto, und natürlich war es auch umständlicher. Vermutlich wäre es besser, den Montag für Lüneburg auszuklammern, an anderen Tagen musste es besser sein mit dem Verkehr.

Mein Vater hatte eine Überraschung für mich: Er hatte für mein Gewächshaus ein Sortiment Lilien bestellt, das mittags geliefert wurde. Ich besah mir zunächst die Bilder und Beschreibungen auf den Verpackungen der Zwiebeln. Ich freute mich vor allem über die Feuerlilien, die es früher überall im Wendland gegeben hat, bevor sie von der modernen Landwirtschaft fast ausgerottet wurden. Matthias und ich würden versuchen, viele Lilien zu ziehen und an Standorten, an denen nicht gedüngt wird oder Glyphosat verwendet, auszuwildern.

Es gibt hundertzehn verschiedene Liliensorten, und mein Vater hatte ungefähr dreißig für mich ausgewählt. Ich sah es schon kommen, dass mein Gewächshaus für all die Lilien und Orchideen, die ich ziehen wollte, bald zu klein sein würde.

Ich umarmte meinen Vater, was ihn etwas überraschte, da er es nicht so mit Zärtlichkeiten hatte. Aber ich wollte ihm zeigen, wie sehr ich mich über seine Aufmerksamkeit freute und ein bisschen gutmachen, was ihm an seiner jüngeren Tochter abging.

Meine Eltern hatten Veras Abgang nach dem Fest bei uns nicht mitgekriegt, weil sie schon nach Hause gefahren waren. Ich hütete mich, davon zu erzählen, um Mama und mir neuerliche Tränenausbrüche zu ersparen. Es war vielleicht nicht ganz fair, aber ich überlegte mir, dass ich mal mit Papa allein reden sollte über das „Problem Vera". Mama war früher gar nicht so wehleidig gewesen, vermutlich hatte ihre Veränderung mit den Wechseljahren zu tun. Wenigstens erfreute sie sich nach wie vor an Klatsch und Tratsch über Schauspielerinnen und Königshäuser, und das beruhigte mich.

Am Abend, als ich gemütlich auf meiner Couch lag und las, klingelte das Telefon. Svenja fragte an, ob ich etwas dagegen hätte, wenn sie noch rüberkäme. Eigentlich war ich nicht begeistert, weil ich nach dem Wochenende ziemlich müde war, aber Svenja wollte ich nicht absagen.

Natürlich kam sie sofort zum Thema. Sie hatte mit Thure verabredet, dass sie ihn am nächsten Wochenende in Eberswalde besuchen würde. Er hatte kein Auto und wollte nicht schon wieder Matthias' Fahrdienste in Anspruch nehmen. Mir kam die Idee mitzufahren, denn ich war noch nie in Eberswalde gewesen und kannte Mattis Wohnung nicht. Ich fragte gleich bei Matti an, ob das recht sei, und Matti schien sich über die Idee zu freuen. Bisher hatte er immer mehr Anteil an meinem Leben gehabt, oder wir verfolgten unsere gemeinsamen Ziele, aber ich hatte vielleicht zu wenig Interesse an seinen eigenen Belangen gezeigt.

Mir fiel die Geschichte mit dem Haus auf Sylt ein. Ich vermutete plötzlich, dass er mir nichts davon erzählen wollte, weil er annahm, dass mich seine Familiengeschichte nicht sonderlich interessierte.

Ich hatte ein schlechtes Gewissen und berichtete Svenja von meinen Gedankengängen, aber sie winkte ab. „Ich hatte nie den Eindruck, dass du dich nicht um die Angelegenheiten deiner Freunde kümmerst. Du kennst Matti ja noch gar nicht so furchtbar lange, und einen ganz schönen Teil von eurer Bekanntschaft war er in Kanada. Wenn du das Gefühl hast, etwas versäumt zu haben, kannst du das ja jetzt für die Dauer eures gemeinsamen Lebens nachholen, mindestens fünfzig Jahre lang. Ich bewundere euch immer, weil ihr euch eigentlich in allem einig seid und perfekt zueinander passt.

Bei Thure gibt es schon einen wunden Punkt: Er ist nicht mal Vegetarier, geschweige denn Veganer, und in Schweden geht er mit seinem Vater auf die Jagd. Das finde ich abscheulich und verwerflich, wie du weißt. Aber so lange er hier das Praktikum macht, werde ich die Zeit genießen. Ich finde ihn ungeheuer attraktiv und bin richtig verliebt. Mit dem Essen werden wir uns schon arrangieren, und falls wir länger zusammen bleiben, verbiete ich ihm schlichtweg die Jagd."

Ich musste lachen über die einfache Lösung des Problems. Svenja wollte ja nicht gleich heiraten, aber ich sagte trotzdem wieder einmal meinen Warnspruch an alle, die sich in einer Beziehung festlegen: „Das Zusammenleben ist dazu da, dass man nicht mehr machen kann, was man möchte, aber machen muss, was man nicht möchte."

Svenja fand das lustig, aber vermutlich einigermaßen zutreffend. „Da kann ich gleich meine Eltern zitieren. Meine Mama würde unheimlich gern um die ganze Welt reisen, aber mein Papa hat Flugangst. Wenn sie sagt, das würde sie auch allein machen, sagt er ihr, dass sie dann gleich ganz wegbleiben könne. Also reist sie nicht um die Welt."

„Auf meine Eltern trifft das auch in einigen Punkten zu," antwortete ich. „Sind es eigentlich immer die Frauen, die in einer Beziehung zurückstecken?"

„Ich bestimmt nicht," sagte Svenja, „falls ich mich zu einer ernsthaften Beziehung entschließe. Wie sieht's bei dir aus?"

„Weiß ich noch nicht, das wird sich erst noch herausstellen. Bis jetzt sehe ich da kein Problem."

Wir plauderten noch eine Weile, aber als es nach elf Uhr war, schmiss ich Svenja höflich raus. Ich war wirklich müde und brauchte endlich genug Schlaf.

Aus meinem Wochenende in Eberswalde wurde leider nichts. Mama brach sich am Mittwoch das Handgelenk, als sie auf einem erdigen Spaten, den irgend ein schlampiger Mitarbeiter hatte herumliegen lassen, ausrutschte und stürzte. Wie kann man mit einer Hand schöne Sträuße binden und Büsche ausbuddeln? Gar nicht. Also würde sie in der nächsten Zeit völlig ausfallen, und ich musste einspringen.

19. Kapitel

Ich sah Matti erst am übernächsten Wochenende in Langendorf wieder. Ich kam am Freitag Abend vor ihm an. Da er mit einer Gruppe von Studenten eine Begehung im Nationalpark Unteres Odertal machen musste, hatte er es nicht geschafft, früh mit der Arbeit aufzuhören. Er wollte aber auf jeden Fall noch am Freitag kommen, und ich freute mich unbändig auf ihn nach zwei Wochen Enthaltsamkeit. Seine Stimme, seine Hände, sein Körper, alles an ihm liebte ich.

Aber ich musste noch ein bisschen Geduld haben und mich mit den alltäglichen Dingen beschäftigen. Ich sah zuerst in den Briefkasten. Außer einem Packen Werbeprospekte, die zu meinem Ärger in einer verschweißten Plastikhülle steckten, fand ich ein großes Kuvert aus schönem Büttenpapier. Ich nahm zunächst die Prospekte heraus und legte sie auf den Briefkasten, um sie bei der nächsten Gelegenheit in den Briefkasten der Post zurückzustecken, wie ich es immer mache. Soll die Post sich mit dem Müll herumärgern und vielleicht Schritte unternehmen, um den Unfug mit Werbung in Plastikhüllen abzuschaffen.

Neugierig machte ich das andere Kuvert auf. Es war eine Geburtsanzeige von Anke und Ralf. Die Geburt der kleinen Leonie Marie wurde angezeigt mit allen Angaben, die man wissen muss, und einem Foto, auf dem das neugeborene Baby die Augen in seinem knallroten Gesichtchen fest zukneift und jeden Ansatz von Haaren vermissen lässt.

Die Kleine war inzwischen bereits zehn Tage alt. Also würden Mutter und Kind zu Hause sein, und ich beschloss, sofort einen Besuch abzustatten. Ich hatte bereits vor längerer Zeit eine niedliche Hose mit passender Jacke gekauft, die fertig verpackt in unserem Schlafzimmer lagen. Ich schrieb Matti für alle Fälle einen Zettel und legte ihn auf den Küchentisch. Ich ließ meinen Trolley im Flur stehen, nahm das Päckchen und klingelte bei unseren netten Nachbarn.

Ralf machte die Tür auf und strahlte mich an. „Anke ist gerade mit Stillen beschäftigt, aber sie wird gleich fertig sein. Alles paletti!"

Wir umarmten uns, und es gab die obligatorischen Küsschen auf die Backen, links, rechts, links, wie in Frankreich. Ralf bot mir gleich ein Glas Wein an, aber getreu meines Vorsatzes, den ich gerade gefasst hatte, lehnte ich ab.

Anke kam nach einigen Minuten mit dem Baby auf dem Arm, das satt und zufrieden schlief. Es sah bereits sehr niedlich aus, und ich gratulierte auch Anke und überreichte mein Geschenk, das mit Freuden aufgenommen wurde.

Anke war sehr blass und hatte Ringe unter den Augen. Sie jammerte über Schlafmangel, denn die Kleine hielt sie fast die ganze Nacht wach. Am Tag konnte Leonie schlafen, nachts nicht. Anke äußerte die Hoffnung, dass sich der Rhythmus bald ändern würde, ich war eher skeptisch. Natürlich nicht aus eigener Erfahrung, sondern von Erzählungen anderer Mütter. Ich sagte jedoch nichts von meinen Bedenken, um sie in ihrer Hoffnung nicht zu verunsichern.

Ich blieb nicht lange. Zurück bei uns, machte ich erst mal wie immer eine Grundstücksbegehung. Als ich zum Ende des Grundstücks kam, wunderte ich mich über den frischen, großen Sandhaufen, der vor zwei Wochen vor unserer Abfahrt nicht da gewesen war und jedenfalls nicht von mir stammte. Ich ging näher heran und bekam einen furchtbaren Schreck, als ich in das ausgehobene Loch sah. Auf einem blutigen Lappen am Boden lagen mehrere offensichtlich tote kleine Katzen mit schwarzen und grauen Fellchen. Ich konnte nicht sehen, wie viele es waren, aber mir schossen die Tränen in die Augen vor Wut und Trauer.

Ich war völlig außer mir und wünschte, Matthias wäre schon da, um mich zu trösten und vielleicht etwas zu erklären. Zunächst wollte ich eine Schaufel holen und das Loch zuschütten, aber dann dachte ich, Matthias sollte es auch sehen. Auf jeden Fall würde ich jetzt die Polizei verständigen, denn es war immerhin das dritte Mal, dass ein Tierquäler bei uns seine Spuren hinterlassen hatte. Es war einfach gruselig, und allmählich kamen mir Bedenken bezüglich der Wahl unserer gemeinsamen Zukunftsstätte. War es ein Fehler gewesen, in Langendorf ein Haus zu kaufen? Was wusste ich über die Wendländer, die Brände legten und Tiere umbrachten?

Trotz aller guten Vorsätze brauchte ich dringend einen Schnaps, um mich zu beruhigen. Ich ging zum Haus zurück, mit den Augen abwechselnd konzentriert den Boden und die Büsche und Bäume absuchend, um nicht versehentlich über ein zweites Verbrechen gegen die Tierwelt zu stolpern.

Es war aber nichts Ungewöhnliches mehr zu entdecken. Ich ging an die Glasvitrine im Esszimmer und holte mir eine Flasche Ouzo aus dem Schrank. Ich trank gleich ein paar kräftige Schlucke aus der Flasche, Mama war ja nicht in der Nähe, um mich zu tadeln. Der Schnaps tat gut, und ich fühlte mich besser.

Im Augenblick hatte es keinen Sinn, etwas zu unternehmen, denn die Polizeireviere waren bereits übers Wochenende weitgehend unbesetzt, und Ralf wollte ich nicht auch schon wieder belästigen, obwohl ich neulich den Eindruck gehabt hatte, dass er etwas wusste. Im Augenblick war er ja genug mit Töchterchen beschäftigt. Er hatte fairerweise das Wickeln übernommen, da er, wie er sagte, ja nicht stillen konnte.

Es war noch eine ganze Weile hell, aber mir war die Lust auf einen abendlichen Spaziergang in die Landschaft vergangen. Wer wusste schon, ob der Tierquäler nicht eines Tages feststellte, dass ihm das Umbringen von mehr oder weniger hilflosen Kreaturen nicht mehr ausreichte, um seine dunklen Triebe zu befriedigen?

Wenigstens wagte ich es noch, mich auf die Terrasse zu setzen mit einem Glas Wein. Ich machte gar nichts, außer da sitzen und die Gedanken herum wälzen.

Ich war wohl ein wenig eingenickt, denn ich erschrak fürchterlich, als jemand mich auf die Stirn küsste. Ich fuhr hoch und fand mich in Mattis Armen wieder.

„Was ist los?" fragte er erschrocken. „Ich wollte dir doch keine Angst machen und dachte, ich überrasche dich mit einem liebevollen Kuss, da du mich wohl nicht gehört hattest."

Ich legte den Kopf an seine Brust und fing wieder zu weinen an. „Ich bin ganz fertig. Du kannst dir gar nicht vorstellen, was wieder passiert ist. Hinten im Garten ist ein großes Loch, und auf dem Boden unten drin liegen ein paar kleine, tote Katzen. Was ist mit diesem Land los? Brände, Tierquäler, ermordete Leute, und einen Luc hat dieses Wendland auch hervorgebracht. Wo hat es uns bloß hin verschlagen? Sollen wir nicht lieber wieder verkaufen und woanders hingehen? Ich fange an, mich richtig zu fürchten, und das ist mir in Lüneburg nie passiert."

Matti wischte mir die Tränen ab, aber als ich nicht aufhörte zu lamentieren, wurde er ungehalten.

„Ich bin schließlich auch aus Gusborn und gehöre somit zu diesen schlimmen Leuten. Was ficht dich an? Glaubst du, woanders wären die Leute besser? Es ist doch ein blöder Zufall, dass gerade ein paar unangenehme Dinge in kurzer Zeit passiert sind. Denke doch mal an die andere Seite: Sind wir nicht von unseren Nachbarn freundlich empfangen worden? Ist Hahlbohm, der hiesige Großbauer, nicht hilfsbereit? Er will uns zum Herbst das Grundstück umpflügen, obwohl er weiß Gott genug auf seinen eigenen Ländereien zu tun hat."

Ich entschuldigte mich erschrocken, weil Matti richtig heftig geworden war. „Ich habe überreagiert, aber es war so schockierend, die kleinen Kätzchen tot in dem Sandloch liegen zu sehen. Es tut mir leid. Hattest du neulich auch den Eindruck, das Ralf etwas weiß? Lass uns morgen darüber reden, ob wir die Polizei einschalten, oder was wir sonst unternehmen können.

Jetzt etwas Erfreuliches: Anke und Ralf haben ein gesundes Mädchen. Ich hole dir die Geburtsanzeige. Ich habe die Kleine schon besichtigt und gebührend bewundert."

Matti hatte sich schon wieder gefangen. Es war ein bewundernswerter Zug an ihm, dass er schnell vergessen konnte, wenn er sich geärgert hatte, und zudem war er überhaupt nicht nachtragend.

Er las die Karte und besah sich das Bild. „Na, eine Schönheitskönigin ist sie ja nicht," meinte er schmunzelnd, „aber das kann ja noch werden."

Matti beschloss, am nächsten Tag auch zu Ralf und Anke zu gehen, das Baby zu bewundern und diskret nachzufragen, was es mit den massakrierten Tieren auf sich hatte.

Es war bereits zu dunkel, um nach den toten Katzen zu sehen, und wir beschlossen, gleich ins Bett zu gehen. Weil ich ein schlechtes Gewissen hatte, war ich besonders zärtlich, was Matti natürlich bemerkte, aber sehr genoss. Wir schliefen eng umschlungen ein, und am nächsten Morgen war die Welt für mich wieder sonnig – und nicht nur vom Wetter her. Ich schämte mich immer noch ein bisschen, weil ich so ausfällig gegen meine neue Umgebung geworden war und nahm mir vor, mich künftig nicht mehr von meinen Emotionen hinreißen zu lassen.

Wir frühstückten in aller Ruhe, und dann sahen wir uns das Loch mit den toten Katzen gemeinsam an. Matti war auch einigermaßen erschüttert und erbost. Da es noch sehr früh war, schob er den Besuch bei Anke und Ralf auf, um sie nicht unnötig früh zu stören. Wahrscheinlich hatten sie wieder während der Nacht wenig Schlaf bekommen.

Ich zeigte Matti das Paket mit den Lilienzwiebeln, das mein Vater mir geschenkt hatte. Die Zwiebeln waren immer noch in Holzwolle verpackt in ihren Schachteln, aber Matti sah sich jede einzelne Aufschrift und das dazugehörige Foto gründlich an. Ich bewunderte seine Fachkenntnisse, denn er wusste immer, welche Bodenbeschaffenheit, Sonneneinstrahlung oder Halbschatten jede Pflanze brauchte. Ich hatte zwar Gartenbau studiert, aber er war immerhin ein auf Pflanzen spezialisierter Biologe.

Das Gewächshaus sollte dringend kommen, denn ewig wollte ich die Zwiebeln nicht in der Verpackung lassen aus Angst, sie könnten irgendwann austreiben, verschimmeln oder verdorren. Ich konnte es auch kaum noch abwarten, endlich mit der Gartenarbeit loszulegen.

Matthias hatte zwar von Bauer Hahlbohm gesprochen, aber ich war doch überrascht, als er ohne Ankündigung anrückte mit einem riesigen Schlepper und einem mehrscharigen Pflug. Er versicherte, dass es das kleinste Gespann zum Pflügen war, das er besaß, weil unser vergleichsweise bescheidenes Grundstück kein richtig großes Gerät vertragen hätte.

Nach einer knappen Stunde war das ganze Grundstück umgepflügt, das Unkraut und das alte Gras herausgeeggt, und ein paar kleine Bäume und Büsche, die sich selbstständig angesiedelt hatten, mitsamt den Wurzeln ausgerissen. Plötzlich hatte ich eine übersichtliche Sandfläche vor mir, die mich im Augenblick durch ihre Kahlheit erschreckte.

Matti bot Bauer Hahlbohm, der sich sofort den „Herrn Hahlbohm" verbat und Stefan genannt werden wollte, ein Gläschen an nach beendeter Arbeit. „Da nicht für," sagte Stefan, als Matthias sich bedankte, und trank seinen Schnaps in einem Zug aus.

Es stellte sich heraus, dass er ganz schön neugierig war. Er wollte alles über unseren Beruf wissen, über Zukunftspläne und Beziehungen zum Wendland. Er zeigte sich sehr erfreut, dass Matthias der Sohn vom Zahnarzt aus dem Nachbarort war, der ihm schon mal einen entzündeten Weisheitszahn gezogen hatte, was er in allen Details lustvoll schilderte. Wir bekamen den Eindruck, dass man allgemein im Dorf wissen wollte, wer da neu dazugekommen war, und das führte dazu, dass wir vorschlugen, ein Dorffest zu organisieren, womit Stefan überaus einverstanden war.

„Ich bin froh, dass ihr nicht so spinnerte Berliner oder Hamburger seid, die meinen, sich am Wochenende auf dem Land ausleben zu müssen und sich über die Bauern aufregen und alles besser wissen. Die Ökofreaks haben wir gefressen, die machen einem nur das Leben schwer."

Matti gelang es, schnell abzulenken, indem er wieder auf das geplante Dorffest kam. Er meinte, vor allem sei der Zeitpunkt wichtig, damit alle teilnehmen konnten. Stefan schlug den September vor, wo es noch einigermaßen warm sein konnte und die Ernte vorbei war bis auf den Mais, der viel später als das übrige Korn dran war. Wir verabschiedeten uns in herzlichem Einvernehmen, bedankten uns nochmal für die nachbarschaftliche Hilfe und waren froh, ungeschoren davongekommen zu sein, was unsere Ansichten über die bäuerlichen Gepflogenheiten anbelangte.

„Wir dürfen nicht mit der Tür ins Haus fallen und Fachkenntnisse nutzen, die eigentlich den Landwirten vorbehalten sind. Wenn die erst mal anfangen über die hochgestochenen Akademiker zu schimpfen, haben wir hier den Boden unter den Füßen verloren. Wir müssen ganz behutsam in Gesprächen kleine Anstöße geben, und wenn jemand sich unsere Anregung zu Herzen nimmt, ihn glauben lassen, dass er selbst auf die Idee gekommen ist. Vielleicht kann man dann etwas erreichen," sagte Matti.

„Deine Idee mit dem Dorffest ist auf jeden Fall grandios, obwohl wieder an uns viel Vorbereitung hängen bleiben wird. Ich werde versuchen, über Anke ein Komitee zu bilden, so dass wir gemeinsam alles besprechen können und uns die Arbeit und die Kosten teilen. Gute Gelegenheit, unsere Mitbewohner kennenzulernen."

„Da du Anke erwähnst, fällt mir ein, dass ich ja zu den beiden gehen wollte und zum Baby gratulieren. Ich werde von den toten Katzen erzählen und vorsichtig versuchen herauszukriegen, was Ralf weiß. Es ist ja nicht hinzunehmen, dass wir mit ermordeten Tieren drangsaliert werden."

Ich lief, während Matti hinübergegangen war, durch das Grundstück und steckte die künftigen Gehege für die Hühner und die Schweinchen ab. Ich würde alle Hände voll zu tun bekommen, um das Gelände artgerecht für die Tiere vorzubereiten, und den übrigen Boden für die Pflanzungen zu verbessern. Der reine Sandboden, den wir haben, hat zwar den Vorteil, dass man mit Unkraut – vor allem Giersch – nicht so unerbittlich kämpfen muss wie in fruchtbareren Gegenden, aber dafür lässt sich auch nicht einfach alles ohne Bodenverbesserung ansiedeln.

Matti kam relativ schnell zurück. Das Baby hatte geschrien und war weder durch Herumtragen, Fütterungsversuche oder gutem Zureden, noch von Ralfs grässlichem Gesang zu beruhigen. Mit Anke war überhaupt nichts anzufangen, und Ralf wirkte ebenfalls genervt.

Aber immerhin hatte Matthias die Geschichte mit den Katzen erzählt, und Ralf hatte seufzend zugegeben, dass er wusste, wer der Übeltäter war. Schweren Herzens hatte er gestanden, dass es vermutlich der geistig behinderte Sohn seiner Schwester sein musste. Matthias sollte das nicht weiter erzählen, und Ralf versprach, zu einem günstigeren Zeitpunkt zu uns zu kommen und Genaueres zu berichten.

Ich war erleichtert, dass sich offenbar die Schandtaten klären würden, aber Ralfs Schwester tat mir leid. Was für eine Hypothek, sich um ein behindertes Kind zu kümmern!

Wir gingen jeder mit einer Schaufel bewaffnet zu dem gewaltigen Sandhügel. Wir hatten beschlossen, die Kätzchen in ihrem Grab zu lassen, denn ihnen war auch mit Umbetten nicht mehr zu helfen, und schaufelten das Loch zu. Es war so tief, dass kein Fuchs oder Hund es mehr aufbuddeln konnte, um Leichenfledderei zu betreiben.

Mittags kam ein Telefonanruf von einer Spedition, die uns mitteilte, dass das Gewächshaus geliefert würde, und zwar sofort. Der Lastwagen mit der Fracht stand praktisch schon vor der Tür, und ich fand es doch ziemlich merkwürdig, dass man einfach davon ausging, dass der Empfänger zu Hause sein würde. Die Gepflogenheiten der Anlieferer und Dienstleister kamen mir in letzter Zeit sowieso ziemlich obskur vor mit Ankündigungen, die nicht eingehalten wurden, und Lieferungen, die man zu dem Zeitpunkt gar nicht erwartet hatte.

Ein Gewächshaus war schließlich kein Päckchen, das man dem Nachbarn in die Hand drücken konnte oder über den Zaun werfen!

Ich freute mich unbändig, als der Lastwagen rückwärts in die Einfahrt fuhr und vorsichtig durch den frisch umgepflügten Sand ums Haus kurvte bis kurz vor die durch den Betonsockel vorbereitete Stelle, wo das Gewächshaus aufgestellt werden würde.

Eine Glaswand hatte in England beim Kauf schon gefehlt, eine zweite war leider während des Transports kaputt gegangen. Mir graute schon davor, den Schaden abklären zu müssen. War es schon in England passiert, auf der Fähre oder erst in Deutschland? Ich erwartete die schlimmsten Scherereien, aber der Lastwagenfahrer beruhigte mich.

„Verantwortlich ist natürlich die Speditionsfirma aus England, die offensichtlich das Gewächshaus nicht ordnungsgemäß verpackt hat. Ich werde bezeugen, dass Sie den Schaden nicht verursacht haben, nachdem wir das Objekt mit aller Vorsicht auf Ihrem Grundstück abgeliefert haben."

Erstaunlich schnell waren die Teile abgeladen, und Matti meinte ironisch lächelnd, man müsse sie nur noch zusammensetzen. Am liebsten hätte ich gleich angefangen. Aber das war natürlich Unsinn. Matti konnte den Aufbau allein nicht bewältigen, und ich würde kaum eine Hilfe sein, weil mir die Teile viel zu schwer waren. Meine Aufgabe würde sich darauf beschränken, den Laufburschen für Werkzeug und gegebenenfalls Getränke zu spielen.

Mattis Vater hatte auf jeden Fall seine Hilfe zugesagt, aber wir würden mit dem Aufbau bis zum nächsten Wochenende warten müssen, weil Matti unter der Woche nicht da war und sein Vater schließlich viele Stunden in seiner Praxis verbrachte.

Ich wollte gleich am Montag bei der Glaserei anrufen, die unsere neuen Fenster im Haus eingebaut hatte, und die fehlenden Scheiben ausmessen lassen. Mehr als ein bisschen planen konnte ich im Augenblick nicht tun.

Am Abend kam Ralf. Er fiel erschöpft in einen Gartensessel und stöhnte nur noch : „Bier, Bier". Er wurde von mir sofort bedient und trank die erste Flasche praktisch in einem Zug.

„Es ist ja ein bisschen gemein," sagte er, „aber ich bin richtig froh, wenn ich wieder zur Arbeit gehen kann. Das ist vergleichsweise erholsam. Die Kleine nervt gewaltig durch ihr ständiges Geschrei, ich weiß gar nicht, was ihr fehlt. Ich habe ja schon von Schreikindern gehört, aber selber eins haben? Anke meint ja, sie sei nachtaktiv, aber ich finde, sie ist genau so tagaktiv."

Matti wusste nicht so recht, was er dazu sagen sollte, aber ich musste lachen, weil es offensichtlich war, dass Ralf nicht ganz so genervt war, wie er tat. Er wollte nur bemitleidet werden und ein bisschen verwöhnt.

„Jetzt erzähle bitte, was es mit dem Sohn deiner Schwester auf sich hat," bat Matti. „Wir behalten das ja auch für uns."

Ralf seufzte. „Bei der Geburt des Jungen ist etwas schief gelaufen, was zu längerem Sauerstoffmangel geführt hat. Sein Gehirn ist schwer geschädigt, und es ist ganz schwierig, mit ihm umzugehen. Meine Schwester ist einigermaßen klar gekommen, solange er noch klein war, aber jetzt ist er fast vierzehn und voll in der Pubertät. Er neigt seit einiger Zeit zu Aggressionen und ist mitunter kaum beherrschbar, selbst von seinem Vater nicht. Er ist nämlich schon sehr groß und verfügt über ziemliche Kräfte.

Kurz und gut, die Lage ist sehr problematisch. Eigentlich müsste er in ein Heim gegeben werden, wo er eine gute Betreuung hat, und man auf ihn eingehen kann. Meine Schwester fürchtet zum einen, dass man ihn mit Medikamenten einfach ruhigstellt, zum anderen hängt sie sehr an ihm und möchte sich nicht von ihm trennen."

„Gibt es denn auch ruhige Phasen, und hat er irgendwelche besonderen Fähigkeiten?" fragte ich. Ich dachte an einen Autisten im Bekanntenkreis, der die örtlichen Telefonnummern auswendig konnte. Man sagte einen Namen und die dazugehörige Adresse, und schon war die Nummer da.

„Er hat ein paar gute Züge. Zum Beispiel kann er unter Anleitung malen und hat ein ausgesprochenes Gefühl für Farben. Mit seinen beiden Geschwistern ist er gern zusammen und völlig harmlos, wenn sie ihn nicht ärgern. Aber er hat eine furchtbare Macke, die meine Schwester wohl doch dazu bringen wird, ihn wegzugeben. Er tötet Tiere und bringt sie möglichst blutig irgendwo an, wo sie mit Sicherheit gefunden werden. Das heißt, er vergräbt sie nicht, sondern stellt sie zur Schau. Das habt ihr ja selbst verschiedentlich erlebt.

Wir haben ihn noch nie beobachten können, wie er sie fängt, aber dafür hat er offenbar eine besondere Begabung. Ich kann auch erklären, warum er die Tiere in eurem Grundstück oder bei uns ablegt oder aufhängt. Als kleiner Junge ist er oft hier zu Besuch gewesen, und offenbar drängt es ihn an die Orte, die er kennt. Eigentlich sollte er nicht allein unterwegs sein, aber meine Schwester ist oft einfach überfordert mit der ständigen Aufsicht. Schließlich hat sie noch zwei jüngere Kinder, die auch zu ihrem Recht kommen wollen."

Matthias war sehr nachdenklich, und ich musste natürlich weiter darüber reden. Ralf versprach, uns Bescheid zu sagen, wenn seine Schwester und ihr Mann eine Entscheidung getroffen hatten. Ralfs Schwester glaubte allen Ernstes, im Dorf wisse niemand Bescheid, und deshalb solle Ralf auch nicht darüber reden. Ralf fand, da gäbe es nichts Peinliches, denn die Behinderung war niemandes Schuld, aber seine Schwester sah das anders.

„Bei der Feuerwehr fragen sie mich jedes Mal, wie es weiter gehen soll. Manche Dorfbewohner haben Angst vor ihm, wenn sie ihm allein begegnen, weil er unverständliches Zeug vor sich hin brabbelt und manchmal Schreie ausstößt."

Ich konnte mich mal wieder nicht im Zaum halten. „Mir tut das unendlich leid, aber es ist schon gruselig, wenn man nach Hause kommt und tote Tiere vorfindet. Daran könnte ich mich nicht gewöhnen, auch wenn ich die Ursachen kenne."

Wenigstens behielt ich den Gedanken, der mir als nächstes durch den Kopf schoss, für mich. Brandstiftung? Blödsinn, wie sollte der Junge an die verschiedenen Orte gelangen und auch noch das Geschick besitzen, Feuer so zu legen, dass man die Brandursache nicht finden konnte?

Ralf stand auf und sagte im Weggehen: „Macht euch auf einen Besucher gefasst. Vorhin war der Eigentümer des Hauses, das vor ein paar Wochen neben uns abgebrannt ist, bei uns. Er hat das Geld von der Versicherung immer noch nicht und versucht nun auf eigene Faust, über die Brandursache etwas heraus zu bekommen, um das Auszahlungsverfahren zu beschleunigen. Viel Spaß mit ihm!"

Damit ging Ralf, und ich kam mir irgendwie ertappt vor. Gott sei Dank hatte er meine Gedanken bezüglich der Feuer nicht lesen können, aber es war schon ein komischer Zufall, dass in dem Moment, in dem ich an die Brände dachte, jemand kommen wollte, dem das Haus abgebrannt war.

Matthias hatte überhaupt keine Lust auf Besuch von einem Hauseigentümer, den er nicht kannte und auch nicht kennen lernen wollte. Ich dagegen war natürlich neugierig. Ich schlug deshalb vor, Matti solle einen Spaziergang machen, und ich würde die Stellung halten, aber davon wollte Matti nichts wissen.

„Entweder wir gehen beide spazieren, wenn uns danach ist, oder wir bleiben da. Es ist ja nicht gesagt, dass er heute noch kommt, und du musst dich nicht allein von ihm ausfragen lassen."

Wir fanden einen guten Kompromiss, da wir keine Lust zum spazieren gehen hatten und auch keine Lust, zu bleiben (zumindest Matti nicht, ich schon). Wir holten unsere Fahrräder aus dem ehemaligen Kuhstall, den wir bisher mangels Zeit noch im Originalzustand belassen hatten.

Unser Plan war, den Kuhstall, der mit der Ostseite des Hauses ein L bildete und von der Straße geschickt anzufahren war, vielseitig zu nutzen. Einen Teil würden wir öffnen und einen Carport für unsere zwei Autos daraus machen. Nach dem Entkernen des gesamten Stalls würden wir riesig Platz zum Aufbewahren von Werkzeug, Schubkarren, Gartenutensilien und Fahrrädern haben.

Das Dach wenigstens war vor nicht allzu langer Zeit neu gedeckt worden, vermutlich um den Stall vor dem Einsturz zu retten, als er noch landwirtschaftlich genutzt wurde. Es stand uns trotzdem noch einiges an Umbau-und Renovierungsarbeiten bevor.

Wir machten eine kleine Runde mit dem Fahrrad - einmal an die Elbe bis Brandleben mit seinem Storchennest, und an der Hauptstraße zurück über Quickborn. Die ehemalige Dorfstraße von Quickborn Richtung Elbwiesen, die bis vor kurzem noch landwirtschaftlich geprägt gewesen war, hat sich durch behutsame Restaurierung bemerkenswert gut gehalten, obwohl es mittlerweile nur noch einen einzigen Bauernhof am Ende der Straße gibt.

Als wir wieder in Langendorf angekommen waren, stand vor unserem Grundstück ein protziger BMW. Ich hatte gleich meine üblichen Vorurteile. Von Matti wurde ich immer wegen meiner vorschnellen Urteile getadelt.

Es war weit und breit kein Fahrer zu sehen. Wir stellten unsere Fahrräder zurück in den Kuhstall und schlenderten zum Haus in der Absicht, uns einen gemütlichen Abend auf der immer noch provisorisch mit Kies belegten Terrasse zu machen.

Kaum hatten wir uns mit einem Glas Wein niedergelassen, kam ein junger Mann auf das Haus zugeschlendert, klopfte symbolisch in der Luft an und rief jovial: „Klopf, klopf, jemand zu Hause?" Er konnte uns natürlich auf der Terrasse sitzen sehen, schließlich waren wir nicht hinter dem Haus versteckt.

Ich fand so ein Verhalten lächerlich und antwortete etwas bissig: „Wie Sie sehen, ist keiner da, oder brauchen Sie eine Brille?" Der Besucher lachte etwas gezwungen, stellte sich aber dann ordnungsgemäß vor als Eigentümer des abgebrannten Hauses von gegenüber.

„Ich habe gehört, dass Sie dieses schöne Anwesen gekauft haben, aber noch nicht fest hier wohnen. Wenn es nicht zu unverschämt ist, hätte ich ein paar Fragen zum Abend des Brandes. Ich weiß natürlich nicht, ob Sie zu dem Zeitpunkt hier waren?"

Matti antwortete lieber schnell, bevor ich wieder frech werden konnte. „Ja, wir waren hier. Was möchten Sie denn wissen? Wie schon bei der Befragung durch die Kriminalpolizei kann ich nur sagen, dass wir absolut nichts mitgekriegt haben, bevor das Feuer ausbrach."

„Vielleicht kann ich Ihnen ein bisschen helfen mit dem, was ich wissen möchte. Haben Sie mein Auto an dem Tag oder Tage vorher beim Haus oder irgendwo im Ort gesehen? Meine Versicherung ist nicht davon zu überzeugen, dass ich das Feuer nicht gelegt habe. Ich war zu dem Zeitpunkt in meiner Wohnung in Hannover, in der ich allein lebe. Ich habe nachweislich verschiedentlich telefoniert, aber die Telefonate kann man laut Versicherung türken. Ich bemühe mich jetzt, vielleicht durch eigenen Einsatz etwas heraus zu bekommen, denn ich hätte natürlich gern die Versicherungssumme. Das Haus war zwar nicht alle Welt wert, aber das Sümmchen könnte ich gut gebrauchen."

Ich musste lachen. „Wer würde das nicht? Wie lange hatten Sie denn das Haus angeboten, und warum hat es sich nicht verkaufen lassen?"

Die Frage war unserem Gast offensichtlich ein bisschen peinlich. „Ich habe es etwa zwei Jahre lang angeboten, aber es gab kaum Interessenten. Die Zeiten, in denen die Hamburger und Berliner sich um ein altes Haus hier gerissen haben, sind leider vorbei. Die Berliner haben jetzt nähere attraktive Ziele in der Umgebung, und die jüngeren Hamburger verreisen lieber Richtung Sonne. Mir geht es ja auch so. Ich habe keine Lust, bei schlechtem Wetter im Wendland zu hocken, mich um einen alten Kotten mit Riesengrundstück zu kümmern und viel Geld kaputt zu machen."

Das war uns natürlich nichts Neues, aber unser Gast tat so, als hätten andere Leute von der neuen Entwicklung keine Ahnung.

Ich hatte Lust, ihn zu provozieren mit meiner nächsten Frage. „Ich denke, Sie haben den Preis für das Haus zu hoch angesetzt. Es gibt schon noch Interessenten. Diahren ist ein Beispiel dafür. Da haben sich alternative Familien angesiedelt und betreiben ökologische Landwirtschaft. Das wäre doch hier auch möglich?"

Ich merkte, dass er nicht direkt auf seine Vorstellung vom Verkaufspreis eingehen wollte und schloss daraus, dass ich mit meiner Vermutung richtig lag, „Wem hat denn das Haus vor Ihnen gehört?" fragte ich als nächstes.

„Der letzte Bewohner war ein Onkel von mir. Er hielt am Schluss nur noch ein paar Schweine, und das Haus ließ er verkommen, vermutlich mangels Geld. Ich habe nämlich außer dem Haus und dem Grundstück keine müde Mark geerbt, mit der ich den alten Kotten renovieren beziehungsweise sanieren könnte. Also, weg damit, dachte ich."

Matti, immer verbindlich und höflich, fand es an der Zeit, etwas anzubieten, und das Glas Wein wurde dankbar angenommen. Jetzt konnten wir uns auf einen gemütlichen Abend zu dritt einrichten, was mir überhaupt nicht passte. Unser Gast war mir nicht sympathisch, und eigentlich hatte ich keine Lust auf Smalltalk.

„Um nochmal auf Ihre Frage zu kommen," sagte Matti. „Wir haben gar nichts beobachtet. Weder stand ein Auto da, noch lief jemand herum am frühen Abend. Als das Feuer ausbrach, haben wir natürlich geschlafen. Es war schließlich mitten in der Nacht."

„Ihren Nachbarn habe ich auch schon befragt. Er ist ja bei der Feuerwehr und könnte am ehesten hilfreich sein. Aber er weiß auch von nichts. Es wird wohl auf einen elektrischen Defekt hinauslaufen. Ich wünsche mir nur, dass die Versicherung sich bald entschließt, ihren Verpflichtungen nachzukommen."

Wir erfuhren noch, wo unser Gast arbeitete, was er beruflich machte, und wie er sein Privatleben gestaltete. Er neigte wohl zum Angeben (wie man an seinem Auto sah), und ich wunderte mich, dass er nicht erwähnte, welche gewaltigen Summen er verdiente.

Da er noch nach Hannover zurückfahren wollte, ging er entgegen unserer Erwartungen beziehungsweise Befürchtungen relativ früh, und wir waren froh, als wir ihn zu seinem tollen Auto begleiten konnten. Ich missgönnte ihm die Versicherungssumme von Herzen, denn er hatte weder Interesse an seinem Erbonkel bekundet noch Bedauern, dass das schöne, strohgedeckte Fachwerkhaus für immer verloren war.

Ich fragte mich, was sein Besuch eigentlich bezwecken sollte. Er konnte doch nicht wirklich annehmen, dass die Nachbarn mehr wussten als die Kriminalpolizei und die Experten der Versicherung, die wirklich sehr kompetent gearbeitet hatten, soweit ich das als Laie beurteilen konnte.

Matti war sehr nachdenklich. Auch ihm schien der Besuch des Eigentümers des abgebrannten Hauses obskur, und er äußerte die Vermutung, dass irgend etwas daran eine linke Tour war. Er meinte, er sei nahe daran, auf den Kern der Sache zu stoßen, aber ihm fehlte noch die Initialzündung.

Als wir dabei waren, den Tisch abzuräumen und die Gläser ins Haus zu tragen, klingelte das Telefon. Ich fand es etwas ungewöhnlich, um diese Uhrzeit angerufen zu werden und hatte keine gute Vorahnung. Aber der Anruf war harmlos. Mattis Mutter rief an, um ganz aufgeregt mitzuteilen, dass sie einen Flug für den übernächsten Tag nach Kanada gebucht hatte, um ihre Enkeltochter kennen zu lernen. Reiner wollte nicht mitkommen. Abgesehen von den Schwierigkeiten, die Praxis spontan zu schließen, hatte er keine Lust auf die Hutterer. Er fürchtete, wie Astrid sagte, missioniert zu werden und sich dem Druck der Gepflogenheiten des Bruderhofes unterordnen zu müssen. Astrid sah das lockerer, nach allem, was Lara ihr über die Gastfreundschaft und Großzügigkeit ihrer Religionsgemeinschaft erzählt hatte.

Ich machte sofort den Vorschlag, auch bald mal nach Kanada zu fliegen und den Besuch bei Mattis Schwester mit einer Rundreise in einem gemieteten Wohnmobil zu verbinden. Matti lachte über meinen Eifer und winkte ab. Zum einen kannte er natürlich Kanada ganz gut durch seinen Forschungsaufenthalt, zum anderen gab er zu bedenken, dass wir ja beide arbeiteten und nicht alle paar Tage frei nehmen könnten, so, wie es uns in den Sinn kam. Matti holte mich schnell auf den Boden der Tatsachen zurück.

„Du kannst wirklich spontan planen," sagte Matti, der oft sehr bodenständig dachte. „Einerseits schätze ich das sehr und beneide dich, andererseits muss ich oft Vernunft walten lassen und bremsen, und dann sehe ich aus wie der Spielverderber."

„Ach, du tust mir leid," sagte ich, „aber lass uns mal realistisch sein: Bin ich je mit spontanen Ideen vorgepresht und habe sie umgesetzt? Ich habe brav mein Studium durchgezogen, meine Praktika in Deutschland absolviert im Gegensatz zu dir, und artig meine Eltern im Geschäft unterstützt. Bist du vielleicht Zahnarzt geworden, um deinen Vater in der Praxis abzulösen? Oder hast du so lange zu Hause gewohnt wie ich? Also, um es kurz zu machen: Du bist der Abenteurer, und ich bin diejenige, die unrealistische Pläne macht und in Wirklichkeit ganz brav ist."

Marti musste zugeben, dass in meiner Darstellung ein Stückchen Wahrheit steckte, aber mit dem Bravsein war er nicht so einverstanden.

„Nach allem, was ich von dir weiß, hast du in jüngeren Jahren einiges angestellt, im Gegensatz zu mir. Ich habe zum Beispiel nie im Supermarkt oder in einem Kaufhaus etwas mitgehen lassen unter meiner Jacke."

Ich unterbrach ihn sofort. „Du brauchtest auch mit dreizehn keinen Nagellack oder Lippenstift, und die CDs fielen dir nur so in den Schoß, weil deine Eltern nicht mit Geld für ihre Kinder knauserten. Bei uns war das anders, und wir mussten sehen, wie wir zu gewissen Dingen kamen. Die Idee, einfach etwas zu klauen, von dem wir glaubten, es haben zu müssen, stammte natürlich von Vera. Aber ich gebe zu, dass einige Mädchen in meiner Klasse sich damit brüsteten, wie geschickt sie einen Ladendiebstahl hinbekamen, und das beeindruckte mich. Ich wollte einfach dazugehören, und das war bescheuert. Ich nahm Sachen mit, die ich überhaupt nicht brauchte oder wollte. Zum Beispiel ein Tütchen Gummibären, die ich verabscheue. Ich habe das Tütchen weggeschmissen, aber eine gewisse Genugtuung und ein Kitzel waren da, weil ich es geschafft hatte, etwas unbemerkt aus dem Laden zu schmuggeln.

Meine Klauphase hatte ein Ende, als ich durch Zufall in einem Bericht las, welche Verluste die Geschäfte durch die unmoralischen Praktiken der Jugendlichen und auch Erwachsenen machen. Diese Verluste werden durch miserable Bezahlung der Angestellten ausgeglichen, und das habe ich kapiert. Du kannst heute unbesorgt mit mir überall hingehen, ich nehme auch keine Silberlöffel mit, wenn wir in einem Schloss eingeladen sind."

Matti lachte und nahm mich liebevoll in den Arm. „Und du brauchst auch nicht mehr mit einer Clique von Mädchen nachts nackig in ein Schwimmbad einzubrechen, um das Eintrittsgeld zu sparen, oder dem weißen Hund des Nachbarn schwarze Augenbrauen anzumalen, um ihn zu entstellen."

Ich musste lachen. „Das habe ich dir alles erzählt? Okay. Ich nehme das mit dem Bravsein zurück, aber verlass dich nicht darauf, dass ich nicht rückfällig werde."

„Alles klar," sagte Matti. „Ich bin gewarnt. Und ich liebe dich, obwohl du offenbar nicht vorhast, immer brav zu sein.

Wie sieht es damit aus, wenn ich dich jetzt mit in mein Bett nehme?"

Er strich zärtlich an meinem Rückgrat entlang, und seine Hände landeten schließlich unter meinem T-Shirt. Meine Knie wurden ein bisschen weich, und ich behauptete, nicht mehr stehen zu können. Matti hob mich einfach auf und trug mich in sein Bett. Ich war während der nächsten Stunden nicht brav.

20. Kapitel

Matti stand am Montag sehr früh auf und fuhr nach Eberswalde zurück. Ich bedauerte zutiefst, dass wir uns schon wieder trennen mussten, aber im Augenblick war das nicht zu ändern. Ich nutzte den Montag Vormittag, um Erde anliefern zu lassen und die Beete im Gewächshaus vorzubereiten. Trotz der beiden fehlenden Scheiben setzte ich vorsichtig die Lilien ein, beschriftete die kleinen Plastikstecker für die Beete und freute mich, dass der Anfang meiner kleinen, eigenen Gärtnerei gemacht war.

Am Nachmittag hatte ich etwas ganz Besonderes vor: In Wietzetze, einem kleinen Ort nordwestlich von Hitzacker, wurden diverse Schweine zum Verkauf angeboten, und ich hatte beschlossen, mir die Schweine anzusehen um herauszufinden, ob etwas für mich dabei war.

Die Fahrt dauerte über eine halbe Stunde, und ich war immer noch im Wendland, einem der größten Landkreise in Deutschland, mit gleichzeitig der geringsten Bevölkerungsdichte. Ich fand den Ökohof mit den Schweinen auf Anhieb, denn die Schweine hatten einen riesigen Auslauf mit hölzernen Schutzdächern in genau der Bauweise, wie ich es mir für uns vorgestellt hatte. Die meisten Schweine dösten im Schatten, aber einige waren eifrig dabei, das Gelände in einen umgepflügten Acker zu verwandeln.

Eine sehr freundliche, junge Bäuerin kam mir entgegen, als ich auf den Hof fuhr. Ich sagte ihr, dass ich mich telefonisch angemeldet hatte. Sie sprach mich sofort mit Caroline an, schüttelte mir herzlich die Hand und stellte sich als Sabine vor.

„Wenn ich dich richtig verstanden habe, suchst du zwei Schweinchen, die du als Schmusetiere halten willst. Ich kann dir genau das anbieten, was du suchst. Komm mit in den Auslauf, dann wirst du sie begutachten können. Schlauerweise hast du ja Gummistiefel an, und das gefällt mir. Hast du schon mal Schweine gehalten?"

Ich verneinte, aber sagte ihr, dass ich mir über die artgerechte Haltung einiges angelesen hatte. Als wir durch den abgesteckten Bereich liefen, standen einige der Schweine auf und kamen grunzend auf uns zu. Ich war entzückt, wie anhänglich und angstfrei sie waren. Besonders tat es mir ein schwarz-weiß-geflecktes Minischwein an, das sich vor Sabines Füßen auf den Rücken warf und auffordernd grunzte. „Es will gekrault werden," sagte Sabine, beugte sich zu dem Schweinchen und strich ihm mit den Fingernägeln über den Bauch.

„Das kannst du haben, das ist ein echtes Schoßtier. Du kannst es unbesorgt mit ins Haus nehmen, es macht nie irgendwo auf den Boden und riecht auch nicht unangenehm, solange du es an der frischen Luft hältst. Es heißt übrigens Willi, und ich muss sagen, dass ich mich schwer von ihm trenne."

Für mich war schon beschlossene Sache, dass Willi die Nummer eins meiner Schweinehaltung sein sollte, aber ich wollte doch noch mit Matti wiederkommen, um auch seine Meinung zu hören.

Das zweite Schwein, das meine Aufmerksamkeit erregte, war ein Hängebauchschwein mit einem etwas verschlagenen Blick. Es war nicht gerade schlank, lief uns aber auch anhänglich hinterher. Sabine kraulte es hinter den Ohren, aber als ich meine Hand ausstreckte, schnappte es unvermittelt nach mir. Etwas erschrocken zog ich die Hand zurück, und Sabine lachte. „Es ist mit Kindern aufgewachsen und wohl geärgert worden, deshalb ist es nicht immer liebenswürdig. Wie du siehst, neigt es auch zu einer gewissen Beleibtheit, es ist nämlich ziemlich verfressen."

Das Schwein gefiel mir irgendwie auch, obwohl es offenbar nicht ganz so zutraulich im Umgang wie Willi war. Es tat mir ein bisschen leid, weil es schlechte Erfahrungen gemacht hatte und nicht gerade graziös war, was ihm selbst wohl völlig egal war. „Wenn wir es nehmen, werden wir es Hermann nennen nach Hermann Göring. Immer mal bösartig und verfressen, das passt doch?"

Sabine lachte schallend. „Es heißt schon Hermann, aber an Göring haben wir dabei nicht gedacht. Hast du das zweite Gesicht? Wieso konntest du den Namen erraten?"

Sabine bot mir noch einen Kaffee an und verkündete ihren Plan, bei mir Feuerlilien zu kaufen zum Auspflanzen auf ihren ökologisch betriebenen Äckern, nachdem sie gehört hatte, welche Absichten ich mit meiner künftigen Gärtnerei verfolgte. Wir verstanden uns bestens, ich erfuhr eine Menge über die Erfolge und Probleme ihrer biologisch betriebenen Landwirtschaft, und wir freuten uns beide auf ein baldiges Wiedersehen, bei dem Matthias und ich vermutlich mit zwei Schweinchen abziehen würden.

Auf dem Rückweg fuhr ich bei Astrid vorbei, um mich zu verabschieden. Ich war etwas überrascht, im Haus von Mattis Eltern das totale Chaos vorzufinden. In der Eingangsdiele standen diverse Koffer und Trolleys, auf der Treppe lagen Kleidungsstücke in Stapeln sortiert, Pullover, T-Shirts, Röcke und lange Hosen, der Esstisch war übersät mit Papieren.

„Ach du meine Güte," entfuhr es mir. „Willst du ausziehen?"

Astrid lachte. „Nein, nein, natürlich nicht. Ich habe bloß ein Problem, zu entscheiden, was man zu den Hutterern mitnimmt. Geht eine lange Hose? Ein Pullover mit V-Ausschnitt? Reicht ein Schal, um meine Haare einzuwickeln, oder brauche ich ein Häubchen?"

Ich musste auch lachen. „Am besten, du kaufst dir eine Burka, dann kann nichts schiefgehen. Du reist doch nicht zum IS! Soweit ich Larissa verstanden habe, zwingt man Besucher keinesfalls, sich in allem an die strengen Gepflogenheiten zu fügen. Ich denke, wenn du dich nicht provozierend kleidest, keinen Alkohol in dich reinkippst und beim Essen den Mund hältst, kann gar nichts verkehrt sein. Ich bin jedenfalls sehr gespannt, was du erzählst, und wie du dich in deiner Rolle als Großmutter fühlst. Wie lange willst du denn bleiben?"

„Ich denke, so zwei Wochen. Ich habe den Rückflug noch nicht gebucht. Vielleicht miete ich mir auch mal ein Auto und mache auf eigene Faust einige Ausflüge, sofern man da an ein Auto kommt, und ich mich auf dem Bruderhof langweile."

Ich wollte Astrid nicht länger bei ihren Vorbereitungen aufhalten, lehnte also den von ihr angebotenen Kaffee ab und machte mich auf den Weg zurück nach Langendorf.

Als ich gerade in unseren Hof einbog, klingelte mein Handy. Da der Bus von meinen Eltern keine Freisprechanlage hatte, bremste ich sofort ab und nahm den Hörer auf.

Ich traute meinen Ohren nicht, als ich den Namen des Anrufers hörte: Luc. Für seine Verhältnisse klang er ziemlich aufgelöst, und nach einigem Hin-und Hergerede kam heraus, dass er Vera im Krankenhaus in Dannenberg eingeliefert hatte. Den Grund konnte ich nicht erfahren, weil er sich ziemlich ungenau ausdrückte. Sie habe einen Zusammenbruch gehabt und sei unglücklich gefallen.

Ich dachte mir mein Teil: Er hatte sie vermutlich zusammengeschlagen und versuchte nun, diese Tatsache zu vertuschen. Es wurde immer schlimmer mit den beiden, und ich überlegte fieberhaft, wie ich Vera aus seinen Klauen befreien könnte. Gleichzeitig fand ich es rührend, dass er mich anrief, damit ich Vera besuchen und wieder aufrichten könnte.

Leider erwies sich mein Gedanke, dass er sich Sorgen um Vera machte, als völlig verfehlt. Er rückte nämlich ziemlich unvermittelt mit seinem Anliegen heraus: Er und Vera hatten keine Krankenversicherung, und irgendwer musste das Krankenhaus bezahlen. Ich hatte ja schließlich Geld in Mengen und war die treusorgende Schwester. Warum also nicht mir die Kosten aufdrücken?

Ich war so empört, dass ich gar nicht wusste, was ich sagen sollte. Eigentlich hätte ich sofort auflegen sollen, aber ich brachte doch noch eine Anmerkung an, die Luc auf die Palme brachte. „Vera hat gesagt, du würdest verdienen. Da du mit ihr zusammen lebst und sie kaputt machst, solltest du auch für den Schaden aufkommen."

Luc legte auf, aber ich glaubte durch den Hörer seinen Zorn zu spüren.

Ich ließ das Auto in der Einfahrt stehen, weil ich mich außerstande fühlte, noch einen Meter zu fahren, und lief zum Haus. Mir war ganz schlecht vor Zorn und Trauer. Würde es denn nie aufhören, dass ich für meine kleine Schwester verantwortlich war, deren Leben immer mehr den Bach runterging? Was konnte oder sollte ich machen?

Ich beschloss als erstes, nicht ins Krankenhaus zu fahren. Zum einen, um einer möglichen Begegnung mit Luc aus dem Weg zu gehen, zum anderen, weil ich endlich einen Schlussstrich ziehen wollte und Vera aus meinem Leben löschen.

Wie so oft, wenn ich fürchterlich aufgeregt war, glaubte ich, dass ein Schnaps mir helfen würde. Ich trank einen kräftigen Schluck aus der Flasche, aber statt des wärmenden Gefühls im Bauch stellte sich eine leichte Übelkeit ein. Ich setzte mich auf einen Küchenstuhl und senkte den Kopf zwischen die Beine. Das half.

Als es mir etwas besser ging, rief ich Mama an. Sie reagierte auf die Nachricht, dass Vera im Krankenhaus war, natürlich wieder total hysterisch, aber nach kurzer Zeit gewann ihr praktisches Denken wieder die Oberhand. Da ich ihr deutlich machte, dass ich auf keinen Fall ins Krankenhaus fahren würde, überlegte sie, wie sie es hinbekommen sollte, Vera selbst einen Besuch abzustatten. Sie konnte nicht sofort nach Dannenberg fahren, weil sie im Laden nicht abkömmlich war, und ich lehnte es sehr bestimmt ab, in der Gärtnerei zu erscheinen, um im Laden einzuspringen und es ihr zu ermöglichen, loszufahren.

Sie musste also warten, bis Papa wiederkam.

Sie sagte, sie würde sofort telefonieren, um Einzelheiten zu erfahren, aber ich machte ihr wenig Hoffnung, dass man ihr am Telefon vertrauliche Auskünfte geben würde. Es könnte sich ja jeder als Mutter der Patientin ausgeben und so Dinge erfahren, die niemanden außerhalb der Familie etwas angingen.

Einige Minuten später rief Mama wieder an. Ich hatte natürlich Recht gehabt, man hatte ihr am Telefon nichts mitgeteilt. Sie versuchte noch einmal, mich zu erweichen loszufahren, aber bei mir hatte es einen innerlichen Knacks gegeben, und ein Gefühl, mit Vera endgültig abgeschlossen zu haben, stellte sich ein. Ich verbat mir von Mama jede weitere Information zum Thema und legte auf.

Natürlich würden meine Eltern äußerst besorgt sein, Mama würde wieder weinen und sich mit Sicherheit noch nach Geschäftsschluss aufmachen zur Klinik, um Näheres zu erfahren.

Ich lenkte mich durch Arbeit im Garten ab und fuhr gegen Abend zur Elbe zum Schwimmen. Der Himmel sah bedrohlich nach Gewitter aus, und als es zu donnern anfing, kletterte ich schnell zwischen den Buhnen ans Ufer und zog mich an. Leider kam das Gewitter schneller näher, als ich gedacht hatte. Der Himmel war nach allen Seiten von Blitzen durchzogen, und es krachte ein paarmal so fürchterlich, dass ich sicher war, dass es in der Nähe eingeschlagen hatte. Ich radelte so schnell ich konnte durch die Elbwiesen, denn bis auf ein paar vereinzelte Eichen gab es keinerlei Schutz. Und vor Eichen sollst du weichen! Ich dachte panisch an die Geschichten von Leuten, die auf offener Fläche vom Blitz erschlagen worden waren. Ich kam aber ohne tödlichen Blitzschlag davon, allerdings nicht ohne sturzbachartigen Regen, der mich in kürzester Zeit völlig durchnässte.

Ich zog mich zu Hause schnell aus. Diesmal verzichtete ich auf einen wärmenden Schnaps. Stattdessen stellte ich mich unter die heiße Dusche, und nach wenigen Minuten fühlte ich mich wieder gut, zumindest physisch.

Da es empfindlich abgekühlt war, entzündete ich in unserer Tenne den Kaminofen und setzte mich mit einem Buch davor.

Matti rief sehr spät noch an. Wegen der landwirtschaftlichen Auflagen in der Elbtalaue gärte seit längerer Zeit ein Konflikt mit den Bauern, und am Morgen war er eskaliert. Ein empörter

Bauer, der im Zuge einer kleinen Demo in einem Dorf an der Elbe in Brandenburg mit einem Transparent herumlief, auf dem stand: „ Elbtalaue = Enteignung der Bauern!" hatte einen Stein aufgehoben und den Konfliktmanager am Kopf getroffen. Matti hatte mit einem Mitarbeiter aus Eberswalde anreisen müssen, die Polizei war natürlich präsent, ebenso wie die Presse.

Matti berichtete mir zunächst die Tatsachen. Er hoffte, dass der Konflikt noch irgendwie gütlich gelöst werden könnte. Sein Vorschlag war, sich mit Bauernvertretern an einen Tisch zu setzen und aufzuklären. Nicht zu verhandeln, denn die Tatsachen waren bereits geschaffen.

Bei vielen Bauern kursierte nach wie vor die Vorstellung, dass die Schaffung der Elbtalaue ihre Rechte empfindlich beschnitten hatte. Sie sahen manches nicht ganz falsch: Kunstdünger durfte nicht ausgebracht werden, geschweige denn Unkrautvernichtungsmittel wie Glyphosat, das sowieso gerade im Kreuzfeuer stand. Das frühe Mähen für Silage war untersagt wegen der Bodenbrüter. Folglich fiel eine dritte Mahd aus. Die Bauern durften natürlich die Flächen nach wie vor beweiden lassen, mit dem Traktor befahren, Heu machen, aber sie empfanden eine starke Zurücksetzung im Wettbewerb.

Matti redete sich in Rage, und ich hörte eine ganze Weile schweigend zu. Schließlich unterbrach ich ihn: „Das musst du mir nicht erklären. Ich bin schon überzeugt."

Das nahm ihm etwas den Schwung, und er fragte ein bisschen kleinlaut, wie mein Tag gewesen wäre. Ich schwärmte von den Schweinchen Willi und Hermann, berichtete von meinem Besuch bei seiner Mutter und kam schließlich auf das Thema Vera. Ich fasste mich sehr kurz und wollte auch auf Nachfrage nichts außer der Tatsache, dass sie verletzt im Krankenhaus lag, sagen.

Matti war damit nicht zufrieden. Er fand mich wohl ziemlich unmöglich mit meinem Vorsatz, mit Vera abzuschließen, weil er glaubte, dass ich das nie schaffen würde. „Es ist doch nicht der erste Januar, an dem du dir lauter gute Vorsätze vornimmst, um sie nachher nicht einzuhalten. Außerdem ist deine Idee, dich nicht mehr um Vera zu kümmern, richtig schlecht. Was soll aus ihr werden, wenn nur noch Luc zuständig ist? Willst du sie am Heroin verrecken lassen?"

„Ja," sagte ich ohne zu zögern. „Ich habe alles mögliche versucht, bin als Arschloch beschimpft worden, beklaut und gedemütigt von ihrem Galan. Es reicht mir wirklich! Wenn sie es von sich aus hinbekommt, sich von ihrem Engel, wie sie ihn passenderweise nennt, zu trennen, können wir neu verhandeln. Vorher nicht."

Matti war einen Augenblick still und meinte dann, er würde diese harte Seite gar nicht an mir kennen, aber im Augenblick sei wohl nichts zu holen, um die Situation zu entschärfen.

„Richtig," sagte ich. „Das hat aber gar nichts mit dir zu tun, wie du weißt. Kannst du morgen kommen? Du bist ja gar nicht so weit weg. Ich könnte es einrichten, hierzubleiben und nicht in Lüneburg zu arbeiten. Klingt das verlockend?"

„Ja, schon," antwortete Matti. „Aber ich kann morgen nicht bei dir sein, und es sieht so aus, als müsste ich demnächst für ein paar Tage zu einer Konferenz nach Afrika."

Ich war einen Moment lang still und fühlte mich jetzt schon traurig und verlassen. Von der Reise hatte ich nichts gewusst, und ich fragte mich, ob Matti mir noch andere Sachen verschwieg. Ich bemühte mich, den Abschied so klingen zu lassen wie immer, nämlich liebevoll und vertraut, aber ich glaube, es gelang mir nicht so recht. Matti kannte mich natürlich gut genug, um meine Distanz zu bemerken, aber er sagte nichts, und ich war froh darüber, denn es wäre nicht gut gewesen, in meiner derzeitigen Stimmung Diskussionen anzufangen.

Ich machte mir einen Schlaftee, weil ich das Gefühl hatte, zu ruhelos zum Einschlafen zu sein, setzte meine Lektüre fort und wartete auf die Müdigkeit. Nach einer Ewigkeit war ich in meinem Sessel fest eingeschlafen, als das Telefon mich wieder weckte.

Natürlich war es Mama, die soeben aus dem Krankenhaus zurückgekommen war und ihren Schmerz und ihr Entsetzen gleich loswerden musste, obwohl ich versuchte, sie abzublocken.

„Vera geht es ganz schlecht. Sie sieht fürchterlich im Gesicht aus, und zwei Rippen hat sie auch gebrochen. Sie erinnert sich nicht, warum sie in Ohnmacht gefallen ist und sich angeschlagen hat. Aber es gibt ein weiteres Problem: Sie kann die Behandlung nicht bezahlen, und wir werden ihr das Geld geben."

Jetzt wurde ich richtig sauer. „Luc hat schon versucht, mir das Geld für den Krankenhausaufenthalt aus dem Kreuz zu leiern. Vera hat noch ihren Bausparvertrag, sie muss wirklich nicht betteln gehen. Außerdem ist ein vernünftiger Mensch bei uns in Deutschland versichert. Ich verstehe sowieso nicht, wieso Luc und sie nicht gezwungen werden, sich abzusichern. Womöglich muss letztendlich der Steuerzahler für so ein Gesindel aufkommen."

Mama war entrüstet. „Wie redest du von deiner Schwester? Das will ich nicht gehört haben."

Ich unterbrach sie, bevor sie mir länger Vorhaltungen machen konnte. „Du brauchst auch kein Mitleid mit Vera zu haben. Du glaubst doch nicht im Ernst, dass sie in Ohnmacht fällt und sich verletzt, oder gegen eine offene Tür rennt und sich dabei die Zähne ausschlägt? Luc ist schwer drogenabhängig, weicht allmählich sein Gehirn auf und lässt seinen Frust über sein Versagen an ihr aus. Du wirst ihr nichts bezahlen und ihn damit unterstützen. Das untersage ich dir, und Papa sieht das bestimmt genau so. Vera behauptet, dass Luc manchmal richtiges Geld verdient, und was macht er damit? Alles für Drogen rausschmeißen? Wieso kann er für Vera nichts bezahlen?"

Mama setzte zu einer Erwiderung an, inzwischen schluchzend, aber ich hatte keine Lust mehr auf ein derart unerquickliches Gespräch. „Beenden wir es lieber. Wie wäre es, wenn du mich mal lobst? Ich mache alles brav und gehorsam, aber du siehst immer nur deine verkorkste Lieblingstochter."

Das war gemein und ungerecht, und Mama legte auf.

Ich ging ins Haus und legte mich ins Bett. An nochmaliges Einschlafen war jetzt nicht zu denken, und so nahm ich wieder mein Buch vor und machte mich auf eine schlaflose Nacht gefasst. Natürlich konnte ich mich überhaupt nicht auf meine Lektüre konzentrieren. Die Gedanken gingen wild im Kreis herum. Jetzt hatte ich es mit Vera vollends verdorben und auch noch mit Mama Krach. Meine Eltern waren eigentlich immer mein Fixpunkt gewesen. Ich fragte mich, inwieweit ich an allem Schuld war, und das schlechte Gewissen plagte mich. Matti hatte mir schon oft gesagt, ich solle nicht die Verantwortung für die ganze Welt auf meine Schultern nehmen und aufhören, mich mit Selbstvorwürfen zu zermartern. Ich kriegte es in dieser Nacht nicht hin und wachte morgens mit Kopfschmerzen und immer noch einem schlechten Gefühl auf. Also war ich doch irgendwann eingeschlafen, aber von Erholung keine Spur.

Es war noch ziemlich früh, und die Sonne kam gerade erst über den Elbwiesen hoch. Nachdem ich geduscht hatte, fühlte ich mich ein bisschen besser und ging vor die Tür um zu überprüfen, ob es möglich war, draußen zu frühstücken. Leider war es noch kühl, obwohl die Morgenstimmung einen schönen Tag versprach.

Ich machte mir einen Kaffee und bereitete ein Schälchen mit Müsli zu. Ich setzte mich ans Fenster in der Küche und sah beim Kaffeetrinken auf den Garten hinaus, der schon anfing, ein wenig Gestalt anzunehmen. Mein Blick blieb natürlich an meinem wunderschönen Gewächshaus hängen, und ich beschloss, nach dem Frühstück zunächst einen Rundgang durch das Grundstück zu machen.

Das baute mich dann doch wieder auf, denn das, was wir von unserer Planung bisher verwirklicht hatten, machte sich richtig gut. Ich ging bis zu dem sandigen Abhang, der das Ende unseres Grundstücks und die Grenze zu den Elbwiesen bildete, setzte mich ins Gras und sah den Kühen zu, die offenbar auch ihr Frühstück einnahmen. Alle ohne Ausnahme hatten den Kopf gesenkt, wie es sich für Herdenvieh gehört, und ich konnte deutlich das Rupfen des Grases hören. Ich fand es beschaulich und beruhigend, einfach so dazusitzen, meine Probleme auszuschalten und an nichts zu denken.

Es wurde bereits wärmer, aber ich wollte nicht meinen Tag vertrödeln, indem ich einfach dasaß und den Kühen beim Grasen zusah. Ich stand auf und ging zum Haus zurück. Auf dem Weg überlegte ich, ob ich nach Lüneburg fahren sollte oder in Langendorf bleiben. Der Gedanke, mich mit Mama gezankt zu haben, war mir äußerst unangenehm. Das beste würde wohl sein, in die Gärtnerei zu fahren und mich auszusprechen. Große Lust hatte ich nicht.

Auf dem Weg zum Haus kam mir Matti zu meiner großen Überraschung entgegen. Bevor ich etwas sagen konnte, schloss er mich zärtlich in die Arme, und wir blieben eine Weile in inniger Umarmung stehen.

Schließlich ließ Matti mich und sah mir liebevoll in die Augen. „Ich habe mir nach unserem Telefonat gestern große Sorgen um dich gemacht. Du warst so schroff, was Vera anbelangt, und ich hatte zudem den Eindruck, dass du mir die mögliche Afrikareise missgönnst."

Ich musste lachen. „Von Missgunst kann ja wohl keine Rede sein," sagte ich. „Ich wünschte mir nur, dass du auch die beruflichen Dinge mit mir besprechen würdest. Du stellst mich eigentlich immer vor vollendete Tatsachen, und dann brauche ich einen Moment, um mich an die neue Lage zu gewöhnen."

„Und du weißt, dass ich nicht gern über unausgegorene Dinge rede. Damit wirst du leben müssen, denn ich kann das nicht ändern."

„O.k.," sagte ich. „Ich werde mich bemühen, in dieser Hinsicht nicht all zuviel von dir zu erwarten. Aber du weißt, dass ich anders ticke. Nervt es dich denn, wenn ich dich gleich mit Plänen und Träumen überfalle, sobald sie mir in den Kopf kommen?"

Matti lächelte liebevoll. „Ich bin froh, dass du so spontan bist. Aber jetzt werde mal alles los, was dich bedrückt."

Ich wollte nur in einer Kurzfassung berichten, aber es wurde dann doch länger. Wir hatten uns inzwischen einen Kaffee gemacht (der wievielte heute Morgen?) und uns auf die hintere Terrasse gesetzt, wo wir bereits die Sonneneinstrahlung genießen konnten.

Matti hatte wie immer aufmerksam zugehört und machte einen konstruktiven Vorschlag zum weiteren Vorgehen bezüglich Vera. Konnten unsere Eltern nicht versuchen, sie vom Krankenhaus direkt in eine Reha zu schicken, in der man sich um ihre Drogenprobleme kümmern würde? Matti hielt es genau wie ich für eine Katastrophe, sie nach ihrer Genesung wieder zu ihrem widerlichen Lover zurückzuschicken.

Ich gab zu bedenken, dass man über Vera nicht verfügen konnte, da sie ja längst volljährig war. Ich kannte meine bockige Vera und musste befürchten, dass sie sich querstellen würde, sobald man versuchte, ihr etwas aufzuoktroyieren.

Mir ging es nach unserem ernsten Gespräch viel besser. Es tat so gut, einen verständnisvollen Partner zu haben. Wir schlenderten Hand in Hand über das Grundstück, und ich zog Matti natürlich in das immer noch nicht komplette Gewächshaus, um ihm meine Orchideen und Lilien zu zeigen. „Findest du auch, dass sie gewachsen sind? Ich rede ihnen beim Gießen immer gut zu, und ich glaube, wir mögen uns."

Als wir wieder beim Haus angelangt waren, fragte Matti mit einem bedeutungsvollen Unterton, den ich gut kannte: „Musst du gleich nach Lüneburg?"

Ich musste lachen, schüttelte den Kopf und knabberte ihn am Ohrläppchen, was er besonders gern mochte. Ich zog ihn Richtung Schlafzimmer und flüsterte ihm ins Ohr: „Da du so lieb warst, ganz überraschend vorbeizukommen, sollst du wunderbar belohnt werden."

Matti war sehr zärtlich, und wir gestanden uns beide, dass wir uns liebten. Nach unserer innigen Vereinigung lagen wir noch eine Weile eng umschlungen im Bett, und ich wäre fast wieder eingeschlafen, bis Matti sich vorsichtig löste und sagte, er müsse sich schleunigst aufmachen und an die Arbeit gehen.

Trotzdem duschten wir noch ausführlich zusammen und hatten keine Lust auf den Abschied.

Ich begleitete Matti noch zum Auto und packte anschließend meine Tasche, um nach Lüneburg zu fahren.

21. Kapitel

Ich hatte ein bisschen Angst, Mama unter die Augen zu treten. Aber unsere Begrüßung verlief ganz anders, als ich mir vorgestellt hatte. Mama nahm mich in den Arm und sagte sehr liebevoll: „Wie kommst du nur darauf uns vorzuwerfen, dass wir dich nicht zu schätzen wüssten? Du hast vielleicht in einem Punkt Recht. Wir neigen dazu, uns viel mit Vera zu beschäftigen, einfach weil sie unser Kummerkind ist. Ist es nicht in allen Familien so, dass Kinder, die durch eine Behinderung, eine Krankheit oder einen schwierigen Charakter auffallen, sehr viel Aufmerksamkeit fordern? Verzeih uns bitte, wenn du den Eindruck hast, zu kurz zu kommen."

Wir umarmten uns noch einmal, und ich fühlte mich - wie eigentlich schon oft - gut aufgehoben.

Mein Vater war auch zu Hause, und der Vormittag verging sehr ruhig mit den gewohnten Arbeiten.

Beim Mittagessen besprachen wir die Situation. Mein Vater hatte die gleiche Idee wie Matti. Er wollte Vera direkt in ein Sanatorium überweisen lassen. „Ich habe schon mit unserem Hausarzt telefoniert, der mir erklärt hat, dass eine Überweisung auch ohne Veras Einverständnis möglich sei, wenn Lebensgefahr bestünde," erklärte er uns.

Ich hatte so meine Zweifel, ob die Ärzte eine Überweisung gegen Veras Willen gutheißen würden, denn in Lebensgefahr schwebte sie ja im Augenblick nicht. Vielleicht, wenn sie zu Luc zurückkehren sollte? Mein Vater wollte gegen Abend in die Klinik fahren, mit dem behandelnden Arzt sprechen und versuchen, auf Vera einzuwirken, um sie zur Vernunft zu bringen.

Ich fuhr nach einem weiterhin ruhigen Nachmittag in meine Wohnung und rief Svenja an, um sie einzuladen. Wir hatten uns ein paar Tage weder gesehen noch gesprochen, da ich bei meinen Anrufversuchen immer nur die Mailbox erreicht hatte.

Jetzt war Svenja zu Hause und hatte Zeit. Sie wollte aber lieber nicht zu mir herüberkommen, weil sie Besuch hatte, was mich bestimmt nicht stören würde. Ich dachte natürlich an Thure und wunderte mich, was er wochentags in Lüneburg machte, aber Svenja belehrte mich eines besseren.

Sie klärte mich kurz über die Besucherin auf. Almuth, eine Kusine dritten Grades oder wie man so eine entfernte Verwandte bezeichnet, war aus dem Wendland zu Besuch gekommen, um mit Svenja ein Problem zu besprechen. Sie sei nett und würde im Alter zu uns passen.

Also klemmte ich mir eine Flasche Wein unter den Arm und machte mich auf den Weg, der allerdings auch bei größter Trödelei nicht mehr als zehn Minuten in Anspruch nahm. Svenja umarmte mich, und Almuth stand auf und gab mir die Hand. „Almuth aus Simander bei Lüchow. Kennst du nicht, nehme ich an."

Ich lachte. „Da täuschst du dich, ich bin gerade dabei, nach Langendorf zu ziehen. Das heißt, so halb wohne ich da schon. Ich bin mit meinem Freund kürzlich durch Simander geradelt, und das hat mir gut gefallen. Schöne Dorfstraße, stattliche Bauernhäuser, die von einigem Reichtum zeugen, und liebevoll angelegte Gärten, für die ich als Landschaftsgärtnerin natürlich einen Kennerblick habe."

Als Almuth zur Couch zurückging, um sich wieder hinzusetzen, sah ich, dass sie stark hinkte, was mich richtig erschreckte. Vielleicht würde ich später erfahren, wie es dazu gekommen war. Svenja unterbrach mich jedenfalls energisch und fast unhöflich, bevor ich mich weiter über wendländische Dörfer ausbreiten konnte. Ihre Prioritäten lagen zunächst nicht bei Almuth und dem Wendland, sondern bei mir und ihr selbst.

Ich machte den Wein auf und schenkte ein. Almuth hielt ihre Hand über das Glas und schüttelte den Kopf. „Ich trinke nicht," sagte sie, „Und das erkläre ich euch, wenn die für euch wichtigen Themen abgehakt sind." Sie kam mir ein klein wenig pikiert vor, weil Svenja unser Einführungsgespräch so rüde unterbrochen hatte, und das nahm mich nicht für sie ein, obwohl ich sie verstehen konnte.

Ich forderte Svenja auf, von ihrer neuen Liebe Thure zu berichten.

„Es läuft gut," sagte sie. „Wir sehen uns leider viel zu selten. Thure hat ja kein Auto, und Eberswalde ist ganz schön weit weg. Vielleicht kann Matthias ihn am Wochenende nach Dannenberg mitnehmen, und er fährt dann mit dem Zug nach Lüneburg? Das wäre toll."

Auf ihre Frage nach meinen neuesten Erlebnissen, berichtete ich in einer Kurzfassung von Vera, erzählte ihr, dass Astrid nach Kanada zu Larissa geflogen war und schwärmte von meinem Gewächshaus und von den Schweinchen, die demnächst unseren Haushalt bereichern würden.

Svenja war natürlich ganz entzückt von der Aussicht, bei ihrem nächsten Besuch in Langendorf mit einem Minischwein und einem Hängebauchschwein zu knuddeln, wobei ich sie gleich vor Hermann warnte.

„Wie sieht es aus mit einem Hund?" fragte Svenja. „So einer wie Arko?"

„Ich glaube nicht. Hühner und Schweinchen sind schon genug Verpflichtung. Den Hühnern ist es piepegal, wer sie füttert, aber einem Hund nicht. Ich habe gern mal einen Hund um mich, aber die ständige Verantwortung ist mir zu viel. Ich gehe ja auch wirklich oft raus, aber jeden Tag mehrfach mit einem Hund Gassi gehen müssen und ihm wohlgefällig beim Kacken zusehen, das ist doch nicht so mein Ding."

Svenja lachte. „Du siehst mal wieder nur die negativen Seiten! Die positiven, wie zum Beispiel immer Gesellschaft und einen treuen Freund zu haben, siehst du nicht."

„Einen treuen Freund habe ich schon! Mein treuer Freund könnte allerdings demnächst eine Reise nach Afrika machen, natürlich geschäftlich. Ich weiß sonst nichts über die Reise, weder in welches Land noch zu welchem Zweck, noch wie lange. Matti redet nicht gern über unausgegorene Pläne, und darüber sind wir vorgestern ein bisschen aneinandergeraten. Ich möchte gern alles besprechen, ob es nun etwas wird oder nicht, er gar nicht. Na ja, damit werde ich leben müssen."

„Ich weiß zu gut, dass man in einer Partnerschaft Konzessionen machen muss," sagte Svenja in belehrendem Ton. „Meine zwei Jahre, in denen ich mit Stefan zusammengelebt habe, haben mir das sehr deutlich gemacht. Erst die große Liebe, die einen alles ausblenden lässt außer dem Verlangen nacheinander, dann das heißersehnte Zusammenziehen, schließlich das Erwachen im Alltag. Du kennst ja Stefan und mochtest ihn nicht besonders, weil du ihn krass intolerant fandest. Na ja, die Konzessionen machte ich allein, bis ich bemerkte, dass mein eigentliches Ich in Grund und Boden gestampft wurde. Gott sei Dank habe ich nach einem Riesenkrach den Absprung gefunden. Stefan fiel aus allen Wolken, aber ich bin jetzt gewarnt.

Liebe Caro, ich will dich nicht verunsichern. Matti ist tolerant, mitfühlend und ein geduldiger Zuhörer, was ich von Stefan nicht behaupten konnte. Dass Matti bezüglich seiner Pläne und Träume nicht so mitteilsam ist, halte ich für unwichtig."

Ich kannte natürlich die Liebesgeschichte von Svenja und Stefan im Detail und hatte mich während der Zeit ihres Zusammenlebens immer wieder darüber aufgeregt, dass meine muntere Svenja langsam verlorenging.

Dazu war eigentlich nichts mehr zu sagen, zumal ich immer mehr den Eindruck bekam, dass wir Almuth langweilten.

Nach einem Augenblick des Schweigens, in dem wir beide an unserem Wein nippten, wandte Svenja sich an Almuth. „Wir beide sind fertig mit unseren Neuigkeiten und Problemen. Du hast ja mir gegenüber schon angedeutet, worum es bei dir geht, und jetzt erzähle bitte Caro von deiner Oma – bin ich mit der auch verwandt? - und deinen Zukunftsplänen, die man dir vermasseln will."

„Also, es geht um folgendes," fing Almuth an auszuführen. „Meine Oma hat in Simander eine Dorfkneipe in einem ehemals ganz stattlichen Haus mit Saal. Oma hat nur noch abends geöffnet, und es kommen ein paar Einheimische, die ein Bier trinken, Karten spielen und manchmal eine Currywurst essen. Ich war schon als Kind gern dabei, habe mal ein Bier gebracht oder den Tisch abgeräumt. Oma hat immer im Hinterkopf den Plan gehabt, mir die Kneipe zu überschreiben. Also habe ich eine richtige Ausbildung im Hotelfach gemacht, und jetzt fühlt sich Oma oft nicht gut und möchte übergeben.

Jetzt kommt's: Ich kann die Kneipe nicht überschrieben bekommen, wenn ich die EU-Richtlinien nicht erfülle. Das heißt kompletter Umbau mit Edelstahltheke, neuer Küche, Zapfanlage und so weiter. Ich bin sehr sauer, weil ich das überhaupt nicht einsehen kann. In Jahrzehnten ist niemand an einer Lebensmittelvergiftung gestorben, weil die Küche veraltet ist, oder an den unhygienischen Zuständen eingegangen, die angeblich in den Toiletten mit einem oben angebrachten Spülkasten mit Zugkette herrschen. Heute wird man dagegen im großen Stil krank, wenn man sich aus der Hähnchenmast Salmonellen einfängt oder Listerien aus den Großschlachtereien. Das macht nichts, Hauptsache der kleine Mann wird mit unsinnigen Vorschriften drangsaliert."

Almuth redete sich richtig in Rage. Sie drohte damit, etwas Spektakuläres anzustellen, wie zum Beispiel das Auto eines Abgeordneten abzufackeln, um auf ihre Situation aufmerksam zu machen, oder eine Bank zu überfallen, um an das für den Umbau notwendige Geld zu kommen.

Ich fragte Almuth, ob sie schon mal an eine Rechtsberatung gedacht hatte.

„Habe ich, aber der alte Knabe, bei dem ich war, wollte sich nicht auf irgendwelche Schlupflöcher einlassen und hielt die Sache für hoffnungslos. Habt ihr in eurem Freundeskreis nicht einen jungen, dynamischen Rechtsanwalt?"

Mir fiel Mattis Freund Maik ein, der auf Wirtschaft spezialisiert war. Er hatte einen guten Ruf, aber ich war skeptisch, ob er helfen könnte. Ich versprach Almuth trotzdem, seine Telefonnummer herauszusuchen.

„Du wolltest uns noch sagen, warum du keinen Alkohol trinkst," erinnerte Svenja ihre Besucherin.

„Zwei Gründe: Ich habe als Kind oft mit angesehen, was der Alkohol mit Männern anrichtet und deshalb einen Abscheu, vor allem vor Bier, entwickelt. Aber ein zweiter schwerwiegender Grund kommt hinzu: Ihr habt ja bemerkt, dass ich stark gehbehindert bin. Mein Exfreund Thorsten hat nach zu viel Alkohol einen schweren Unfall gebaut, bei dem er einigermaßen heil davongekommen ist, ich aber nicht. Ich hatte einen so komplizierten Knöchel-und Schienbeinbruch, dass man mich beinah amputiert hätte, wenn mein Vater nicht die Genehmigung verweigert hätte.

Mein lieber Thorsten erklärte mir eiskalt, dass er nicht mit einem Krüppel zusammen leben könnte, nachdem klar war, dass ich eine Behinderung behalten würde."

Ich konnte gut verstehen, dass Almuth bitter geworden war. Ich hoffte für sie, dass es mit der Übernahme der Kneipe doch irgendwie klappen würde und kündigte an, dass ich demnächst einen Ausflug nach Simander machen würde, mir Omas Kneipe ansehen und vielleicht ein paar Ideen bezüglich der Zukunft des Gasthauses einbringen. Daraus sollte leider nichts werden.

Ich ging nicht allzu spät nach Hause, nachdem wir uns noch eine Weile nett und unverfänglich unterhalten hatten. Ich konnte aber nicht gleich einschlafen, weil mir Almuths Geschichte nachging. Ich ärgerte mich über die Gesetzgebung bezüglich der Übernahme einer Gastwirtschaft. Die meiner Meinung nach übertriebenen Hygienevorschriften, die so manch einem potenziellen Restaurant - oder Kneipenbetreiber, der finanziell nicht gut aufgestellt war, eine Weiterführung unmöglich machten, sollten im Einzelfall geprüft werden und nicht stur nach Paragraphen angewendet.

Aus einer Reihe von Gründen machen nach und nach überall auf dem Land die Dorfkneipen zu. Der schwerwiegendste Grund liegt mit Sicherheit an den Stolpersteinen der Gesetzgebung.

Ich überlegte trotzdem, wie man einen traditionellen Dorfkrug modern weiterführen konnte, ohne das Ambiente völlig zu zerstören. Ich würde mit besonderen Essensangeboten locken, z. B. mit wendländischen Tapas.

Der zur Gastwirtschaft gehörende Saal, der laut Almuths Aussage noch die komplette Bühne besaß, eine hölzerne Tanzfläche und Jugendstilgirlanden aus Gips an der Decke, schien mir überaus attraktiv. Sogar der Samtvorhang sei noch da, wenn auch unmodern und vielleicht mottenzerfressen. Almuths Oma hatte den Saal schon lange nicht mehr vermieten können, weil die Dorfbewohner für große Feste wie Hochzeiten oder runde Geburtstage lieber ein Festzelt mieteten. Das war viel moderner.

Ich beschloss, mit Matti gleich am nächsten Wochenende einen Ausflug nach Simander zu machen, denn ich war sehr neugierig.

Auch über Almuths Unfall dachte ich vor dem Einschlafen voller Entrüstung nach. Was war ihr Exfreund doch für ein Schwein! Ich korrigierte mich in Gedanken gleich wieder für meinen Ausrutscher. Wie ungerecht, Menschen als Schweine zu betiteln, da doch die Schweine im allgemeinen ein sehr soziales Verhalten an den Tag legen. Nur aus Platzmangel oder Futterneid können sie böse werden und einander oder dem Versorger üble Bisse verpassen.

Natürlich gingen meine Gedanken zu Willi und Hermann. Das Umsiedeln der Schweinchen hatte Vorrang vor der Besichtigung der Kneipe in Simander. So würde ich den Besuch bei Almuth doch erstmal aufschieben.

22. Kapitel

Am nächsten Morgen frühstückte ich mit Mama in der Gärtnerei. In meiner Wohnung hatte ich nur schnell einen Kaffee getrunken, um auf Touren zu kommen. Ohne Kaffee nach dem Aufstehen ist mit mir nichts anzufangen. Dumme Angewohnheit!

Mama war gerade dabei, mir die wichtigsten Nachrichten aus dem schwedischen Königshaus zu berichten, die sie eben brandneu in einer ihrer Frauenzeitschriften gefunden hatte, als Papa dem ein Ende setzte durch sein Erscheinen. Er nahm am Tisch bei uns Platz, obwohl er längst gefrühstückt hatte, um von seinem Besuch bei Vera zu berichten. Wie ich vermutet hatte, wollte Vera nichts davon wissen, im Anschluss an ihren Krankenhausaufenthalt in eine Klinik überzuwechseln und eine Entziehungskur zu machen. Schade eigentlich, denn vielleicht konnte man im Zuge der einen Therapie auch eine andere angeboten bekommen, die einen von unpassenden Männern loskommen ließ?

Vera sollte in absehbarer Zeit entlassen werden, obwohl es ihr noch gar nicht gut ging, und sie Methadon nehmen musste, um ihr einen kalten Entzug zu ersparen. Papas Angebot, sie zu gegebener Zeit zu ihrem Bauwagen nach Gedelitz zu fahren, lehnte sie entschieden ab. Wozu hatte sie denn ihren Engel, wenn er es nicht einmal hinkriegen würde, sie zu sich nach Hause zu holen? Etwas kleinlaut gab sie zu, dass Luc sich rar machte, seit sie im Krankenhaus lag. Sie vermutete, dass ihr Sensibelchen ihren Anblick nicht ertragen konnte und vor Mitleid zerfloss.

Papa redete sich richtig in Rage, was selten vorkam. Wie vernagelt war Vera eigentlich? Wie schief sah sie die Welt? Konnte ich als hilfreiche Schwester nicht etwas tun?

Nein, konnte ich nicht.

Es war den Tag über wieder sehr ruhig. Der Ansturm würde erst im Herbst wieder einsetzen, wenn die Pflanzzeit begann.

Mein Vater schlug vor, ich solle meinen Resturlaub nehmen und mich richtig in Langendorf eingewöhnen. Ich wurde in der Gärtnerei im August nicht unbedingt gebraucht, und meine Eltern würden sowieso den Betrieb bis Anfang September für eine Woche schließen und sich wie jedes Jahr auf den Kanaren erholen.

Ich fand die Idee, Urlaub zu nehmen, grandios und beschloss, gleich am nächsten Tag abzufahren. Ich würde die Zeit in Langendorf gut nutzen können, um mit dem Gewächshaus und dem Garten voranzukommen.

Ich rief abends nochmal Svenja an, und wir redeten ausführlich über Almuths Unfall und ihre Zukunftsaussichten. Ich hatte mich im Internet schlau gemacht bezüglich der Vorschriften für Kneipen und sah wenig Chancen für sie, ohne großen finanziellen Aufwand den Dorfkrug weiterzuführen. Traurig für die Einheimischen und die Touristen, wenn eine Dorfkneipe nach der anderen verschwand, ebenso wie die Lebensmittelläden, die Bäckereien, die Post und die Bank. Wo konnte man sich noch auf ein Bierchen und ein Kartenspiel treffen? Nur mit sich allein zu Hause vor dem Fernseher. Wenn ich Bürgermeister in einer ländlichen Gemeinde wäre, würde ich Geschäfte und Lokale unterstützen, zum Beispiel durch Bereitstellen von kostenlosen Räumlichkeiten. Leider liegen die Prioritäten woanders, Geld für die Infrastruktur ist nicht im Angebot.

Ich bestellte Svenja, dass Matti am kommenden Wochenende Thure mitbringen würde, und Svenja jubelte.

Bei strömendem Regen fuhr ich am nächsten Tag nach Langendorf. Meinen Kühlschrank in meiner Wohnung hatte ich vorsorglich leergemacht, um keine böse Überraschung zu erleben nach längerer Abwesenheit, ein paar wärmere Klamotten waren in meiner Reisetasche verstaut, und die Inliner hatte ich im letzten Moment in den Kofferraum geworfen.

Bei meiner Ankunft in Langendorf fiel mir siedend heiß mein Mülleimer ein, in dem ich einige gammelige Essensreste entsorgt hatte. Der Mülleimer stand im Treppenhaus, da ich Schussel vergessen hatte, ihn mit runter zu nehmen und zu leeren. Ich wollte Svenja die Bitte auf den Anrufbeantworter sprechen, sich um den Müll zu kümmern, damit mir bei meinem nächsten Besuch in meiner Wohnung die Maden nicht schon auf der Treppe entgegen kamen.

Unser Festnetztelefon, das gerade mal zwei Wochen zuvor installiert worden war, gab keinen Mucks von sich. Ich versuchte es mit allen möglichen Nummern, es blieb absolut tot.

Wie ärgerlich, dass immer irgend etwas nicht so war, wie es sein sollte. Mal waren es tote Katzen, mal ging ein Glas von meinem kostbaren Gewächshaus kaputt, mal funktionierte weder das Internet noch das Mobiltelefon.

Ich kramte mein Handy aus dem Rucksack in der Hoffnung, damit anrufen zu können. Im Haus war natürlich kein Empfang, und so musste ich bei Regen im Grundstück herumlaufen, bis ein Balken anzeigte, dass ich Empfang hatte. Ich rief bei der Telekom an, um beim Stördienst das Versagen des Festnetztelefons anzuzeigen. Ich kam durch, aber dann: automatische Ansage, eine Nummer eintippen, erneute Ansage, ja sagen, neue Nummer eintippen. Schließlich war ich immerhin so weit, dass mir der elektronische Sprecher in Aussicht stellte, am nächsten freien Platz bedient zu werden.

Leider wurde kein Platz frei, und nach ein paar Minuten in der Warteschleife legte ich genervt auf. Ich hätte den elektronischen Ansager am liebsten angeschrien, er solle einen lebendigen Menschen herbeischaffen. Aber was nützte das?

Als nächstes rief ich in der Glaserei an, und siehe da, es klappte sofort. Der Glaser zeigte sich erfreut über meinen Anruf, denn die Glasscheibe für mein Gewächshaus wartete schon auf den Einbau. Er wollte gleich am Nachmittag kommen.

Meine Laune hob sich merklich. Ich sprach meine Bitte bezüglich des Mülleimers auf Svenjas Anrufbeantworter in der Hoffnung, sie würde ihn auch abhören.

Inzwischen war ich ziemlich durchnässt, denn telefonieren mit Schirm in der einen Hand und dem Handy in der anderen, war nicht ganz einfach. Trotzdem machte ich noch einen Versuch, um von Anke etwas über das Festnetz zu erfahren. Leider blieb Ankes Telefon genau so tot wie meins. Also musste es an der Leitung liegen. Wie ärgerlich, wenn die Techniker von der Telekom anrückten und möglicherweise den gerade erst angelegten Garten wieder aufbuddelten, um den Fehler zu finden.

Ich ging ins Haus und zog mich um, denn in den feuchten Klamotten fühlte ich mich nicht wohl. Inzwischen hörte es zu regnen auf, und ich schlenderte zu Anke hinüber, um Näheres zum Thema Telefon zu erfahren. Natürlich war niemand zu Hause, wie sollte es heute auch anders sein!

Erstmal machte ich mir einen Kaffee zum Trost, und dann holte ich mein Fahrrad aus dem ehemaligen Kuhstall, der geduldig darauf wartete, zu einer Garage und einem Abstellraum für Gartengerät umgestaltet zu werden.

Ich radelte zur Elbe, um nach dem Wasserstand zu sehen. Der Pegel müsste nach dem Starkregen der letzten Tage erheblich angestiegen sein. Ich sah, dass zwar der Wasserstand höher war als in den letzten Wochen, aber ich schätzte die Lage als nicht bedrohlich ein. Ich fuhr beruhigt nach Hause, denn uns in der erhöhten Lage konnte eigentlich nichts passieren. In früheren Zeiten hatten die Menschen noch gewusst, wo man hinbauen konnte, und wo es zu gefährlich war wegen der Naturgewalten. Heute erschließen die Gemeinden Baugebiete, wo es ihnen genehm ist, und dann versucht man mit allen Mitteln, die Natur den ausgesuchten Neubaugebieten anzupassen.

Abends rief Matti auf dem Handy an. Ich hatte zufälligerweise im Haus gerade einigermaßen Empfang, sonst hätte ich seine Überraschung an dem Tag nicht mehr erfahren. Die Afrikapläne seiner Organisation hatten sich konkretisiert. Die Reise nach Gabarone, der Hauptstadt von Botswana, zu einer internationalen Konferenz über Naturschutzgebiete, war für Ende September geplant. Als Vertreter Deutschlands würde außer Matti noch ein Bayer aus dem Nationalpark Bayerischer Wald mitkommen.

Die Teilnahme von Matti an der Konferenz war natürlich nicht die angekündigte Überraschung, denn ich war ja vorgewarnt. Ich versuchte, mich neidlos für Matti zu freuen, für den Afrika absolutes Neuland war, aber so ganz gelang es mir nicht.

Als Matti vorschlug, ich solle ihn begleiten, machte ich einen Luftsprung vor Freude. Natürlich würde ich ganz privat und auf eigene Kosten mitfahren, und das wäre möglich, wie Matti herausgefunden hatte.

Ich brauchte nicht eine Sekunde über eine Entscheidung nachzudenken. Die Reise wollte ich machen. Ich schickte Matti ein paar Küsschen, und er versprach, alle notwendigen Schritte in die Wege zu leiten.

Ich war so aufgeregt, dass ich zu keinerlei nützlicher Arbeit in der Lage war. Eigentlich hätte ich anfangen sollen, die Wände unserer künftigen Garage zu streichen, um sie ansehnlicher zu machen. Aber während ich in meine ziemlich fleckigen, mit Mörtel und Farbe verspritzten Arbeitsklamotten stieg, die sich steif und unangenehm anfühlten, kam mir der Schwung abhanden. Ich beschloss, jede Art von Arbeit sein zu lassen und mir stattdessen Informationen über Botswana aus dem Internet zu holen

Ich wusste nicht viel über das Land, außer der Tatsache, dass es gerade im Trend lag, eine wahnsinnig teure Tour durch das Okawango-Delta zu machen, sofern man das nötige Kleingeld besaß. Das Beobachten der Tiere war natürlich abenteuerlich und spannend, aber Matti ging sicher nicht nach Gabarone, um an einer Safari im Luxuscamp teil zu nehmen.

Ich hatte gerade den Laptop hochgefahren, als es an der Haustür klopfte, und jemand meinen Namen rief. Ich erkannte sofort Ralfs Stimme, klappte ein bisschen missmutig wegen der

Störung meinen Laptop zu und ging an die Haustür, die wie immer nicht abgeschlossen war.

Die ganze Familie war gekommen. Anke hatte sich das Baby, das friedlich schlief, in einem Tuch vor die Brust gebunden, und Ralf überreichte mir ein Körbchen mit Pfifferlingen. Ich freute mich sehr, denn Pilze esse ich wahnsinnig gern in jeder Art von Zubereitung.

Ich bat die beiden – eigentlich die drei – herein. Auf der Terrasse konnte man leider nicht sitzen, da es immer noch nach Regen aussah und sehr abgekühlt war.

Ich musste mein Erschrecken über Ankes Aussehen verbergen. Anke war noch fast so rund wie vor der Geburt des Babys, und vermutlich würde sie eine richtige Matrone bleiben. Schade eigentlich, denn sie hatte ein hübsches Gesicht und schönes, volles Haar.

Ich jedenfalls dachte mir in meiner Überheblichkeit, ich würde für meinen Körper etwas tun, wenn ich je ein Kind bekommen sollte, was Matti und ich für eine fernere Zukunft planten. Es musste doch mit gutem Willen hinzukriegen sein, wieder in Form zu kommen!

Ich bot Ralf ein Bier an, schenkte mir ein Glas Rotwein ein und holte Anke ein Glas Wasser. Anke trank eisern keinen Tropfen Alkohol, solange sie stillte.

Ich fragte zunächst nach dem Telefonproblem. Anke erzählte, dass ein Blitz beim letzten Gewitter mitten in der Dorfstraße in einen Baum eingeschlagen und die Telefonleitung beschädigt hatte. Alles sei in die Wege geleitet, um den Schaden schnellstmöglich zu beheben.

Dann wurde ich mit Dorfklatsch eingedeckt: Wer mit wem ein Verhältnis hatte, welches Ehepaar sich ständig zankte und wohl auseinander gehen würde, wessen Oma ins Pflegeheim gekommen war.

Da ich die meisten Einwohner Langendorfs noch nicht kannte, war der Dorfklatsch nicht so brennend interessant für mich. Ich horchte auf, als Ralf von dem Gerücht erzählte, sein

Nachbar mit dem abgebrannten Haus habe die Versicherungssumme ausbezahlt bekommen, und zwar anständig. Ich dachte an den Besuch des unsympathischen Eigentümers. Um ehrlich zu sein, missgönnte ich ihm das Geld. Aber da sowohl die Kriminalpolizei als auch die Experten der Versicherung zu dem Schluss gekommen waren, es könne sich nur um einen Kurzschluss gehandelt haben, sahen sie die Angelegenheit als abgeschlossen an.

In der Boizumer Mühle dagegen dauerten die Untersuchungen noch an, obwohl die Chancen auf eine Aufklärung immer schlechter standen. Da ein erschlagener Mensch involviert war, ließ man so schnell nicht locker.

Als Ralf das nächste Thema anschnitt, wurde ich richtig hellhörig. Hinnerk, Ralfs behinderter Neffe, hatte sich wegen seiner Pubertät immer weniger im Griff, und deswegen war es kürzlich zu einer hässlichen Szene gekommen. Hinnerk hatte am hellen Nachmittag eine ältere Frau angefallen, die in ihrem Garten hinter dem Haus Frühkartoffeln erntete. Mit voller Wucht sprang er sie von hinten an und riss sie zu Boden. Bevor die Frau sich von ihrem Schreck erholen konnte, warf sich Hinnerk in ganzer Länge über sie. Sie hatte keine Chance, sich gegen den überraschend kräftigen Kerl zu wehren.

Glücklicherweise hielt er ihr nicht den Mund zu – so weit konnte er wohl nicht denken – und durch ihre schrillen Schreie wurde ihr Mann aufmerksam und eilte zu Hilfe.

Mit Mühe konnte er den Jungen von seiner Frau herunterziehen, und mit vereinten Kräften gelang es ihnen schließlich, ihn zu bändigen und am Boden festzuhalten.

Aber bevor sie weitere Schritte unternehmen konnten, sprang Hinnerk wild um sich schlagend auf und rannte davon. Die attackierte Frau machte den Vorschlag, zunächst Hinnerks Eltern zu verständigen, bevor sie sich an die Polizei oder das Jugendamt wenden würden.

Ihr Mann rief bei Hinnerks Eltern an und hatte zunächst seine Mutter am Telefon, die weinend immer wieder beteuerte, dass so etwas nie wieder vorkommen würde, denn eigentlich sei ihr Junge doch harmlos.

Als Ralf das erzählte, zog ich die Augenbrauen hoch und konnte mir einen Kommentar nicht verkneifen. „Deine Schwester hat wohl einen durch mütterliche Liebe verklärten Blick. Was ich bisher von Hinnerk mitbekommen habe, ist nicht harmlos. Aber jetzt erzähle weiter."

Ralf sah das mit der Harmlosigkeit genau so wie ich. Er setzte sich mit Hinnerks Vater zusammen und sie beratschlagten über das weitere Vorgehen. Ralfs Schwager, der schon lange die Problematik sah, wenn sie den Jungen zu Hause behielten, hatte sich schon vor einiger Zeit umgetan um herauszufinden, welche Möglichkeiten es gab. Bei seinen Recherchen war er auf eine Waldorfinstitution gestoßen bei Dahlenburg. Das ehemalige Gutshaus war zu einem Heim umgebaut worden, und dort wurden Behinderte betreut nach anthroposophischen Gesichtspunkten. Die Institution hatte einen sehr guten Ruf und kam nach Ansicht von Ralfs Schwager für eine gute Unterbringung in Frage.

Vor dem Überfall hatte Hinnerks Vater sich nicht getraut, seine Frau mit dem Gedanken zu konfrontieren, Hinnerk wegzugeben. Aber jetzt hatte sich die Lage zugespitzt, und er sah keine Möglichkeit mehr, seinen Sohn zu Hause zu behalten. Er selbst war schon von Hinnerk angegriffen worden, als er ihm verboten hatte, sich in der Garage ins Auto zu setzen, um mit der Hupe zu spielen. Hinnerk war schon so groß, dass auch sein Vater bald nicht mehr mit ihm fertig werden würde, und die aggressiven Phasen häuften sich. Nur gegenüber seiner Mutter blieb Hinnerk fast immer friedlich. Da gab es wohl bei ihm einen Urinstinkt, der verhinderte, auf seine Mutter loszugehen.

Hinnerks Vater wollte auf jeden Fall vermeiden, Hinnerk auf Grund einer Anzeige von einer staatlichen Institution wegsperren zu lassen.

Inzwischen waren die Formalitäten erledigt, und Hinnerk würde zum Ersten des nächsten Monats in das Heim gebracht werden. Ein Hinweis von Seiten der Heimleitung zeigte bereits Wirkung: Hinnerks Mutter hatte strenge Anweisung bekommen, Hinnerk weder Fleisch noch Wurst zum essen zu geben. Tierische Produkte würden seine Aggressivität steigern und ihn unberechenbar machen.

Ralfs Schwester kochte nun vegetarisch für die ganze Familie, obwohl es ihr in der Seele leid tat, Hinnerk sein geliebtes Hähnchen oder Schnitzel zu verweigern. Jedenfalls war Hinnerk im Augenblick wesentlich ruhiger.

Ich bedauerte Hinnerks Eltern, aber ich konnte nicht sagen, dass ich Hinnerk nachtrauern würde. Ich hatte schon mehrfach an seinen Umgang mit Tieren gedacht. Beim Gedanken, unsere noch anzuschaffenden Schweinchen und Hühner oft unbeaufsichtigt zu lassen, war mit ganz schlecht geworden.

Ralf berichtete noch, dass seine Schwester nach Hinnerks Weggang wieder versuchen wollte, eine Arbeitsstelle zu finden. Das Leben der Familie würde sich normalisieren, und das fand wirklich meinen Beifall.

Ralf redete gern und ausführlich, und manchmal musste ich an mich halten, um ihm nicht seine Sätze abzukürzen. Aber jetzt war ich froh, dass er die Geschichte von seinem Neffen in aller Ausführlichkeit erzählt hatte.

Ralf und Anke wollten natürlich auch von mir alles Mögliche hören. Über Vera mochte ich nicht viel sagen, obwohl Ralf und Anke geradezu gierig waren, Genaueres zu erfahren. Was gab es Interessanteres, als ein drogenabhängiges Paar, das sich schlug und dann wieder ins Bett stieg und die große Versöhnung feierte?

Vielleicht war Vera diesmal wirklich hingefallen und mit dem Kopf irgendwo aufgeschlagen? Oder gab es einen anderen Grund, warum sie zerschunden im Krankenhaus lag?

Ich wehrte ab und sagte ihnen ganz ehrlich, dass ich mich über meine zickige Schwester nicht auslassen wollte.

Auch über unsere Pläne bezüglich Afrika sagte ich nichts. Für mich war sowieso noch nicht sicher, und ich hatte meine leisen Zweifel, ob es überhaupt klappen würde. Bis Anfang September gingen noch ein paar Tage ins Land, und auch in Botswana konnte übermorgen eine Revolution ausbrechen, weil ein Fanatiker zum Beispiel den Präsidenten erschossen hatte. Oder eine der vielen islamistischen Bewegungen schwappte über, und ein Aufenthalt in der Hauptstadt wurde zu unsicher. Für kaum eines der afrikanischen Länder konnte man im Augenblick die Hand ins Feuer legen. Also begnügte ich mich damit, ihnen zu sagen, dass ich im Augenblick Urlaub hatte und eine Weile in Langendorf bleiben konnte.

Ralf und Anke freuten sich darüber, denn sie liebten eine enge Nachbarschaft, weil sonst nicht viel lief, und sie wegen des Babys sowieso kaum etwas unternehmen konnten.

Als ihr Töchterchen anfing zu schreien, weil es aufgewacht war und vermutlich Hunger hatte, standen Anke und Ralf sofort auf und verabschiedeten sich. Ich sah Ralf an, dass er gern noch geblieben wäre, aber fairerweise wollte er Anke nicht allein lassen, auch wenn er beim Stillen nichts tun konnte.

Ich räumte die Gläser ab und vertiefte mich in meine Nachforschungen über Botswana. Meinem Eindruck nach war Gabarone eine langweilige Stadt, in der es nicht viel Sehenswertes gab. Im Augenblick war es wenigstens friedlich, und ich würde mich frei bewegen können.

Ich googelte ausführlich das Okawango-Delta, und das hatte bezüglich der Landschaft und vor allem der Tierwelt Großartiges zu bieten. Erstaunlich, dass der Okawango es nicht bis zum Meer schafft, sondern unterwegs versickert.

Schließlich fühlte ich mich bettreif, aber trotzdem konnte ich lange nicht einschlafen. Alles Mögliche ging mir im Kopf herum. Unter anderem ärgerte ich mich über den freundlichen Glaser, der trotz Ankündigung nicht gekommen war. Aber das kannte ich eigentlich schon, denn um die Zuverlässigkeit der Handwerker war es nicht gut bestellt. Als ich daran dachte, dass der Glaser wenigstens hätte anrufen können, fiel mir mein totes

Telefon wieder ein. Na ja, wenigstens ein tröstlicher Gedanke. Wahrscheinlich hatte er es ja versucht.

Die Woche verging im Flug mit viel Arbeit. Ich strich die Wände der künftigen Garage, verlegte Backsteine im Sand als Boden, und zum Wochenende hin musste ich schon wieder die neu gepflanzten Büsche und den frisch eingesäten Rasen gießen, da das Regenwasser in unserem Sandboden schnell verschwindet. Wir hatten zwar in jedes Pflanzloch für die Büsche eine Lehmschicht eingelegt, aber trotzdem war das Wässern nach zwei regenlosen Tagen dringend nötig.

Der Glaser kam am nächsten Tag. Nachdem er die Scheibe eingesetzt hatte, war das Gewächshaus fast perfekt und passte wunderbar in unsere Gartenlandschaft. Es fehlten nur noch die automatischen Jalousien, die Wärmezufuhr und Feuchtigkeit regeln sollten. Allerdings störte es mich, dass ich für die Regelung Strom verbrauchen musste. Es gibt andere Möglichkeiten, zu viel Sonneneinstrahlung zu verhindern z. B. durch Schilfmatten, Planen oder einen weißen Anstrich. All das ist umständlich und unschön. Ich hatte keine Lust, mir mein hochherrschaftliches Conservatory zu verschandeln.

Die Stelle an der Hauptstraße, in die der Blitz in die Telefonleitung eingeschlagen hatte, wurde erstaunlich schnell repariert. Erfreulicherweise musste bei uns nichts aufgebuddelt werden. So hatte sich jedes Ärgernis in Wohlgefallen aufgelöst, als Matti am Freitagabend eintraf.

23. Kapitel

Für den Sonnabend hatten wir Mattis Vater zum Essen eingeladen, um ihn ein bisschen über das Fehlen seiner Frau (und Haushälterin) hinweg zu trösten. Ich wollte besonders einfallsreich kochen, um als künftige Schwiegertochter Eindruck zu machen: Als Vorspeise in Olivenöl gebackene Ciabattascheibchen mit einer Haube aus getrockneten Tomaten und Schafskäse. Als Hauptgang Schweinefilet mit Knoblauch und Röstis und Gemischten Salat. Zum Nachtisch plante ich selbstgemachtes Buttermilcheis mit Heidelbeeren, die ich im Juli gesammelt und eingefroren hatte.

Matti bewunderte meine Arbeiten an unserem künftigen Carport. Die vordere Wand mit dem völlig morschen Scheunentor musste noch entfernt werden. Wir hatten uns entschlossen, keine Garage mit Toren zu bauen, weil wir wussten, dass wir beide zu bequem waren, bei jedem Ein-und Ausfahren ein Tor zu öffnen.

Neben den Autos blieb genügend Platz für einen Durchgang in den hinteren, abschließbaren Teil. Dort wollten wir unser größeres Gartengerät wie Mäher und Schubkarren aufbewahren. Es gab noch einiges zu tun. Matti schlug vor, mit dem Abreißen der Wand noch zu warten, bis uns ein Schuttcontainer bereitgestellt worden war. Offensichtlich hatte er keine Lust für größere Arbeiten, und so planten wir das Wochenende neu. Wir würden unsere Schweinchen besuchen, die Matti ja noch nicht kennengelernt hatte.

Als wir aus Wiezeetze zurückkamen, fing ich mit den Vorbereitungen für das Abendessen an. Während ich das Schweinefilet anbriet, sagte mir Matti zum wiederholten mal mit einem maliziösen Grinsen, dass Willi und Hermann (Göhring) sein Wohlgefallen gefunden hatten. Ich fand es makaber, von unseren Schweinchen zu reden, während ich dabei war, ein eher unglückliches Schwein für den Verzehr vorzubereiten.

Wir waren übereingekommen, unsere Haustiere erst nach der Afrikareise zu holen, um sie an uns zu gewöhnen und sie nicht gleich einem Bezugspersonenwechsel auszusetzen.

Reiner kam gar nicht wie ein trauernder Strohwitwer an, sondern sehr gut gelaunt. Er beteuerte, wie sehr er sich über die Einladung freute.

Seiner Schilderung zufolge fühlte sich Astrid bei den Hutterern ausgesprochen wohl, obwohl es wenig Möglichkeiten für ein Privatleben gab. Sie kam gut mit deren Lebensweise zurecht, auch wenn sie sich nicht vorstellen konnte, so wie ihre Tochter bis an ihr Lebensende in einer Gemeinschaft zu leben, deren Alltag geprägt war von Beten und Gottesdiensten. Astrid als Atheistin konnte dem nichts abgewinnen.

Das Enkelkind war natürlich das entzückendste Wesen auf der Welt, und Astrid spürte schon den Trennungsschmerz, bevor von der Abreise die Rede war.

Reiner berichtete von einem Projekt, das er ins Auge gefasst hatte, und wollte unsere Meinung dazu hören. Gesine ging es nach wie vor sehr schlecht. Sie war nicht imstande, am täglichen Leben teilzunehmen, und mit den lebhaften Mädchen war sie sowieso völlig überfordert. Lea und Amy bemühten sich zwar zu helfen, aber sie lebten eigentlich in einer anderen Welt mit Schule, Pubertätsproblemen, Freundschaften und Sport.

Zunächst würde Reiner sie für ein paar Tage nach Sylt mitnehmen, um ihre Sommerferien etwas heiterer zu gestalten. Zum nächsten Schuljahr wollte er sie in Torgelow anmelden, einem Eliteinternat in Mecklenburg-Vorpommern mit ausgezeichnetem Ruf, aber auch entsprechenden Preisen. Die Kosten würde die Schule zum Teil übernehmen, weil Leas und Amys Vater gestorben war, und ihre Mutter sich außerstande sah, Geld zu verdienen. Den nicht gedeckten Anteil der monatlichen Gebühren wollte Reiner bezahlen.

Seiner Meinung nach sollte Gesine für ein paar Wochen oder Monate in ein Sanatorium gehen, um die schrecklichen Ereignisse zu verarbeiten und sich aufbauen zu lassen.

„Ich habe zwar die größten Zweifel, dass sie je ihr Leben in den Griff bekommen wird," sagte Reiner. „Sie war noch nie zupackend, und ohne Helmuth an ihrer Seite ist sie hilflos. Aber einen Versuch ist es wert."

Wir waren beide sehr einverstanden mit der Internatsidee. „Hast du denn mit den Mädchen schon darüber gesprochen? Sind sie begeistert?" fragte ich.

„Wir haben uns die Schule sogar schon angesehen," sagte Reiner zu unserer Überraschung. „Lea und Amy sind begeistert. Die Gebäude, ein ehemaliges Schloss mit Nebengebäuden, liegen an einem schönen See. Es gibt viele Sportmöglichkeiten, große Auswahl an Fremdsprachen und theoretisch - und praktisch orientierte Arbeitsgemeinschaften in alle Richtungen. Die Klassengröße liegt bei zwölf Schülern, und es wird vor allem das Sozialverhalten gefördert. Daran ist doch nichts verkehrt?"

Da Matti schon alles Notwendige für unsere Reise in die Wege geleitet hatte, erzählten wir Reiner von dem bevorstehenden Afrikaaufenthalt. Er freute sich für mich, dass ich die Möglichkeit hatte mitzugehen und einen kleinen Teil von Schwarzafrika kennenzulernen.

Reiner und Astrid hatten einige afrikanische Länder bereist, als das noch möglich war: Badeurlaub in Senegal, bevor die Chinesen das Land aufgekauft hatten und frackten. Kenia, als es noch keine Auseinandersetzungen gab, und Touristen willkommen waren. Namibia, bevor es immer rechtslastiger wurde. Botswana kannten sie noch nicht, aber Matti meinte, da würden sie bestimmt hingehen, wenn er und ich schwärmten.

Wir sprachen wieder mal vom Stand der Ermittlungen bezüglich der Mühle. Es gab keine neuen Erkenntnisse, und da nach wie vor die Möglichkeit nicht ausgeschlossen werden konnte, dass Helmuth selbst die Mühle warm abgebaut hatte, um seine finanziellen Probleme zu lösen, zahlte die Versicherung nicht.

Ich konnte mir nicht gut vorstellen, dass jemand sein Haus ansteckt in der Absicht, die Versicherung zu betrügen, und sich kurz darauf mit einer Eisenstange auf den Kopf schlägt.

Das Motiv für die Mordtat blieb jedenfalls völlig im Dunkel, für die Kriminalpolizei genau so wie für uns. War es ein Racheakt? Wir konnten uns nicht denken, in welcher Weise Helmuth jemanden so heftig beleidigt, verunglimpft oder tätlich angegriffen haben sollte, um einen Mord auszulösen.

Matti mutmaßte, dass er die Frau eines anderen verführt haben könnte, was ihm bei seinem guten Aussehen und seiner herzlichen Art nicht schwer gefallen wäre. Der Brand der Mühle und der Mord konnten ein Racheakt des gehörnten Ehemanns sein.

Das schloss Reiner völlig aus. Helmuth hatte mit Sicherheit Probleme mit Gesine gehabt, aber sich anderweitig zu trösten sah ihm überhaupt nicht ähnlich.

Vielleicht ein Schuldeneintreiber? Auch das schlossen wir aus. Niemand konnte so idiotisch sein, den Schuldner zu erschlagen. Durch dessen Tod wäre jede Möglichkeit erstickt, an das geschuldete Geld zu kommen.

Zufallsmord durch einen geistig Verwirrten oder Sadisten? Auch das war überaus unwahrscheinlich in Anbetracht der Örtlichkeit, an der die Tat geschehen war. Es lauert wohl niemand bei einer Ruine darauf, dass zufällig jemand vorbei kommt, den man ermorden konnte.

Reiner wischte sich eine Träne aus dem Auge, und wir versuchten bestürzt, das Thema zu wechseln. Es kam aber keine richtig gute Stimmung mehr auf. Reiner stand nach einem Weilchen abrupt auf und holte seine Jacke.

„Entschuldigt bitte. Obwohl es nötig ist, in alle Richtungen zu denken, nimmt mich das Thema Helmuth sehr mit. Ich möchte jetzt lieber gehen. Caro, hab' vielen Dank für das tolle Essen. Ich melde mich von Sylt."

Wir wünschten ihm einen gelungenen Aufenthalt, begleiteten ihn zum Auto und kehrten etwas kleinlaut ins Haus zurück.

Wir gingen bald darauf schlafen, weil auch bei uns keine gute Stimmung mehr aufkommen wollte. Wir kuschelten noch ein bisschen, was ich als sehr tröstlich empfand, und dann versuchte ich einzuschlafen. Matti war schnell hinweggedämmert, wie ich an seinen ruhigen Atemzügen hörte, aber es fiel mir schwer abzuschalten.

Es passiert mir manchmal, dass ich glaube, eingeschlafen zu sein, und plötzlich hochschrecke, als hätte mich innerlich ein Weckautomat zum Aufwachen animiert.

Das geschah auch jetzt, und an Einschlafen war nicht mehr zu denken. Ich schlich mich leise aus dem Zimmer, wickelte mich in eine Decke und setzte mich im Stockdunkeln auf die Terrasse. Um mich zu beruhigen, griff ich nach einer Zigarette. Ich rauche nur noch selten und würde hoffentlich bald jede Lust auf einen Glimmstängel ablegen.

Es war vollkommen still, nicht mal die Bäume rauschten, da keinerlei Wind ging, und der Himmel war so verhangen, dass man keinen Stern und keinen Mond schimmern sehen konnte.

Ich bedauerte, dass der Himmel so schwer und grau war. Ich liebe es, im August auf dem Boden zu liegen und nach Sternschnuppen Ausschau zu halten. Als Kinder hatten Vera und ich uns oft nachts aus dem Haus geschlichen und nebeneinander auf den Rasen gelegt, dessen Nachtkühle uns durch unsere dünnen T-Shirts bis auf die Haut drang.

Früher hatte ich oft Sternschnuppen beobachtet und mir jedes Mal etwas gewünscht. Den Wunsch darf man nicht verraten, sonst geht er nicht in Erfüllung.

Vera konnte natürlich nicht den Mund halten und verriet mir sofort, was sie sich gewünscht hatte. Meist waren ihre Wünsche total unrealistisch, oder auch unverschämt, taktlos und bösartig. Ich bat sie immer wieder, mich zu verschonen, aber wie immer bewirkte ich das Gegenteil. Sie drängte mir ihre haarsträubenden Wünsche mit viel Boshaftigkeit auf.

Ich saß also im Dunkeln und dachte über all die Dinge nach, die geschehen waren oder noch anstanden. Mich erfasste ein wohliges Glücksgefühl, weil die Probleme der anderen nicht meine Probleme waren, und ich träumte mich in eine wunderbare Zukunft.

Ich schreckte plötzlich auf, weil ich ein lautes Tapsen und Schnaufen hörte. In der Dunkelheit konnte ich nichts erkennen, aber der Eindruck, dass jemand in der Nähe war, jagte mir eine Gänsehaut über die Arme, und ich erstarrte bei der Vorstellung, dass mich gleich jemand anspringen würde. Gott sei Dank war Matti im Haus, das gab mir meine Sicherheit zurück.

Mein Schreckgespenst entpuppte sich als Igel, den ich schließlich trotz der Dunkelheit erkennen konnte, als er ganz nah an meinen Füßen vorbeilief, offenbar ohne mich wahrzunehmen.

Nachdem der niedliche Kerl sich entfernt hatte, löste ich mich aus meiner Decke und ging ins Haus zurück. Wie schön, dass hier bei uns die Welt noch in Ordnung ist, und man noch Igel beobachten kann.

Am Sonntagmorgen frühstückten wir ausgiebig mit Rührei, Toast, Kaffee und Saft. Da es immer noch bezogen war und nicht besonders warm, machte Matti den Kaminofen an, und wir setzten uns vor das flackernde Feuer.

„Was machen wir heute? Wozu hast du Lust?" fragte ich.

„Mit dem Fahrrad eine kleine Tour, wenn das Feuer herunter gebrannt ist."

Ich erzählte ihm von Almuth und dem Dorfkrug, und Matti war sofort von der Idee angetan, nach Simander zu radeln und sich dort umzusehen. Da es doch eine etwas längere Tour werden würde, ließen wir es gemütlich angehen ohne sportlichen Ehrgeiz. Wir fuhren nebeneinander und unterhielten uns, machten uns gegenseitig auf Schönes oder Hässliches aufmerksam und genossen es, dass es nicht zu regnen anfing, obwohl es so aussah, als könne es jeden Augenblick losgehen. Es grummelte auch immer mal, aber das Gewitter war weit weg. Es war sehr angenehm, dass wir kaum durch Autoverkehr belästigt wurden.

Ich war ein bisschen unruhig, weil ich vergessen hatte, die Stecker von Telefon und Notebook herauszuziehen. Wie hatte meine Großmutter immer gesagt: „Vorsicht ist die Mutter der Porzellankiste," was immer das heißen sollte.

Da Simander bis auf wenige abseits stehende Gebäude - meist neueren Datums - eigentlich nur aus der Dorfstraße besteht mit einer einzigen Kreuzung, fanden wir den Dorfkrug sofort. Er war weitaus schäbiger, als ich es mir vorgestellt hatte.

Die Gastwirtschaft war ein schlichter Bau neueren Datums, vermutlich aus der Nachkriegszeit. Der ehemals weiße Verputz war schmutzig ergraut, die Eingangstür links und rechts von scheußlichen Glasbausteinen flankiert und im unteren Teil, wo die Holzteile der Tür durch die Witterung angegriffen waren, hatte man ein grobes Brett quer dagegen gesetzt. Das Eternitdach, das aus einer Zeit stammte, in der man noch nichts von den Gefahren wissend Asbest verwendet hatte, trug auch nicht dazu bei, den tristen Eindruck abzumildern.

Merkwürdigerweise passte der seitlich angebaute Saal überhaupt nicht zur Gastwirtschaft. Er war aus schönem Backstein gebaut, teilweise in Mustern verlegt und mit Verzierungen unter dem Dach. Die Rundbögenfenster reichten bis zum Boden und gaben dem Gebäude einen hoch herrschaftlichen Anstrich.

Es war allerdings nicht zu übersehen, dass die aufwändig mit Holzleisten und kleinen Buntglasscheiben verzierte Flügeltür in der Mitte des Gebäudes nicht mehr benutzt wurde. Im Zugang wucherte das Unkraut, und die drei Stufen vor dem Eingang waren teilweise gebröckelt.

Wir standen bewundernd vor dem Saal, stellten schließlich die Räder ab und liefen um das Gebäude herum.

„Was für eine Schande, dass die Leute heutzutage für ihre Feiern ein popeliges Festzelt bevorzugen, statt diese ehrwürdige Pracht zu nutzen!" sagte ich. „Ich stelle mir vor, wie ein Brautpaar durch die weit geöffnete Tür schreitet, die Dorfkapelle oder auswärtige Musiker spielen, die Blumenkinder vorausgehen, die Gäste feierlich ihre Plätze einnehmen und man zu tafeln anfängt."

Matti lachte. „Wir können die alte Tradition wieder aufleben lassen. Du musst natürlich im weißen Kleid der Unschuld im Saal einziehen bei unserer Hochzeit, und ich werde im Stresemann und Zylinder stolz einherschreiten, dich züchtig am Arm haltend."

Ich hatte keine Worte mehr. Wir hatten nie ernsthaft vom Heiraten gesprochen, denn bisher war uns das Thema überhaupt nicht wichtig gewesen. aber wenn Matti unsere Hochzeitsfeier so schön schilderte, war das doch ein Grund, die Hochzeit in die Tat um zu setzen, oder?

Ich drückte ihm die Hand und gab ihm einen liebevollen Kuss. Das ersparte mir, einen Kommentar abzugeben.

Wir gingen zurück zur Gastwirtschaft, die allerdings geschlossen aussah. Über der Gastwirtschaft schien eine Wohnung zu liegen, und ich vermutete, dass Almuths Oma dort wohnte, und Almuth vielleicht auch, aber danach hatte ich nicht gefragt.

Ich klingelte, aber zunächst kam keine Reaktion. Als ich ein zweites Mal geklingelt hatte, rief eine weibliche Stimme aus dem Treppenhaus: „Ja, ja, ich komme ja schon."

Kurz darauf ging die Tür auf, und Almuth stand vor uns. Sie stieß einen kleinen Schrei der Überraschung aus und umarmte mich spontan vor Freude. Ich stellte ihr Matti vor, und wir folgten ihr durch einen dunklen Flur, mit schönem, aber leicht abgenutzten Terrazzoboden in Sternmuster zu einer Doppeltür, die sie aufschloss.

Wir standen in der Gastwirtschaft, die nach abgestandenem Rauch und Bierresten roch. Es sah zwar sauber aus, aber die Theke und das Mobiliar wirkten total veraltet. Die Tische waren mit rotkarierten Platzdeckchen dekoriert, und hinter der Theke standen in einem Holzregal alle möglichen Alkoholika und Gläser für die verschiedensten Zwecke.

In der hinteren Ecke prangte ein Monstrum von altem Kühlschrank, der gerade erschreckend laut herunterkühlte.

„Setzt euch doch," sagte Almuth. „Was kann ich euch anbieten? Vermutlich am frühen Sonntag Morgen kein Bier mit Kurzem?"

Matti lachte. „Ein Kaffee täte es uns auch," sagte er. „Ich nehme an, dass die Kneipe offiziell sowieso noch nicht offen ist."

„Richtig," sagte Almuth. „Oma ist noch in der Kirche und macht traditionsgemäß erst nach dem Gottesdienst auf. Der Anstand und der Pfarrer verbieten es, dass die Frauen beten, und die Männer derweilen ihren ersten Korn kippen."

Ich musste kichern, und ich merkte, dass auch Matti sich amüsierte und Almuths unverblümter Art etwas abgewinnen konnte.

Almuth setzte die Kaffeemaschine in Gang und erklärte uns über die Schulter, warum sie so lange gebraucht hatte, um die Haustür zu öffnen. „Mein kaputtes Bein lässt mich nicht mehr wie ein Rehlein die Treppe hinunterhüpfen. Ich wünsche mir schon lange eine Sprechanlage, aber Oma ist überaus stur, was Änderungen und Modernisierungen anbetrifft. Ich soll abwarten, bis sie nicht mehr da ist, und deshalb kann ich nur mit Verzögerung reagieren, wenn es klingelt, oder jemand aus der Gaststube ruft."

Sie brachte drei Tassen und setzte sich zu uns. Wir sprachen ein Weilchen über dies und das, und irgendwann äußerte ich den Wunsch, den Saal von innen zu besichtigen.

Almuth freute sich sichtlich, uns ihr Schmuckstück vorzuführen. Die Baulichkeit innen passte perfekt zum äußeren Bild. Almuth hatte nicht übertrieben, als sie uns bei Svenja von ihrem Kleinod vorgeschwärmt hatte.

Nach einer gründlichen Besichtigung und einigen Kommentaren – vor allem von Matti – gingen wir zurück in die Gastwirtschaft und lernten Almuths Oma kennen. Nach Hause gekommen von ihrem Kirchgang, sah sie, dass die Tür zum Schankraum offen stand und bellte aus dem Flur: „Almuth, was fällt dir ein, hier einfach aufzuschließen? Wir machen doch nicht auf vor Ende des Gottesdienstes?"

Sie steckte den Kopf zur Tür herein und war sichtlich befremdet, als sie uns mit Almuth am Tisch sitzen sah. Sie kam jedoch herein, stellte sich vor und gab uns die Hand. Ich war überrascht von ihrem Aussehen. Sie war groß und schlank, hatte eine graue Kurzhaarfrisur und trug einen mittellengen, dunkelblauen Rock und dazu einen weichen altrosa, Pullover, eine durchaus moderne Kleidung. Bei einer über Achtzigjährigen hatte ich mir dank meiner Vorurteile eine altmodische, faltige, etwas geschrumpfte Person mit Knoten vorgestellt, also eine Oma wie aus dem Märchenbuch. Nichts von alledem. Sogar ihre Stimme war für ihr Alter noch energisch, so wie offenbar die ganze Person.

Sie wollte von uns hören, wer wir seien, und warum wir in Langendorf gelandet waren. Es stellte sich heraus, dass sie in die Praxis von Mattis Vater ging mit Zahnproblemen, und außerdem wusste sie gleich, um welches Haus in Langendorf es sich handelte, das wir gekauft hatten. Die verstorbene Vorbesitzerin war mit ihr in Lüchow zur Mittelschule gegangen.

Ich fragte sie ganz unverblümt, warum die Gastwirtschaft und der Saal so wenig zusammen passten, und sie erklärte uns die Geschichte bereitwillig.

Früher hatte das stattliche Backsteingebäude, in dem die eigentliche Gastwirtschaft untergebracht war, natürlich im Stil zum Saal gepasst.

Im April 1945 war die Gastwirtschaft abgebrannt. Das Feuer hatte aber glücklicherweise nicht auf den Saal übergegriffen. Die Erklärungen für die Ursache des Feuers waren spekulativ. Die einen behaupteten, beim Bombenangriff auf Dannenberg sei wohl eine Bombe am falschen Ort abgegangen. Das hielt die alte Dame für kompletten Blödsinn. Sie war damals dreizehn Jahre alt gewesen und hätte wohl einen Bombeneinschlag von allem anderen unterscheiden können.

Eine zweite These hatte mit den vielen Flüchtlingen zu tun, die praktisch jedes Zimmer in dem stattlichen Gebäude belegt hatten. Da mangels Brennstoff die Zentralheizung nicht mehr betrieben werden konnte, hatte man für jede Familie in den Zimmern Herde oder Öfen aufgestellt. Weil die Ofenrohre nicht alle an die vorhandenen Kamine angeschlossen werden konnten, war man zu einer Behelfslösung gekommen, die man nach dem Krieg in vielen Häusern sah. Das Ofenrohr wurde zum Fenster hinausgeführt, indem man eine Scheibe entfernte und sie durch irgend ein vorhandenes Material ersetzte. Wenn man Glück hatte, fand sich eine Asbestplatte oder ein Blech. Durch die unsachgemäß montierten Rohre war ein Brand fast vorprogrammiert.

Die dritte Erklärung war sehr viel persönlicher. Die Eltern der alten Dame hatten sich geweigert, in die Partei einzutreten und wurden deswegen unter Druck gesetzt, vor allem vom Ortsbauernführer. Gegen Kriegsende wurden sie als Defätisten beschimpft, weil sie ein böses Ende voraussahen und mit ihrer Meinung nicht hinterm Berg hielten. Sie selber vermuteten, dass einer ihrer parteitreuen Nachbarn die Wirren des Kriegsendes ausgenutzt hatte, um ihnen durch das Abfackeln des wunderschönen Herrenhauses seine Verachtung zu zeigen.

Durch einen glücklichen Umstand war niemand der vielen Hausbewohner zu Schaden gekommen. Die meisten Flüchtlinge waren entweder unterwegs zum Holzsammeln oder pflanzten Gemüse im Garten. Die wenigen, die sich beim Ausbruch des Feuers im Haus aufhielten, konnten sich ins Freie retten.

Das waren spannende Ausführungen, und ich beschloss, mich irgendwann mal mit den Kriegsjahren und der Nachkriegszeit in meiner neuen Heimat auseinander zu setzen.

Almuths Großmutter verabschiedete sich nach einer weiteren kurzen Plauderei und ging nach oben.

Mir fiel auf, dass Almuth viel optimistischer wirkte als neulich in Lüneburg, und ich fragte einfach nach. „Hat sich an deinen Aussichten für die Übernahme des Dorfkrugs etwas verändert?" fragte ich.

Almuth lächelte. „Ich habe so eine Idee," sagte sie. „Aber sie ist noch nicht spruchreif, und ich muss mich erst juristisch beraten lassen. Wollt ihr übrigens etwas essen? Ich habe noch einen tollen Kartoffelsalat von gestern und könnte dazu ein Paar Wiener Würstchen warm machen: Wie sieht es aus? Ihr seid natürlich eingeladen."

Wir nahmen die Einladung gerne an. Während wir aßen – der Kartoffelsalat war wirklich hervorragend – kamen drei Dorfbewohner herein, und Almuth zapfte das erste Bier. Es wurde ein bisschen laut und nicht mehr so gemütlich. Ich dachte mir, ich wollte keine Kneipe führen, aber Almuth fühlte sich offenbar sehr wohl in ihrer Rolle als Gastwirtin. Sie schäkerte mit den Gästen, es wurde gewitzelt und gelacht.

Als wir zu unseren Fahrrädern gingen, begleitete Almuth uns nach draußen. Zum Abschied meinte Matti noch, dass er gute Möglichkeiten sähe, aus dem Dorfkrug etwas zu machen, aber nicht ohne gewisse Investitionen. Selbst wenn Almuth die EU-Richtlinien umgehen konnte, müsste sie eine ganze Menge Geld zusammenkriegen, um zumindest das Mobiliar zu modernisieren.

Auf dem Rückweg machten wir einen Abstecher in die Panie, ein kleines Naturschutzgebiet nahe bei Simander. Wir näherten uns sehr vorsichtig, um keine Tiere zu erschrecken. Leider entdeckten wir als erstes neben einem hübschen, künstlich angelegten Teich mit einer Insel in der Mitte die Andenken eines Umweltsünders. Am sandigen Ufer des Teichs hatte jemand ein Feuer gemacht, und seinen Müll in der Gegend verstreut: Plastikverpackungen, leere Bierflaschen und eine Fischdose. Ich konnte nicht nachvollziehen, warum man sich so rücksichtslos verhielt, wenn man doch offenbar die schöne Stelle in der Natur schätzte und ausgewählt hatte, um ein Picknick, einen Nachmittag mit angeln, Sex mit der Freundin oder was auch immer zu genießen.

Schließlich entdeckten wir hinter dem Teich einen Kranich und traten ganz leise den Rückzug an.

Ich hatte eigentlich auch nichts in dem Naturschutzgebiet zu suchen, aber in Anbetracht dessen, dass Matti von Berufs wegen sich um solche Gebiete kümmerte, hatte ich kein schlechtes Gewissen. Wenigstens machten wir keinen Lärm und hinterließen auch keine unschönen Andenken.

In der Panie kommen auch Schwarzstörche vor, aber wir haben leider keinen gesehen. Ich kenne Schwarzstörche nur von Bildern, aber mit Matti würde ich bestimmt auch mal einen in natura erleben.

Im Anschluss an den Besuch in der Panie steuerten wir unser nächstes Ziel an: Die Windkraftanlage bei Schweskau. Ich war noch nie in der Nähe von Windrädern gewesen – höchstens im Auto – und wollte mir ein Bild machen. Das rhythmische Dröhnen der Flügel war nicht zu überhören, und der Schlagschatten machte mich ganz konfus. Ich würde durchdrehen, wenn ich das Geräusch und den Schlagschatten als Dauerbegleitung in der Nähe meiner Wohnung hätte.

Almuth hatte berichtet, dass Simander bei einer bestimmten Windrichtung von einem tiefen Brummen erfüllt ist. Wer darauf empfindlich reagiert, kann nicht mehr schlafen, kommt in nervöse Reizzustände und kann sich dem nur durch eine einzige Maßnahme entziehen: den Wohnort wechseln.

Voller widerstreitender Gefühle radelten wir nach Hause: wunderschöne Landschaft, intakte Tierwelt in geschützten Gebieten auf der einen Seite, empfindliche Eingriffe in die Natur, liebloser Umgang mit der Umwelt auf der anderen Seite.

Ich war müde, aber Matti, der fast täglich große Strecken mit dem Fahrrad fährt, war keinerlei Anstrengung anzumerken. Ich sollte auch mehr für mich tun.

Matti hatte sich mit Thure um sechs Uhr in Dannenberg verabredet, um ihn wieder mit zurück zu nehmen nach Eberswalde. Bedauerlich, dass er relativ früh fahren musste, ich hätte ihn gern länger bei mir gehabt. Ich erwartete ungeduldig die Zeit, wenn Matti umziehen konnte, und wir endlich unser Leben teilten.

Die nächste Zeit war ausgefüllt mit Vorbereitungen für unsere Afrikareise. Ich musste dringend ein paar Impfungen über mich ergehen lassen wie gegen Gelbfieber und Hepatitis. Tetanus erübrigte sich natürlich, da ich als Gärtnerin ständig in der Erde herumwühle und meine Impfung immer gewissenhaft auffrischen lasse.

Was die übrigen empfohlenen Impfungen anbetraf, wusste ich nicht Bescheid. Das Impfbuch wurde noch von meiner Mutter aufbewahrt, und ich holte es, als meine Eltern von den Kanaren zurück waren. Diesmal äußerten sie sich weniger begeistert von ihrer Reise, zum einen, wegen der fortschreitenden Zubetonierung der Natur durch Ferienwohnungen und Hotels mit Parkplätzen und Garagen, zum andern wegen des nicht zu erwartenden schlechten Wetters mit Regen und sehr viel Wind.

Aus meinem Impfpass konnte ich sehen, dass Mama an Vorsorge nichts ausgelassen hatte. Diphtherie, Scharlach, Polio, Masern und Röteln. Mir konnte also nichts passieren.

Als einfache Touristin brauchte ich mich nicht vorab um ein Visum zu kümmern, das würde ich bei der Einreise bekommen. Matti dagegen als Konferenzteilnehmer galt nicht als Tourist, und für ihn war es empfehlenswert, das Visum vor der Einreise zu beantragen.

Da ich ja eigentlich meinen Urlaub schon abgesprochen hatte, musste ich meinen Eltern beibringen, dass ich im September schon wieder für das Geschäft ausfallen würde. Ich war froh, keinen pingeligen Chef zu haben, der jede freie Minute aufrechnete, denn mein Vater sah das nicht so eng. Meine Eltern freuten sich mit mir über die aufregende Reise.

Ich verkürzte aber pflichtbewusst meinen geplanten Aufenthalt in Langendorf während des ganzen Monats August und fing in der zweiten Augusthälfte wieder an, in der Gärtnerei zu arbeiten, rechtzeitig zur Wiedereröffnung nach dem Urlaub meiner Eltern.

Es wurde natürlich viel über Vera geredet. Mama sagte, sie sähe schon wieder wie ein Mensch aus ohne die Klammern, die ihr gebrochenes Jochbein beim Zusammenwachsen an der richtigen Stelle halten sollten. Ihre Rippenbrüche waren am Verheilen, wenn auch immer noch sehr schmerzhaft, und sie sollte demnächst entlassen werden.

Vera zeigte sich Mama gegenüber zugänglicher als seit langem, aber von einer Trennung von Luc wollte sie absolut nichts wissen. Luc würde sie abholen, und in ihre schäbige Bude, wie Mama sich ausdrückte, zurückbringen.

„Na, dann mal Gottes oder vielmehr des Teufels Segen," sagte ich. „Es wird sich wohl nichts ändern, bis Luc sie rausschmeißt. Aber Vera ist ja groß und vernünftig und weiß, was sie tut."

Mama warf mir einen bösen Blick zu wegen meiner ironischen Bemerkung, aber sie sagte nichts dazu.

Während der letzten Tage vor unserer Abreise kümmerte ich mich nicht viel um meine Umwelt bis auf meine Orchideen, Feuerlilien und sibirischen Lilien im Gewächshaus. Wegen meiner Pflanzen fuhr ich jeden zweiten Tag nach Langendorf. Anke hatte mir angeboten, sich zu kümmern, aber da meine Blumen noch in einem äußerst zarten Stadium waren, wollte ich die Pflege niemandem anvertrauen. Die Fahrerei war lästig, aber ich wurde entschädigt durch den gesunden Eindruck, den meine Lieblinge machten. Sie bemerkten offenbar meine liebevolle Zuwendung und dankten sie mir mit gutem Gedeihen.

Astrid kam nach drei Wochen Aufenthalt aus Kanada zurück. Sie lud uns gleich am ersten Wochenende nach ihrer Rückkehr zum Essen ein. Sie musste unbedingt von ihren Eindrücken erzählen. Natürlich wollte sie uns auch gleich die Fotos von ihrem Enkelchen zeigen: Das Baby schlafend, mit den Händchen spielend und lächelnd, weinend und strampelnd. Kurzum, die Kleine war von ihrer Großmutter in jeder Lebenslage im Bild festgehalten worden.

Astrid berichtete von den Einblicken, die sie in eine Religionsgemeinschaft gehabt hatte, der sie großen Respekt entgegenbrachte. Ein Kritikpunkt allerdings war in ihren Augen die Stellung der Frau: Sie war in allen Punkten untergeordnet, außer im Haushalt und in der Kinderbetreuung. Astrid hatte aber festgestellt, dass die Gesellschaftsordnung der Hutterer so fest verankert war, dass es eigentlich keine Unzufriedenheit gab und selten ein Auflehnen, das manchmal mit dem Verlassen der Gemeinschaft endete.

Astrid hatte auch Ausflüge in die nähere Umgebung gemacht und sich einen allgemeineren Eindruck vom Leben im Norden Saskatschewans geholt. Sie meinte, wir sollten auch eine Reise zu Larissa machen, aber wir waren im Augenblick mit weiteren Reiseplänen wirklich überfordert.

In der folgenden Woche fuhren Reiner und Astrid mit Lea und Amy nach Torgelow, um die Mädchen rechtzeitig vor Beginn des neuen Schuljahrs abzuliefern. Das war für die Familie eine aufregende Sache.

Ich hatte mich ausgeklammert aus reinem Egoismus. Ich beteiligte mich nicht an den Vorbereitungen und hatte überhaupt keine Lust, nach Torgelow mitzufahren. Normalerweise hätte ich das Internat gern gesehen und eine neue Gegend kennengelernt, aber jetzt war nicht der richtige Augenblick für mich.

Reiner fuhr mit den Mädchen bei uns vorbei, damit sie sich verabschieden konnten. Sie waren sichtlich enttäuscht von mir, aber als ich versprach, dass wir sie nach unserer Rückkehr aus Afrika besuchen würden, waren sie getröstet.

Zusätzlich zu dem Abenteuer nach Gabarone zu fliegen und ein afrikanisches Land zum ersten Mal zu betreten, machte Matti mir noch einen verlockenden Vorschlag: Ich solle von Gabarone aus eine mehrtägige Jeeptour ins Okawango-Delta buchen. Ich müsse ja nicht die ganze Zeit allein im offenbar langweiligen Gabarone herumhängen, während er an einer wichtigen und spannenden Konferenz teilnahm.

Ich informierte mich gründlich über die Fauna und vor allem die Flora des Okawango-Deltas durch jede Art von Fachliteratur, an die ich auf die Schnelle zurückgreifen konnte. Vor dem Einschlafen erholte ich mich durch die Lektüre von Botswana-Krimis, die sich um die liebenswürdige Ma Ramotswe, der ersten Detektivin Gabarones, rankten.

Ich hatte in den letzten Tagen nicht einmal die Elbe-Jeetzel Zeitung gründlich gelesen, und so war mir einiges entgangen. Anke erzählte mir von einem neuerlichen Brand. Diesmal handelte es sich um eine Scheune, die auf dem Gelände eines ehemaligen Bauernhofes stand und aus Denkmalschutzgründen nicht abgerissen werden durfte. Der Eigentümer hatte den Antrag auf Abriss gestellt, um Platz zu schaffen für einen Neubau, den sein Sohn erstellen wollte..

Die Brandursache blieb im Dunkeln wie bei den anderen Bränden auch. Die Kriminalpolizei sowie die Experten der Versicherung versuchten mit allen Mitteln herauszufinden, wie der Brand entstanden war, aber bisher ohne Ergebnis. Allmählich fand man die Geschichte mit den leerstehenden Gebäuden obskur, und die Bevölkerung fing an, sich mit mehr oder weniger passenden Hinweisen und Mutmaßungen einzumischen.

Weniger spannend fand ich Ankes Ausführungen zu den Schulproblemen des Landkreises. Einige Grundschulen sollten komplett geschlossen werden mangels Schülern, und in Dannenberg war der Plan entstanden, eine integrierte Gesamtschule zu gründen und damit das dreigliedrige System mit Abitur am Gymnasium abzuschaffen. Ich fand das Thema Schule abgegriffen, denn während meiner vier Jahre Grundschule und neun Jahre Gymnasium hatte ich ständig Änderungen mitgemacht, die sich häufig erst nach langen Auseinandersetzungen mit Ämtern, Lehrern und Eltern durchsetzen ließen. Es wurde nichts verbessert, aber es herrschte eine ständige Unsicherheit.

Wahrscheinlich würde mein Interesse an Kindergärten und Schulen wieder geweckt, wenn wir durch eigene Kinder betroffen waren. Anke verfolgte natürlich mit größter Aufmerksamkeit die Zukunft von Kindergärten. Wegen der geringen Anzahl von Kindern zwischen drei und sechs Jahren gab es in einigen Orten sowieso nur noch einen sogenannten Spielkreis statt eines regulären Kindergartens, der nicht von Erzieherinnen geleitet wurde , sondern von Freiwilligen aus dem Ort. Eine Halbtagesbetreuung wurde damit ermöglicht, aber auch die Spielkreise mussten teilweise aufgelöst werden, wenn nicht mal sechs Kinder in der Gruppe als Mindestzahl erreicht wurden, um vom Kreis einen Zuschuss für den Spielkreis zu bekommen.

Ich finde es krass, wie den Landbewohnern immer mehr an Infrastruktur genommen wird, und gleichzeitig ein Minister die Behauptung aufstellt, auf dem Land brauche man nicht auch noch Breitband-Internetanschlüsse oder Handyempfang überall, weil man ja in so vielen anderen Punkten Vorteile gegenüber dem Stadtbewohner genießt.

Als wir über das Thema sprachen, hatte auch Anke Mordgedanken wegen der unverantwortlichen Äußerungen des Ministers, aber wir brauchten nicht zur Tat zu schreiten, weil der Schuldige sowieso schon in der Versenkung verschwunden war.

Kurz vor unserer Abreise erklärte ich mich trotz meiner intensiven Beschäftigung mit Botswana bereit, auf Ralfs und Ankes Töchterchen aufzupassen. In Dannenberg wurde ein irischer Abend veranstaltet mit irischer Musik und Tanz. Für das leibliche Wohl würde auch bestens gesorgt sein, hieß es in der Werbung – eine viel verwendete grässliche Ausdrucksweise für die Aufforderung, zu fressen und zu saufen. Irische Biere und Whiskey waren natürlich auch im Angebot.

Die beiden waren überglücklich, dass ich mich als Babysitter zur Verfügung stellte. Bevor sie das Haus verließen, bekam ich von Anke ungefähr hundert Verhaltensregeln, ihre Handynummer für Notfälle, die Nummer des Kinderarztes und des zuständigen Krankenhauses.

Ich konnte mir nicht verkneifen zu fragen, ob ich sie auch nach Hause beordern sollte, wenn die Kleine mal einen Pups ließ. Das kam bei Anke nicht gut an, Ralf allerdings grinste hinter ihrem Rücken und zog die Augenbrauen hoch.

Ich nahm meinen Ma Ramotswe-Krimi aus meiner Tasche und machte es mir auf der Couch bequem im Wohnzimmer meiner Nachbarn. Um zehn musste ich ein Fläschchen warm machen, die Kleine füttern und wickeln, und das verlief absolut friedlich. Ich hatte schließlich Übung im Umgang mit Kleinkindern, denn als Schülerin hatte ich mein Taschengeld aufgebessert mit Babysitten.

Ralf und Anke kamen kurz nach Mitternacht nach Hause, Ralf leicht angeheitert. Ralf und ich tranken noch ein Gläschen zusammen, sie erzählten von der gelungenen Veranstaltung und bedankten sich mehrfach dafür, dass ich mich geopfert hatte.

„Jederzeit," sagte ich. „Wenn ich ganz hier wohne, ist das überhaupt kein Problem. Falls Matti und ich in eine ähnliche Situation kommen, könnt ihr uns ja auch mal einen Stein in den Garten werfen."

24. Kapitel

Der Tag der Abreise kam. Ich hatte in der Nacht zuvor wenig geschlafen, war aber trotzdem enorm aufgekratzt. Matti amüsierte sich über meine vielen Fragen, die er meist auch nicht beantworten konnte, und machte sich lustig, weil ich ständig hin – und herrannte, um etwas zu suchen, von dem ich meinte, ich hätte vergessen, es einzupacken.

Astrid hatte angeboten, uns nach Fuhlsbüttel zu fahren, wo wir den Zubringerflug nach Frankfurt nehmen würden. Von dort aus konnten wir endgültig nach Gabarone starten.

Zum Flug ist nicht viel zu sagen. Er wurde einfach zu lang und vor allem für Matti unbequem, weil er seine langen Beine nicht recht unterbringen konnte. Mir ging es ein bisschen besser, obwohl ich auch nicht klein bin.

Wir landeten am frühen Morgen, und als wir das klimagekühlte Flugzeug verließen, glaubte ich, einen Schlag mit dem Hammer auf den Kopf zu bekommen. Es war unglaublich heiß bei extremer Luftfeuchtigkeit.

Wir schlugen uns eine ganze Weile mit Formalitäten herum, und viele schöne Stempel wurden in unsere Pässe und die Visa gehauen, die uns die Wichtigkeit des botswanischen Personals vor Augen führten.

Als wir endlich erschöpft in unserem Hotel landeten, mussten wir feststellen, dass kein Moskitonetz im Zimmer vorhanden war. Matti hatte zwar vorsorglich ein Netz mitgebracht, aber da er vor Müdigkeit fast umfiel, sah er sich außerstande, das Netz an der extrem hohen Decke zu befestigen.

„Na ja" meinte ich, „wenn kein Netz vom Hotel vorgesehen ist, wird es wohl nicht so schlimm mit den Moskitos sein. Wir sind hier ja nicht in der Jugendherberge, sondern first class. Folglich verlasse ich mich darauf, dass alles Notwendige für die Gäste getan wird."

Wir schliefen ein paar Stunden und zogen nach einem opulenten Frühstück mit diversen merkwürdigen Früchten zu einem ersten Erkundungsrundgang los. Mattis Konferenz begann erst am nächsten Tag, so dass wir uns miteinander auf Schwarzafrika einstimmen konnten.

Überall gab es Agenturen, die für ihre Ausflüge ins Okawango-Delta warben: Fahrten in kleinen Gruppen, Fahrten in größeren Gruppen, Individualsafaris mit eigenem Fahrer, kurze oder längere Aufenthalte. Also Auswahl nach Belieben. Eines hatten alle Angebote gemeinsam: Sie waren unverschämt überteuert.

Ich buchte eine Viertagestour für die nächste Woche in einer kleinen Gruppe bei einem sehr freundlichen Agenten, machte eine Anzahlung und jubelte, weil alles einfach perfekt schien. Ich würde erst mal ein paar Tage in Gabarone für mich haben und dann den aufregenderen Teil der Reise in Angriff nehmen.

Leider kam es anders. Am Abend vor der Safari klagte Matti über Kopfschmerzen und leichte Übelkeit. Er hatte keine Lust auf das abendliche Buffet, und so ging ich allein ins Restaurant. Als ich nach einigen anregenden Gesprächen mit anderen Reisenden ins Zimmer zurückkam, schlief Matti schon.

Ich nahm mir nochmal meinen Reiseführer vor und las zum wiederholten Mal die wichtigsten Kapitel, um wirklich gut vorbereitet zu sein.

Mitten in der Nacht weckte mich Matti. Ich sah sofort, dass er trotz der Klimaanlage von einem Schweißfilm überzogen war und sehr bleich aussah. „Mir ist furchtbar schlecht, ich habe Bauchkrämpfe und unerträgliche Kopfschmerzen. Vielleicht wird es besser, wenn ich brechen kann."

Er schaffte es nicht mehr ins Bad. Er erbrach sich immer wieder und sank schließlich erschöpft ins Bett zurück. Ich dachte mit Entsetzen an Malaria, aber dann fiel mir ein, dass die längere Inkubationszeit Malaria ausschloss. Ich ging alle Tropenkrankheiten durch, die mir einfielen, aber schließlich bin ich keine Medizinerin und kam zu keinem Ergebnis.

Obwohl ich mir nicht vorstellen konnte, dass Matti noch etwas im Magen hatte, das er herauswürgen konnte, wankte er plötzlich ins Bad, und ich hörte ihn entsetzlich stöhnen.

Als er wieder ins Zimmer kam und mitteilte, dass er auch noch Durchfall hatte, beschloss ich, zur Rezeption zu gehen und einen Arzt anzufordern. Von einem Arzt wollte Matti nichts wissen, aber er zeigte sich natürlich damit einverstanden, dass der Fußboden gesäubert wurde, denn sowohl der Anblick als auch der Geruch waren unerträglich.

Der Nachtportier kam mit auf Zimmer und zeigte sich sehr verständig. Er bot uns sofort ein anderes Zimmer an, damit man am nächsten Tag sauber machen konnte, und empfahl einen Arzt. Er nahm die Sache sehr ernst, nachdem er einen Blick auf Matti geworfen hatte.

Matti wurde von Fieber geschüttelt und schaffte es kaum, in das Zimmer gegenüber umzuziehen. Ich raffte die nötigsten Sachen zusammen und setzte mich in einen Sessel, denn an Schlaf war nicht zu denken.

Ich war gerade am Eindämmern, als ich wieder hochschreckte, weil Matti unverständliches Zeug murmelte. Ich machte das Licht an und trat neben sein Bett. Matti sah kalkweiß und so gequält aus, dass ich aus tiefstem Herzen erschrak. Ich versuchte, ihn anzusprechen, aber es kam keine Reaktion.

Jetzt gab es kein Zögern mehr. Ich rief panisch in der Rezeption an und bat den Portier, doch einen Arzt zu holen. Nach ungefähr zwanzig Minuten, die mir wie eine Ewigkeit vorkamen, erschien ein junger Arzt, den ich für einen Inder hielt. Er warf einen besorgten Blick auf Matti, nahm sein Handy heraus und orderte einen Krankenwagen.

„Ich kann natürlich auf die Schnelle ohne gründliche Untersuchung nichts Verbindliches sagen," meinte er. „Auf jeden Fall muss er stationär versorgt werden. Machen Sie sich keine Sorgen, das Gesundheitssystem in Botswana ist gut, und Ihr Mann wird im Krankenhaus gut aufgehoben sein. Ich spritze ihm ein fiebersenkendes Mittel, und im Krankenwagen wird ihm gleich eine Infusion angelegt, um eine Dehydrierung zu vermeiden."

Der Krankenwagen kam sehr schnell, und nachdem Matti in ein Zimmer für Notfälle gebracht worden war, schickte man mich hinaus in einen Raum, der offenbar als Wartezimmer gedacht war. Der Raum war vollgestopft mit wartenden Patienten, Angehörigen und weinenden Kindern.

Es war nicht ein einziger Stuhl frei, von denen es sowieso nur wenige gab, und da ich mich so schwach und durcheinander fühlte, dass ich glaubte, jeden Augenblick zusammenzubrechen, ließ ich mich an der Wand heruntergleiten, bis ich auf dem schmuddeligen Fußboden saß.

Eigentlich sollte ich Mattis Eltern anrufen, aber ich fühlte mich außerstande. Ich nahm meine Umwelt nicht richtig wahr, nur ab und zu sah ich, dass sich jemand erhob und hinter einer blau gestrichenen Tür verschwand.

Nach einer gefühlten Ewigkeit kam ein Arzt auf mich zu und bat mich in einen kleinen Raum, in dem ein Schreibtisch mit einem Computer stand, und ein bequemer Stuhl für Besucher. Die Wände waren bis oben hin voller Regale mit medizinischen Büchern, Stapeln von Arzneiproben, Blutdruckmessgeräten und Fächern mit steril verpackten Kanülen. Es sah kaum anders aus als bei uns in der Praxis unseres Hausarztes, und das beruhigte mich ein bisschen nach dem Schock im Wartezimmer.

„Wie gut ist Ihr Englisch?" fragte der Arzt. Eigentlich habe ich mit Englisch keine Schwierigkeiten, aber die Aussprache des Arztes machte mir Probleme.

„Sprechen Sie nur," sagte ich mutig. „Ich werde versuchen, alles zu verstehen."

„Gut," sagte der Arzt. „Ihr Mann hat eine schwere Lebensmittelvergiftung. Können Sie sich vorstellen, wo er sich die geholt hat?"

Ich war ratlos. Im Hotel war Matti immer vorsichtig gewesen mit Wasser und Salaten. Vielleicht hatte er sich mal die Zähne geputzt mit normalem Leitungswasser statt mit Mineralwasser oder zumindest abgekochtem Wasser. Oder er hatte während der Konferenz etwas gegessen oder getrunken, von dem wir gar nicht wussten, dass es für uns auf der Schwarzen Liste stand?

Der Arzt sagte mir, ich könne ins Hotel zurückkehren, wenn ich einige Formulare im Sekretariat ausgefüllt hatte: Angaben zur Krankenkasse, die die Rechnungen bezahlen würde, eine Erklärung, dass ich mit der Behandlung einverstanden sein würde und Ähnliches mehr. Die Einverständniserklärung brachte einige Schwierigkeiten mit sich, weil ich weder mit Matti verheiratet war noch verwandt, aber schließlich war man mit meiner Unterschrift einverstanden, da man ja sonst niemanden verantwortlich machen konnte.

Ich durfte mich nicht mal von Matti verabschieden. Man hatte ihn so stark unter Medikamente gesetzt, dass er nicht richtig bei Bewusstsein war.

Die Nacht verging quälend langsam. Während ich zum frühest möglichen Zeitpunkt frühstückte, wurde ich ans Telefon gerufen. Der Führer der Tour ins Delta wollte wissen, ob ich verschlafen hätte. Alle anderen Teilnehmer säßen bereits im Auto und meckerten über die unverbesserlichen Trödler.

Ich erklärte ihm die Situation und sagte ihm, er solle ohne mich fahren. Er sprach sehr höflich sein Bedauern aus und verabschiedete sich mit tröstlichen Floskeln.

Anschließend sprach ich mit dem Leiter der Tagung. Er zeigte sich überaus besorgt und gab mir den Rat, Matti nach Hause fliegen zu lassen, sofern sich sein Zustand nicht deutlich gebessert hatte. Er sprach sehr positiv vom Gesundheitssystem in Botswana, machte aber trotzdem deutlich, dass er eine sofortige Rückkehr nach Deutschland für notwendig hielt.

Das war so deprimierend, dass ich fast ohne Hoffnung mit einem Taxi ins Krankenhaus fuhr. Diesmal ließ mich der behandelnde Arzt zu Matti, und ich konnte kaum mein Entsetzen verbergen, als ich Matti an Schläuche angeschlossen, totenbleich und ohne Bewusstsein im Bett liegen sah.

Ich beschloss sofort, ein Flugzeug anzufordern und mit ihm nach Hamburg zu fliegen. Es kostete einiges an Organisation, für die ich eigentlich keinen Nerv hatte, aber schließlich war alles vorbereitet.

Ich stopfte unsere Sachen in meinen Koffer und Mattis Taschen, zog in aller Eile noch einmal alle Schubladen auf, warf einen Blick ins Bad und in die Schränke und hoffte, alles eingepackt zu haben.

Der Flug dauerte schrecklich lange. Ich saß neben Mattis Liege und beobachtete ihn, bis ich schließlich in einen Halbschlaf versank. Ich konnte nicht richtig abschalten, und albtraumhafte Gedanken gingen mir wirr im Kopf herum.

Endlich war der Heimflug überstanden. Matti wurde sofort vom Flughafen in Hamburg mit einem Hubschrauber in die Eppendorfer Klinik gebracht. Ich durfte nicht mitfliegen und musste mir von Fuhlsbüttel ein Taxi nehmen.

Das Gepäck hatte ich im Flughafen eingeschlossen, denn ich sah mich außerstande, mich damit zum Krankenhaus zu quälen und anschließend in ein Hotel.

Matti lag auf der Intensivstation, und man sagte mir, ein ganzes Team von Ärzten würde sich um ihn kümmern. Im Augenblick könne ich nicht zu ihm. Wirklich kein gutes Zeichen!

Ich saß auf einem Stuhl im Flur und versuchte, mich irgendwie abzulenken. Ich blätterte in einer medizinischen Fachzeitschrift, aber mit Herz - und Gelenkbeschwerden fing ich im Augenblick nichts an. Die einzige Zeitschrift, die nicht mit Medizin zu tun hatte, war ein ADAC Heft, das bestimmt irgendein Besucher liegen gelassen hatte. Interessierte mich überhaupt nicht.

Ich ging nach draußen vor die Tür, um zur Beruhigung eine zu rauchen, hatte aber kein gutes Gefühl dabei, weil ich glaubte, in der Zwischenzeit könnte ein Arzt herauskommen, um mir Bescheid zu sagen.

Ich kehrte in den Flur zurück und lief auf und ab, sah alle Augenblick auf die Uhr, was natürlich völlig irrelevant war, sah zum Fenster hinaus auf einen öden Parkplatz, auf dem auch nicht viel los war, und rannte alle Augenblick aufs Klo.

Nach einer gefühlten Ewigkeit kam ein Arzt auf mich zu. „Sie dürfen jetzt zu ihm aufs Zimmer. Im Augenblick ist er stabil, aber nicht bei Bewusstsein. Sein Herz hat versagt, aber das haben wir durch eine Kardioversion wieder im Griff. Bitte ziehen Sie sich den vorgeschriebenen Schutzanzug an und halten sich an alle Vorschriften. Fünf Minuten!"

Ich war so geschockt, dass meine Knie kurzfristig versagten, und ich fast umgefallen wäre. Ich schlich auf Zehenspitzen in meiner sterilen Kleidung ins Zimmer und warf einen Blick auf Matti, meinen schönen, starken, sportlichen Freund. Ich flüsterte ein paarmal: „Bleib bei mir, Matti, verlass mich nicht."

Drei Tage lang blieb ich in Hamburg zwischen Hoffen und Bangen. Endlich sagte man mir, dass Matti es schaffen würde, wenn nichts Unvorhersehbares dazwischen käme. Ich solle zu meinem Alltag zurückkehren, denn helfen könne ich nicht.

Ich fuhr nach Lüneburg und saß unglücklich in meiner Wohnung. Meine Eltern kamen, um mich aufzubauen, und auch Astrid und Reiner machten einen tröstlichen Besuch.

Ich fing an, wieder vormittags in der Gärtnerei zu arbeiten. Am Nachmittag fuhr ich jeden Tag mit dem Zug nach Hamburg. Nach einer endlosen Woche wurde Matti in ein reguläres Krankenzimmer verlegt und erkannte mich zum ersten Mal. Ich hielt einfach seine Hand und weinte vor Erleichterung. Er war viel zu schwach zum reden, aber ich sah in seinen Augen, dass er meine Gegenwart wahrnahm und genoss.

Als ich am Sonnabend aus Hamburg zurückkam, erwartete mich eine Überraschung: Auf der Treppe zu meiner Wohnung saß Vera. Als sie mich sah, stand sie auf und fiel mir schluchzend um den Hals.

„Hat sich Luc bei dir gemeldet? Er ist seit drei Tagen verschwunden, und ich kann ihn nicht finden. Er geht nicht an sein Handy, das einfach tot bleibt, das Auto ist weg, aber alle seine Sachen sind da. Er ist ja schon...."

Ich unterbrach Vera ohne Rücksicht auf ihre Gefühle, bekam einfach einen Wutausbruch und schrie sie an: „Lass mich mit deinem Scheißengel in Ruhe, ich habe andere Sorgen. Du interessierst dich ja nicht für uns, aber ich sage es dir trotzdem: Matti liegt mit einer schweren Lebensmittelvergiftung im Krankenhaus und ist gerade mal so weit, dass ich hoffen kann. Dein Problem, wenn du mal drei Tag keinen Stecher hast, ist mir so egal, dass du einen Furz drauf lassen kannst. Kapier es endlich, ich habe keine Geduld mehr mit dir und möchte nur, dass du dich sofort vom Acker machst."

Ich sah, wie Veras Ausdruck sich veränderte. Ich hatte es tatsächlich geschafft, ihr eine Reaktion zu entlocken, aber ich hatte keine Lust, auf sie einzugehen.

„Kann ich bei dir übernachten?" fragte sie ungewohnt kleinlaut. „Ich bin getrampt, und jetzt im Dunkeln kann ich ja wohl nicht zurück."

Ich zögerte ganz kurz, aber dann entschloss ich mich, hart zu bleiben.

„Bei mir hast du keinen Platz mehr. Ich müsste ja erst mal meine Wertsachen wegschließen, und das ist mir zu mühsam. Vielleicht hat Luc dich geschickt, weil ihr mal wieder in der Klemme seid? Geh zu unseren Eltern, vielleicht hat Mama noch Erbarmen mit dir."

Mit kläglicher Stimme antwortete Vera „Und wie soll ich da hinkommen? Kann ich dein Auto haben, oder fährst du mich?"

„Du kriegst nicht mal mein Fahrrad. Sieh zu, wie du zurechtkommst. Du hast ein für allemal alle schwesterlichen Gefühle in mir abgetötet. Und jetzt verschwinde."

Vera weinte, und ich glaube, ihre Tränen waren echt. Sie war tatsächlich verzweifelt, aber ich konnte keinen Funken Mitleid aufbringen. Ich drängte sie Richtung Treppe und machte meine Wohnungstür zu.

Nach einer Weile sah ich nochmal vorsichtig ins Treppenhaus. Vera war weg. Trotz allem ließ mir der Gedanke an Vera keine Ruhe, und ich rief nach ungefähr einer Stunde bei meinen

Eltern an, um mich zu vergewissern, dass Vera bei ihnen angekommen war. Es war also doch noch ein Funke Interesse bei mir vorhanden.

Meine Mutter brach natürlich wieder mal in Tränen aus und schimpfte mit mir, weil ich Vera nicht bei mir aufgenommen hatte. Mein Vater rief aus dem Hintergrund, er fände es okay, Vera habe sich wirklich keine Hilfe mehr verdient.

25. Kapitel

Am nächsten Nachmittag fuhr ich wieder in die Klinik, und diesmal konnte sich Matti schon ein Lächeln abringen. Aber ich hatte den Eindruck, dass er immer dünner wurde. Er musste immer noch künstlich ernährt werden, und das ließ ihn nicht gerade rundlich aussehen. Ich gewann allmählich einen gewissen Optimismus zurück und fuhr mit einem ganz guten Gefühl nach Lüneburg zurück.

Am Abend rief Svenja an, die ich natürlich auf dem Laufenden gehalten hatte und fragte nach Matti. Ich berichtete von seinen Fortschritten und fühlte mich dabei ganz euphorisch.

Leider verkündete Svenja eine neue Hiobsbotschaft, die mich erstarren ließ.

„Du hast dich ja in letzter Zeit verständlicherweise nicht sehr um deine Umwelt gekümmert," sagte sie. „Ich muss dir aber eine schreckliche Neuigkeit mitteilen. Almuths Kneipe ist vor einigen Tagen bis auf die Grundmauern abgebrannt mitsamt dem Saal. Bedauerlich, aber zu verschmerzen. Das wirklich Schreckliche an dem Brand ist, dass Almuths Großmutter im Schlaf überrascht wurde und es nicht mehr nach draußen geschafft hat. Das Feuer ist wohl mit einer gewaltigen Explosion ausgebrochen, und in der Nachbarschaft sind alle Scheiben zu Bruch gegangen. Almuth ist am Boden zerstört und jammert, weil sie nicht mit ihrer Oma im Haus war und mitverbrannt ist."

Ich wusste nicht, was ich sagen sollte. Mir stand sofort die energische alte Dame vor Augen, die noch so fit gewesen war und Matti und mich tief beeindruckt hatte. Welch ein tragischer Tod! Vermutlich war ihr wenigstens durch eine Rauchvergiftung das grässliche Ende durch Verbrennen bei vollem Bewusstsein erspart geblieben.

Welch eine Tragödie für Almuth, deren Träume sich in Rauch aufgelöst hatten! Um das Haus war es nicht schade, aber der schöne Saalanbau war unwiederbringlich dahin, und keinerlei Neubau würde ihn ersetzen können. Almuth würde nun auch sehr einsam sein ohne ihre Großmutter.

Wie Svenja sagte, nächtigte sie in einem halbwegs ausgebauten Zimmer in der Scheune, die ich bei unserem Besuch gar nicht beachtet hatte. Ihr Handy hatte sie noch, aber sonst nur die Kleider, die sie bei Ausbruch des Feuers angehabt hatte. Sie war gerade bei Freunden in Schweskau gewesen bei einer Geburtstagsfeier und hatte den Brand erst mitbekommen durch die aufdringlichen Sirenen der heranrasenden Feuerwehren.

Ich wusste nicht, ob ich sie anrufen sollte. Vielleicht war ein Anruf tröstlich, vielleicht fühlte sie sich in ihrer Privatsphäre gestört. Ich würde eine Nacht über meiner Entscheidung schlafen.

Ich rief die Elbe-Jeetzel Zeitung der letzten Tage im Internet auf, um genauere Informationen zu erhalten. In der Zeitung von vor drei Tagen wurde ich fündig. Ein ausführlicher Artikel mit Bildern vom Feuer war abgedruckt, und beim Lesen des Artikels entdeckte ich noch ein Detail, das mich zutiefst entsetzte. Auf dem Grundstück vor dem Haus liegend hatte die Feuerwehr einen bewusstlosen Mann entdeckt, dessen Gesicht fast bis zur Unkenntlichkeit verbrannt war. Außerdem blutete er stark an der linken Hand. Über die Ursache wurde nichts gesagt. Die Identität des Brandopfers war unklar, und die Bevölkerung wurde um Hinweise gebeten, falls jemand etwas beobachtet hatte.

Plötzlich fiel es mir wie Schuppen von den Augen. Der Verletzte musste Luc sein. Sein Verschwinden passte zu dem Zeitpunkt des Feuers, wie ich von Vera wusste. Bisher war mir nicht der Funke eines Gedanken gekommen, dass Luc bei allen seinen Lastern auch noch Pyromane sein könnte.

Wie konnte ich mit Sicherheit herausbekommen, dass es sich bei dem Verletzten um Luc handelte? Es gab nur einen Weg: Ich musste Vera anrufen, um von ihr zu hören, ob Luc inzwischen wieder bei ihr aufgetaucht war. Es widerstrebte mir aus tiefstem Herzen, zum Hörer zu greifen, aber Vera nahm nicht ab. Einerseits war ich erleichtert, nicht mit ihr reden zu müssen, andererseits blieb meine Unruhe

Ich rief Mama an und bat sie, sich möglichst mit Vera in Verbindung zu setzen. Ich erzählte ihr von meinem Verdacht, und Mama hielt es für durchaus schlüssig, dass Luc in irgendwelche Verbrechen verwickelt war. Sie rief nach ein paar Minuten zurück und teilte mir mit, dass sie auch nichts bei Vera erreicht hatte.

Um Luc machten wir uns beide keine großen Sorgen, falls er der Verletzte sein sollte. Ich muss gestehen, dass es mir egal war, ob er überlebte oder nicht. Aber Mama war mir nicht egal mit ihrer Angst um meine Schwester. Seit ich vor drei Tagen Vera rausgeworfen hatte, herrschte von ihrer Seite wieder Funkstille. Um Mama zu beruhigen, schlug ich ihr vor, bei Lucs Mutter anzurufen. Sie würde vermutlich wissen, wer gerade im Bauwagen war.

Leider hatte sie offenbar kein Telefon, und so blieb alles weiter im Unklaren.

Morgens arbeitete ich wie immer in der Gärtnerei, am Nachmittag fuhr ich zu Matti nach Hamburg, und abends wollte ich Almuth in Simander aufsuchen. Da sie ja nicht mehr in ihrem Haus wohnen konnte, musste ich erst heraus finden, wo ich sie finden würde.

Svenja bot an, nach Simander mit zu kommen, und das war mir sehr lieb. Wir beschlossen, in unserem Haus in Langendorf zu übernachten und morgens in aller Frühe nach Lüneburg zurückzufahren. Ich musste ja auch mal wieder nach dem Rechten sehen und vor allem meine Blumen im Gewächshaus begrüßen, für die ich kaum Zeit gehabt hatte.

Wir fuhren zunächst nach Simander. Die Brandstätte des ehemaligen Dorfkrugs bot einen schrecklichen Anblick. Von der Kneipe mit Wohnteil war praktisch nichts übrig bis auf ein paar verkohlte Balken, die kreuz und quer am Boden lagen.

Die Umrisse der backsteinernen Grundmauern des Saals konnte man noch erkennen, und einige Fensterstürze gähnten leer gegen den Himmel wie bei einer mittelalterlichen Burgruine. Unfasslich, was aus dem bemerkenswerten Gebäude geworden war.

Wir gingen an der Ruine des Saalbaus vorbei nach hinten auf das Grundstück. Die recht große Scheune, die von einer landwirtschaftlichen Nutzung zur Zeit der Erbauung des Gebäudekomplexes zeugte, stand in einigem Abstand quer zum Wohnhaus und war deshalb von den Flammen verschont geblieben.

Im hinteren Teil der Scheune gab es eine Tür und ein Fensterchen mit erblindeten Scheiben. Wir vermuteten, dass sich dahinter ein kleiner Wohnraum verbarg. Vielleicht war es früher die Knechtskammer gewesen, vielleicht hatte man Tür und Fenster in die Mauer gebrochen, um zum Kriegsende eine zusätzliche Flüchtlingsfamilie unterbringen zu können.

Wir klopften zögerlich an die Tür. Als keine Reaktion kam, öffnete ich vorsichtig die Tür einen Spalt breit und spähte in den dunklen Raum. Ich brauchte einen Augenblick, bis sich meine Augen auf das dämmrige Licht eingestellt hatten, und dann entdeckte ich Almuth, die auf einem rostigen Bettgestell mit einer abgewetzten, schmuddeligen Matratze saß. Almuth weinte und nahm zunächst keine Notiz von uns.

Svenja huschte ebenfalls in den Raum, ging zu Almuth und nahm sie in den Arm. „Es tut mir ja so leid," sagte Svenja. „Wie konnte das nur passieren?"

Almuth weinte weiter leise vor sich hin, aber plötzlich hob sie den Kopf und sagte unter Schluchzern: „Ich bin schuld. Ich habe Oma umgebracht."

Svenja drückte sie fester an sich. „Was redest du für einen Unsinn. Mach dir bloß keine Vorwürfe, du kannst doch gar nichts dafür, dass so ein schreckliches Unglück passiert ist."

Almuth schwieg, und ich sah, dass ihr Gesicht einen verschlossenen und gleichzeitig bösen Ausdruck annahm.

„Ihr habt ja keine Ahnung. Dieses Arschloch, dieser Vollidiot, hat nichts kapiert und alles kaputt gemacht."

„Wovon redest du?" fragte ich, weil ich überhaupt nichts verstand.

Almuth sagte nichts mehr. „Willst du einen Kaffee? Wir haben in einer Thermoskanne einen mitgebracht, weil wir uns dachten, dass du gar nichts mehr hast."

„Etwas richtig Hochprozentiges wäre mir jetzt lieber," antwortete Almuth überraschenderweise nach einem Weilchen. „Und das gleich literweise. Das beruhigt die Nerven und knockt mich schließlich aus."

Mit Hochprozentigem konnten wir nicht dienen. Ich dachte an all die Flaschen mit jeder Art von Alkohol, die in der Kneipe hoch gegangen waren, und die Almuth nie angerührt hatte.

„Hier kannst du jedenfalls nicht bleiben," sagte Svenja. „In diesem schmutzigen Loch hast du ja nicht mal Bettwäsche oder eine Zudecke. Komm mit zu Caroline, sie wird dir bestimmt auch mit ein paar Klamotten aushelfen können. Du wirst dann morgen früh mit uns nach Lüneburg fahren, und dann sehen wir weiter."

Mit Almuth war nicht zu argumentieren. Sie wiederholte immer wieder, wie schrecklich das Ende ihrer Oma sei, und dass sie Schuld habe.

Zwischendurch lamentierte sie wieder über den Vollidioten, der alles vermasselt hatte. Wir sahen uns an, und ich meinte leise, wir sollten einen Notarzt holen, denn Almuth stand offenbar völlig unter Schock.

Svenja ging hinaus und rief den Notdienst an. Der Mann am Telefon notierte sich die Adresse, stellte ein paar sachdienliche Fragen und versprach, sofort einen Krankenwagen mit einem Notarzt loszuschicken.

Sie kamen auch wirklich schnell. Der Arzt versuchte, mit Almuth zu reden, aber sie antwortete nicht und weinte immer heftiger. Er gab ihr schließlich eine Beruhigungsspritze, und sie verfiel sofort in einen apathischen Zustand.

Während zwei Sanitäter sie zum Krankenwagen führten, stellte uns der Arzt ein paar Fragen, um sich ein Bild zu machen.

„Offenbar hat sie ja nach dem Brand hier gehaust. Unverständlich, dass die Nachbarn sich nicht gekümmert haben."

„Doch, haben sie", sagte Svenja. „Sie ist direkt nach dem Brand von einer hilfsbereiten Familie aufgenommen und versorgt worden. Sie muss aber von dort einfach verschwunden sein, und niemand kam mehr an sie heran."

„Hat sie außer der verstorbenen Großmutter keine Verwandten in der Nähe?"

„Soweit ich weiß, nicht. Ihre Mutter hat vor ein paar Jahren einen Amerikaner geheiratet und ist ausgewandert. Von ihrem Vater ist mir nichts bekannt, und Geschwister hat sie auch nicht."

Wir fuhren völlig geschockt nach Langendorf. Zunächst redeten wir nicht und hingen nur unseren Gedanken nach. Schließlich fingen wir an, uns Fragen zu stellen. Warum gab Almuth sich die Schuld am Tod ihrer Großmutter? Wer war der sogenannte Vollidiot, der alles vermasselt hatte?

In Langendorf angekommen, sah ich zunächst nach meinen Pflanzen. Ich erkannte sofort, dass sie anfingen zu faulen, weil Anke, die sie während meiner Abwesenheit betreut hatte, wohl der Ansicht war, dass viel gießen nicht schaden konnte, trotz meiner genauen Pflegeanleitung.

Ich machte vorsichtig um die Pflanzen ein bisschen Boden frei und legte Stroh um die Wurzeln, um die überflüssige Feuchtigkeit abzuziehen. Ich hoffte sehr, dass meine unorthodoxe Methode verfangen würde. Ein paar Tage lang mussten meine Orchideen nun Ruhe vor Wasser haben, um sich zu erholen. Mir war bei dem Gedanken, ich müsste wieder von vorn anfangen, fast zum Heulen. Schließlich waren die Orchideen Lebewesen, die sich nicht wehren konnten, weder gegen Überfluten, noch gegen Dürre.

Aber natürlich konnte ich Anke keinen Vorwurf machen, sondern musste ihr dankbar sein. Sie hatte es schließlich gut gemeint und war mir mit ihrem Hilfsangebot sehr entgegen gekommen.

Allerdings hatte ich eine Warnung erhalten: Ich konnte nicht leichtsinnig jederzeit wegbleiben und die Pflege meiner empfindlichen Pflanzen und später auch Tiere einer willigen Hilfskraft überlassen. Probleme dieser Art hatte ich bisher noch nicht kennen gelernt bis auf eine Ausnahme. Als ich als Kind ins Schullandheim ging, sollte Vera meinen Hamster pflegen. Als ich nach Hause kam, lag der Hamster verhungert in seinem kleinen Gehege. Ich erinnere mich gut, wie traurig und wütend ich war. Danach wollte ich nie wieder ein lebendes Kuscheltier haben.

Da natürlich keine frischen Lebensmittel im Haus vorhanden waren, holte ich einen Flammkuchen aus dem Tiefkühlschrank. Dabei bedachte ich mal wieder Svenjas Essgewohnheiten nicht. Der Flammkuchen war für sie in keinster Weise annehmbar: Teig mit Eiern angemacht, Rahm und Speckstückchen als Belag.

Sie wollte aufs Essen verzichten, da ich nichts finden konnte, was völlig frei von Fleisch, Milch und Eiern war. Schließlich schlug ich Spaghetti mit grünen Bohnen vor, und daraus zauberte sie sich ein kleines Gericht mit Olivenöl und Gewürzen.

Ich sagte seufzend, es sei außerordentlich schwierig mit ihrem konsequenten Veganertum. Vegetarisch geht ja noch an, aber bei vegan habe ich die größten Schwierigkeiten, nichts falsch zu machen.

Svenja wurde traurig, als ich auf ihre Essgewohnheiten kam. „Mit Thure ist es zu Ende," sagte sie. „Er isst gern Fleisch, und wenn er im Restaurant in ein Steak beißt, kommt er mir vor wie ein Raubtier, das sein Opfer mit den Zähnen zerreißt. Er kann meine Haltung gegenüber dem Essen überhaupt nicht nachvollziehen, und da wir beide nicht zu Kompromissen bereit sind, haben wir alle Zukunftspläne aufgegeben. Ich bedaure das sehr, denn in Thure war ich richtig verliebt, und in vielem passten wir auch gut zusammen. Die Tatsache, dass er sowieso nach Schweden zurückgeht, ist vielleicht tröstlich, denn ich weiß nicht, ob ich in Schweden leben möchte, dazu noch ziemlich im Norden, wo er herkommt. Wenn ich da an die Winter denke mit ewiger Dunkelheit und monatelangem Frost, packt mich das große Grausen."

Ich hatte bis dahin nichts vom Ende ihrer Beziehung gewusst, und es tat mir leid, dass es nichts geworden war. Svenja würde es in jedem Fall schwer haben, einen festen Partner zu finden, obwohl sie attraktiv und nett war. Vielleicht sollte man sie zu einem Veganertreffen schicken, damit sie den passenden Partner finden konnte.

Aber im Augenblick schien mir das „Problem Almuth" wichtiger. Ich erzählte Svenja von meinem Verdacht, dass der Mann, den man verletzt vor der Brandstelle gefunden hatte, Luc sein könnte. Svenja gab mir recht. Wir beschlossen, am nächsten Morgen in Gedelitz vorbei zu fahren, um herauszufinden, ob sich im Bauwagen oder auf dem Grundstück Leben zeigte. Zumindest würden wir sehen können, ob das Auto, das sie im Augenblick benutzten, irgendwo zu entdecken war.

Wir blieben nicht lange auf, weil wir morgens früh losfahren wollten, damit Svenja pünktlich zur Arbeit kommen konnte. Sie fing um 7:30 an, und das ist eine unchristliche Zeit.

Als wir am nächsten Morgen in Gedelitz vorbeifuhren, regte sich nichts. Weder im Haus, noch im Bauwagen. Da wir sehr früh dran waren, sagte das natürlich nichts aus. Das Auto allerdings konnten wir nirgendwo entdecken.

Ich beriet mich mit Svenja über meine Idee, der Polizei einen Hinweis zu geben. Svenja meinte auch, das könne nicht verkehrt sein.

26. Kapitel

In Lüneburg angekommen, rief ich sofort bei der Kriminalpolizei an. Zunächst fragte ich, ob der Verletzte an der Brandstelle inzwischen identifiziert sei, aber das wollte man mir nicht sagen. Man hielt mich wohl für eine sensationslüsterne Reporterin von irgend einem Boulevardblatt und hatte kein Interesse daran, Insiderwissen weiterzugeben.

Als ich mit großer Penetranz darauf bestand, weitergeleitet zu werden, weil ich eine wichtige Information hätte, landete ich schließlich bei Herrn Bartoschak. Der Kommissar, Oberkommissar oder was auch immer er für einen Titel als Leiter der Dienststelle hatte, erinnerte sich sofort an mich im Zusammenhang mit dem Brand in Langendorf.

Ich trug ihm meinen Verdacht vor. Seine Fragen daraufhin waren mir sehr unangenehm. Er wollte alle Details wissen, die mich dazu gebracht hatten, Luc ins Spiel zu bringen. Ich hatte keine Lust, Herrn Bartoschak in die Beziehungsgeschichte meiner Schwester einzuweihen. Er fragte mich nach einem Foto, aber damit konnte ich nicht dienen. Ich hatte nie eins besessen, und wenn, hätte ich irgendwann ein paar Nadeln wie in eine Voodoopuppe hinein gesteckt und es dann verbrannt.

Herr Bartoschak bat mich, zu ihm ins Büro zu kommen und eine genaue Beschreibung von Luc abzugeben. Ich erklärte ihm, dass ich erst am späten Nachmittag ein paar Minuten Zeit hätte, und er musste einsehen, dass ich auch durch sein Drängen nicht dazu bereit war, meine Arbeit oder meinen Besuch bei Matti zu verkürzen.

Zu meiner Überraschung saß Matti auf Kissen gestützt aufrecht im Bett. Ich stieß einen Jubelruf aus und umarmte ihn.

Ich hatte mich schon so daran gewöhnt, ihn liegend anzutreffen, dass es mir ganz merkwürdig vorkam, einen Stuhl heranzuziehen und mich mit ihm auf Augenhöhe zu unterhalten.

Mir fiel natürlich sofort auf, dass er eine unnatürliche, gelbliche Hautfarbe hatte, und als er meinen forschenden Blick bemerkte, sagte er, bevor ich eine Frage stellen konnte: „Ja, ich habe Gelbsucht als Folge der Vergiftung. Ich muss zwar nicht mehr künstlich ernährt werden, aber mit der Esserei wird es vorläufig nicht berühmt. Ich werde zum Beispiel nicht mit dir ein Gläschen Sekt trinken können, wenn ich entlassen werde."

Ich überlegte, ob ich ihm von den Ereignissen der letzten Tage erzählen sollte. Er hatte das Leben außerhalb von seinem Krankenbett vollkommen verpasst. Mir schien es aber verfrüht, ihn zum jetzigen Zeitpunkt mit allen Hiobsbotschaften zu überfallen.

„Was grübelst du?" fragte er. „Du siehst besorgt und gedankenverloren aus."

Ich antwortete ausweichend. „Es hat einen neuerlichen Brand gegeben, und Herr Bartoschak – du erinnerst dich an den etwas unangenehmen Kripobeamten? - möchte mich dazu heute Abend befragen. Ich werde also nachher auf dem Kommissariat erscheinen müssen."

Da Matti nur fragte, ob der Brand wieder in Langendorf gewesen sei, aber die Antwort gar nicht abwartete, war ich sicher, dass ihm alles zu viel wurde, und er sich dem Leben außerhalb des Krankenhauses noch nicht wieder zuwenden konnte.

Er bat mich gleich darauf, das Kopfteil des Bettes herunter zustellen und die Kissen weg zu nehmen. Als er wieder liegen konnte, wirkte er sehr erleichtert.

Ich hielt seine Hand und war einfach still. Er sagte nach einer Weile leise, es tue ihm leid, dass er mir den Besuch im Okawango-Delta vermasselt hatte. Bevor ich etwas dazu sagen konnte, war er eingeschlafen.

Ich schlich leise aus dem Zimmer und suchte den diensthabenden Arzt. Als ich schon aufgeben wollte, kam er eilig aus einem Zimmer und hastete Richtung Fahrstuhl. Ich schaffte es gerade noch, hinter ihm einzusteigen und fragte ihn nach Mattis Aussichten, während wir nach unten fuhren.

Es war natürlich eine abwegige Idee, zwischen Tür und Angel Auskunft einholen zu wollen, und der Arzt bedeutete mir freundlich, aber bestimmt, dass ich zu einem passenderen Zeitpunkt in sein Besprechungszimmer kommen solle.

Ich fuhr direkt zur Kriminalpolizei in Lüneburg. Ich wusste ja bereits, wo ich Herrn Bartoschak finden würde, ließ mich aber trotzdem vom Pförtner anmelden, um nicht umsonst den trostlosen Weg durch die Gänge und über die Treppen in sein Büro machen zu müssen.

Herr Bartoschak erwartete mich. Er war sehr um Freundlichkeit bemüht, da er ja Erwartungen an mich hatte, und deshalb nahm ich ihm nicht ab, dass die Freundlichkeit von Herzen kam. Er bot mir den Besucherstuhl an, während er nach einem kräftigen Händedruck zu seinem Platz hinter dem Schreibtisch ging. Auf dem Schreibtisch lagen ein Notizblock, ein Stift und ein Aktenordner. Er hatte offenbar nicht vor, meine Vermutungen gleich in den Computer einzugeben. Auch der Ordner wies darauf hin, dass noch Papier verwendet wurde.

Er stellte sehr detaillierte Fragen zu Lucs Person: Alter, Größe, Haarfarbe, Körperbau, Zustand der Zähne, eventuelle Auffälligkeiten.

Ich bezeichnete ihn als Typ Wikinger mit blonder Rastafrisur. Irgendwelche sonstigen Auffälligkeiten fielen mir nicht ein, ich konnte im Moment nicht mal sagen, ob er irgendwelche Tattoos hatte. Vielleicht an verborgenen Stellen, die ihn sexy machten? Seine Zähne schienen mir normal, jedenfalls nicht ungepflegt.

Herr Bartoschak fragte vorsichtig, ob ich hart im Nehmen sei. Er wollte mir Fotos von dem verletzten Mann vorlegen, die brutal in Nahaufnahme das zerstörte Gesicht zeigten. Er sagte, er wolle nicht riskieren, dass ich in Ohnmacht falle.

Ich überlegte kurz und stimmte zu. Schließlich sieht man heutzutage so viele Brutalitäten aus Kriegsberichten und in Kriminalfilmen, dass man einiges gewöhnt ist. Ich traute mir also zu, die Fotos anzusehen in der Hoffnung, dadurch zur

Aufklärung der Identität des Verletzten beitragen zu können. Herr Bartoschak zog mehrere Fotos aus seinem Ordner, alle in DIN A4 Format und gestochen scharf. Zunächst schob er mir ein Foto zu, auf dem der Mann auf dem Rücken liegend zu sehen war. Damit fing ich nicht sehr viel an, aber der Körperbau könnte meiner Meinung nach stimmen. Er trug Jeans und ein schwarzes T-Shirt, auch das passte. Aber diese Art von Bekleidung passte auf endlos viele andere, zum Beispiel auf Matti.

Dann kam der Schock: die Nahaufnahme vom Gesicht, fast bis zur Unkenntlichkeit verbrannt, eine einzige Wunde. Von der Haut auf der rechten Gesichtshälfte waren nur ein paar schwarze Fetzen übriggeblieben, die aussahen, als seien sie weg geplatzt, darunter rohes Fleisch.

Ich zog scharf den Atem ein und schluckte ein paar mal verzweifelt, um den Brechreiz zu unterdrücken. Ich beugte mich vor und hielt den Kopf zwischen den Knien, bis es besser wurde. Es war viel schlimmer, als ich erwartet hatte. Was für ein Unterschied zwischen Bildern, die man in der Zeitung sieht oder im Film, und einem Foto, das einen persönlich angeht!

Herr Bartoschak stand auf und holte mir ein Glas Wasser. Nach ein paar Schlucken beruhigte sich mein Magen, und ich fühlte mich imstande, etwas zu sagen.

„Das war echt hart! Bitte keine weiteren Bilder."

Herr Bartoschak legte mir mitfühlend eine Hand auf meinen Arm, was mir nicht sonderlich angenehm war, und fragte leise: „Und? Haben Sie etwas erkennen können?"

„Ja," sagte ich. „Die Kopfform und die Haltung machen mich ziemlich sicher, dass der Mann auf dem Foto Luc Heinrich ist."

„Kennen Sie auch das Auto, das er fährt?"

„Letztes Mal, als ich Luc gesehen habe, fuhr er einen schrottreifen Pick-up in Tarnfarbe. Ziemlich bullig, das Auto, fast ein kleiner Lastwagen. Aber mit dem Hersteller kann ich nicht dienen, so etwas interessiert mich überhaupt nicht."

„Es wird immer wahrscheinlicher, dass es sich um Herrn Heinrich handelt. Wir haben einen Pick-up, der auf Ihre Beschreibung passt, vor einer Scheune im Außenbereich von Simander abgestellt gefunden. Allerdings erwies sich das Nummernschild als gestohlen, so dass wir über das Kennzeichen den Halter beziehungsweise Fahrer des Wagens nicht identifizieren konnten."

Die nächsten Fragen betrafen noch einmal Lucs Wohnort und mögliche Verwandte. Wir hatten darüber am Telefon schon gesprochen, aber jetzt musste ich ins Detail gehen. Ich kam leider nicht umhin, das Verhältnis von meiner Schwester zu Luc zu erwähnen, und dadurch erübrigte sich die Frage, woher ich Luc kannte. Wenigstens behielt ich unseren Verdacht, dass er oft handgreiflich wurde, für mich. Auf Herrn Bartoschaks Fragen bezüglich des Verhältnisses der beiden zueinander behauptete ich, darüber nichts zu wissen, und sagte ihm außerdem, derartige Fragen hielte ich für indiskret und nicht sachdienlich, um die verletzte Person aus Simander zu identifizieren.

Herr Bartoschak gab sich zufrieden, und ich ging meinerseits dazu über, Fragen zu stellen.

„Wird er das Unglück überleben?"

Herr Bartoschak nickte. „Er ist in eine Spezialklinik für Brandopfer nach Halle geflogen worden. Dort wird man versuchen, seine verbrannte Gesichtshälfte wieder aufzubauen."

„Was ist mit seiner Hand?" fragte ich als nächstes.

„Der Brandsatz, der mit einer Spur Phosphor versetzt war, hat sich zu früh entzündet und ihm zwei Finger der linken Hand abgerissen. Ist Herr Heinrich Linkshänder?"

„Ich glaube schon, aber genau habe ich das nicht beobachtet. Was geschieht jetzt?"

„Wir werden seine Mutter bitten, mit uns nach Halle zu kommen und zu bestätigen, dass es sich um ihren Sohn handelt. Natürlich können wir nicht ausschließen, dass wir uns täuschen. Also, das Allerwichtigste ist momentan die Identifikation des Verletzten. Er wird die nächsten Wochen oder Monate in der Klinik bleiben müssen, und wir werden sehen, wann er vernehmungsfähig ist. Vielleicht wird er nichts sagen wollen oder sich nicht erinnern. Wir wissen noch nicht, inwieweit seine körperlichen Funktionen in Mitleidenschaft gezogen sind durch die Explosion. Im Augenblick ist er in ein künstliches Koma versetzt worden, denn die Schmerzen würde er bei Bewusstsein nicht aushalten."

Herr Bartoschak begleitete mich zur Tür und empfahl mir, meine Schwester anzurufen und ins Bild zu setzen. Er nahm ebenso wie ich an, dass sie völlig ahnungslos war, was den Unfall betraf.

Als ich gerade die Tür schließen wollte, fiel ihm noch ein wesentlicher Punkt ein. „Ich muss Sie bitten, niemanden über unser Gespräch ins Vertrauen zu ziehen. Vor allen Dingen nicht die Presse. Es wäre verheerend, wenn Herr Heinrich vorverurteilt würde, obwohl wir noch keinerlei stichhaltigen Beweis für seine Mitwirkung oder Urheberschaft an der Brandstiftung haben. Wir können ja nicht einmal mit Sicherheit von der Identität der Person ausgehen.

Ich habe Ihnen einiges anvertraut, was nicht unbedingt für Kreise außerhalb der Kriminalpolizei bestimmt ist. Zu meiner Entlastung kann ich vorbringen, dass Sie Wesentliches zur Aufklärung beigetragen haben, und sich vermutlich verschlossen hätten, wenn ich Ihnen jede Art von Information vorenthalten hätte."

Ich sagte natürlich zu, unser Gespräch nicht nach außen zu tragen und dankte für sein Vertrauen.

Obwohl es schon später Nachmittag war und somit Zeit für Beamte, Feierabend zu machen, plante Herr Bartoschak noch die Fahrt nach Gedelitz mit einem Kollegen. Er wollte sich sofort mit Lucs Mutter und mit Vera in Verbindung setzen. Er versprach sich dadurch, einen großen Schritt in den Ermittlungen weiter zu kommen. Vom Ergebnis dieser Dienstfahrt würde ich allerdings heute nichts mehr erfahren.

Ich ging mit gemischten Gefühlen über den Parkplatz zu meinem Auto. Lucs Unfall war entsetzlich, aber trotz allen Bemühens konnte ich kein Mitleid aufbringen. In meinen Augen war er eine zu verabscheuungswürdige Person, um irgendwelche positiven Gefühle für ihn zu hegen. Er war egoistisch, brutal und vermutlich verbrecherisch, dabei aber von sich und seiner Macht über andere überzeugt. Einfach ein nicht gesellschaftsfähiger, gescheiterter Psychopath.

Natürlich machte ich mir Gedanken über Vera. Ich versuchte sie anzurufen, dem Rat des Kommissars folgend, aber der Handyanschluss war abgemeldet.

Würde Vera trotz allem zu Luc stehen? Würde sie über seine Entstellungen hinweg sehen können und ihn weiterhin lieben?

Heutzutage kann man ja durch Transplantationen über einen langen Zeitraum viel erreichen und die für Verbrennungen typischen Vernarbungen weitgehend beseitigen.

Ich glaubte fest daran, dass er vor Verbrechen nicht zurückschreckte. Ich hoffte inständig, dass alle seine illegalen Aktivitäten ans Licht kommen würden und ihm eine lange Haftstrafe einbringen. Vera wäre doch nicht verrückt genug, auf ihn zu warten und dadurch ihr halbes Leben zu verspielen? Vielleicht war der Unfall Veras Erlösung von einem Albtraum?

Freiheit von ihrer Hörigkeit, dann Entzug, ein geregeltes Leben mit einem Job, einem Freundeskreis und einer eigenen Wohnung? Na ja, man konnte ja Luftschlösser bauen.

Am Montag wollte ich vormittags Matti abholen, aber er hatte einen neuen Fieberanfall erlitten, und die Ärzte wollten ihn nicht gehen lassen. Wir waren beide sehr enttäuscht, aber an der Anweisung der Ärzte war nichts zu ändern. Ich rief bei Astrid an, um ihr mitzuteilen, dass der Patient erst ein paar Tage später kommen würde. Sie hatte Mattis altes Zimmer mit Blumen dekoriert, das Bett fertig gemacht und schon ein leichtes Diätmenü vorbereitet. Auch sie bedauerte den verlängerten Aufenthalt in der Klinik sehr, hoffte aber, dass sich Mattis Zustand schnell wieder bessern würde.

27. Kapitel

Zwei Tage später bekam ich von Vera selbst die Bestätigung, dass es sich bei dem Verletzten um Luc handelte. Unberechenbar, wie Vera war, stand sie frühmorgens vor der Tür in Langendorf. Mir schien, als sähe sie noch schlechter aus als beim letzten Mal. Extrem dünn, verschattete Augen, strähniges, schwarzes Haar, dessen hellbrauner Ansatz seit längerem nicht nachgefärbt war, schlampige Kleidung. Sie bemerkte, dass ich sie musterte, und sagte scharf: „Starr mich nicht an. Wie ich aussehe, ist doch völlig egal. Weißt du, wie Luc aussieht?"

Ich nickte und wartete ab, was als nächstes kommen würde.

Vera war ungewöhnlich mitteilsam. Wie sie mir erzählte, war sie mit dem Fahrrad gekommen, weil sie ihren Führerschein schon vor längerer Zeit hatte abgeben müssen. Sie war unter Drogeneinfluss gefahren und bei einer Routinekontrolle erwischt worden. Wessen Auto sie bei der Gelegenheit benutzt hatte, wollte sie mir nicht sagen. Vielleicht Mamas oder meins?

Lucs Auto war es jedenfalls nicht gewesen. Sie gestand mir, dass Luc die Nummernschilder von einem in einem Carport abgestellten Auto abgeschraubt hatte und für seine schrottreife Karre benutzt. Das erklärte, warum er mit einem Braunschweiger Kennzeichen herumfuhr.

Es kam natürlich noch besser. Der TÜV ihres Autos war bereits jahrelang abgelaufen, und nur ein aktuelles Gutachten hätte ihnen eine neuerliche Zulassung beschert. Ihnen fehlte natürlich das Geld, um die notwendigen Reparaturen ausführen zu lassen. Das Geld, das ihnen aus obskuren Gründen zur Verfügung stand, brauchten sie ja für wichtigere Dinge wie Drogen und Alkohol. Außerdem blieb völlig im Dunkeln, wer der Halter des Fahrzeugs war. Luc jedenfalls nicht.

Mir fiel ein, dass Vera mich kürzlich in Lüneburg gefragt hatte, ob sie mein Auto haben könnte. Ich machte ihr heftige

Vorwürfe, weil sie sich trotz Führerscheinentzugs mein Auto ausgeliehen hatte, aber sie tat das mit einem Achselzucken ab.

„Was ist dabei, mal ein Auto ohne Führerschein zu benutzen? Ich bin doch eine gute Fahrerin, niete niemanden um und habe mir noch nie eine Beule eingehandelt."

Ich war mal wieder völlig ratlos und verzichtete darauf, ihr klar zu machen, warum ihr Verhalten absolut verantwortungslos ist. Vera ist wirklich nicht willens oder imstande, sich an irgendwelche Regeln zu halten. Zwecklos, sie zu ermahnen oder ihr Vernunft zu predigen. Sie kann wohl die Sachverhalte nur aus ihrem subjektiven Blickwinkel sehen. Sie ist eine echte Soziopathin, und damit wohl nicht therapierbar.

Nachdem ich mich etwas beruhigt hatte, fragte ich sie, ob sie Luc besucht hätte oder nur ein Foto von ihm gesehen.

„Ich habe ihn in natura gesehen, und das war nicht schön. Die Polizei hat Lucs Mutter und mich gestern nach Halle gefahren, um den Verletzten zu identifizieren. Der Mann, der da auf der Intensivstation liegt, ist zwar Luc, aber mein Engel nicht mehr."

Ich fragte vorsichtig, ob sie ihn aufgegeben hätte, aber offenbar war sie sich noch nicht ganz im Klaren über ihre Gefühle.

„Ich will ganz ehrlich sein. Ich glaube, mit diesem abstoßenden Wrack will ich nichts mehr zu tun haben."

Obwohl ich im Grunde natürlich erleichtert war herauszuhören, dass Vera sich von Luc lösen würde, konnte ich mich nicht enthalten, ihr schon wieder Vorwürfe zu machen wegen ihres lieblosen und unsozialen Verhaltens.

„In guten wie in schlechten Zeiten," sagte ich. Sie fiel mir sofort ins Wort. „Was soll dein Zitat? Wir sind doch nicht verheiratet!"

„Ich finde es unfair von dir, ihn jetzt fallen zu lassen. Du bist nicht gegangen, als er dich zusammengeschlagen hat, du hast ihm verziehen, wenn er wortlos verschwunden ist und dich über seine Aktivitäten nicht aufgeklärt hat. Vor allem hast du gewusst, dass er unehrlich und egoistisch ist, also eine Plage für seine Mitmenschen. Warum macht dir sein Zustand jetzt so viel aus?"

Vera zuckte mit den Schultern. „Mein Engel war ein schöner, attraktiver Mann. Das ist vorbei, und damit kann und will ich nicht umgehen."

„Du bist ein knallhartes Biest, aber das wissen wir ja schon. Willst du mir jetzt verraten, was eigentlich gespielt wird?"

„Das weiß ich auch nicht, aber die Polizei wird es herausfinden. Sie haben schon eine Durchsuchung des Bauwagens gemacht und seinen Laptop mitgenommen. Ich hätte immer gern gewusst, was er treibt, aber ich habe es nicht geschafft, sein Passwort zu knacken. Wo er manchmal ziemlich viel Geld hernahm, weiß ich auch nicht. Ist jetzt auch nicht mehr für mich relevant. Es ist vorbei.

Leider bin ich vorgeladen und muss aussagen. Offenbar verdächtigt man mich als Mitwisserin oder gar Mittäterin von irgendwelchen Straftaten, von denen ich nichts weiß. Das ist jetzt auch egal, vielleicht gehe ich nicht hin."

Vera kam mir mal wieder nicht ganz ehrlich vor. Ich konnte nicht sagen, ob sie mit ihrer nonchalanten Art mich betrügen wollte oder sich selbst, aber echt war das nicht.

Ich machte einen Kaffee und sagte ihr, dass ich gleich nach Lüneburg fahren müsste, um in der elterlichen Gärtnerei zu arbeiten. Ich bot ihr an mitzukommen und ein paar Tage bei Mama und Papa zu bleiben, um sich zu fangen, aber das lehnte sie heftig ab.

„Ich gehe erst mal wieder nach Hause und überdenke die Situation."

Sie nahm ihr Fahrrad, und ich sah ihr nach, wie sie die lange, gerade Dorfstraße entlang radelte.

Vermutlich brauchte sie einen Schuss, und den konnte ich ihr nicht geben. Was für eine traurige Perspektive, in ihr verwahrlostes Zuhause zurück zu kehren, ohne dort von irgend jemandem begrüßt zu werden, nicht einmal von Luc. Wahrscheinlich würde sie sich mit irgendwelchen Mitteln ins Koma versetzen, denn ihr Leben war wirklich nicht auszuhalten.

Ich blieb noch ein Weilchen mit meinem Kaffee sitzen, rauchte eine Zigarette und dachte über Veras Situation nach. Offenbar brauchte auch sie hin und wieder Ansprache, sonst wäre sie nicht zu mir gekommen. Sie hatte vermutlich niemanden außer mir, und sie wollte einfach nicht akzeptieren, dass sich meine Gefühle für sie grundsätzlich verändert hatten. Ich glaubte, kein Interesse zu haben, kein Mitleid, keine Bereitschaft zu helfen. Bildete ich mir zumindest ein. Ich wusste nicht, ob sich meine schwesterliche Liebe noch einmal melden würde. Ich nahm an, meine Verletztheit und mein Abscheu vor ihrem Leben säßen zu tief, um sie vergessen zu können oder darüber hinweg zu sehen.

Ich warf noch einmal einen Blick auf meine Pflanzen, bevor ich los fuhr. Ich hatte den Eindruck, die Orchideen hätten sich ein kleines bisschen erholt, und das war tröstlich.

Matti rief mich am Vormittag im Laden an. Ich war völlig überrascht, denn es war das erste Mal, seit er krank war, dass er telefonieren konnte. Er wollte mir mitteilen, dass für den Nachmittag eine größere Untersuchung anberaumt war, und ich deshalb lieber nicht kommen sollte. Das Telefonat war kurz, aber ich konnte ihm immerhin ein Küsschen schicken und ihm sagen, wie sehr ich mich auf den nächsten Tag freute, weil er deutliche Fortschritte machte.

Nach dem Mittagessen allein mit Mama – Papa war unterwegs – fuhr ich wieder nach Langendorf, um dort einige Arbeiten zu erledigen. Die Fahrerei fing an, mich zu nerven, so konnte es auf Dauer nicht bleiben.

Mein Interesse an Vera war wohl doch noch da, auch wenn ich es nicht wahr haben wollte. Eigentlich unbeabsichtigt fuhr ich über Gedelitz. Ich parkte am Straßenrand und ging langsam an ihrem Grundstück vorbei. Außer den Hühnern, die lustlos auf dem kahlen Boden herum pickten oder in Sandkuhlen zwischen dem Unrat badeten, regte sich nichts. Ich sah nirgends ein Fahrrad lehnen, und auch das verfallene Wohnhaus von Lucs Mutter wirkte völlig verlassen.

Ich muss gestehen, dass ich über Lucs Mutter bisher nicht weiter nachgedacht hatte. Aber als ich am Gartenzaun stand und auf ihr Haus sah, fing ich an, mich in Gedanken mit ihr zu beschäftigen. Wie schrecklich musste es für sie sein, ihren Sohn in seinem desolaten Zustand zu erleben! Schließlich war Luc ja auch mal ein Baby und ihr kleiner Junge gewesen, zu dem sie doch sicher mehr oder weniger mütterliche Gefühle aufgebaut haben müsste? Oder war er völlig unerwünscht gekommen, und der Vater hatte sich aus dem Staub gemacht?

Darüber wusste ich gar nichts. Die einzige Tatsache, von der ich bei meinen Überlegungen ausgehen konnte, war der Jetztzustand, und der war weiß Gott nicht gut. Lucs Mutter hatte bei unserer einzigen Begegnung nur mit Hohn und Verachtung über ihren Sohn gesprochen. Aber vielleicht war trotz allem in ihrer tiefsten Seele ein Funken Liebe und jetzt nach dem Unglück zumindest Mitleid übrig?

Eigentlich war es müßig, darüber nachzudenken, denn außer Spekulationen konnte nichts bei meinen Überlegungen heraus kommen. Ob Luc wohl mit Vera über sein Verhältnis zu seiner Mutter und über seine Kindheit und Jugend gesprochen hatte? Eher nicht.

Ich stieg wieder ein und fuhr zu unserem Haus. Ich lud Astrid zum Kaffee ein, aber sie hatte am Nachmittag schon etwas vor.

Gegen Abend ging ich bei Anke vorbei, um ein bisschen mit ihr zu schnacken. Anke wollte natürlich alles über Matti hören, und die letzte Brandgeschichte hatte für sie etwas ungeheuer Faszinierendes. Das abgebrannte Lokal in Simander war längst Gesprächsthema im ganzen Landkreis. Der Brand an sich war ja nichts Ungewöhnliches, aber die Umstände mit der zu Tode gekommenen alten Dame und der bemitleidenswerten Almuth hatten einen hohen Stellenwert. Eigentlich müsste ich sagen Unterhaltungswert.

Anke verhielt sich ganz typisch. Einerseits war sie äußerst mitfühlend und traurig, andererseits genoss sie die Situation.

Ihre Fragen waren mir unangenehm, weil sie mich als Insiderin und direkt Betroffene ansah. Immerhin bin ich die Schwester von Lucs Lebensgefährtin. Woher Anke – und nicht nur sie – von der Identität des Verletzten erfahren hatte, war mir vollkommen schleierhaft. Ich hatte jedenfalls nichts in der Richtung verlauten lassen, aber sensationelle Vorkommnisse sprechen sich ja erstaunlich schnell herum.

Als Anke anfing, mir von den Gerüchten zu erzählen, die kursierten, erfand ich einen Vorwand, um mich zu verabschieden. Ich musste ihr versprechen, sie auf dem Laufenden zu halten, da ich ja ihrer Meinung nach an der Quelle saß.

28. Kapitel

Als ich am nächsten Nachmittag in der Eppendorfer Klinik ankam, erwartete mich eine Überraschung. Matti war angezogen und saß am Fenster in einem Stuhl. Er kam mir nicht mehr ganz so gelb vor, obwohl seine Augäpfel immer noch kräftig eingefärbt waren.

Ich umarmte ihn vorsichtig, und zum ersten mal drückte er mich auch an sich und gab mir einen Kuss.

Ich lachte erfreut. „Deine Lebensgeister scheinen ja zurückzukehren. Weißt du schon, wann du nach Hause darfst?"

„Ich denke, nach dem Wochenende. Schade, dass ich noch am Wochenende bleiben muss. Da geschieht ja überhaupt nichts, außer dass man zu essen bekommt, und das Bett gemacht wird. Der Chefarzt will mich aber am Montag nochmal sehen. Ich habe den leisen Verdacht, dass das nur vorgeschoben ist, damit das Bett am Wochenende nicht frei bleibt. Alles eine Kostenfrage. Ich wage es aber nicht, auf eigene Verantwortung schon am Freitag zu gehen, obwohl ich wirklich Sehnsucht nach dir und unserem schönen Haus habe.

Mit dem Essen wird es allerdings in nächster Zeit nicht so lustig, und anstoßen kann ich wohl mit dir erst im nächsten Leben. Gehen wir ein paar Schritte im Flur spazieren? Ich muss mich ja langsam wieder aufbauen."

Während wir den Krankenhausflur auf - und abgingen, fing ich an, ihm vom neuesten Stand der Dinge zu erzählen. Er war entsetzt, als er von dem Brand in Simander hörte und vom Tod der alten Dame. Ich wollte ihn nicht überfordern und erzählte erst von Almuth auf Nachfrage.

„Das muss ich erst verarbeiten," sagte er. „Du kommst ja mit gehäuften Hiobsbotschaften. Im Augenblick möchte ich nichts dazu sagen, ich muss nachher, wenn ich wieder ruhig im Bett liege, darüber nachdenken. Ich glaube, ich habe eine Theorie zu

Luc, die vermutlich nicht ganz falsch ist. Im Augenblick fühle ich mich aber überfordert, darüber zu diskutieren."

Ich merkte, dass er bereits anfing, Ermüdungserscheinungen zu zeigen. Der bekannte Effekt, wenn man richtig krank ein paar Tage gelegen hat und sich plötzlich stark fühlt. Man steht auf, und nach kurzer Zeit ist es vorbei mit dem Heldenmut.

Als Matti wieder im Bett lag und richtig erleichtert wirkte, erzählte er mir, dass ein paar Kollegen ihn besucht und ihm einen wunderschönen Bildband über Botswana mitgebracht hatten, mit der freundlichen Bemerkung, dass er das Land wenigstens auf Fotos kennenlernen konnte, wenn es schon in natura nicht geklappt hatte.

Wir überlegten, ob Matti für die ersten Tage nach seiner Entlassung bei seinen Eltern bleiben sollte, weil seine Mutter zu Hause sein konnte und nach ihm sehen. Ich musste ja meinen Pflichten in der Gärtnerei nachkommen, die ich in letzter Zeit zwangsweise völlig vernachlässigt hatte. Da der Herbst nahte, kam der Verkauf von Pflanzen langsam wieder in Gang, und mein Vater war sehr gefragt, Gärten an Neubauten anzulegen oder bereits bestehende Gärten umzugestalten. Leider geht der Trend weg von arbeitsintensiven Blumenbeeten, Laubbäumen und Büschen zu großen Rasenflächen, die mit dem Aufsitzmäher geschnitten werden können, gepflasterten Wegen und Beeten, die aus weißen oder schwarzen kleinen, spitzen Steinen bestehen. Die schwarzen erinnern mich immer an Kohle, also eine hübsche Abraumhalde vor der Tür.

Mein Vater legte widerwillig an, was man sich wünschte, aber ich weigerte mich rundweg, derlei Scheußlichkeiten zu verwirklichen. Ich bin ja schließlich kein Steineklopfer, und ich finde, man sollte versuchen, Kunden von Geschmacklosigkeiten abzubringen und zu einer halbwegs ansehnlichen Gartenanlage zu überreden. Leider siegt meist der Gedanke, sich Arbeit zu ersparen mit Kohle- oder Gipshalden, und die Baumärkte bieten sowieso nur an, was man für den Geschmack der Zeit hält.

Ich fuhr häufig mit einem Trupp Arbeiter zu den Gartenbaustellen und half bei der Planung und Ausführung. Das mache ich viel lieber als im Laden zu verkaufen. Da im Augenblick der Ansturm bei Weitem noch nicht seinen Höhepunkt erreicht hatte, kam Mama noch allein zurecht. Notfalls konnte sie Karin anrufen, eine junge Frau, die schon oft ausgeholfen hatte und sich gut auskannte, weil sie in einem Blumengeschäft zur Floristin ausgebildet worden war. Karins Töchterlein durfte seit neuestem eine ganztägige Kita besuchen, und so war die junge Mutter fast immer abkömmlich.

Vermutlich würde sie als meine Nachfolgerin in absehbarer Zeit eine Festanstellung bei meinen Eltern bekommen. Ich hatte ja nicht vor, auf Dauer regelmäßig nach Lüneburg zu fahren und plante, nur noch einzuspringen, wenn die Arbeit mit den Gartenanlagen von meinem Vater nicht zu bewältigen war.

Karin hatte eine Festanstellung bitter nötig, denn sie war allein erziehend, und der Vater ihrer kleinen Tochter drückte sich weitgehend um die Zahlungen. Ich konnte immer wieder in Wut geraten, wenn ich von den Ungerechtigkeiten hörte, denen alleinerziehende Mütter immer noch ausgesetzt sind. Wilhelm Buschs Zeilen: „Vater werden ist nicht schwer, Vater sein dagegen sehr" beziehen sich ja eigentlich auf die Erziehung, passen aber auch auf jede andere Verpflichtung. Ich empfand Hochachtung vor Busch. Was für ein intelligenter Beobachter und Kenner der Gesellschaft er doch gewesen war!

Matti wünschte sich eigentlich, nach seiner Entlassung zur Erholung mit mir in Langendorf zu sein, aber er musste einsehen, dass er in den ersten Tagen bei seiner Mutter besser aufgehoben sein würde.

Am Sonnabend Vormittag verabredete ich mich mit Svenja, um Almuth einen Besuch abzustatten. Almuth war inzwischen in eine psychiatrische Klinik in Bad Bevensen verlegt worden, da sie jedes Essen verweigerte und von den Ärzten als selbstmordgefährdet eingestuft worden war.

Man hatte sie in einem Doppelzimmer untergebracht mit einer betagten Zimmergenossin, die offenbar dement war. Sie begrüßte Svenja und mich freudig als ihre Schwestern und bot uns einen Kaffee an, den sie natürlich gar nicht selbst im Zimmer machen konnte.

Die Begrüßung von Almuths Seite fiel eher still und freudlos aus. Almuth saß am Fenster und sah mit leerem Blick auf den kleinen Park, der zur Klinik gehörte.

Die dämliche Frage, wie es ihr gehe, verkniff ich mir, denn man sah deutlich, dass es ihr nicht gut ging. Sie hatte abgenommen, und ihre Haare wirkten strähnig und ungepflegt. Am erschreckendsten fand ich ihre erloschenen Augen, die keinerlei Interesse an ihrer Umgebung oder an uns zeigten.

Svenja und ich suchten verzweifelt nach einem Gesprächsthema. Wir konnten in Anbetracht von Almuths Situation schließlich keinen Smalltalk über das Wetter machen. Es war beklemmend, einfach im Raum zu sitzen und zu schweigen.

Ich sammelte schließlich allen Mut und forderte Almuth unverblümt auf, den wahren Sachverhalt zu schildern. Nach einigen Minuten weiteren Schweigens sagte Almuth leise: „Ich habe Oma umgebracht. Damit kann ich nicht leben."

„Vielleicht tut es dir gut, endlich los zu werden, was passiert ist," sagte Svenja. „Wir verstehen überhaupt nicht, warum du dir die Schuld am Tod deiner Großmutter gibst. Du hast das Feuer nicht gelegt. Es muss der durchgeknallte Pyromane gewesen sein, den man verletzt vor der Tür gefunden hat. Vermutlich war ihm die Anwesenheit deiner Großmutter im Haus nicht bewusst. Es ist ja ein Riesenunterschied, ob ich ein Gebäude abfackle oder jemanden umbringe."

Ich mischte mich ein. „Du solltest Vertrauen zu uns haben, wir sind schließlich nicht die Kriminalpolizei, die dich unter Druck setzt und womöglich verdächtigt. Vielleicht willst du dich lieber den Ärzten anvertrauen, aber ich denke, du solltest auf jeden Fall mit uns reden. Wir finden bestimmt gemeinsam eine Lösung für deine Probleme."

Almuth sah zu mir auf, und an ihrem Blick konnte ich erkennen, dass sie mich wahrnahm und Interesse zeigte.

„Meine Oma könnt ihr auch nicht wieder lebendig machen," sagte sie leise und fing wieder zu weinen an.

Svenja nahm sie in den Arm und wischte ihr liebevoll die Tränen ab. Die alte Dame begann ebenfalls zu weinen, so wie es Kinder gelegentlich aus Empathie machen, wenn ihre Geschwister weinen, obwohl sie den Grund nicht verstanden haben.

„Soll ich einen Arzt holen, damit er beide beruhigt?" fragte ich leise. Almuth hatte mich gehört und schüttelte den Kopf.

„Ich will keine Beruhigungsspritze oder eine sedierende Tablette. Das hilft nicht weiter. Ich habe erkannt, dass derlei Mittel meinen Verstand außer Gefecht setzen, so dass ich nur noch lethargisch herumsitze. Das möchte ich nicht mehr."

Ich tröstete zunächst die alte Dame, die sich daraufhin schnell wieder fasste. Dann wandte ich mich wieder Almuth zu. „Ich freue mich, dass du klarer siehst. Nun?"

Almuth sah mich an, und dann wanderte ihr Blick zu Svenja. „Ich glaube, es wird mich tatsächlich erleichtern, wenn ich den wahren Sachverhalt beichte. Also: Ihr wisst ja, wie verzweifelt ich war über meine Situation mit der Kneipe, und mir fiel überhaupt keine Lösung ein. Durch einen Bekannten, der vielleicht nicht immer ganz saubere Geschäfte macht, erfuhr ich nach dem Feuer in der Göhrde von einem Mann, der Menschen wie mir hilft, die sich in einer aussichtslosen Situation befinden. Er nennt sich Feuerengel, und mir wurde erst nach etlichen Andeutungen und langem Überlegen klar, worin seine Hilfe besteht. Er legt im Auftrag Brände und kassiert einen Teil der Versicherungssumme, die ja ausgezahlt wird, wenn die Brandursache nicht auf böswillige Absicht zurückgeführt werden kann.

Wiederum auf obskuren Wegen habe ich herausbekommen, wer hinter der Bezeichnung Feuerengel steckt und mich mit ihm telefonisch in Verbindung gesetzt. Schließlich haben wir uns getroffen und sind einig geworden.

Der Feuerengel hat mir erklärt, dass er Chemie studiert habe und deshalb Feuer legen könne, deren Ursache nicht nachweisbar sei.

Er war total überzeugt, allen Seiten etwas Gutes zu tun: Dem Hausbesitzer, der ein lästiges Gebäude zu Geld machen kann und sich selbst, weil er an den Auftragsbränden verdient. Außerdem würde er meist Häßlichkeiten beseitigen und damit die Welt verschönern. Nur die Versicherungen fahren nicht gut dabei, aber er fand das in Ordnung, weil sie sowieso betrügen und möglichst ihre Kunden abzocken. Da waren wir einer Meinung. Ich hatte keine moralischen Bedenken, es zählte nur das Licht am Horizont.

Wir wurden uns über die Bedingungen einig. Ich habe ihm einen Termin genannt, an dem Oma bei ihrer Schwester in Hannover zu Besuch sein wollte. Der Handel schien perfekt.

Leider ist Oma nicht gefahren, weil ihre Schwester krank geworden ist. Ich habe dem Feuerengel mehrfach auf den AB gesprochen, dass er auf keinen Fall den ausgemachten Termin einhalten sollte. Eine Adresse und den vollständigen Namen habe ich verständlicherweise nicht. Der Idiot hat meine Message nicht bekommen und das Feuer gelegt. So ist es passiert."

Almuth weinte wieder haltlos, und wir legten eine Gesprächspause ein, bis sie sich wieder einigermaßen gefasst hatte.

„Der Feuerengel heißt nicht zufällig Luc?" fragte ich nach ein paar Minuten.

„Doch," sagte Almuth. „Woher weißt du das?" Ich war nicht sonderlich schockiert zu erfahren, dass Luc der Brandstifter war. Eigentlich war mir längst klar gewesen, dass Luc auf verbrecherische Weise zu Geld kam. Den Zusammenhang mit den Feuern hatte ich allerdings nicht hergestellt, da hatte meine Kombinationsgabe völlig versagt.

Ich klärte Almuth über die Beziehung von Luc zu meiner Schwester auf, konnte ihr allerdings nichts darüber sagen, inwieweit Vera mit den Machenschaften ihres Feuerengels zu tun hatte, oder ob sie überhaupt von Luc ins Vertrauen gezogen worden war. Ich glaube in dem Fall an Veras Arglosigkeit, und ihre Bezeichnung von Luc als Engel war wohl eher durch ihre vermeintliche Liebe beziehungsweise Abhängigkeit zu erklären.

Almuth schwieg wieder eine Weile. Dann fragte sie: „Habt ihr etwas von einem Verletzten gesagt? Davon habe ich gar nichts mitbekommen. Wer ist das?"

„Luc. Er hat vermutlich einen explosiven Brandsatz ins Haus schleudern wollen, der zu früh hochgegangen ist. Er hat eine Gesichtshälfte verbrannt und zwei Finger der linken Hand verloren. Er liegt in Halle in einer Spezialklinik und ist bis jetzt nicht vernehmungsfähig."

Almuth dachte eine Weile über das Gehörte nach. „Da soll er vollends verschmoren. Jetzt ist der Engel wohl in die Hölle abgestürzt," sagte sie schließlich.

Svenja meinte, sie wirke schon wieder ganz schön wach und fragte, ob sie eventuell die Klinik verlassen wolle und mit ihr nach Lüneburg kommen. Almuth verneinte. „Sobald ich hier rauskomme, wird mir der Prozess gemacht, und dann sitze ich im Gefängnis. Lieber schlage ich mich mit Psychiatern herum und habe ein halbwegs angenehmes Zimmer."

Da Almuth wieder in dumpfes Brüten verfiel, verabschiedeten wir uns von ihr und natürlich von der alten Dame, die uns sehr herzlich aufforderte, bald wieder zu kommen. Das hatten wir auch vor, denn wir wollten so bald wie möglich mit Almuth beraten, wie es weiter gehen sollte.

Ich glaubte nicht daran, dass sie mit Gefängnis bestraft würde. Anstiftung zum Abbrennen von Omas Kneipe, ja, Schuld an Omas Tod, nein. Da Almuth nie auffällig geworden war, würde sie vermutlich mit einer Bewährungsstrafe wegen versuchten Versicherungsbetrugs davonkommen. Aber ich bin keine Juristin, und das mussten wir abwarten.

29. Kapitel

Am Montag fuhr ich wieder nach Langendorf, um nach meinen Pflanzen zu sehen. Trotz meines Vorsatzes, mich nicht mehr um Vera zu kümmern, sah ich am Abend in Gedelitz vorbei. Vera war tatsächlich zu Hause, wenn man ihren miserablen Bauwagen als Zuhause bezeichnen will.

Vera lag auf einem schmuddeligen Sofa und wirkte völlig apathisch. Vermutlich hatte sie etwas genommen. Sie war aber nicht so abweisend wie sonst fast immer, und wie ich deswegen sofort vermutete, signalisierte sie, dass sie Hilfe brauchte. Sie zeigte mir einen Brief von der Kriminalpolizei in Lüneburg mit einer Vorladung zu einer Befragung.

Vera hatte offensichtlich Angst davor und bat mich, sie zu begleiten. Sie schob vor, nicht zu wissen, wie sie nach Lüneburg kommen sollte, da die Verbindung mit öffentlichen Verkehrsmitteln mehr als dürftig ist vom Wendland aus.

Der Termin passte mir nicht besonders, und ich wusste nicht, wie ich alle Probleme auf einmal bewältigen sollte: Matti, die Arbeit, Almuth und jetzt noch Vera. Der Termin war für die nächste Woche angesetzt, und aus dem Schreiben ging hervor, dass Vera sich nicht drücken konnte, wenn sie nicht ein ärztliches Attest beibrachte oder vorher gestorben war. Ich sagte wider mein bestes Wissen zu, mit ihr nach Lüneburg zu fahren und sie bei der Vernehmung zu unterstützen, zumindest durch meine Gegenwart.

Vera schlief plötzlich ein, und ich verließ ihre Behausung. Als ich in unserem Haus ankam, fühlte ich mich sofort besser. Mir fehlte natürlich die herzliche Begrüßung von Matti, wenn er vor mir im Haus war, und ich bedauerte außerdem, dass es bereits früh dunkel wurde und ziemlich kühl, wenn die Sonne untergegangen war. Ich hätte gern noch ein Weilchen draußen gesessen, aber das war ohne Feuer und Daunendecke nicht mehr möglich.

Ich stellte mich noch ein Weilchen ans Gartentor und sah auf die ausgestorbene Straße. Nicht einmal ein Auto kam vorbei, und ich fragte mich, wozu die Straßenbeleuchtung diente. Man wollte die Lampen sogar mit nicht zu vernachlässigenden Kosten durch Energiesparlampen ersetzen und vermutlich auch die Abstände verringern für die Sicherheit der nicht vorhandenen nächtlichen Dorfbummler. Ich nahm mir vor, künftig an allen Gemeinderatssitzungen teilzunehmen, um nicht nur hinter dem Rücken der Gemeinderäte zu meckern, sondern offen meine Kritik und möglicherweise auch konstruktive Vorschläge anzubringen.

Trotz aller Probleme genoss ich meinen ruhigen Abend. Niemand rief an, und Anke und Ralf waren offenbar nicht zu Hause, sonst wären sie sicher herübergekommen, um alle Neuigkeiten zu erfahren.

Meinen Dostojewski hatte ich inzwischen ausgelesen, und ich fand es an der Zeit, mich mal wieder mit Fachliteratur zu beschäftigen. Ich kuschelte mich in eine Decke, legte mich aufs Sofa, nahm mir ein Gläschen Spätburgunder und begann ein Buch über Gartenarchitektur zu studieren. Leider musste ich nach kurzer Zeit feststellen, dass ich mich übernommen hatte. Zum einen war ich müde, zum andern hatte ich es mir zu gemütlich gemacht, um mich ernsthaft in ein wissenschaftliches Buch zu vertiefen.

Also holte ich mir meinen Lieblingsroman von Jane Austen, „Stolz und Vorurteil" und versetzte mich zum hundertsten Mal in die Welt des englischen Landadels im 18. Jahrhundert. Ich konnte das Buch immer wieder genießen, obwohl ich einige Passagen fast auswendig wusste.

Ich ging also bald schlafen, weil ich mir vorgenommen hatte, am nächsten Morgen sehr früh aufzustehen und meine Gartenarbeiten zu erledigen, damit ich rechtzeitig nach Lüneburg fahren konnte.

Während der folgenden Tage arbeitete ich fast ganztags in der Gärtnerei. Pflanzen mussten ausgezeichnet werden mit Preis, Standortempfehlung und Pflegeanleitung. Außerdem mussten wir uns darum kümmern, die richtigen Farbbezeichnungen für die Blüten anzubringen. In den letzten Jahren hatten wir ein paarmal Beschwerden bekommen, weil die angeblich lila blühenden Rhododendren rosa wurden, und die orangenen Lilien weiß. Ich fand das für eine gute Gärtnerei unverzeihlich, aber es kam eben immer wieder vor, dass einem Fehler unterliefen, vor allem bei Pflanzen, die nicht bei uns gezogen waren.

Matti ging es nach ein paar Tagen wieder besser, und er konnte die Klinik verlassen. Astrid holte ihn ab. Am Abend konnte ich ihn in Gusborn besuchen. Er saß in einem Sessel und las. Das war fast ein gewohnter Anblick, wenn er nur nicht so dünn und bleich gewesen wäre.

Matti blieb eine Woche bei seiner Mutter, aber dann hatte er keine Lust mehr, ständig umsorgt zu werden und wollte in unser Haus in Langendorf übersiedeln.

Diesmal fuhr ich ihn und hielt ihm unterwegs eine lange Predigt mit Verhaltensregeln: Bloß nicht zu viel anpacken wollen, zum Beispiel Feuer machen oder Blumen gießen. Sich immer schön gegen Erkältungen schützen, denn jede Art von noch so leichter Infektion konnte ihn zurückwerfen. Matti lachte über mich, aber ich merkte, dass er genervt war. Am liebsten wäre ich den ganzen Tag in Langendorf geblieben, aber das hätte bedeutet, dass eine Mutter durch eine andere ersetzt wurde.

Wohl oder übel hatte der Alltag in der Gärtnerei mich wieder. Abends war ich jeden Tag erleichtert, wenn ich Matti wohlbehalten und ein bisschen erholter als am Vortag vorfand.

An das leichte Essen, das ich für Matti zubereiten musste, gewöhnte ich mich auch, und ich stellte fest, dass es meiner Figur nicht schadete. Ich nahm ein paar Kilo ab, und Matti fand, dass mir das gar nicht schlecht stand.

Schließlich kam der Tag von Veras Vernehmung. Mama wäre am liebsten auch mitgekommen. Sie war furchtbar aufgeregt, weil sie insgeheim fürchtete, Vera könnte mit Luc unter einer Decke gesteckt und sich schuldig gemacht haben. Papa und ich versuchten, sie zu beruhigen. Ich brachte ihr am Vorabend einen Roman über das englische Königshaus mit, und das tröstete sie ungemein und lenkte sie ab.

Vera war ungewohnt brav angezogen in Jeans und einem einfachen Pullover. Ich sah sofort, dass sie nicht provozieren wollte. Ich wunderte mich, denn das war ich gar nicht gewöhnt. Es war aber wirklich nicht unangenehm, meine Schwester mal als fast bürgerliche junge Frau zu sehen. Ihre Haare waren nicht mehr schwarz, sondern dunkelbraun mit einem Rotstich, was ihr ganz gut stand.

Auf dem Weg von Gedelitz nach Lüneburg schwiegen Vera und ich uns an. Wir hatten keine Lust, über die anstehende Untersuchung zu spekulieren. Vera wirkte erstaunlich gefasst, und ich war mir immer sicherer, dass sie mit Lucs Machenschaften nichts zu tun hatte. Vera konnte lügen und ihre Familie ausnutzen und bestehlen, aber Brandstiftung mit Gefährdung von Personen und Versicherungsbetrug traute ich ihr doch nicht zu.

Im Vernehmungsraum stand ein Kaffee bereit und Gläser für Mineralwasser. Man war offenbar bemüht, eine gute Atmosphäre zu schaffen.

Nach den Präliminarien wie Fragen nach Namen, Adresse, Geburtsdatum, Feststellung des Datums, der Uhrzeit und der Namen der Anwesenden, begann die eigentlich Vernehmung.

Zunächst forderte Herr Bartoschak Vera auf, von ihrem Zusammenleben mit Luc zu berichten, was Vera ein bisschen aus dem Konzept brachte. „Wie meinen sie das? Soll ich über unsere sexuelle Beziehung berichten?"

Herr Bartoschak schüttelte den Kopf, aber ich sah, dass in seinen Augen ein kleines bisschen Belustigung aufblitzte.

„Keineswegs," sagte er. „Meine Frage zielt darauf ab zu erfahren, woher Sie das Geld zum Leben haben. Wir wissen, dass Sie weder von Hartz IV noch von Arbeitslosengeld leben und beide keine Festanstellung haben."

Vera zuckte die Achseln. „Ich habe hin und wieder bedient. Das Geld kam von Luc. Er hat immer mal was nach Hause gebracht, aber ich weiß nicht, woher er es hatte und wie viel es war. Ich dachte immer, er setzt bei Pferderennen oder geht ins Casino."

Das nahm ich Vera nicht ab, und Herr Bartoschak auch nicht. „Hat er gedealt? Jetzt seien Sie ehrlich, wir bekommen es sowieso heraus."

Vera schüttelte den Kopf. „Ich gebe zwar zu, dass wir Drogen nehmen, aber die mussten wir uns besorgen. Über den Verkäufer weiß ich nichts."

„Ich will gar nicht fragen, wer Ihnen die Drogen verkauft hat, ich bin schließlich nicht vom Drogendezernat. Aber einen anderen Sachverhalt hätte ich gern von Ihnen aufgeklärt. Auf Herrn Heinrichs Laptop, dessen Passwort unser Spezialist schnell geknackt hat, haben wir Daten mit Geldvermerken gefunden. Können Sie sich erinnern, ob Ihr Partner zu folgenden Daten zu Hause war?"

Herr Bartoschak nannte einige Daten, die zum Teil längere Zeit zurück lagen. Ich konnte es Vera nachfühlen, dass sie sich nicht erinnern konnte, was an den entsprechenden Tagen gewesen war. Sie machte eine vage Handbewegung und erklärte, dass Luc häufig weggefahren war, ohne ihr einen Grund oder ein Ziel zu nennen.

„Merkwürdigerweise stimmen alle Daten, die wir auf dem Laptop aufgeführt gefunden haben, mit den Bränden der letzten Zeit überein. Außer bei dem Brand an der Boizumer Mühle sind hohe Geldbeträge vermerkt. 10000 Euro, 15000 Euro, um nur zwei Beispiele zu nennen. Ist Ihnen das nicht aufgefallen?"

Vera wirkte kleinlaut. „Wir haben selten über Geld gesprochen, und um Lucs Geschäfte habe ich mich nicht gekümmert."

Mir war klar, dass sie die Geldfrage nicht angesprochen hatte, weil sie aus Erfahrung wusste, dass Luc gewalttätig werden konnte, wenn sie in seine finanzielle Privatsphäre eindringen wollte. Mir kam es vor, als würde Vera zum ersten Mal einen klareren Blick auf ihr Verhältnis zu Luc und zu dessen wahrem Charakter bekommen, und das musste absolut deprimierend für sie sein.

Herr Bartoschak beendete die Vernehmung nach vielen vergeblichen Versuchen, mehr aus Vera herauszubekommen. Er glaubte ihr wohl letztendlich, dass sie nichts mit Lucs Verbrechen zu tun hatte, denn sie wirkte im Grunde naiv, was sie ja auch war.

Bei der Verabschiedung bat Herr Bartoschak sie, sich in der nächsten Zeit zur Verfügung zu halten. Wir waren beide überrascht, als Vera leise sagte: „Das wird nicht möglich sein. Ich habe mich in Thamkrabok zum Entzug angemeldet und werde nächste Woche nach Thailand fliegen."

Ich war wie versteinert. Mit dem Namen der Entzugsklinik fing ich nichts an, aber Herr Bartoschak sehr wohl. Er äußerte sein Entsetzen und redete mit viel Empathie auf Vera ein.

„Das ist nicht Ihr Ernst. Ich habe über das Kloster Thamkrabok gelesen. Es ist der härteste Entzug, von dem ich je gehört habe. Sie werden tagelang wünschen, tot zu sein, so elend wird es Ihnen gehen. Es hat Abhängige gegeben, die die Tortur nicht überlebt haben. Versuchen Sie es in einer unserer Entzugskliniken, wenn Sie entschlossen sind, von dem Teufelszeug los zu kommen".

Vera schüttelte den Kopf. „Ich habe mich dazu durchgerungen, den Versuch zu wagen. Die Chancen sind gut, nie wieder etwas anzurühren. Kann ich jetzt gehen? In ein paar Wochen stehe ich wieder zur Verfügung, aber bis dahin weiß ich auch nicht besser Bescheid."

Herr Bartoschak kam nicht mehr dazu, ein Veto einzulegen, so schnell war Vera aus dem Zimmer geflüchtet. Ich musste ihr nachlaufen und holte sie am Fahrstuhl ein. Sie legte den Finger auf die Lippen und bedeutete mir Schweigen.

Ich war vollkommen erschüttert. Wir redeten überhaupt nicht auf der Rückfahrt nach Gedelitz, denn Vera erstickte jeden meiner Versuche, sie etwas zu fragen oder ein Gespräch anzufangen.

Als sie ausstieg, wollte ich sie in den Arm nehmen, denn mir schien, es könnte ein Abschied für immer sein, aber Vera stieß mich zurück.

„Frag Papa," sagte sie nur und verschwand in ihrem chaotischen Grundstück.

In unserem Haus angekommen, berichtete ich Matti natürlich sofort von Veras Entschluss, auf die ganz harte Tour von ihrer Drogenabhängigkeit wegzukommen. Matti überraschte mich mal wieder, da er sofort zum Thema Thamkrabok einiges zu sagen hatte. Ich kam mir richtig dumm vor, denn offenbar kannte jeder die Entzugsmethode des Thaiklosters, nur ich hatte in meiner Naivität noch nie davon gehört.

„Ist das nicht furchtbar gefährlich?" fragte ich.

„Das ist es, aber dafür liegt die Erfolgsrate sehr hoch. Ich habe von bekannten Sängern und Schauspielern gehört, die die Kur nicht aushalten konnten und deshalb vorzeitig abgebrochen haben. Aber ich denke, wenn Vera sich das vorgenommen hat, dann beißt sie sich auch durch. Wir haben ja erlebt, was sie mit Luc durchgemacht hat ohne aufzugeben. Sie kann offenbar einiges aushalten, und ich finde es gut, dass sie einmal in ihrem Leben einsichtig ist. Übrigens wird man nicht wieder im Kloster aufgenommen, falls man rückfällig wird, das muss ihr auch klar sein. Sie hat diese einzige Chance. Wollen wir hoffen, dass sie sie nutzen kann."

„Vera hat gesagt, ich soll Papa zum Thema befragen. Ich würde mal annehmen, dass Mama davon nichts weiß, denn sie wird ja bekanntlich so schnell hysterisch. Ich werde versuchen, Papa auf dem Handy zu erreichen."

Ich erreichte Papa sofort auf dem Handy. Er war mit seiner Truppe in einem Neubaugebiet beschäftigt, wo er im Auftrag der Stadt Bäume in einer kleinen Grünanlage pflanzte.

Er wollte zunächst wissen, wie die Vernehmung bei der Kriminalpolizei gelaufen sei. Er wirkte sehr erleichtert, als ich ihm sagte, dass ich Vera ebenso wie der Kriminalbeamte für unschuldig hielt, was Lucs Verbrechen betraf. Mein Vater war auch der Ansicht, dass Vera unehrlich sein konnte, indem sie log und auch mal etwas mitgehen ließ, aber eine Mitschuld an Lucs schweren Verbrechen hielt er eigentlich für ausgeschlossen.

Er berichtete mit knappen Worten, wie es zu Veras Entschluss gekommen war, ihre Drogenkarriere zu beenden: Papa hatte ihr einen überraschenden Besuch abgestattet und sie einigermaßen zugänglich vorgefunden. Als sie das Kloster erwähnte, erklärte sich Papa bereit, die Kosten zu übernehmen unter der Bedingung, dass damit ein Schlusspunkt unter ihren bisherigen Lebenswandel gesetzt würde.

Allerdings verzichtete er darauf, sie mit Zukunftsplänen für die Zeit nach ihrer Rückkehr zu konfrontieren, um sie nicht zu überfordern und womöglich gänzlich abzuschrecken.

Ich versprach, Mama nichts zu sagen. Wir wollten sie vor vollendete Tatsachen stellen, wenn alles vorbei war. Das würde ihr Ängste und Sorgen ersparen, zu denen natürlich genügend Anlass bestand. Wir konnten nur hoffen, dass alles mit der Entziehungskur gut gehen würde.

Ich bewunderte Papa dafür, dass er so entschlossen gehandelt hatte und offenbar damit erfolgreich war. Er neigte ja sonst eher dazu, sich herauszuhalten und uns Mädchen einschließlich Mama für unernst und leicht überkandidelt zu halten. Ich hatte mich ihm nie so anvertraut wie Mama, weil ich davon ausging, dass er sich nicht wirklich für meine Mädchensorgen interessierte.

Anders sah es natürlich mit meiner Zusammenarbeit mit ihm in der Gärtnerei aus. Da konnte ich fragen, Zweifel anmelden und Vorschläge machen, für die er immer ein offenes Ohr hatte.

Ich machte zunächst im Kaminofen Feuer an, denn es war im Haus nicht mehr warm. Ich schimpfte ein bisschen mit Matti, dass er im Kalten gesessen hatte. Er sollte zwar kein Feuer anmachen, um jede Art von körperlicher Arbeit zu vermeiden, aber auf den Schalter für die Gasheizung hätte er ruhig drücken dürfen.

Wir setzten uns gemütlich vor das Feuer, ich mit einem Glas Rotwein, Matti mit einer schönen Tasse gesunden Tees. Ich kicherte ein bisschen, weil mir Matti immer noch wie ein Gesundheitsapostel vorkam, wenn auch unfreiwillig.

Wir sprachen in allen Einzelheiten die Lage durch. Matti blieb sehr sachlich, ich dagegen spekulierte wild über Veras Zukunft und wünschte Luc einen möglichst langen und unangenehmen Aufenthalt im Knast. Natürlich kamen wir auch auf Almuth zu sprechen, und wir überlegten gemeinsam, wie man ihr helfen könnte. Eigentlich blieb ihr nur die Möglichkeit, das Grundstück in Simander zu verkaufen, sich einen Job zu suchen in Lüchow oder Dannenberg und in einer bezahlbaren Mietwohnung unterzukommen.

Schließlich beschäftigten wir uns mit unserer eigenen Situation. Mir war inzwischen klar geworden, dass ich mit meinen Orchideen und Lilien ein gutes Werk für die Umwelt tun würde, aber kein Geld verdienen. Auf Dauer wollte ich auch nicht mehr nach Lüneburg fahren, um sozusagen als Aushilfe bei meinen Eltern zu arbeiten.

Ich hatte mich schon seit längerem mit dem Gedanken befasst, eine eigene Landschaftsgärtnerei aufzumachen. Schließlich hatte ich schon einige Erfahrung im Anlegen von Gärten und Teichen, konnte mit den Maschinen umgehen und hatte keine Probleme, einen Trupp Arbeiter anzuleiten. Blieb natürlich die Frage, wie ich an das Geld kommen sollte für die Anschaffung der Maschinen. Damit wollte ich mich zum jetzigen Zeitpunkt nicht befassen, sondern lieber planen, wo man einen Unterstellplatz für den Maschinenpark bauen könnte, und mit welcher Art von Werbung ich am leichtesten ins Geschäft kommen könnte. Matti lächelte immer wieder, weil er mich für ziemlich unrealistisch und schwärmerisch hielt.

„Deine Mama kommt doch immer wieder durch," sagte er. „Sie kann ja einerseits sehr zupackend und bodenständig sein, andererseits emotional und unrealistisch. Von beidem hast du etwas abbekommen, und das ist gut so."

Matti zog mich liebevoll in seine Arme, und wir fingen zu schmusen an. Ich hielt mich sehr zurück, um ihn nicht mit zu heftigen Liebkosungen zu verschrecken, aber Matti lachte darüber.

„Ich fühle mich schon wieder richtig stark," sagte er. „Du brauchst mich nicht zu behandeln wie deine zarten Orchideen."

Er zog mich ins Bett, aber er hatte sich doch überschätzt. Aus einem innigen Liebesbeweis wurde leider nichts.

30. Kapitel

Ende November war Matti wieder in der Lage zu arbeiten. Da das Wetter ziemlich miserabel war mit Regen und Nebel, konnte er draußen nicht viel ausrichten und musste in Eberswalde einige Büroarbeit erledigen, was ihm überhaupt nicht gefiel, aber vermutlich für seine Gesundheit besser war. Er hatte immer noch nicht sein früheres Gewicht erreicht und musste weiterhin mit dem Essen vorsichtig sein, aber sonst waren die Ärzte in der Klinik in Eppendorf bei der abschließenden Untersuchung sehr zufrieden mit ihm.

Vera war zurück und sah erstaunlich verändert aus. Sie schien tatsächlich nicht mehr abhängig zu sein, pflegte ihr Äußeres wieder und kaufte ein paar ordentliche Kleidungsstücke, die ihr gut standen. Ihre Haare waren nicht wieder schwarz gefärbt, sondern sie hatte ihrem natürlichen Hellbraun mit einem Rotton einen interessanteren Touch gegeben, fast wie vor ihrem Aufenthalt in Thailand.

Von ihrem Entzug im Kloster wollte sie nichts Genaueres erzählen. Sie sagte nur, es sei eine Tortur gewesen, die sie kaum ausgehalten habe. Aber man merkte ihr an, dass sie stolz darauf war, es geschafft zu haben.

Da sie ganz vernünftig und zugänglich wirkte, ließ ich sie in meiner Wohnung in Lüneburg als Übergangslösung wohnen. In ihren schmuddeligen Bauwagen wollte sie nicht zurückkehren. Lucs Mutter hatte ihr außerdem signalisiert, dass sie unerwünscht sei auf ihrem Grundstück.

Vera arbeitete auch einigermaßen zuverlässig in der Gärtnerei, aber für eine richtige Lehre hatte sie keine Lust. Ich war gespannt, wie lange wir eine ungewöhnlich vernünftige Vera haben würden, ich traute dem Frieden nicht so recht.

Wir feierten Weihnachten mit Mattis Eltern in unserem Haus. Da die Tenne eine beträchtliche Deckenhöhe hat, konnten wie eine riesige Tanne aufstellen, die von Natur aus so schön war, dass wir kaum Schmuck verwenden mussten, um sie noch eindrucksvoller zu machen. Astrid backte eine Menge Plätzchen für uns und schickte auch ein großes Paket mit Christstollen und Plätzchen nach Kanada zu Larissa, die inzwischen ihr zweites Kind erwartete.

Es wurde ein sehr besinnliches und gemütliches Fest. Wir tranken alle Glühwein, nur Matti bekam einen alkoholfreien Holunderpunsch. Wir hatten auch Gesine mit den Mädchen eingeladen, aber Gesine wollte ihre Kinder, die sie, seit sie im Internat waren, kaum gesehen hatte, für sich haben und sagte ab. Ich denke, Amy und Lea wären lieber bei uns gewesen als mit ihrer nervösen und melancholischen Mutter zusammen zu sein, aber es blieb ihnen keine Wahl.

Gesine hatte das Haus, das sie mit Helmuth gebaut hatte, zum Kauf angeboten, und es gab im Gegensatz zur Mühle durchaus Interessenten. Den Mädchen tat es nicht leid, sich von dem Neubau trennen zu müssen, denn sie hatten sowieso nicht vor, nach dem Abitur wieder mit ihrer Mutter zusammenzuziehen.

Meine Eltern feierten allein. Vera war mal wieder irgendwo unterwegs wie in alten Zeiten. Offensichtlich hatte sie sich einen neuen Freundeskreis aufgebaut oder den alten wiederbelebt, den sie durch ihre Beziehung zu Luc völlig vernachlässigt hatte.

Almuth war aus der Psychiatrie entlassen worden und wartete auf ihren Prozess. Sie wohnte als Übergangslösung bei der Schwester ihrer Großmutter in Hannover, von der sie zunächst mit Vorwürfen überschüttet worden war. Ihre Großtante hatte aber schließlich eingelenkt, weil die engere Familie bis auf sie beide geschrumpft war, und sie nur noch aneinander Halt fanden.

Vera überraschte uns zu Beginn des neuen Jahres durch die Mitteilung, dass sie einen Job in einer Escortfirma anfangen würde. Das sei fast so gut wie als Model zu arbeiten, meinte sie, und so würde sie doch noch in gewisser Hinsicht in die Fußstapfen ihres großen Vorbilds Veruschka treten.

Ich hatte da mal wieder so meine Zweifel, denn man weiß ja, dass die Escortdamen häufig so weit gehen, dass man sie einfach als Edelhuren bezeichnen muss. Vera wies meine Bedenken weit von sich und behauptete, so hohe moralische Vorstellungen zu haben, dass sie den Herren, die eine Dame als Begleiterin anforderten, wirklich nur bei Veranstaltungen und bei privaten und geschäftlichen Essen Gesellschaft leisten würde.

Veras Escortservice hatte ihren Sitz in Hamburg, und so verließ Vera meine Wohnung in Lüneburg und zog in ein Hotelzimmer in Hamburg, das sie sich vermutlich leisten konnte bei der guten Bezahlung als Begleiterin von einsamen Herren auf Geschäftsreise.

Ich hörte wieder wochenlang nichts von Vera, aber das war ich ja schon gewöhnt. Ich konnte nur hoffen, dass sie nicht rückfällig wurde und einigermaßen zurecht kam.

Im Frühjahr hatten Matti und ich mehrere Gründe zum Feiern. Matti konnte ganz nach Langendorf ziehen und musste nur noch zu dringenden Besprechungen in die Zentrale nach Eberswalde fahren. Ich kündigte meine Anstellung bei meinen Eltern und machte mich selbstständig mit Hilfe eines Darlehens für Frauen, die ein Geschäft aufmachen wollen.

Ich gab zunächst viel Geld für Werbung aus, denn das Bekanntwerden meiner Landschaftsgärtnerei schien mir oberste Priorität zu haben. Ich hatte bei Freundinnen schon zweimal eine Pleite erlebt kurz nach Geschäftseröffnung, weil die an sich gute Idee nicht genügend bekannt gemacht wurde.

Außerdem musste ich mich um Leute bemühen, die mir bei einem größeren Auftrag zur Verfügung stehen würden. Da die Arbeitslosigkeit im Landkreis Lüchow-Dannenberg zurückgegangen ist, war es gar nicht einfach, einen Trupp zusammen zu bekommen, der auf Abruf einspringen konnte.

Bei den ersten Anfragen zu einer gärtnerischen Gestaltung merkte ich, dass es immer noch gewisse Vorurteile gegenüber

Frauen gibt, die in eine bewährte Männerdomäne eindringen wollen. Es waren weniger Zweifel an meinen Ideen, was die rein biologische Seite der Gartengestaltung anbetrifft, als Bedenken, ob ich mit den Maschinen umgehen kann und physisch die manchmal schweren Arbeiten bewältige.

Mein erster Auftrag war ein Glücksfall. Die Gemeinde Langendorf plante einen kleinen Dorfplatz mit Büschen, Blumenrabatten, einer Rasenfläche und Bänken, die die Einwohner animieren sollten, sich zu treffen und gemütlich zusammen zu sitzen. Natürlich sollte eine Grillstelle dabei sein und möglichst eine Überdachung. Kosten sollte das alles aber fast nichts, und die Anlage musste auch so pflegeleicht werden, dass man den Arbeitsaufwand für den Unterhalt leicht bewältigen konnte.

Es war keine leichte Aufgabe, und ich besprach mich ausführlich mit Matti und vor allem meinem Vater, der schließlich jahrelange Erfahrung hatte. Die Bepflanzung war weniger das Problem, eher der überdachte Sitzplatz. Ich fuhr im ganzen Landkreis herum und sah mir die bereits vorhandenen Dorfplätze an. Betonknochen auf dem Boden, Bänke und Tische aus klobigem Holz, das Dach mit Teerpappe gedeckt. Ich fand die Dorfplätze fast ohne Ausnahme wenig ansprechend und phantasielos.

Außerdem kam es mir so vor, als würden sie von der Dorfbevölkerung gar nicht richtig angenommen. Was sich die Gemeinderäte wohlwollend ausgedacht hatten, ging eigentlich am Bedarf vorbei. Das gesellige Beisammensein, das früher mangels anderer Ablenkungen eine Selbstverständlichkeit gewesen war, ließ sich nicht künstlich wieder beleben.

Matti machte sich ein bisschen lustig über meine hoch fliegenden Vorstellungen. „Du solltest nicht davon ausgehen, dass alle Dorfbewohner die Dinge genau so sehen wie du. Deine Vorstellungen sind ein bisschen elitär, und du könntest damit anecken. Grobe Biergarnituren sind sehr beliebt, und gegen Betonknochen wird auch niemand etwas sagen. Hauptsache, sie sind pflegeleicht."

„Ich will aber etwas Besonderes machen, und der Mainstream ist mir dabei egal. Es wird mein erstes Vorzeigeprojekt werden, und ich hoffe doch, es so hinzukriegen, dass die Gemeinde zufrieden ist."

Ich plante ein Achteck mit Grasdach und machte eine Zeichnung. Matti war sehr angetan, und auch mein Vater zeigte sich einverstanden.

Obwohl ich in der nächsten Zeit mit der Beschaffung des Baumaterials und der Zusammenstellung meines Bautrupps sehr beschäftigt war, holten wir an einem Wochenende unsere Schweinchen. Willi ließ sich anstandslos in eine Kiste setzen und transportieren, Hermann dagegen wehrte sich zappelnd gegen den Umzug.

In der Woche darauf bevölkerten wir auch unseren Hühnerstall. Wir hatten uns für Wyandotten entschieden, die sehr hübsch sind mit ihrer pummeligen Statur, dem gefleckten Gefieder und dem stumpfen Schwanz. Sie werden als freundliche Hühner mit guter Legeleistung beschrieben. Ein Hahn kam natürlich auch dazu, aber wirklich nur einer. Mit mehreren Hähnen in einem Hühnerhof habe ich schlechte Erfahrungen gemacht, weil sie sich vom Morgengrauen an durch lautes Krähen bekriegen. Schließlich wollten wir unsere Nachbarn nicht durch Ruhestörung verärgern, wenn auch unser Hof in einigem Abstand zum nächsten Haus liegt.

Unsere Situation war einfach perfekt. Es war toll, endlich mit Matti zusammenzuleben. Wir waren uns im allgemeinen einig bis auf kleinere Auseinandersetzungen, die wir wunderbar im Bett lösen konnten. Und wir hatten Spaß an unseren Schmusetieren. Willi war jederzeit dankbar, wenn man ihn kraulte, und auch Hermann zeigte immer seltener seine unangenehme Göringseite. Er ließ sich aber nicht auf den Arm nehmen, und er war mir mit seiner rundlichen Figur sowieso zu schwer.

Auch die Hühner wurden zutraulich, weil wir oft zu ihnen ins Gehege gingen, ihnen leckere Würmer brachten und sie lobten, wenn sie ein Ei gelegt hatten.

Ein weitere Grund, sehr zufrieden zu sein, war der Ausgang von Almuths Prozess. Sie hatte den Richter überzeugen können, dass sie über den Tod ihrer Großmutter sehr traurig war und in keiner Weise beabsichtigt hatte, ein so tragisches Ende ihrer nächsten Verwandten in Kauf zu nehmen. Die Anklage auf Totschlag wurde fallen gelassen, und schließlich kam sie mit einer Bewährungsstrafe davon wegen Anstiftung zum Brandlegen und Versicherungsbetrug. Nach dem Ende des Prozesses war allerdings nicht klar, was aus Almuth werden würde, denn sie hatte keinerlei Pläne für die Zukunft gemacht in der Annahme, die nächsten Jahre im Gefängnis zu sitzen.

31. Kapitel

Mein Dorfplatz wurde zu Sommeranfang fertig, und die Gemeinde richtete zusammen mit uns ein Grillfest aus. Es war nicht nur als Einweihungsfeier für den Dorfplatz gedacht, sondern auch als Antrittsfest für Matti und mich als Neubürger. Es kamen erstaunlich viele Einwohner. Ich hatte auch einen Vertreter der Elbe-Jeetzel-Zeitung bestellt, der eine Menge Aufnahmen vom Grillplatz und von mir machte, und mich detailliert zu meiner beruflichen Laufbahn befragte. Teile der launigen Rede des Bürgermeisters wurden auch am nächsten Tag in der Zeitung wieder gegeben.

Jedenfalls war es ein gelungenes Fest, Matti und ich machten uns mit allen bekannt, und ich erhoffte mir Folgeaufträge, nachdem mein Dorfplatz allgemein sehr gelobt wurde. Offenbar musste man den Leuten doch keine groben Baumarktmöbel vorsetzen in der Annahme, das entspräche dem Zeitgeschmack.

Meine Dorfplatzaktion hatte einen einzigen Nachteil, den ich aber natürlich nicht öffentlich machte: Ich verdiente fast gar nichts daran, denn die schöne Gestaltung ging auf meine Kappe. Das war mir aber vorher klar gewesen, und da wir mit Mattis Gehalt einigermaßen zurecht kamen, konnten wir das verschmerzen.

Für Mitte August war Lucs Prozess angesetzt. Luc war nach einer längeren Behandlung wieder so weit hergestellt, dass man ihm Untersuchungshaft und den Prozess zumuten konnte.

Vera, von der ich mal wieder schon länger nichts gehört hatte, war als Zeugin geladen, und deshalb beschlossen Matti und ich, den Prozess zu verfolgen. Ohne Veras Anwesenheit wäre ich nicht zur Verhandlung gegangen, denn auf ein Wiedersehen mit Luc legte ich keinen Wert.

Es waren erstaunlich viele Zuhörer gekommen, denn den Brandstifter, der so viel Unheil angerichtet hatte, wollte man sehen und seine Aussagen live erleben.

Vera war in einem eleganten, dunklen Kostüm erschienen. Sie sah richtig seriös aus und war mir ganz ungewohnt.

Als Luc hereingeführt wurde, ging ein Raunen durch's Publikum. Trotz aller seitherigen Bemühungen war die Haut seines Gesichts immer noch auf der rechten Seite zerstört, und er trug auf dem rechten Auge eine schwarze Klappe. Offenbar hatte er das Auge verloren. Von dem arroganten Wikinger mit Rastafrisur war nichts mehr übrig, und wie sich im Lauf des Prozesses herausstellte nicht nur physisch, sondern auch psychisch.

Luc, der zu meiner Überraschung eigentlich Ludwig hieß (wie kann man sein Kind nur Ludwig nennen, wenn der Familienname Heinrich ist!), beantwortete korrekt die Fragen, die ihm gestellt wurden, aber mit leiser Stimme. Er machte keinen Versuch, etwas zu vertuschen, denn er war ja intelligent genug um zu sehen, dass er sowieso keine Chance hatte, mit einer milden Strafe davonzukommen.

Er betonte allerdings wiederholt seine Rolle als vermeintlicher Engel. Offenbar war er nicht in der Lage zu sehen, dass er zwar für die Hausbesitzer, die ihre Immobilie nicht verkaufen konnten, als rettender Engel erscheinen musste, aber im Grunde genommen nur ein Verbrecher war.

Er erklärte bereitwillig, wie es dazu gekommen war, dass er Helmuth erschlagen hatte. Nachdem ihm als Chemiker, wie er sagte, das Abfackeln der Mühle mit Hilfe von Phosphor und anderen kaum nachweisbaren Substanzen gelungen war, wollte er Geld sehen. Da Helmuth sich weigerte, ihn vor Auszahlung der Versicherungssumme zu entlohnen, waren sie in Streit geraten. Luc wollte nicht glauben, dass Helmuth einfach das Geld nicht hatte, und unterstellte ihm, dass er sich vor der Bezahlung drücken wollte. Der Streit eskalierte, und Luc griff im Zorn zu einer herum liegenden Eisenstange und schlug zu.

Der Richter nahm ihm ab, dass er den Tod von Helmuth nicht beabsichtigt hatte, ebenso wenig wie den Tod von Almuths Großmutter. Es würde also keine Mordanklage geben.

Veras Aussagen trugen allerdings nicht dazu bei, für Luc mildernde Umstände auszuhandeln. Sie berichtete eiskalt von den Wutausbrüchen, unter denen sie im Lauf ihres Zusammenlebens zu leiden hatte. Das warf ein ausgesprochen schlechtes Licht auf Lucs Charakter.

Vera sprach so, als sei Luc im Saal nicht vorhanden. Sie sah kein einziges Mal zu ihm hinüber, aber auch Luc signalisierte in keiner Weise, dass sie ein Paar gewesen waren. Luc wirkte im Lauf der Verhandlung nur noch lethargisch. Offenbar hatte er sich aufgegeben. Seine langjährige Gefängnisstrafe nahm er unbewegt hin und ließ sich ohne ein Wort aus dem Gerichtssaal führen.

Als er an der Ausgangstür angekommen war, links und rechts von einem Polizeibeamten flankiert, rief Vera laut: „Arschloch!" Er musste es gehört haben, aber er zeigte keinerlei Reaktion. Welch ein Abschied von einer heißen Affäre!

Matti und ich gingen mit Vera zum Parkplatz und fragten sie, ob sie zu unseren Eltern mitkommen wollte auf einen Kaffee. Sie lehnte ab mit der Bemerkung, sie habe keine Lust, nochmal mit der Familie alles durch zu kauen.

Als wir in meinen alten VW-Transporter stiegen, sahen wir Vera zwei Reihen weiter auf einen schmucken Mazda Cabrio zusteuern, der meist von Frauen gefahren wird, die nicht mit Geld knapsen müssen.

„Sieh an," sagte Matti. „Vera hat jetzt einen Dienstwagen".

„Wie meinst du das?" fragte ich überrascht.

„Natürlich ironisch," antwortete Matti. „Du glaubst doch nicht wirklich, dass sie als tugendsame Dame im Eskortservice so gut verdient, dass sie sich dieses teure Auto leisten kann?"

Meine Gutgläubigkeit war natürlich mal wieder erschüttert. Mir war die Laune verdorben, und ich hatte keine Lust mehr mit Mama und Papa den Prozess und Veras Laufbahn durchzuhecheln. Ich rief an und sagte den Kaffeebesuch ab. Ich wollte lieber nach Langendorf fahren, unser schönes Haus genießen, unsere Haustiere begrüßen und gemütlich mit Matti kuscheln.

Epilog

Zwei Jahre später konnte ich eine gute Bilanz ziehen von unserem Leben. Matti und ich waren uns immer noch in fast allen Bereichen einig, aber Matti ist auch ein sehr toleranter und friedlicher Mensch.

Im letzten Sommer pflanzten wir die ersten Lilien und Orchideen aus in der Hoffnung, dass niemand sie ausbuddeln würde für den eigenen Garten, und dass sie sich natürlich vermehren würden.

Meine Landschaftsgärtnerei lief zu unserer Zufriedenheit. Nach meinem ersten Erfolg mit dem Dorfplatz in Langendorf kamen Folgeaufträge, an denen ich richtig verdiente. Leider musste ich feststellen, dass unser Dorfplatz nicht häufig genutzt wurde, wie in vielen anderen Dörfern auch. Die Gemeinderäte hatten sich etwas Schönes ausgedacht, aber es ging offenbar am Bedarf vorbei.

Matti hatte mit Erfolg vorgeschlagen, in einem leerstehenden Haus, das der Gemeinde gehörte, einen Jugendtreff einzurichten. Wir fanden es erbärmlich, dass die Jugendlichen an überdachten Bushaltestellen herumhängen müssen, weil es sonst für sie keinen Aufenthaltsort gibt. Der Raum wurde nach vielen Diskussionen wegen unterschiedlicher Meinungen eingerichtet und tatsächlich sehr gut angenommen.

Larissa hatte inzwischen einen kleinen Sohn und erwartete ihr drittes Kind. Mattis Vater meinte, das würde nun zur Routine, aber bei so frommen Sektierern sei ja auch ein Kind jedes Jahr erwünscht und gottgefällig.

Gesine war nach Dahlenburg zu einem Herrn gezogen, den sie bei einem Klinikaufenthalt kennengelernt hatte. Wir fanden ihn etwas langweilig, aber er tat Gesine gut. Sie hatte wieder jemanden, an den sie sich anlehnen konnte, und das war doch sehr erfreulich.

Almuth erbte von ihrer Großtante in Hannover immerhin so viel, dass sie in Simander ein bescheidenes Häuschen kaufen konnte und im Erdgeschoss eine kleine Kneipe einrichten. Sie war zunächst sehr euphorisch, dass sich ihr Traum nun doch verwirklichen ließ, aber leider lief ihre Kneipe überhaupt nicht. Die Dorfbewohner blieben aus, weil sie ihr den Brand übelnahmen, wenn auch so mancher im Stillen dachte, die Idee mit dem Abfackeln sei gar nicht so schlecht gewesen. Man bedauerte den Tod ihrer Großmutter sehr, und heimlich wurde trotz aller Dementis vermutet, sie habe den Tod billigend in Kauf genommen, um das Grundstück mit dem schönen Saal zu erben.

Es kamen hin und wieder ein paar Touristen mit dem Fahrrad, die ein Bier tranken und ein Würstchen aßen, aber davon kann man nicht leben. Almuth musste sich Gedanken machen, wie es weiter gehen sollte. Vermutlich würde sie von Simander weggehen und woanders neu anfangen, wo man ihre Geschichte nicht kannte.

Matti und ich waren immer noch nicht verheiratet. Matti meinte, es läge daran, dass der schöne Saal in Simander nicht mehr existierte, und wir deshalb nicht standesgemäß feiern könnten.

Von Vera hörten wir lange Zeit nichts, aber eines Tages kam sie uns tatsächlich besuchen mit ihrem neuen Freund. Ich konnte es gar nicht fassen, wie verschieden er von Luc war: Offenbar reich, denn sie fuhren einen protzigen Mercedes und waren beide mit Gold behängt. Er war etwas dicklich und deutlich älter als Vera. Er machte während unserer Kaffeerunde gern anzügliche Bemerkungen, und Vera, die das vermutlich kannte, lachte jedes Mal voller Bewunderung.

Na ja, wenn die Attraktivität ihres derzeitigen Freundes auf Geld basierte, war mir das auch egal. Vielleicht besaß er ja auch Qualitäten, die für mein Urteilsvermögen nicht offensichtlich waren.

Ich habe vor kurzem eine junge Frau kennengelernt, die mit einem kleinen Jungen an der Hand zu uns kam, um sibirische

Lilien zu kaufen. Sie erzählte mir, dass sie vor ihrem längeren Aufenthalt in Schweden einmal eine Geschichte mit einem Stalker gehabt habe, in der sibirische Lilien eine große Rolle gespielt hatten.

Als ich meine Verwunderung darüber äußerte, dass sie gerade diejenigen Blumen anpflanzen wollte, die eigentlich einen üblen Beigeschmack hatten, lachte sie.

„Ich persönlich will sie gar nicht in meinem Garten haben, denn ich bin keine begnadete Gärtnerin wie du. Die Großmutter meines Freundes möchte sie unbedingt anpflanzen. Sie ist uralt, aber ein bisschen Gärtnern kann sie noch, wenn man ihr die schweren Arbeiten abnimmt. Sie findet einfach, dass die Lilien zu mir passen, also muss ich sibirische Lilien haben. Ich heiße übrigens Hanna."

Ich lieferte die Lilien in der Woche darauf aus und lernte die ganze Familie kennen, die in dem ehemaligen Bauernhaus der Großmutter zusammen wohnte. Die Großmutter musste ein bisschen betreut werden, aber geistig war sie noch völlig fit.

Aus diesem Besuch entwickelte sich eine tolle Freundschaft. Hanna war eine Bereicherung für mein Leben, und auch als Familien hielten wir engen Kontakt. Hanna und ihr Lebensgefährte waren zwar durch ihren kleinen Sohn nicht ganz so beweglich wie wir, aber da der Kleine unkompliziert war und sehr frei erzogen wurde, war das kein Problem.

Jetzt hoffe ich, dass alles so bleibt, denn ich bin mit meinem Leben hoch zufrieden. Mama ist skeptisch wegen der Scheidungsgerüchte um Caroline von Monaco, aber ich halte meinen Namen wirklich nicht für ein schlechtes Omen.